Dieses Buch ist der unveränderte Reprint einer älteren Ausgabe.

Erschienen bei FISCHER Digital

Hedderichstr. 114, D-60596 Frankfurt am Main

Printed in Germany
ISBN 978-3-596-31672-4

Fischer

Weitere Informationen finden Sie auf
www.fischerverlage.de.

Raphaël Confiant

Insel über dem Winde

Roman

Aus dem Französischen
von Uta Goridis

Wolfgang Krüger Verlag

Für Manman Lily

Die französische Originalausgabe erschien 1991
unter dem Titel »Eau de Café«
im Verlag Éditions Grasset & Fasquelle, Paris

Satz: Wagner GmbH, Nördlingen
Druck und Einband: Clausen & Bosse, Leck
Printed in Germany 1996
ISBN 3-8105-0314-2

Gedruckt auf chlor- und säurefreiem Papier

*»Und vom Meer selbst wird nicht
die Rede sein, sondern von seiner
Herrschaft im Herzen des Menschen«*

Saint-John Perse
Vents

*»Nur das Unbegreifliche läßt sich
einfach in Worte kleiden«*

Alain Bosquet
Le Gardien des Rosées

Erster Kreis

Am Anfang – das heißt seit anno dazumal, als die Hunde mit den Schwänzen kläfften – ist da der Ort Grand-Anse, der dem Atlantik mit einstudierter, ja schon neurotischer Herausforderung den Rücken zukehrt, da er den Kopf lieber im üppigen Grün der Bergkegel verbirgt und die Luft des Vulkans einatmet, ganz dort oben im Norden.

Die Gesetzmäßigkeit der Begierden ist so unwandelbar wie die der Tage. Keiner versucht zu verstehen. Also nehmen alle ihre Zuflucht zum Wort, denn es hat keinen Körper und verwischt von selbst seine Spuren, und, vor allem, nur es allein kann es an Hartnäckigkeit mit den weißen Brechern aufnehmen, die von Miquelon heranrollen . . .

1

Die drei Tode Antilias

Nun, Antilia ging, wie sie gekommen war: ohne ein Quentchen Ungeduldigkeit. Marraine, gegen die sie sich nachtsüber gern zusammenrollte, wurde bei Anbruch der Dämmerung durch ein ungewöhnlich heftiges Scharren der Brandung geweckt.

»Man hätt' es glatt für den Bauch einer Negerin halten können, die von den Wehen gebeutelt wird«, beteuerte sie, »es gab aber keine Wellen, nur die Haut des Wassers wurde plötzlich von einem heftigen Schluckauf gebläht... Ich hab mir das eine gute Weile angeschaut, trotz der Sandböen, die gegen das Fenster klatschten, und als ich dann zu meiner Bettstatt zurückging, war die Kleine, na, so kalt-kalt-kalt wie ein Flußkiesel...«

Eau de Café entfernte sich etwas von diesem Körper, aus dem das Leben gewichen war, und wartete, bis der Ort sich zu rühren anfing, um dann in heftiges Schluchzen auszubrechen. Sie schickte mich den Priester holen, der die tollsten Ausreden erfand, um sich nicht mit diesen Negern einlassen zu müssen, die seine Appelle zur Ordnung ganz bewußt überhört hatten. Danach beorderte sie mich zum Rathaus, wo ich dem Sekretär Bescheid sagen sollte, einem dickbäuchigen, spitzbärtigen und selbstherrlichen Mulatten. Er verzog pikiert das Gesicht und bat mich, gegen Beendung des Vormittags wieder vorbeizukommen. Wir waren allein. Einfundamentiert in eine Einsamkeit ohne Grenzen.

Angesichts unserer Misere (oder welchen Namen man diesem Gefühl der Leere verpassen mochte, das sich in den Kürbissen unserer Köpfe ausbreitete) zeigte sich der Tischler, unser unmittelbarer Nachbar, schließlich doch bereit, aus seiner mürrischen Reserve herauszukommen, die er seit dem Tag, an dem wir »diese

Brut des Teufels« bei uns aufgenommen hatten, zur Schau trug, und er machte sich daran, ihr einen schönen Sarg aus einheimischem Birnbaum zu zimmern, einem der edelsten Hölzer, die es damals gab. Gewöhnlich verfertigte man daraus die Wiegen für die Erstgeborenen der Honoratioren. Ich half ihm, die Bretter abzukanten, die so hart wie Eisen waren.

»Bei dem Holz, mein Kleiner«, behauptete er, »müssen diese Mistviecher von Würmern mindestens hundertzwanzig Jahre warten, bis sie sich an ihren Knochen verlustieren können.«

Seit er die Gewißheit hatte, daß Antilia nie wieder ihre düsteren Falteraugen auf ihn richten würde, betrachtete er sie mit einer Art fiebriger Zärtlichkeit. Er sagte: »Eau de Cafés kleines Fräulein«, »euer Kolibri«, »diese Zuckerrohrrispe, die auf dem Felde glänzte«, und was ihm sonst noch an süßlichen Bezeichnungen einfiel, und all das mit einer ruhigen Bedachtsamkeit, denn zu seiner Zeit konnte keine Arbeit ohne Selbstgespräche erledigt werden.

Im oberen Stock bereitete Eau de Café das Wasser zu, mit dem die Verstorbene gesäubert werden sollte. Sie vermische Diapanna-Blätter und Thymian mit dem Öl der Ewigen Lampe, die unter dem Bildnis des heiligen Martin von Porès in einer Ecke ihres Zimmers brannte. Dabei summte sie etwas vor sich hin, was sich ungefähr wie das Magenknurren der Kongo-Neger anhörte und dessen Sinn ihr bestimmt entging. Gereizt durch meine Neugierde, befahl sie mir, den Fußboden bis unter Antilias Ruhestatt mit Wachs einzureiben. Obwohl es auf elf Uhr mittags zuging, herrschte eine eisige Kühle in dem Zimmer, dessen Läden zum Meer hin weit offen standen. Hin und wieder richtete sich das junge Mädchen auf seinem Leichentuch auf und lehnte sich würdevoll gegen einen der Läden. Marraine murmelte auf kreolisch:

»Meine Kleine, diesem Leben brauchst du nicht nachzutrauern. Glaub mir, das lohnt sich wirklich nicht...«

Energisch führte sie sie an ihren Platz zurück und drückte ihr die Augen zu. Draußen hatte sich das Meer eine gräßliche Maske aufgesetzt, gräßlicher noch als zur Zeit der Wirbelstürme, und als sich im Ort herumsprach, daß Antilia entschlafen war, erahnte man auch gleich einen Zusammenhang zwischen beiden Phänomenen. Dank der Schauer, die ihnen plötzlich über den Rücken laufen und die sie gewöhnlich mit einem randvollen, in einem Zug hinuntergekippten Glas trockenen Rums wieder beschwichtigen, entgeht den Leuten von hier auch nicht das allergeringste.

Die gesamte Negerschaft strömte herbei, um sich vor unserer Haustür zu versammeln. Sie klebten ein Wort an das andere, um eine völlig aberwitzige Geschichte daraus zu machen, bei der sich selbst die edelsten Züge verzerrten. Marraine, der Böses schwante, verriegelte sorgfältig den Eingang. Der Tischler hielt kurz bei seiner Arbeit inne, um den Leuten mit seiner Lochsäge zu drohen, aber er beeindruckte damit nur zwei oder drei Rotznasen, die auf dem Dach unserer Behausung schon die Steine rauf- und runterrollen ließen. Um zwei Uhr nachmittags kam dann der Doktor, um den Tod festzustellen, zweifellos auf Anordnung des Sekretärs oder des Bürgermeisters persönlich, einer Art Miniatur-Mussolini, dessen einziges, wenn nicht ausschließliches Interesse Paraden und patriotischen Wohltätigkeitsveranstaltungen galt. Der Doktor schüttelte den Kopf, während er mit zweifelnder Miene seine Wische ausfüllte. Nach jedem Satz legte er eine kleine Pause ein, stierte uns, grüngelb im Gesicht, mit einer wahrhaft komischen Intensität an, um sich dann wieder Antilia zuzuwenden. Fragen stellte er jedenfalls keine. Er ließ Marraine ein Dokument unterschreiben und verschwand so schnell, als wäre er dem Leibhaftigen persönlich begegnet. Sein Schrecken ließ die Menge außer sich geraten, und es hagelte nur so von Beschimpfungen:

»Eau de Café, Feldniggerin, Hinterwäldlerin, du bist nie und nimmer eine Jungfrau, und dein verstorbener Schützling, das ist kein Wesen aus Fleisch und Blut!«

Unbegreiflicherweise blieb meine armselige Person verschont, obwohl ich schließlich genauso verantwortlich war wie Marraine. Verzieh man mir, weil man hinter dieser Geschichte eine Verschwörung von Weibern vermutete? Jedenfalls wurde Antilia kein pompöses kirchliches Begräbnis zugestanden. Der Priester ließ die Türen zusperren, damit man ihn erst gar nicht darum bitten konnte, ein solches Sakrileg zu begehen. Im übrigen hätte sich der ganze Ort dagegen verwahrt. Hysterische Matronen, angeführt von Man Léonce, trommelten mit den Fäusten gegen die wurmstichige Fassade unseres Ladens, während die Männer sich hinter einer unerbittlichen Ruhe verschanzten und für alle Fälle die Messer schliffen. Eine Alte in ekligen Lumpen schrie:

»Hau ab mit deiner vermaledeiten Kreatur! Geh weg, weit weg von Grand-Anse, und nimm diese Plage mit, die du nur um uns zu schaden aufgepäppelt hast.«

»Wör das wohl gewösen ist, düse kleine Tote?« echote Honorat Congo, unser Frisör mit dem original französischen Akzent.

»Muß ein heimliches Kind von Myrtha sein«, mutmaßte jemand.

»Bah, Myrtha, diese herumhurende Schlampe, die jedem den Arsch hinhält, die ist doch unfruchtbarer als ein Maulesel, mein Bester!« beschied die Alte.

Der Tischler, der den Sarg inzwischen fertig hatte, rief mich, damit ich ihn hopp-hopp mit einer Lackschicht bepinselte, und gab Eau de Café den guten Rat, ihr Bündel zu packen und sich durch die Tür zum Meer hin davonzumachen, eine Tür, die nie geöffnet wurde, weil man auf dieser Seite nichts verloren hatte. Sie fluchte, polierte aber weiterhin mit ihrer seltsamen gelben Mixtur Antilias Haut auf Hochglanz. Sie packte sie am Arm, an den Handgelenken, an den Knöcheln, am Nacken und führte eine langsame, kreisende Bewegung aus, die sie mit einem eindringlichen Singsang begleitete. Die Tropfen sammelten sich in einer Schale, und zu meiner erlauchten Überraschung verwandelte sich ihr Inhalt in eine Flüssigkeit von kristallklarer, stellenweise perlmuttfarben schimmernder Reinheit.

»Man könnt es glatt für Fischschuppen halten«, schoß mir als erste Erklärung durch den Kopf.

Antilia warf mir daraufhin einen gerührten Blick zu, in den Mundwinkeln ein leicht verdrießliches Lächeln. In dem Maße, wie der Tod sein gräßliches Werk vollendete, wurde ihr Gesicht wieder zu dem des Engels, dem wir, lang, lang ist's her, ein neues Heim gegeben hatten.

»Sie wollen dich einfach nicht in Frieden lassen«, sorgte sich Eau de Café angesichts der dumpfen Geräusche, die von der Tür kamen. »Aber was hast du ihnen schon getan, was? Man könnte meinen, du hättest ihnen den Hochzeitsbraten weggegessen, mein kleines Mohrchen!«

Die Plünderung unseres Ladens war bereits im Gang. Säcke mit original französischem Mehl und roten Bohnen, Kabeljaukisten aus Norwegen, Schweinefleischfässer, Büchsen mit Rukubutter, Rum- und Weinflaschen, alles wurde herausgerissen und von dem gierigen Pack in einem Tohuwabohu von Gebrüll und Geschrei, unsäglichen Flüchen und selbst Fausthieben aus dem Haus getragen. Von den Tollköpfen erinnerte sich einer, daß wir gleich hinter unserm Laden ein Lager hatten, und dort spielte sich dann unter dem halb komplizenhaften, halb ohnmächtigen Auge der berittenen Gendarmen eine wahre Orgie ab. Am Ende der Rue-Devant ließ Syrer vorsichtshalber das Gitter seines Ladens herunter, den das Schild »Palast des Orients« zierte.

Als ihre Toilette beendet war, rieb sich Antilia Rizinusöl ins Haar, kleidete sich vollständig an und streckte sich lächelnd in ihrem Sarg aus. Dann erklärte ihr rot geschminkter Mund:

»Jeder meiner Träume ist eine Qual für mich. Ich seh Wellen hin und her schwappen, wütender als ein Trupp berittener Zombies auf dem Weg zu Kreuzungen, Friedhöfen oder den Bällen der *Z'Oreilles*. Ich höre unbekannte Worte heranrollen-aufsteigen-absinken, ohne zu verstehen, warum die Welt auf eine Katastrophe zusteuert. Wißt ihr das?«

Vom Meer kam eine heftige Böe und ließ das ganze Haus erbeben, was dem entfesselten Treiben des Mobs schlagartig ein Ende setzte. Als würde er von einem riesigen, unsichtbaren Schlund angesaugt, segelte der Sarg durch die Tür hinaus ins Freie, aber statt in die Fluten zu stürzen, stieg er an den benachbarten Steilhängen empor, dem Reich der Ikakosträucher und Baumfarne. Eau de Café wurde von einem Lachanfall geschüttelt und pinkelte sich in die Hose, während sie aufrecht dastand und ihr weiter Kittel sanft gegen ihre mageren Beine klatschte. Sie hatte sich in einen furchteinflößenden kalabrischen Kampfhahn verwandelt, der auf die Menge hinunterstieß und sie in die Flucht trieb, während er mit seinem Schnabel die Gesichter zerhackte und seine Sporen in die Handflächen bohrte.

»Das Datum von heute solltest du dir merken«, rief sie mir zu und setzte sich auf meine zitternden Schultern, »am 12. Januar 1955 hab ich das Böse besiegt. Jawohl, besiegt!«

Und auf dem Büfett zeigte der »Rum-Courville«-Kalender auch tatsächlich dieses Datum an. Das ist die Wahrheit, die reine Wahrheit, glauben Sie mir ...

Eine andere Version ganz nach dem Geschmack unseres Buschradios, wie wir hier unsere Gerüchteküche nennen: Der Sturm kündigte sich durch eine plötzliche, ganz entsetzliche Stille an, die sich um neun Uhr morgens auf den Ort Grand-Anse senkte. Man ertappte sich dabei, wie man auf etwas lauschte, was sich nicht zeigen wollte, dessen Gegenwart man aber in der seltsamen Langsamkeit unserer Bewegungen deutlich spürte. Man beäugte sich gegenseitig, um herauszufinden, ob der andere vielleicht etwas bemerkt hatte: Wer am ersten mit den Lidhärchen zuckte, hatte verloren und mußte sich wütend und beschämt zu Hause verkriechen. Die Mütter begannen aufgeregt ihre Kinderschar zu zählen, die Ladenbesitzerinnen vernagelten ihre Schaufenster mit Brettern. Nur Bogino, der nicht ganz richtig im Kopf war, lief noch in den schlagartig entvölkerten Gassen herum, die alle in die Rue-Derrière mündeten, und machte Drohgebärden in die Richtung dieser geheimnisvollen Kraft, die dabei war, uns einzukreisen, und lachte über die Aufregung, die er durch die Jalousien der gutbürgerlichen Häuser hindurch erspähte.

Das Meer schien sich in sich selbst zurückgezogen zu haben und leckte die Schwärze des Sands mit einer Wut, die sich wohl kaum unterdrücken lassen würde. Am Kap La Crabière wurden die Raisinier-Bäume in ihrer fünfzig Jahre alten Rinde vom »Unmut des Winds« richtiggehend gefoltert, wie mir Eau de Café versicherte, die sich mit Antilia zusammen niedergekniet hatte und einen Rosenkranz nach dem anderen betete. Die Kleine hatte sich innerhalb weniger Stunden zur Frau gemausert: einer Frau mit üppigen Brüsten, vanillefarbener Haut, die sich mit provozierender Miene die Haare zu Zöpfen flocht.

»Hat sie gesprochen?« fragte ich Marraine.

»Was meinst du? Warum soll sie gerade heute damit anfangen? Wenn's drauf ankommt, wird Antilia schon Worte finden. Diese Vermaledeiung, die uns meine Mutter vermacht hat, muß uns ja nicht bis ans Ende unserer Tage verfolgen.«

Drei Fastenzeiten waren ins Land gegangen, und das Findelkind hatte sich inzwischen in unserm Leben eingerichtet, doch wir wurden immer noch von den Leuten gemieden, weil es ihnen nicht gelungen war, das Wie und Warum seiner Ankunft in Grand-Anse herauszufinden. Madame Léonce, die Bäckersfrau, ließ uns nicht mehr anschreiben, da sie überzeugt war, daß wir eines Tages für unsern Leichtsinn büßen müßten. Die Leute um uns herum hatten damit gar nicht so unrecht.

Gegen Mittag sah man keine Menschenseele mehr auf der Straße; ein feiner Regen nieselte auf die Stadt herunter und hinterließ einen bittersüßen Duft, der Eau de Café Beklemmungen verursachte. Um sich zu beruhigen, machte sie sich daran, ihr mit Kristalltellern, Kitschfigürchen, Familienfotos und bestickten Deckchen überladenes Kirschbaumbüfett zu polieren. Antilia hatte das Fenster zum Meer hin einen Spalt geöffnet und stand wie erstarrt davor, den Blick in die Ferne gerichtet, ein unbestimmtes Lächeln auf den Lippen. Ein unermeßliches, halb ersticktes Grollen durchlief den Bauch der Fluten, die eine gräuliche, äußerst ungewöhnliche Färbung angenommen hatten. Ich ging zu ihr hin und wollte ihre Hand ergreifen. Die Finger waren so kalt, daß man sich beinahe daran verbrennen konnte.

»Antilia ...«, fing ich an.

Sie wandte sich nicht um. Inzwischen war sie doppelt so groß wie ich, so daß sie fast an Marraine herankam. Aus Angst, jemand könne dieses absonderliche Geschehen bemerken, hatte diese den Schlüssel in der Tür umgedreht und mir befohlen, oben zu bleiben.

Als die ersten Böen, die Vorboten des Unwetters, auf dem Wellblech der Dächer zu scharren anfingen, jaulte Marraine wie eine junge Katze auf und drückte mich an sich. Ihr Herz pochte wie wild in meinen Ohren.

»Hab keine Angst«, wiederholte sie immer nur, »dieser Sturm ist harmlos ...«

Die Sirene heulte unaufhörlich, doch klang sie völlig verzerrt, da die Winde offensichtlich die Aufeinanderfolge der Töne durcheinanderbrachten.

»Mach das Fenster zu, Doudou-Schätzchen«, murmelte Eau de Café verschüchtert der jungen Frau zu.

Gischt wirbelte ins Zimmer, kratzte uns in den Augen und beschlug das Glas des Wandschranks. Auf unsere zusammengepreßten Lippen legte sich ein salziger Geschmack. Bis auf die paar Male, die sie sich das Haar nach hinten strich, verharrte die junge Frau in ihrer Regungslosigkeit. Die Rue-Devant lag völlig verlassen da, und das Dach der Kirche wackelte bedrohlich. Plötzlich brach Antilia in schallendes Gelächter aus, und das Haus erzitterte, als würde die Erde beben. Die Bilder lösten sich von den Wänden, im Büfett stießen die Gläser gegeneinander und zersprangen, die Füße des Säulenbetts fingen an zu tanzen.

»Antilia«, hob Eau de Café wieder an, »wir sind doch nur ein armseliger Haufen Neger, die nichts zu sagen haben hier in diesem Land. Es ist doch nicht unsere Schuld: Wir kamen auf eine Welt, die die Füße da hatte, wo der Kopf hingehört, und wir haben nicht genügend Kraft gehabt, das zu ändern ... verschon sie! Sie sind nicht von Grund auf böse, sie tun Unrecht, ohne zwischen Gut und Böse unterscheiden zu können. Ich bitte dich, tu's mir zuliebe, mein Schatz ...«

Und dann plötzlich: der Regen. Eine ganze Reihe von Güssen, einer heftiger als der andere, die unglaublich laut und unglaublich hart gegen die schwachen Schutzwälle der Häuser trommelten. Überall krachte es, und sie stürzten zusammen, eines nach dem andern, mit einer Präzision, die einen erschauern ließ. Antilia zerfetzte ihr loses Gewand aus weißer Baumwolle und ließ es lauthals lachend mit dem Wind einen Walzer tanzen. Ihr Lachen gebar das Grollen des Donners, und aus ihren weitaufgerissenen Augen schossen blutrote Blitze. Eau de Café verbarg den Kopf in ihrem Federkissen und bedeckte mich mit ihrem Körper.

»Ich kam von nirgendwoher«, schrie die junge Frau mit ihrer dünnen Stimme, »also bin ich von hier, ja richtig, genau von hier . . .«

»Ruhe da!« brüllte Eau de Café, der es immer unheimlicher wurde.

Antilia machte weiter und tat so, als wäre der Wirbelsturm die einmal im Jahr fällige Strafe für die Neger. Die großen Winde, die übers Meer kamen, hatten die Aufgabe, die Flecken von ihrer Seele zu waschen, ihre Exkremente und gleichzeitig ihre kreolischen Gärten davonzutragen. Der Wirbelsturm zieht dem Neger die Kleider aus, damit er sich in seiner eigentlichen Einsamkeit sieht und aufhört, stinklangweilige Geschichten zu erfinden. Endlich hält er den Mund und steht stumm inmitten seiner berstenden Wellblechbehausung, endlich hört er auf, den großen Boß zu markieren, den Maulhelden, er bittet den Allmächtigen, die Jungfrau Maria, die Götter Guineas, die indische Göttin Mariémen um Verzeihung. Er heult in seine schrundigen Hände, klappert mit den Zähnen, bibbert.

»In diesem Land haben die Neger der Würde den Rücken gekehrt«, brüllte Antilia, die nackt auf der Fensterbank hockte, »das Höchste für sie sind Laschheit und Müßiggang, Karneval und Herumhuren. Jetzt haben sie die Bescherung.«

Und der große aprikosengelbe Vogel verschwand mit einem einzigen Schlag seiner majestätischen Flügel im Schoß des Sturms, während wir, Marraine und ich, starr vor Schrecken zurückblieben . . .

Einer anderen Version zufolge wurde Antilia für verrückt erklärt, und die Meute verlangte ihre sofortige Einweisung in die psychiatrische Anstalt von Colson. Man paßte ein Aufreißen der Wolken ab, um dem Frohlocken freien Lauf zu lassen, und die steinigen

Wege fielen einer unzählbaren Menge aufgeregter Neger, toller Weiber und elender Gören zum Opfer, die zu allem bereit waren. Nur aus den zahnlosen Mündern der Alten, deren Rede so hart ist wie die Rinde der Mahagonibäume im unberührten Schoß des Regenwalds, kamen mißbilligende Worte, die aber schnell zu einem sybillinischen Schluckauf wurden.

»Zu viele Worte können nur schaden«, hörte man hie und da.

Ein Jahrhundert später (was in der Sprache der Frankreich-Weißen ungefähr zwanzig Jahren entspricht) beschließe ich, die Meinen zu befragen. Das Océanic-Hotel ist vielleicht der neutralste Ort, wo ich mich mit meinen Stößen jungfräulicher Hefte einquartieren kann, zumal mich das einheimische Sammeltaxi, der »Golem«, selbstherrlich dort abgesetzt hat...

2

Die drei Amouren Antilias

Eau de Café, die sich nur einmal in ihrem Leben in den Gemeindesaal von Grand-Anse begeben hatte, um eine Filmvorführung anzuschauen (auf Verlangen eines immer gleichen Publikums wurde monatelang *Sissi* gespielt), hatte einen hübschen Ausdruck für die Liebe nach der Art der Weißen: »Eingemachter Speichel«, meinte sie und wurde damit richtig populär bei der Negerschaft, die diese Praktik geradezu anstößig fand. Tatsächlich bedienten sich diese Schauspieler, so hervorragend sie auch waren, keiner der drei hier üblichen Methoden der amourösen Annäherung. Sie begnügten sich damit, wie die Karfreitagsrasseln zu ratschen, bis der Held sich dann völlig unvermittelt, wie es uns erschien, vor der Dame seines Herzens aufbaute, das Blau seiner Augen in das der ihren senkte, indem er sich ihnen mit einkalkulierter Langsamkeit näherte. Das Ganze endete mit einem wechselseitigen Saugen an den Zungen. Thimoléon, der noch die Stummfilmzeit erlebt hatte, bestätigte jedem, der es hören wollte, und vor allem, wenn man noch die Freundlichkeit besaß, ihm ein Glas Rum zu spendieren:

»Meine Herrschaften, der Weiße wird dem Neger immer um Längen voraus sein, denn er braucht sich nicht einmal auszuziehen, wenn er eine Frau aufs Kreuz legt!«

Wenn man sich darüber wunderte, ratterte er aus dem Gedächtnis eine endlos lange Reihe von Filmtiteln aus den dreißiger Jahren bis in unsere Tage herunter und präsentierte eindrucksvolle Listen von Akteuren und »Akteusen« mit meist amerikanischen Namen, um zu beweisen, daß in keinem dieser Filme nackte Körper zu sehen waren, die sich ineinander wälzten.

»Das ist eine Spezialität der Neger!« behauptete er mit großer Entschiedenheit.

Da sein Wissen auf dem Gebiet der Kinematographie derart umfassend war und unser Umgang mit Weißen sich auf die vier Gendarmen in Grand-Anse beschränkte, deren Frauen fast nie ihre Kaserne verließen, gelangten nicht wenige von uns zu der Überzeugung, die Weißen würden ihre Kinder mit der Zunge machen, ausschließlich mit der Zunge. Antilia, die nur original Franzosenkleider, original Franzosenschuhe, original Franzosenringe, original Franzosennagellack tragen wollte, erklärte allen ihren Verehrern (und diese Kerle waren Legion, das können Sie mir glauben!), sie würde nur einen erhören, der sie auf original französische Art lieben würde. »Entweder so wie die Frankreich-Franzosen oder gar nicht!« erklärte sie schnippisch dem Prinzen unter ihnen, dem Halbsyrer Ali Tanin, der von seinem Vater einen Laden mit Haushaltswaren und Stoffen am Ende der Rue-Devant übernommen hatte.

Jeder hatte auf ihn gesetzt, da er, was Geschmeidigkeit, Auftreten und Süßholzraspelei betraf, die anderen kleinen Arschlöcher allesamt in die Tasche steckte, hatten sie doch, abgesehen von kurzen Ausflügen in die Nachbardörfer, den Ort und die Umgebung von Grand-Anse nie verlassen. Er hingegen hatte mit seinem Vater den geheimnisvollen Vorderen Orient bereist, von wo dieser Stoffe mitbrachte, die sich so wunderbar weich anfaßten und die so sehr dem Auge schmeichelten, daß sein Laden immer voller Leute war. Nur eine Sache nahm man ihm übel: daß er sich nicht um seine alte schwarze Mutter kümmerte, die in dem Viertel En Chéneaux in einer völlig heruntergekommenen Hütte hauste. Das Herz blutete einem, wenn man sie auf dem Trottoir vis-à-vis vom Palast des Orients auf und ab gehen sah, um vielleicht einen Blick, ein Lächeln, und wie durch ein Wunder vielleicht sogar ein Wort von ihrem früheren Mann oder ihrem Sohn zu erhaschen. Sie ging barfuß, konnte sich aber aufgrund der Elefantiasis, die ihr linkes Bein befallen hatte, nur äußerst mühsam vorwärtsbewegen, und unter dem immer wieder zusammengeflickten Kleid schaute an manchen Stellen ihre runzlige Haut hervor.

»Keiner weiß, was die Alte alles auf dem Kerbholz hat, bedauert sie also mal nicht zu schnell«, beschied Eau de Café, die sie ungerührt hinter ihrer Ladentheke erwartete, um sich ihre hartnäckige Bettelei um ein halbes Pfund Pökelfleisch anzuhören.

Hingegen warf keiner Ali Tanin vor, daß er der unverbesserlichste Schürzenjäger des ganzen Nordens war, fürchtete man ihn doch von der Halbinsel Tartane bis nach Grand-Rivière, womit er sich auch noch brüstete. An den brüllend heißen Nachmittagen der Fastenzeit, wenn einem die Hitze das Gehirn auszutrocknen schien und die arbeitslosen Tagelöhner sich im Schatten einer Mauer niedergelassen hatten, um ihrem Kopf eine kleine Pause zu gönnen oder um völlig schlapp eine Partie Domino zu spielen, kam Ali Tanin, stets im makellosen Seidenhemd, mal grün, mal schwarz, bei ihnen vorbei und berichtete öffentlich über den Stand seiner Eroberungen. Er notierte sie in einem Heftchen, das er in seiner Brieftasche versteckte, und zählte den staunenden Negern die Vorzüge verschiedener junger Mädchen auf, denen man die Absolution auch ohne Beichte erteilt hätte. Er konnte es deshalb auch kaum fassen, daß überhaupt keine Reaktion erfolgte, als er mit triumphierender Stimme verkündete: »Vorgestern abend hab ich mir Cécilia Lafontant gleich im Auto vorgenommen, meine Herren. Und gestern mittag hab ich Virginie Saint-Laurant rangekriegt, als sie mit ihrem Packen Wäsche zum Fluß ging.«

Gewöhnlich kriegten sie bei den Schilderungen seiner Großtaten den Mund vor Bewunderung nicht mehr zu, und Dachine, der Mann von der Müllabfuhr, der sich aufgrund seiner mehr als winzigen Körpergröße keine Erfolge in der Liebe erhoffen konnte, bat ihn sogar: »He, Alter, wenn du dir wieder eine Mamsell vornimmst, dann gib ihr auch ein paar tüchtige Stöße von mir!«

Zum ersten Mal ernteten die Ausführungen des syrischen Bastards nur spöttisches Schweigen. Gewöhnlich pflegte er Rotznasen wie mich, die von seinen Reden ein paar Brocken aufzufangen versuchten, unwirsch davonzujagen, doch dieses Mal blieb er steif und blöde stehen wie ein Ochse, der zu kaltes Wasser getrunken hat, und bemerkte nicht einmal, daß sich unter seinen Armen

Schweißringe bildeten. Der große Verführer blieb einfach mitten in der Sonne stehen, bis ihn schließlich einer aus dieser ungewöhnlichen Habachtstellung holte, indem er ihm zurief:

»Ist ja schön und gut! Bravo, Monsieur Ali Tanin, Sie sind der Größte, und jedes Huhn und jedes Hühnchen der Umgebung fürchtet Ihre Sporen, aber warum haben Sie sich nie an Antilia rangemacht, hmm?«

»Antilia, das ist die Kleine, die bei Eau de Café wohnt«, präzisierte ein anderer voller Ironie.

»Antilia, du weißt schon, von wem wir sprechen, mein Bester, eine Schönheit vor dem Herrn, bei deren Anblick selbst den Priestern die Augen aus dem Kopf fallen.«

Ali Tanin glich einem Krieger, der just in dem Augenblick, als er sein Gewehr anlegen will, ein Messer in den Rücken bekommt. Seine mit Schweiß beperlten Lippen zuckten, und die Seiten seines Heftchens zerknitterten unter seinen Fingern, von denen mehrere beringt waren (es wurde auch schon behauptet, daß der gelbe Stein, der seinen kleinen Finger schmückte, ein Sesam-öffne-dich sei, der die widerspenstigsten Schenkel bezwang).

»Doch ... doch ... das ist doch die Negerin, die ... die nicht spricht?« brachte er hervor.

»Tu nicht so, als hättest du sie noch nie gesehen! Du kaufst doch auch deine Zigaretten bei Eau de Café«, bemerkte einer der Dominospieler, »und nur weil sie nicht so viel plappert wie die anderen Schnepfen, die du frequentierst, ist Antilia deswegen noch lange nicht stumm.«

»Aber kann mir einer von euch sagen, wo dieses Weib herkommt? Der Kleine da ist doch der Neffe von Eau de Café, was? Fragt ihn mal, ob er es weiß«, fing sich Ali Tanin.

»Laß die Blagen aus dem Spiel, wenn's um Erwachsene geht«, protestierte zu meiner großen Erleichterung Dachine. »Wenn du wirklich so großartig bist, dann beweis es. Mach dich an Antilia ran! Verführ sie, mein Alter, und ich häng als erster deine Heldentaten an die große Glocke.«

Man sah, wie sich der syrische Bastard, ratlos und gleichzeitig belemmert, rückwärts von der Gruppe der Dominospieler entfernte, den Blick hartnäckig auf den vor Hitze dampfenden Asphalt gerichtet, um dann plötzlich bis zu seinem Laden das Tempo zu steigern, wo er sich gute vierzehn Tage verbarrikadierte. Die zweitklassigen Stutzer, Aufschneider und Phrasendrescher, die ihre geschwollenen Sätze aus irgendeinem Fotoroman auswendig gelernt hatten, schwammen wieder obenauf. Obwohl eine von allen respektierte Regel besagte, daß kein Mädchen angemacht werden dürfe, das nicht schon dreimal in Alis Armen gelegen habe (danach überließ er sie ihrem Schicksal), strömten bei Einbruch der Dämmerung ganze Horden von jungen Aufreißern in den Ort; aus der ganzen Gegend kamen sie auf ihrer Suche nach Frischfleisch, aus Macédoine, Vivée, Morne Céron, ja selbst aus Basse-Pointe, wobei man allerdings sagen muß, daß diese Damen es ja auch nicht anders wollten. Doch das Treiben hielt nicht an, denn die Ehre Ali Tanins stand auf dem Spiel, und hier wußte jeder, welches Gewicht dieses Wort im Mund eines Syrers hat, selbst eines halben. Unser Mann faßte also den Entschluß, sich die Unberührte vorzunehmen, diese Negerin von auswärts, die kaum je den Mund aufmachte, diese Antilia, gegen die eine ganze Reihe von Leuten ein Mißtrauen hegten, das von Jahr zu Jahr größer wurde, ohne daß sie einen Grund dafür hätten angeben können.

Ali Tanin zog also zum ersten Mal ein blutrotes Hemd an, band sich ein Cowboytuch um den Hals und ging martialischen Schrittes auf Eau de Cafés Laden zu. Die Neuigkeit machte blitzschnell die Runde; sie ließ die Kuppelmütter an die Fenster eilen und alle Tagediebe und anderen, von Sandflöhen geplagten Spuckevergeuder zusammenströmen. Hocherhobenen Haupts trat Ali Tanin über die Schwelle und machte seinen Antrag:

»Mademoiselle, seit die Dornenkrone der Liebe mein Herz bluten läßt, kann ich nicht mehr essen, nicht mehr trinken, nicht mehr schlafen, ich habe nur noch Ihr Bild vor Augen. Sagen Sie ja, und folgen Sie mir, ich verspreche Ihnen, daß meine Hände auf Ihrer Haut von unendlicher Zärtlichkeit sein werden, wenn unsere beiden Körper zu einem verschmelzen.«

Beifallssalven begrüßten diesen lyrischen Erguß, denn die Neger wissen besser als alle anderen ein kultiviertes Französisch zu schätzen, auch wenn sie sich noch so sehr dem Rum verschrieben haben, und man kann sich durchaus fragen, ob sie den syrischen Bastard vielleicht nur herausgefordert hatten, um seinen betörenden Reden ein Publikum zu verschaffen. Danach herrschte geraume Zeit Schweigen. Die Leute blickten einander an. Ali Tanin fixierte mit seinen hellen Augen Eau de Cafés Hausmädchen. Niemand hörte mehr das infernalische Grollen der See von Grand-Anse. Schließlich heiterte sich auch Antilias Laune auf, und sie erklärte:

»Ich will's nur auf die original französische!«

Und sie verschwand ins Hinterzimmer wie jemand, der bei einer wichtigen Aufgabe unnötigerweise gestört worden war. Noch am selben Abend stieg Ali von seinem hohen Roß, spazierte in Khakishorts herum, sprach mit den Leuten ein ganz ordinäres Kreolisch, fraternisierte mit dem Abschaum unserer Stadt, wobei er einen Rest Bier direkt aus der Flasche trank. Stockbesoffen fing er, Tino Rossi imitierend, an zu singen:

»So-ho-ho wie die Franz-ho-ho-hosen.«

»Ali Tanin ist am Ende«, hatte uns Thimoléon, der Tischler, versichert, »am Ende wie's im Buche steht. Wundert euch nicht, wenn er zu seiner Mutter in den Schweinekoben zieht, den sie sich zu einem Haus umgebaut hat.«

Bevor er endgültig die Waffen streckte, fand sich der große Meister, der selbst die widerspenstigsten Negerinnen im Handumdrehen rumkriegte (und manchmal, wie er sich rühmte, sogar nur mit den Wimpern zu klimpern brauchte), damit ab, eine unserer ältesten Methoden der Werbung auszuprobieren: *la coulée* oder die Unterwanderung auf die sanfte Art. Doch das setzte eine Beherrschung der hohen Kunst der Verstellung voraus, die Fähigkeit, sich zu bewegen, ohne die Luft in Bewegung zu setzen, was in der Tat das angebliche Naturtalent Ali Tanin gewaltig überforderte. Als er seinen Allerwertesten auf dem Rand des Mäuerchens niederließ, das dem Laden Eau de Cafés seine Autorität sicherte, verfolgte jeder gebannt die Bewegungen, die der schmachtende Verliebte mit dem Körper und vor allem mit den Lippen ausführte. Als erstes und um einen Anfang zu machen, hatte Monsieur seine auffallende Garderobe gegen ein einfaches kurzärmliges Hemd eingetauscht, das er auf die Art der Adventisten bis obenhin zugeknöpft trug. Ein ebenso einfacher Hut bedeckte den vorderen Teil seines Schädels und kaschierte das meist ziemlich ironische Funkeln seiner Augen. Das eine Bein vorm Bauch angewinkelt, das andere frei baumelnd, murmelte Ali Tanin in Antilias Richtung:

»In dem Gefieber meiner Nächte habe ich den Traum genährt, daß wir, Sie und ich, gemeinsam vom Gipfel von La Crabière, dem von allen gefürchteten Kap, den Abschied des Septembers verfolgen. Am letzten Festsonntag der Stadt, wenn man wehmütig im Schein der Sturmlampen in den Strohhütten die Rumgläser wegräumt, warten wir auf den letzten Knirps, der mit all seinen Sinnen die letzte Runde der hölzernen Karussellpferde genießt. Der Trommler wird den Busch seiner Brauen hochziehen, während er mechanisch auf die Ziegenhaut klopft und vor sich hin brummt:

›Tibolonm, banbôch bout!‹ (Kleiner, das Fest ist vorbei!)

Danach wird das einsame Karussell mit den rosa, himmelblauen und gelben Pferdchen (ja, die Farben des Ritus) sich in einem See von Stille auflösen. Und Grand-Anse ist wieder zwei Straßen: die Grand-Rue, wo man darauf wartet, daß die randvoll mit Zuckerrohr beladenen Laster vorbeifahren, und die Rue-Derrière, wo die Familien, denen man mit Respektation begegnet, die Eheschließungen des kommenden Jahres durchsprechen. Nur das Meer, unsere zornige Manman, wird wieder für Lärm sorgen, einen sehr erträglichen, der seit der Zeit, als selbst der Teufel noch in den Windeln lag, jede unserer Bewegungen formt. Es durchwirkt unsere Gedanken mit schillerndem Schaum, und deshalb gleicht auch unsere kleinste Rede einem Plädoyer von gewaltiger Schönheit. Und doch kehren wir ihm den Rücken zu, verdammt! Wir beleidigen seine ganze Sippschaft und vergessen dabei, daß Gottvater persönlich dazugehört. Frevel! Frevel! Wenn aber die Fallsucht einem Neger von hier das Gehirn erschüttert, wer rennt dann als erstes an den Rand des Meeres, um den Leib des Unglücklichen in die Fluten der Morgendämmerung zu tauchen? Wer stößt mit den Armen vor der Brust hervor:

›Meer von Grand-Anse, wasch mir diese Seele rein, die die Sünde befleckt hat! Heb ihr die Füße hinweg von diesem grenzenlosen Unglück!‹

Junge Frau, sagen Sie ja und folgen Sie mir, die ganze Welt wird Ihnen gehören!«

Statt einer Antwort bekam er ein paar Spritzer von Antilias Seifenlauge ab, die die Zeit, in der er herumschwadronierte, dazu genutzt hatte, um so zu tun, als würde sie die Ladenfront abwaschen. Hingegen waren wir, eine Schar kleiner Negerlein, einfach überwältigt von den unverständlichen Ausführungen des syrischen Bastards. Gleich im Anschluß an seine Rede adressierte er angedeutete Küsse und Liebkosungen an unser Hausmädchen: Mit den Händen in der Luft herumfuchtelnd, beschrieb er die erhabensten Berührungen, aber die Mulattin kümmerte sich nicht weiter darum und entfernte sich mit der ihr eigenen katzenhaften Sanftheit. Während eines Zeitraums, der mir unendlich lang vorkam, den ich heute aber auf vier Tage und drei Nächte schätze, probierte Ali Tanin bei Antilia die »Unterwanderung«. Er hatte sich eine Maske der Würde aufgesetzt und vermischte – da er den hartnäckigen Aberglauben der Bewohner von Grand-Anse teilte – die Person Antilias mit dem Meer, diesem Meer, das man uns zu hassen lehrte, kaum waren wir der Mutterbrust entwöhnt.

Diese offenkundige Niederlage vor Augen, trat ein wahrhaft erstaunlicher Mann in seine Fußstapfen. Er trug den Namen Julien Thémistocle und schien, je nachdem, an manchen Tagen zwanzig Jahre älter oder zwanzig Jahre jünger zu sein, als er tatsächlich war. Mir passierte es immer wieder, daß ich ihn nicht erkannte, vor allem während seiner plötzlichen Verjüngungsphasen. Dann gruben sich keine Falten und Narben mehr in seine Wangen, sein Schritt wurde elastischer. Doch auch ohne ihm zu begegnen, bekam ich seine Metamorphosen mit – Eau de Cafés zornige Gesichtszüge genügten. Seit ich das Alter erreicht hatte, in dem man die Welt um sich herum versteht, schienen sie und Julien kein einziges Wort miteinander gewechselt zu haben, aber über eine Kundin aus Morne Capot schickte sie ihm heimlich Lebensmittel in den hintersten Winkel der Wälder, wo er, wenn man den bösen Zungen Glauben schenken will, wie sein Großvater Lanzenottern zähmte. Uns war sofort klar, daß Julien Thémistocle sich für unsere zweite Art des Hofmachens entschieden hatte: für die *zaille* oder die Belagerung. Im Gegensatz zur Unterwanderung mußte man dabei unter Einsatz aller möglichen und denkbaren Mittel unermüdlich Schnabelhiebe nach links und nach rechts austeilen. Er belagerte also Eau de Cafés Laden, die für die Dauer dieser in ihren Augen ausgemachten »Infamie« eine Etage höher geflüchtet war. Sie, die Störenfriede mit dem Besen zu verjagen pflegte, die die kleinen pomadisierten Schnösel, die vor Antilia Kratzfüße machten, tüchtig ausschimpfte und randvolle Nachttöpfe über den Darbringern nächtlicher Serenaden ausgoß, hatte es dieses Mal vorgezogen, sich zu verdrücken, sehr zum Mißfallen des unverblümt sensationslüsternen Pöbels, den es nach einem Showdown zwischen »Julien Thémistocle, dem Prachtstück von einem Neger«, und der »Séancenmeisterin der kreolischen Weißen« verlangte (was übrigens auch keiner ableugnete).

Sagt Julien Thémistocle unter dem Fenster unseres Ladens zu Antilia, die sich mit den Ellbogen auf dem Tresen aufgestützt hat:

»Kommen Sie mit mir, junge Frau, und auf dem höchsten Gipfel des Kaps, den noch kein Neger von Grand-Anse erklommen hat, vollziehen wir auf dem nackten Felsen und seiner kalten Geometrie die Vereinigung unserer Körper, die mit all den zimperlichen Phantasien nichts gemein hat. In den duftenden Furchen Ihrer Achselhöhlen will ich Ihr ganz persönliches Geheimnis entdecken, Antilia. Ich trinke das Salz Ihrer Schweißperlen, die wie weißer Rum schmecken, und verschlinge Ihre Muschel in einem Zug. Ich kühle das Fieber meiner Lippen am Rund Ihrer Arme und Ihrer Beine, und Sie lassen in feierlicher Würde zu, daß ich mich in der Raserei all meiner Sinne verliere. Denn meine Ohren vernehmen das Pochen Ihres Herzens genau dort, wo alles Leben pulsiert;

meine Augen erforschen in den Ihren vom Leichtsinn wie von der Güte ihres Herzens geprägte Landschaften, die von Leichtlebigkeit wie auch von Güte geprägt sind. Ich lache über die Ammenmärchen der Chabins aus Macédoine, die behaupten, in Ihnen stecke eine Teufelin. Und was kümmert mich die Hintertücke der Feldneger von Morne Céron, die jedesmal, wenn sie in Eau de Cafés Laden ihre Yamswurzeln gegen einen Schoppen Öl oder ein Viertelpfund Kabeljau eintauschen, zwischen zusammengebissenen Zähnen Beschwörungen murmeln, um den Teufel in Ihnen auszutreiben. Und was die Inder angeht, die unterhalb von Moulin-l'Étang hausen, so weiß jeder, daß sie ihren Gott Maldévilin anflehen, er solle Ihnen über Nacht die Haare ausfallen lassen, damit man auf der blanken Kokosnuß Ihres Schädels die Erklärung für Ihr plötzliches Auftauchen bei uns entdeckt. Keiner beläßt es bei einem Achselzucken, mit Ausnahme der reichen Weißen, die sich außer für Saufen und Herumhuren für rein gar nichts interessieren – ihre Art, mit den Unannehmlichkeiten fertig zu werden, die ihnen das neue Jahrhundert bescherte. Folgen Sie mir, ich bitte Sie.«

Die Anspielungen des entlaufenen Negers machten auf Antilia keinen Eindruck. Und doch hatten wir sie in der für sie typischen Bewunderungshaltung überrascht (Handflächen an den Ohren), als Julien Thémistocle sich vor zwei weißen Gendarmen aufplusterte, die ihm wegen eines undurchsichtigen Viehdiebstahls Handschellen anlegen wollten:

»Ich bin ein Marron. Der letzte Abkömmling von entlaufenen Negern, die euch in den Wäldern des Morne Jacob ganz schön zugesetzt haben. Wer mich mit seinen blassen Pfoten anrührt, dem mach ich auf der Stelle den Garaus!«

Eingeschüchtert hatten die Gendarmen von ihm abgelassen, und der Neger Thémistocle ging in die Galerie unserer Volkshelden ein, obwohl es genügend Frauen gab, die aus Gründen, die preiszugeben sie sich weigerten, einen Groll gegen ihn hegten. Die Bemühungen des Rebellen perlten jedenfalls von Antilia ab wie das reine Wasser des Morgens von einem Blatt karibischen Kohls. Émilien

Bérard, der junge Lehrer, der, soweit bekannt war, sich noch mit keiner Frau eingelassen hatte und dessen Brillengläser aufgrund seiner Lesewut von Jahr zu Jahr dicker wurden, hielt seine Stunde für gekommen. Weder die Unterwanderung noch die Belagerung waren seine Stärke. Unsere kreolischen Sitten verwehrten ihm jede andere Rolle als die des Ismiregal, eine Taktik, bei der dem Objekt der Begierde völlige Gleichgültigkeit vorgetäuscht wird, bei der man ostentativ wegschaut, wenn es auftaucht und die andern nicht ohne eine gewisse Theatralik zu seinen Zeugen macht. Sinn und Zweck der Übung sind, seine Umgebung so zu frustrieren, daß sie sich verpflichtet fühlt, bei dem jungen Mädchen zu intervenieren. Am Ende dieses Kleinkriegs, der sowohl zwei Tage wie auch zwei Monate oder zwei Jahre dauern kann (die Anhänger des *Ismiregal* sind gewöhnlich mit Geduld begabte Individuen), bleibt dem Objekt der Begierde nur noch eine Alternative: Entweder es erhört seinen Verehrer, oder es bricht den Zauber, indem es seinem Ärger in aller Öffentlichkeit Luft macht.

Besagter Émilien Bérard gab folgendes von sich:

»Ich nähme Ihre vor Aufregung feuchte Hand in die meine und würde sie heftig drücken, um mich von dem wilden Klopfen Ihres Herzens durchdringen zu lassen. Ich würde eine unsinnige Liebeserklärung murmeln, vom plötzlichen Nieselregengeriesel zur Fastenzeit sprechen, das den April aus seinem Schlummer zu reißen scheint, von den Kolibris und ihrem Juwelengeflimmer, von der Pracht der Zuckerrohrfelder in Fond Gens-Libres kurz vor der Ernte, wie von einem Haufen alter Gerüchte, die unser Gedächtnis plagen.

Nichts, was Sie nicht schon hundertmal von mir gehört hätten. Für mich, den unerschöpflich Liebenden, zählt nur, ein weiteres Mal Ihren zephyrischen Namen rufen zu können:

›Antilia! O Antilia!‹

Wir würden Arm in Arm, Herz in Herz auf dem Sand der schwarzen Kristalle hüpfen, einen großen Satz über zwei ineinander verflochtene Körper machen, den Myrthas, der Frau-für-jeden-Mann, und den eines Kerls mit einem nicht erkennbaren, weil von der Lust verzerrten Gesicht. Ich würde die Windteilchen umarmen – es müssen die Strömungen aus dem Süden mit ihrer Last an Empfindungen sein, die in den Tiefen trockener Täler geboren wurden – und nur etwas berauscht, um nicht gleich besoffen wie ein Matrose zu erscheinen, ja, so würde ich Sie mit dem Hall ungewöhnlicher Echos schmücken.

Jedes Stückchen Meer birgt ein Geheimnis. Sie wissen das. Es gibt Stellen, wo man nicht hingehen darf, wenn man nicht mit Haut und Haaren von einem Schlund aus ewigem Blau verschluckt werden will. Sie gehen besser drei Schritte hinter mir, denn der Gesang der Meermütter könnte Ihren Geist verwirren und Sie in das Alter zurückversetzen, als Ihnen noch die Nase lief.

Es gibt Stellen, wo sich einfach nur die Alten verstecken, um stundenlang ihr Geschäft zu verrichten, während ihre zahnlosen Kiefer auf einer einheimischen Zigarre herumkauen. So werden sie mit der Zeitlosigkeit des Orts fertig, und unsere behenden Schatten stören ihre Sitzungen im Dunkeln nicht im geringsten. Und dort ist dann auch die Stelle, zu der ich Sie führen möchte, wenn Sie mir ein bißchen Ihrer Hoheit gewähren, über die sich die alten Kuppelweiber schon immer das Maul zerrissen haben, versessen wie sie sind, dem Warum Ihres Soseins auf die Spur zu kommen. Auf dem Grund Ihrer Augen strömt ein Fluß unzähmbarer Lichter, der Ihrer Marraine manchmal gewaltige Angst einjagt. Von dieser Stelle der wilden Raisinier-Bäume aus sieht man die Insel Dominique und hinter ihrer bedrohlichen Masse die Segel von Geistergaleonen. Ich bäte Sie, einem Kapitän mit Holzbein zuzuwinken, und ich weiß, Sie würden mir diese Streiche nicht verübeln, denn die Leidenschaft kann eine Unzahl von Visionen und Prophezeiungen beschwören. Ist die Leidenschaft in ihrem Beginn nicht wie ein Greifvogel, der auf den Nabel der Himmel zufliegt?

Und während wir die gezackten Flanken des Kaps La Crabière hinaufsteigen, enthüllen Sie mir mein Schicksal in einem plötzlichen Wirbel von lilafarbenen Blitzen, von denen der Neger Thimoléon, ein Schwätzer vor dem Herrn! behauptet, sie seien eine Erinnerung an die Vermaledeiung, die auf unserer Stadt lastet.

Sie sprechen die goldene Sprache unserer ehemaligen Herren, weil sie besser als die unsere Verzückung und Zärtlichkeit ausdrücken kann. Was für eine Qual, nur eine Redeweise für den Hausgebrauch zu haben, die Tag und Nacht gegen die Mauern unserer Behausungen prallt. Doch unsere Körper quellen über von ungestillter Zärtlichkeit: Sie können das am kühn gereckten Arm der Zuckerrohrschnitter sehen, die von Fond Massacre bis Moulin-l'Étang die maßlose Hitze nicht herausfordern wollen. Bedarf es weiterer Beweise?«

Niemand kam dem Lehrer zu Hilfe, der sich alsbald einen Strick kaufte, um sich aufzuhängen. Nur Honorat Congo wiederholte zwischen zwei Schnipsern mit der Schere immer wieder diese Binsenwahrheit:

»Üch sage und üch wüderhole, dü Nöger spröchen ein bösseres Französisch als dü Weußen.«

Antilia verschwand für die Dauer von drei Tagen auf La Crabière, um ihren drei Freiern zu signalisieren, daß sie nicht die Absicht habe, sie zu erhören, wahrscheinlich weil deren Liebeserklärungen zu sehr von dem Wunsch befleckt waren, das Geheimnis ihrer Person und vor allem ihrer Verbindung mit dem Meer von Grand-Anse ergründen zu wollen. Als sie dann wieder auftauchte, kam kein Wort mehr über ihre Lippen...

3

Jedesmal, wenn der einheimische Weiße Honoré de Cassagnac seinen petrolgrünen alten Citroën direkt vor unserer Haustür parkte, beeilte sich Eau de Café, mich möglichst weit wegzuschicken, sie, die mir sonst immer den Hintern versohlte, wenn ich auf eigene Faust »rumvagabondierte«, wie sie es in ihrem halb französischen, halb kreolischen Jargon bezeichnete.

»Hol dir eine Kante Brot und eine Tafel Schokolade aus dem Laden«, rief sie mir zu, während sie die Treppe zum ersten Stock hinaufsprang, um sich das Aussehen einer würdevollen schwarzen Matrone zuzulegen.

Der Béké de Cassagnac war ein Mann von ziemlich eindrucksvoller Statur, »die Frage ist nur, ob sein Schwanz mithalten kann«, feixte man hinter seinem Rücken, und von einer ebenso verblüffenden Magerkeit. Seine zerknitterte weiße Haut war von einer Unzahl winzig kleiner roter Risse übersät, was ihm zusammen mit seiner Hakennase das Aussehen eines vom Lärm des Gallodroms enervierten Kampfhahns verlieh. Er besaß südlich von Grand-Anse, in Séguineau, eine Plantage mit ungefähr zweihundert Hektar Zuckerrohr und lebte allein mit seiner Tochter Marie-Eugénie, die man kaum jemals zu Gesicht bekam, nicht einmal bei der Messe. Einmal im Monat ließ er den Priester kommen, damit er in seiner Privatkapelle die Messe las. Er hatte die gelassene Grausamkeit der einheimischen Weißen, das heißt, er konnte mit seinen schwarzen Arbeitern herumsitzen und auf kreolisch Witze reißen, um dann im nächsten Augenblick seinen Aufseher damit zu beauftragen, einem der Männer oder Frauen einen dieser »Machen-Sie-sich-nicht-die-Mühe-Briefe« zu übergeben, weil er den Eindruck hatte, die betreffende Person arbeite zu langsam. Deshalb war er allgemein gefürchtet, selbst bei Leuten, die nicht für ihn arbeiteten – zum großen Verdruß Thimoléons, der sich sogar weigerte, ihm guten Tag zu sagen.

»Die Békés sind von der Rasse Luzifers!« wetterte der alte Kommunist. »Seit sie hier an Land gegangen sind, haben sie nichts anderes getan, als die Leute bis aufs Mark zu quälen und zu schikanieren. Zuerst die Kariben, dann uns, die Neger, und später die Kulis! Wann ist mit dieser Vagabondagerie endlich Schluß, wann?«

»Du bist einfach zu blöd!« fuhr ihn Eau de Café an, »unser Herrgott weiß schon, was er tut. Wenn er dem Weißen seinen Platz oben und dem Neger seinen unten gegeben hat, dann hat er dafür seine Gründe gehabt. Daran ändern auch deine gottlosen Tiraden nichts!«

Deshalb brauchte der Tischler nur zu sehen, wie de Cassagnac seiner Tochter aus dem Citroën half und sie am Arm zu unserm Haus führte, um alle Fenster und Türen seiner Werkstatt zu schließen und mit der Vehemenz eines Guinea-Negers seine Trommel zu schlagen. Die dumpfen Töne des Laghia-Rhythmus ertrugen diese Freiheitsberaubung nicht und röhrten, daß die Wände der umstehenden Häuschen wackelten. Am merkwürdigsten war, daß de Cassagnac überhaupt nicht reagierte. Er bewahrte eine wahrhaft königliche Würde, und nur ein unmerkliches Zucken seiner Lidhärchen verriet vielleicht die Gereiztheit, die er verspürte.

»Einen schönen guten Tag, Madame! Monsieur de Cassagnac aus Saint-Mérieux möchte Ihnen einen Besuch abstatten«, begann er übertrieben zeremoniell.

»Tag-Tag, kommen Sie herein, ich mach Ihnen sofort auf«, dienerte Eau de Café.

Es gab auch Tage, an denen ich nicht »vagabondierte«, wie sie mich geheißen hatte, sondern hinter den Zucker- und Mehlsäcken aus Frankreich, die sich im Flur zwischen Wohnzimmer und Laden stapelten, heimlich Stellung bezog, um das unwandelbare Ritual dieser drei Wesen zu beobachten. Marraine und de Cassagnac legten das junge Mädchen behutsam auf die Couch und setzten sich jeder auf einen Schaukelstuhl, auf dem sie lange Zeit schweigend verharrten. Marie-Eugénie öffnete die Augen, die in einem hellen Blaßblau erstrahlten, richtete sich etwas auf und wühlte in ihrem lockigen Haar mit den kastanienroten Lichtern. Ihre Bewegungen waren abrupt, beinahe mechanisch. Man hätte sie für eine dieser seltsamen Puppen halten können, die man im Rücken mit einer Flügelschraube aufzieht, damit sie sprechen oder die Arme bewegen.

»Bist du soweit?« fragte ihr Vater behutsam.

»Mmm! Mmm!« murmelte das junge Mädchen, das Gesicht von einem heftigen Tic verzerrt.

Sie sah dann einfach schrecklich aus. Ihre Wangen schienen von innen her angesaugt zu werden, ein Sog, der ihr Gesicht deformierte und die Haut bis auf die Knochen strammzog, um es genau so brutal wieder aufzublasen, und das in regelmäßigen Abständen. De Cassagnac sagte gewöhnlich zu Eau de Café:

»Gehen wir hinauf, meine Liebe.«

Im oberen Stock saß Antilia auf ihrem Bett und starrte, in eine abgrundtiefe Meditation versunken, durch die waagrecht gestellten Lamellen hindurch auf das wütende Meer. Marraine klappte sie eilends herunter, was zur Folge hatte, daß die junge Frau sich blitzschnell wieder in ein braves und dümmliches Hausmädchen verwandelte. Sie gab sich größte Mühe, den Pflanzer angemessen zu begrüßen, während sie darauf wartete, daß Marraine sie in Schlaf versetzte. Sie hatte sich als eine ausgezeichnete »Schlafende« erwiesen, als eine dieser Schlafwandlerinnen, die am hellichten Tag die Zukunft sah und unter »spirituellem« Beistand mit lauter Stimme berichtete. Marraine fungierte nämlich bei Bedarf als »Séancenmeisterin«, aber ausschließlich für die weißen Kreolen, weil, wie sie knurrend bemerkte, die Neger ja zu ihren eigenen Hexern und Herstellern von Zaubertränken gehen könnten. Eine Séancenmeisterin läßt sich nicht mit dem Teufel auf irgendwelche Geschäfte ein, und sie kocht und verordnet auch keines dieser Elixiere aus Krötenfleisch-zerstoßen-in-am-Karfreitag-entwendeten-Weihwasser-und-gemischt-mit-dem-Menstruationsblut-einer-Jungfrauüber-Dreißig. Eine Séancenmeisterin hält Séancen ab, und das heißt reden-reden-reden, denn ihre Worte kommen einer Offenbarung gleich. Manchmal deutet sie auch Träume, oder sie versetzt ein Medium in Schlaf und übersetzt seine wirren Reden in unsere Alltagssprache.

Marraine preßte sich mit ihrem ganzen Körper gegen Antilia wie eine Eidechse gegen einen Schrankspiegel und umfaßte ihren Kopf mit beiden Händen. Antilia sträubte sich ein paar Sekunden lang, machte ein paar groteske Hüpfer, um dann tief und fest schlafend auf dem Bett zusammenzusacken. Eau de Café schien durch die Anstrengung erschöpft und mußte sich an den Säulen ihres Betts festhalten, um nicht ihrerseits zusammenzubrechen. De Cassagnac setzte sich in eine dunkle Ecke, den Tropenhelm auf den Knien und ungewöhnlich bescheiden. Verblüffend bescheiden. Marraine entkleidete Antilia bis auf ihren Büstenhalter und ihren schwarzen Schlüpfer (schwarz, um die Inkuben zu vertreiben, von denen es in Grand-Anse nur so wimmelte). Dann legte sie ihr die flache Hand auf die Augen und stützte die Ellbogen der jungen Frau mit zwei Kopfkissen ab. Sie zündete drei Kerzen an, die sie neben dem Bett auf den Boden stellte, zwei ans Kopfende, eine ans Fußende. Dann streckte sie sich ebenfalls auf dem Bett aus, und während sie mit glasigen Augen vor sich hin starrte, nahm ihre Stimme einen sehr viel männlicheren, ja schon beinahe erschreckend klingenden Tonfall an, der mich und auch de Cassagnac unwillkürlich zusammenzucken ließ. Von draußen drang gedämpft, aber gehässig die Klage von Thimoléons Trommel herein, was die Hitze im Zimmer noch unerträglicher werden ließ. Auf dem Dach, von dem aus ich die Szene durch die Lücken zwischen den Wellblechteilen beobachtete, hörte ich die beruhigenden Geräusche der Stadt: die Tagediebe jeden Alters, die sich auf dem Kirchplatz versammelt hatten, um über alles und besonders über nichts zu reden oder Dame zu spielen. Die Gemüsehändlerinnen, die vor jeder Tür haltmachten und schrien: »Wer braucht mich? Madame braucht heute nichts? Ich hab Turbankürbis, Zwiebeln, Granadillas, St. Martin Yamswurzeln, festen Kohl.« Und vor allem auf der andern Seite das ständige Geflatter der Wasservögel über dem Meer (eine Art Huldigung an den flüchtigen Charme der Tage), dessen Gehässigkeit uns aus seinen riesigen, goldbraun marmorierten Schaumpupillen entgegenschwelte.

Ich erschauerte, als Eau de Café mit ihrer falschen Stimme das Zimmer erfüllte. Sie befahl Antilia, ihr einen Namen zu nennen, einen »Titel«, wie sie sich ausdrückte. Sie beschwor sie, flehte sie an, ihr dieses Geheimnis zu verraten, und als die Schlafende, von einer Art Hysterie erfaßt, antwortete, »ich weiß nicht, wen Ihr haben wollt! Ich weiß nicht!«, wurde Eau de Café wütend und brüllte auf französisch: »Rede oder ich reiß dir die Zunge raus!« De Cassagnac stand plötzlich von seinem Sessel auf und fing an, das Zimmer in jeder Richtung zu durchmessen, wobei er sich gelegentlich mit seinem Tropenhelm aus weißem Leinen etwas Luft zufächelte. In all den Jahren, in denen diese Séancen stattgefunden hatten, hatte Antilia rückhaltslos alles enthüllt: die Ursache der unerklärlichen Unfruchtbarkeit eines Feldes auf der Pflanzung Séguineau, das von den schwarzen Tagelöhnern »Schmerz meines Lebens« genannt wurde; das Heilmittel gegen die Hautkrankheit, die den Körper de Cassagnacs befallen hatte; das Versteck des Verbrechers, der in regelmäßigen Abständen die Salzwassereimer für die auf der Weide angepflockten Rinder vergiftete; die üblen Kungeleien zwischen zwei Békés aus Macouba, die de Cassagnac in den Ruin treiben sollten. Als traditionsbewußter Mann hatte sich de Cassagnac mit Leib und Seele dem Zuckerrohranbau verschrieben, obwohl er kaum mehr etwas einbrachte, und die Zuckerfabrik von Grand-Anse von einem Jahr aufs andere zu schließen drohte.

Nach der Séance bot ihm Marraine im Wohnzimmer ein Tonic an, bei dem er als sein eigener Zuhörer immer über dieselbe Sache perorierte:

»Das Zuckerrohr ist eine Kultur für sich, verstehen Sie. Es bestimmt das Leben von vier Uhr morgens bis sechs Uhr abends. Jeder ist auf seinem Posten: der Aufseher, der die Aufgaben verteilt und ihre Durchführung überwacht; die Schnitter, die ihre Macheten am Schleifstein wetzen, bevor sie gegen die Zuckerrohrbataillone ins Feld rücken; die Binderinnen, die in ihrem Gefolge die Stöße binden. Ja, meine Liebe! Die Trupps von Negerjungs, die die liegengebliebenen Rohre auflesen. Der Hufschmied, der sich um die Maultiere kümmert; die Maultiertreiber selbst, die die Tiere satteln und aufzäumen und die Bündel zum Wiegen vor die Fabrik fahren. Ist doch eine großartige Sache, was, Madame?«

Marraine lächelte zustimmend, obwohl sie das, was dieser knochige Schwachkopf von einem Weißen die »Kultur des Zuckerrohrs« nannte, innerlich verfluchen mußte. Er hatte übrigens verdammtes Glück, daß sie so anständig war, denn schon mehrmals waren gewisse Békés, die sich der zeitgemäßeren Bananenkultur verschrieben hatten, an sie herangetreten, sie solle de Cassagnac überreden, seine Ländereien abzustoßen und sich mit seiner debilen Tochter in seinem Domizil in Plateau-Didier, einem Stadtteil von Fort-de-France, zur Ruhe zu setzen.

»De Cassagnac brütet zu viel über Büchern«, lauteten die Argumente des Békés Dupin de Médeuil, eines schmierigen Lebemanns, wie er im Buch steht, der unter Admiral Robert zum stellvertretenden Milizführer ernannt worden war und ständig Lobeshymnen auf Marschall Pétain anstimmte. »Wenn Sie sich bei ihm umschauen: Bücher, Bücher und nochmals Bücher! Und in seinem Schlafzimmer soll's noch schlimmer aussehen, hat mir sein Dienstmädchen gesagt. Und während er wie ein zurückgebliebener Junggeselle seine Zeit mit Lesen vergeudet, geht's mit seiner Pflanzung immer weiter bergab, er steuert auf den Bankrott zu, und wir hier im Norden kriegen von der Departementsvertretung nicht die Zuschüsse, die wir für unsere Bananenpflanzungen brauchen, weil wir nicht genügend Tonnen produzieren. Bis zum Jahresende muß ganz Séguineau mit Bananen bepflanzt sein, Himmel, Arsch und Zwirn!«

Manche behaupteten auch, de Cassagnac sei zu sehr damit beschäftigt, auf seiner Pflanzung nach Schätzen zu graben, um sich der Landwirtschaft zu widmen.

Ihrer Meinung nach suchte er nach dem berühmten mit Goldstücken gefüllten Krug, den sein Großvater zur Zeit der Sklaverei vergraben hatte.

Marraine hatte eine unerklärliche Schwäche für ihn (war er nicht einmal der Liebhaber ihrer Mutter Franciane gewesen?) und schützte ihn vor seinen Feinden, vor allem vor denen seiner eigenen Rasse. Vielleicht lag ihr genausoviel wie ihm daran, diesen geilen Bock zu identifizieren, der sich an einem Faschingsdienstag eine riesengroße, mit tausend Spiegelstückchen übersäte und von einem Paar Hörner gekrönte rote Maske aufgesetzt hatte und der heiratsfähigen Tochter des Herrn von Séguineau durch das ganze Haus und seine Veranden nachgejagt war (wobei er grotesk das Becken kreisen ließ), von der Abwesenheit ihrer Gouvernante profitierend, die unter einem Mangobaum ihr Geschäft verrichtete. Marie-Eugénies Gebrüll hatte sie jedoch wieder zurückrennen lassen, und das Schauspiel, das sich ihr bot, raubte ihr die Fassung: das junge Mädchen Auge in Auge mit dem Teufel, der sie mit seinem steifen Glied bedrohte. Die Gouvernante packte einen Besen und schlug ihn in die Flucht. Sie konnte von nirgendwoher Hilfe erwarten, denn seit drei vollen Tagen zog die ganze Bevölkerung tanzend durch die Straßen. Die Kleine, völlig gelähmt vor Angst, rührte sich nicht von der Stelle. Von diesem Tag an hörte man sie nicht mehr lachen und auch nicht mehr plappern, sie, die mit ihrem unaufhörlichen Gezwitscher Leben in das große Haus gebracht hatte, und der Gram, den ihr Vater darob verspürte, war nicht mit Worten auszudrücken. Er brachte sie in die Vereinigten Staaten, nach Caracas, nach Paris, um sie dort berühmten Medizinern vorzustellen, und sah sich schließlich gezwungen, nicht nur eine ordinäre Wahrsagerin, sondern auch noch eine Farbige um Hilfe zu bitten. Als Antilia sich sträubte, flehte er sie an:

»Auch wenn ein Weißer diese Schandtat begangen hat, sag es mir! Weißer, Schwarzer, Mulatte, Chabin, Kuli oder Syrer, er wird es mir büßen. Da kenn ich kein Mitleid!«

In diesem Fall verlangte das schlafende Medium gewöhnlich, daß man Marie-Eugénie nach oben brachte, wo sich dann ein merkwürdiger Dialog zwischen ihnen entspann, den, wie sich herausstellte, auch Eau de Café nicht zu übersetzen vermochte, abgesehen von folgenden Bruchstücken:

»Wasserwesen«, murmelte Marie-Eugénie, »ich mag ihn nicht, deinen Geruch nach den Gezeiten. Versuch nicht, die Träume in meinem Kopf durcheinanderzubringen. Von mir erfährst du nichts.«

»Erinnere dich! Ich befehle dir, dich zu erinnern«, schrie Antilia, »ich kann dein Leben völlig umkrempeln und dein Unglück in der Sonne bleichen lassen.«

»Ha! Ha! Ha!... was für einen Zirkus veranstaltest du da? Du entstammst doch diesem verfluchten Meer von Grand-Anse und weißt ganz genau, daß diese Stadt die ewige Verdammnis auf sich geladen hat. Du weißt doch, daß diese Leute, die dem Meer den Rücken zukehren, ungehorsam waren und bestraft werden. Warum also einen allein strafen?«

»Ich versteh dich ja«, jaulte Antilia, deren Augen sich plötzlich öffneten, riesig und meergrün, »sie sind schuldig, allesamt sind sie schuldig. Es gibt keine, die frommen Herzens sind! Diese ganze Insel wird vom Angesicht der Erde verschwinden, und nur im Meer versprengte Medusen werden übrigbleiben, um ihr Verschwinden zu beklagen. Ich schwör's!«

»Hört sofort damit auf«, brüllte Eau de Café, die sich eine kleine geflochtene Peitsche aus Bananenfaserschnüren geschnappt hatte und die Schenkel der Schlafenden damit bearbeitete.

Danach versetzte sie sie in einen noch tieferen Schlaf, indem sie die Sohlen ihrer Füße drückte, und fing wieder mit ihrer gnadenlosen Befragung an: »Wer? Wie heißt er?« Marie-Eugénie gluckste wie ein drei Monate altes Baby, was ihren Vater zwang, sie wieder ins Wohnzimmer zurückzubringen, bevor ihre Krise größere Ausmaße annahm. Verärgert durch den Widerstand der beiden jungen Frauen, ließ Eau de Café ihre Wut an Thimoléon aus. Sie öffnete den Türladen gegenüber seiner Werkstatt und schrie zu ihm hinüber:

»Hehe, Neger! Ich hab genug von deinem höllischen Tamtam.

Wenn Monsieur aus dem Busch stammt, muß er das nicht noch beweisen!«

»Ich, aus dem Busch!« rief der Tischler, der aus seiner Höhle herauskam, das Gesicht so zerknittert wie ein Kleidungsstück, das seit Ewigkeiten unter einer Matratze gelegen hat. »Also so was, so was...«

Fassungslos, erbost, geschlagen, rachsüchtig, wiederholte er immer nur »Also so was!« Während eines einzigen Lidschlags durchlief er dreißig und zwölftausend Gemütszustände, um abschließend zu erklären:

»Kaum hat der Mulatte ein Pferd, behauptet er, keine Negerin zur Mutter zu haben.«

»Und der Neger wird seine Laufbahn in der Hölle beenden«, versetzte Marraine und schlug ihm den Laden vor der Nase zu.

Antilia war inzwischen wieder zu sich gekommen und lief zur Regenwanne, um sich frisch zu machen. De Cassagnac wartete nicht, bis Marraine ins Wohnzimmer herunterkam. Er trug Marie-Eugénie auf den Armen hinaus und bedeutete dem Fahrer, den Motor anzulassen. Bis das gelang, mußte dieser manchmal viermal die Kurbelwelle anwerfen, was die ganzen Rotznasen des Viertels zusammenströmen ließ. Durch die Wagenfenster konnte ich die blauen Augen Marie-Eugénies sehen, die auf das Dach unseres Hauses zu starren schienen, wo ich meinen Posten bezogen hatte. Ich versuchte, mich kleiner zu machen, und preßte mich gegen das glühend heiße Wellblech, höchstwahrscheinlich eine unnötige Vorsichtsmaßnahme, denn das Wahrnehmungsvermögen des jungen Mädchens war vom Stumpfsinn getrübt.

In ihrem Zimmer wechselte Eau de Café unverzüglich das Laken, auf dem sie Antilia in Schlaf versetzt hatte, anschließend nahm sie einen geweihten Palmwedel, tunkte ihn in Weihwasser und besprengte damit sorgfältig alle Ecken und Winkel.

»Großer Gott, wenn das nicht Julien Thémistocle war, der den Verstand dieser kleinen Weißen durcheinandergebracht hat! Der Blitz soll mich treffen, wenn er's nicht war«, murmelte Eau de Café vor sich hin. »Der hat sämtliche Laster gehabt.«

Antilia stand bereits wieder hinterm Ladentisch und wog pfundweise Linsen ab oder füllte Petroleumkannen, als wäre nichts gewesen. Ich hätte wetten können, daß sie sich an nichts erinnerte, außer daß sie den ganzen Nachmittag auf einer der Bänke im Flur Siesta gehalten hatte.

4

Wenn mich mein Gedächtnis nicht vollkommen im Stich läßt, war bei Flut die Brandung merkwürdigerweise sehr viel diskreter, aber vielleicht waren wir abends auch weniger aufmerksam, weniger erpicht darauf, die leisesten Äußerungen des Feindes zu registrieren. Manche Männer nutzten die Gelegenheit und trafen sich am Strand mit den beiden Frauen-für-jeden-Mann von Grand-Anse. Die eine war eine Negerin mit einem sinnverwirrenden Fettsteiß und so hochgewachsen, daß sie alle anderen Frauen überragte; die andere war eine Mulattin mit geöltem Haar. Sie wurden keineswegs mit Verachtung gestraft, denn sie erfüllten einen Zweck, den wir als gemeinnützig anerkannten, außerdem waren sie weder vulgär noch ohne Bildung. Niemand hätte sich ihnen gegenüber eine unpassende Bemerkung erlaubt, abgesehen von Sieur Ali Tanin, der seit seiner Schlappe bei Antilia zum schlimmsten Moralapostel geworden war. Die Halbwüchsigen verzehrten sich insgeheim für die eine oder andere und fieberten dem Augenblick entgegen, wenn sie, zwei Francs und vier Sous in der Tasche, die eine oder andere ansprechen, sie überreden und schließlich eine Nacht mit ihr vereinbaren würden. Das war ein festes Ritual, eine Initiation, gegen die kein Pfarrer ankam. Wir verloren unsere Königinnen der Liebe erst, als die Regierung ein Büro für Auswanderer mit dem Ziel Paris einrichtete.

Es geht aber auch das Gerücht um, daß Myrtha, die Negerin mit den üppigen Formen, die Vermaledeiung über unsere Stadt gebracht habe. Doch diese Version, die genauso verbreitet und abgedroschen ist wie alle übrigen, flüstert man nur denjenigen zu, denen man absolut vertrauen kann, und bekreuzigt sich dabei. Sie sieht so aus: Myrtha wie auch ihre Schwester im Laster – sowie alle ihre Vorgängerinnen aus der Zeit von anno dazumal – gingen einmal im Monat am Sonntagmorgen zur Neun-Uhr-Messe, um die Kommunion zu empfangen, ohne daß die Diener unseres Herrn Jesus Christus den geringsten Anstoß daran nahmen. Zu der Zeit, von der hier die Rede ist, war sie noch blutjung und hatte sich auf Anraten ihrer Familie und zahlloser Bewunderer gerade erst in dem Gewerbe eingearbeitet. Unglücklicherweise war damals ein neuer Abbé nach Grand-Anse gekommen, ebenfalls blutjung, der nicht in der Soutane herumlief und nachmittags in den versifften Destillen der Rue-Derrière mit den Tafia-Trinkern Domino spielte. Die Kirchenmäuse und Betschwestern, die ihn dazu zwingen wollten, sich den lieben langen Tag ihr Gewäsch anzuhören, ließ er zornig abblitzen, und statt die Frühmesse abzuhalten, ging er lieber fischen. »Wenn das mal gutgeht!« knurrte man in den Kreisen der Gestrengen, aber die meisten Grand-Ansianer waren von dem leutseligen Blondschopf mit seiner vom Meersalz geröteten Haut doch sehr angetan. Und die Kalauer, die er in unserer Sprache improvisierte – einer Sprache, die er sich »flip-flap« angeeignet hatte, wie es die alte Adeline, Pfarrmagd seit drei Generationen, auf ihre drollige Art formulierte –, waren immer für eine Überraschung gut. Bis zu dem Tag, als Myrtha anfing, alle Tage fast eine volle Stunde lang zu beichten und der Abbé Michel danach totenblaß und merkwürdig schlapp wieder auftauchte. Die Leute zerrissen sich die Mäuler über diese Sache, spielte sie sich doch in einer Gemeinde ab, in der sich sonst nie etwas abspielte. Der junge Abbé hörte auch auf, die Kneipen zu frequentieren, mit dem Jungvolk Fußball zu spielen und verließ kaum noch das Pfarrhaus. Obwohl das schon eher der Vorstellung entsprach, die man sich hier vom Leben eines Geistlichen machte, so stellten wir doch dreißig und zwölftausend Mutmaßungen über diesen plötzlichen Rückzug an. Am einleuchtendsten erschien, daß ihm Myrtha ein schreckliches Verbrechen gebeichtet hatte und er nicht wußte, wie er ihr dafür Absolution erteilen sollte. Man Léonce, die Bäckersfrau, erklärte:

»Soll ja Frauen geben, die so was von grausam sind, daß sie die Frucht ihres Leibes ausreißen und in die Büsche oder ins Meer schmeißen. Auf der Seite von Morne Céron lebt eine gewisse Doris, die wir die Anverlobte des Teufels nennen und die alle wildwachsenden Kräuter kennt, die man bei Vollmond drei Nächte lang ziehen lassen muß, bevor man den Sud trinkt. Danach spürt man, wie es einem die Eingeweide zerreißt und den Magen umdreht. Man ruft nach seiner Mutter, beißt sich in die Hände, in die Finger, wälzt sich auf dem Boden, bis einem schließlich etwas Rotes, Schleimiges an den Beinen runterläuft und gar nicht mehr aufhört. Man muß sich, so gut es geht, wieder aufrappeln und das Zeug wegschaffen, bevor man dabei ertappt wird. Danach muß man zwei oder auch drei Tage das Bett hüten, weil das Blut langsamer im Körper zirkuliert.«

»Das hört sich an, als hättest du's schon mal probiert, meine Liebe«, sagte eine Frau zu ihr, »du kennst dich verdammt gut aus, ähmm, ähmm!«

Jedenfalls schien die ewige Verdammnis, die der Abbé Michel beschworen hatte, Myrtha so zugesetzt zu haben, daß sie die Namen all derer preisgab, die hier immer schon solche Methoden praktiziert hatten, und das war damals ein ganz hübscher Haufen. Der Abbé mußte entsetzt feststellen, daß er mit Leuten verkehrt hatte, die mit derselben Leichtigkeit ungeborene Kinder töteten, wie sie ein Glas Rum kippten. Da er sich in seinem Pfarrhaus drehte wie eine Manguste in ihrem Käfig, beschloß er – so das Gerücht –, den Ort zu verlassen. Am letzten Tag sah man ihn traumverloren am Strand auf und ab gehen, die Bibel in der Hand. Eau de Café, immer etwas kühner als die andern, versuchte ihn von seiner Absicht abzubringen, aber ihre Bemühungen waren nicht von Erfolg gekrönt. Die Wellen leckten den Saum seiner lila-weißen Soutane, während ihm der Wind das goldene Haar zerzauste. Er machte dramatische Gebärden zum Meer hin, als würde er sich mit ihm verständigen, so daß er von diesem Tag an in unserer Sprechart nur noch der »Abbé de la mer« hieß. Die Erinnerung an ihn sollte sich uns für immer ins Gedächtnis eingraben, nachdem er dann auch noch auf ostentative, ja schon ostentiöse Weise sein Gewand zu den Fluten hin schüttelte. Am Tag nach seiner Abreise schwoll das Meer von Grand-Anse ohne die geringste Vorwarnung gegen Mittag ungeheuer an und zertrümmerte alle Boote, die auf dem Kieselstrand lagen. Drei davon, die bei Ebbe hinausgefahren waren, kehrten nie wieder zurück, und von da an traute man dem Ungeheuer nicht mehr über den Weg. Man schloß Fenster und Türen, die auf seine Seite hinausgingen, und kehrte ihm den Rükken zu, zwischen den Zähnen Verwünschungen hervorstoßend. Nachdem ein Monat nach dem anderen vergangen war und die Zeit selbst wieder Zeit erzeugt hatte, wie wir hier sagen, machte sich einer mit einem kurzen Gedächtnis daran, mit dem letzten, noch nicht verrotteten Boot auf Fischfang zu gehen, und er mühte sich einen ganzen Tag auf dem Wasser ab, ohne auch nur einen einzigen *Couli-rou* oder *Marignan-tête-de-fer* zu erwischen. Ein anderer folgte und dann noch ein paar, und alle kamen sie unverrichteterdinge zurück, woraus man schloß, daß die Speisekammer von nun an leer sein würde. Natürlich suchte man nach einem Schuldigen und fand ihn in der Person des Abbé Michel, der mit seiner blödsinnigen Entrüstung sicherlich für immer unser Meer verflucht hatte. Unterdessen hatte Myrtha ihren Leib mit Rubigine getötet, einem Produkt, mit dem sich die hartnäckigsten Kleiderflecken entfernen ließen und das sich auch als sehr wirksam gegen Sperma erwiesen hatte. Die andere Königin der Liebe, die Mulattin, war nach Paris geflüchtet, wo ihr sapotillefarbenes Fleisch auf den Trottoirs von Pigalle Furore machte, will man den Berichten unserer frisch zurückgekehrten Rekruten Glauben schenken.

Aber selbst in dieser Lesart läßt sich eine Variante erkennen, die genauso plausibel ist wie die vorangegangene und die hier ebenfalls wiedergegeben werden muß, um das Drama in seiner ganzen Tragweite zu erfassen. Nach Einbruch der Dunkelheit diente, wie bereits erwähnt, der Strand von Grand-Anse als Zufluchtsort für unsere beiden Frauen-für-jeden-Mann und die hiesige Männerwelt. Aber man stelle sich keine heidnischen Orgien unter dem spöttischen Lächeln des Mondes vor oder eine Hymne an die Götter der Ausschweifung. Im Gegenteil, jede von ihnen spendete ihren Partnern grenzenlose Liebe und unerhörte Zärtlichkeit, wobei Schreie, Röcheln oder obszöne Bemerkungen verpönt waren. Man kam vollkommen überwältigt zurück, überzeugt, von einer Frucht gekostet zu haben, die einem die eheliche Liebe niemals zuteil werden lassen könne. Eine Frucht so rein, so frei von den üblichen Qualen des Lasters, daß man glatt vergaß, sie den diversen Abbés zu beichten, die sich in unserer Gemeinde ablösten, und weiß Gott! sie fanden sich voll und gänzlich damit ab, so daß jedem klar war, daß sie selbst auch schon davon gekostet hatten. Von Sünde konnte also nicht die Rede sein!

Kam der Abbé Michel, der sich so gut mit den Negern verstand, daß niemand auch nur eine Sekunde lang daran dachte, ihm zu mißtrauen. Er tat so, als würden ihn unsere nächtlichen Gewohnheiten nur belustigen, und wenn er ihnen auf der Straße begegnete, grüßte er sowohl Myrtha wie auch die Mulattin, Passionise, die ihrem Mann Julien Thémistocle zwei Monate nach der Hochzeit wieder davongelaufen war, mit ausgesuchter Höflichkeit. Das Unglück stützte sich auf seine Jugend und seinen Blondschopf, um uns auf die Schultern zu klettern und ein für allemal in die Knie zu zwingen. Er eroberte das Herz der Mulattin, ohne daß auch nur ein Neger von Grand-Anse etwas merkte, und übrigens auch ohne daß sie einer Menschenseele von ihrem Malheur erzählte. Ein beispielloses Malheur, denn es herrschte die stillschweigende Übereinkunft, daß sie keinen Unterschied machen dürfe zwischen dem Neger mit der Mistgabel und dem Postvorsteher mit den sauberen Händen, dem liebestollen Gimpel und dem von Feldarbeit und Schnapskonsum gezeichneten Greis. Selbst Dachine, der zwergwüchsige Müllmann, hatte ein Anrecht auf das Glück in ihren von der Gischt feuchtkühlen Armen. Passionise hatte also gegen eine Grundregel verstoßen, und in der Enge unserer Welt, in ihrer engen Strenge, ist es nun einmal so, daß eine außer Kraft gesetzte Regel über kurz oder lang das ganze System ins Wanken bringt, und das ist dann auch tatsächlich eingetreten.

Von diesem Augenblick an verbarrikadierte sich die Mulattin in ihrem Zimmer zwischen ihren weißen Strohkörben, ihren Puppen, die die Augen schlossen, wenn man sie hinlegte, ihren Sträflingsketten aus massivem Gold, ihren Biskuitdosen aus der Bretagne, die sie wegen der Schönheit ihrer Miniaturmalereien sammelte, ihrem Grammophon, auf dem sie die ganze Zeit nur ein einziges, schrecklich trauriges Lied von Billie Holiday spielte. Anfangs war man noch bereit, ihr eine hartnäckige Magenverstimmung abzunehmen. Und die darauf folgenden Wochen wurden ihr auch noch zur Erholung zugestanden. Was man aber nicht akzeptierte, war, daß der Abbé Michel jeden Tag bei ihr vorbeikam, um die Beichte abzunehmen, als läge sie auf dem Sterbebett, und daß er sich über drei Stunden lang bei ihr einschloß. In der Gerüchteküche brodelte es, und die Männer ließen ihren Ärger auf dem schnell ramponierten Leib von Myrtha aus, die immer nur wiederholte: »Ich versteh das nicht! Ich versteh das einfach nicht!« und sich dabei heimlich die Tränen aus den Augenwinkeln wischte.

Eines Abends reichte es den Leuten. Als ihr der Abbé Michel wieder einmal seinen täglichen Besuch abstattete, umstellten ungefähr dreißig stämmige Burschen das Häuschen der Mulattin und brachten lautstark ihren Unmut zum Ausdruck. Einer improvisierte ein so schweinisches Liedchen, wie man es hier bislang noch nie hier gehört hatte:

Labé Michèl, sa ou ha fè nou an?
Tiré lolo'w nan bonm siwo-a O!
Labé Michèl, Bondyé pa di sa
Tiré djòldou 'w anlè tété sik la O!
Labé Michèl, mèt kokè, mèt konfésè.

(Abbé Michel, was geht vor in deinem Kopf?
Zieh ihn raus, den Schwanz aus dem Siruptopf!
Abbé Michel, dem lieben Gott wird's nicht gefallen
Saug nicht so gierig an dem Zuckerbusen
Abbé Michel, Beichtvater und Beischläfer vor allem)

Und von überall kamen sie angelaufen, um, wie das so üblich ist, miteinzustimmen und das Liedchen durch immer neue Strophen zu erweitern, eine schlüpfriger als die andere. Bei solchen Gelegenheiten waren der Phantasie keine Grenzen gesetzt, dafür sorgten schon die ohne Unterlaß kreisenden Schnapsflaschen. Bald war die ganze Stadt wach, obwohl sich die Leute von Grand-Anse seit eh und je ungefähr eine Stunde nach den Hühnern schlafen legen. Frauen, Kinder, Greise, Gelähmte, Halbblinde und andere mitleiderregende Exemplare der menschlichen Rasse kamen zur Verstärkung mit Töpfen oder Tellern bewaffnet herbeigeströmt, machten ein paar Tanzschritte oder schnitten Grimassen, die von den zivilisierten Negern unter normalen Umständen als schamlos verurteilt werden.

Aus Rache hielt der Abbé am nächsten Morgen seine Messe über dem Haupt des Meeres. So kam der Fluch über unser Meer, und Sie sind Zeuge, daß Antilia mit der Sache nichts zu tun hat...

5

Ich muß mich wohl dazu entschließen, tiefer in meine eigenen Erinnerungen einzutauchen und selbst den Schutt, der sie bedeckt, wegzuräumen. Gestern habe ich mich endlich ein paar Schritte auf den schwarzen Strand von Grand-Anse gewagt und stellte dabei zu meiner Überraschung fest, daß ich nicht mehr diese Faszination empfand, die die plötzlichen Wutanfälle des Meers früher auf mich ausübten. Ich durchschaue jetzt sein falsches Spiel: Es tut so, als ziehe es sich mürrisch zurück, und man sieht, wie die Wellen sich plötzlich glätten, als wäre ein himmlischer Kamm darübergefahren. Man sieht, wie der Schaum weite Flächen des bläulichen Wassers besprenkelt. Die Raisinier-Bäume von La Crabière richten sich wieder zu einem stolzen Regiment berittener Küstenwacht auf. Uralte Leidenschaften scheinen sich des Kaps zu bemächtigen, aber nichts da, Lug und Trug! das Meer erwacht wieder, bläht den Bauch und fällt mit doppeltem Getöse auf die eigene Masse zurück. Meer von Grand-Anse. Vor ungestillter Rachsucht gelbes Januar-Meer. Meer der Fastenzeit, quälend, unendlich.

Als Auftakt zu einer baldigen Versöhnung lasse ich die beiden kleinen Fenster meines Zimmers von nun an die ganze Nacht über offenstehen, nur wenn es hell wird, vernagle ich sie wieder (mit dem Absatz meiner Schuhe), um das Océanic-Hotel nicht in Aufruhr zu versetzen. Der Besitzer, ein pensionierter Marineangehöriger, würde mir eine solche Frivolität nie verzeihen. Und was das Zimmermädchen betrifft, so würde es sich wahrscheinlich weigern, das Bett zu beziehen. Wo ich doch immer mehr Zeit darin verbringe angesichts der stummen Feindseligkeit, die sich an meine Person heftet, wenn ich mich, was selten genug geschieht, auf die Straßen der Stadt wage.

Tatsächlich erinnere ich mich auch wieder, wie gut Eau de Cafés Laden nach altem Rum und scheibenweise verkauftem Kabeljau roch. Auf einem Regal thronte ein Stoß zerfledderter »Schuldenheftchen«, in denen sie mit mustergültiger Sorgfalt die Einkäufe ihrer Schuldner notierte. Mit schöner Regelmäßigkeit schimpfte sie über Antilias Art zu kehren, riß ihr den Besen aus der Hand und ließ das Häufchen Dreck wieder über die Schwelle wandern.

»Es könnte ja einer vorbeikommen und mir meinen Dreck klauen«, fing sie an, »du hast keine Ahnung, wie hintertückisch die Neger sind. Es braucht nur einer was hineinzupraktizieren, und schon bin ich meine Kunden los! Na, und dann kann ich mich morgen, so Gott will, mit den herumstreunenden Hunden um ein Stück Brot balgen!«

Antilia zuckte die Achseln und kniete sich mit einem großen Lappen bewaffnet auf den Boden, um die Platten zu putzen. Die pralle Rundung ihrer Schenkel und ihres Hinterteils begeisterte den Brotlieferanten, die Arbeiter der Frühschicht, die an der Theke eine Starthilfe kippten, bevor sie sich der Umbarmherzigkeit der Sonne aussetzten, den Fahrer des Royal-Soda-Lasters, der seine Kisten auffällig langsam ablud, und selbst Hochwürden. In der Tat, Hochwürden begrüßte seine nächsten Nachbarn gerne schon vor der Sechs-Uhr-Messe, zweifellos einer seiner hinterlistigen Tricks, um sie an ihre Pflichten gegenüber der heiligen Kirche zu erinnern. Seine Soutane flatterte zwischen der mit bunten Bonbonnieren vollgestellten Ladentheke und den schlaffen Linsen- und Rote-Bohnen-Säcken, die darauf warteten, daß man ihnen ein halbes Pfund entnahm.

»Achtung, Monsieur Abbé«, knurrte Antilia, wenn sie mit ihrem Lappen an den Rand seiner schwarzen Stiefel stieß, die er auf schon militärische Art zur Schau trug – das aber nur an Tagen, wenn sie einigermaßen menschlich gelaunt war, ansonsten schrie sie wie eine Furie: »Platz da! Wird's bald, Mann, machen Sie Platz!« und bespritzte ihn dabei mit dem Putzwasser aus ihrem Eimer. Und der Priester floh auf Zehenspitzen aus dem Laden, rot vor Verlegenheit und unbefriedigter Geilheit.

»Einem Priester gegenüber reißt man das Maul nicht so weit auf«, protestierte Eau de Café.

»Was! Ist das etwa kein Mann? Baumelt zwischen seinen Beinen etwa keine Wurst?« erwiderte das Hausmädchen.

»Schandmaul! Schandmaul!« Eau de Café bekreuzigte sich die Lippen.

Hinter dem Laden befand sich ein Labyrinth von Eternitkästen, Brettern, die aus Kisten herausgebrochen waren, Bambuslatten und roten, achtlos aufeinandergehäuften Ziegelsteinen. Tante hatte dort ihr Lager, ein magischer Ort, an dem die Lieferanten aus der Stadt die unterschiedlichsten Waren auf so chaotische Weise aufeinanderstapelten, daß jeder Versuch, Ordnung zu schaffen, von vornherein zum Scheitern verurteilt war. Kaum tauchte am andern Ende der Rue-Devant die dunkelgrüne Plane eines Lastwagens auf, nahm Marraine Antilias Platz hinter dem Tresen ein und schickte sie los, damit sie beim Abladen half. Eine ziemlich schwierige Aufgabe, bei der sie den Fahrer rückwärts in die verwinkelte Gasse zum Lager bugsierte und je nachdem mal »links! Und jetzt rechts!« und dann wieder »einschlagen, das Lenkrad einschlagen« brüllte. Eine Aufgabe, die Antilia mit erstaunlichem Geschick bewältigte, obwohl sie unseres Wissens nach noch nie in einem Lastwagen gesessen hatte. Diese Manöver dauerten eine gute halbe Stunde, und wenn der Laster genau parallel zum Schuppen stand, kletterte der Beifahrer, ein kräftiger Bursche, schwarz wie Preßkohle und nackt bis zur Taille, auf den Stapel mit der Ware, nahm die Plane ab und machte sich daran, auf seinen mächtigen Schultern alles zu transportieren. Für uns, eine Horde kleiner Negerjungen, war jede Ankunft eines Lieferwagens ein Freudenfest. Einer stillschweigenden Übereinkunft nach durften wir alles, was beim Entladen auf den Boden fiel, behalten. Wir hatten schon eine wahre Meisterschaft darin entwickelt, mit Hilfe unseres, über dem Daumen angewinkelten Zeigefingers und zweier Zaubersprüche die Schritte des Beifahrers aufzuhalten, wenn er die Kisten mit französischem Apfelsaft oder Schokoladetafeln transportierte. Als Gegenleistung halfen wir ihm, die Ladefläche zu schrubben, wenn der Laster leergeräumt war. Und wir drängten und schubsten uns gegenseitig, um für ihn die Wassereimer vom Gemeindebrunnen heranzuschleppen. Den größten Teil der Zeit verbrachten wir allerdings damit, Antilia und den Fahrer bei ihren Liebesspielen im Lager zu beobachten. Wir stürzten hinter Thimoléons Hühnerstall, und dort spähten wir trotz des entsetzlichen Gestanks, der uns umgab, mit weit aufgerissenen Augen durch die Spalten des von Kolonien von Holzwürmern angenagten Verschlags. Antilia zog ihr Kleid bis zum Kinn hoch und drapierte sich mit dem Gesicht nach oben auf einem der französischen Mehlsäcke. Diese Säcke waren von Natur aus weiß und deshalb auch die einzigen, von denen sich mit Sicherheit sagen ließ, ob sie sauber waren oder nicht. Sie verschränkte die Arme hinter dem Kopf und spreizte die Schenkel, während der Fahrer, der nur die Hose bis zu den Knien heruntergelassen hatte, sie bestieg und unter komischem Gewieher tüchtig durchwalkte. Seine Lippen schwirrten über den braunen Brüsten Antilias, die vor Erregung ganz hart geworden waren, aber immer noch eine erstaunliche Elastizität aufwiesen. Der jungen Frau entrang sich ein monotones, doch sehr sinnliches Gemurmel, das das kleine Lager erfüllte, bis es eine Art Echo bildete. Den Entlader schien das keineswegs zu stören, er paßte einfach nur auf, daß er die Kästen neben ihnen nicht zu gefährlichen Stößen aufstapelte. Manchmal hörten wir ihn in unserer Sprache murmeln.

»Koké koké zòt! Koké avan zòt mo, lébann malkochon!« (Treibt's nur, bis es euch zu den Ohren herauskommt! Bumst, bevor ihr abnibbelt, ihr Lustmolche!)

Antilia lachte lauthals, ein Lachen, das so hysterisch klang, daß es die Hälfte von uns zusammenzucken und die andere Hälfte wie einen Schwarm Drosseln auseinanderstieben ließ. Wir sahen, wie der gewaltige Schwanz des Fahrers wütend zwischen die Schenkel des Dienstmädchens fuhr, während beiden der Schweiß vom Körper troff. Ihre Gesichter bedeckten sich mit einem opalfarbenen, glitzernden Niederschlag. Da drinnen mußte es heißer als in einem Backofen sein, denn das Lager besaß nicht nur keine Entlüftung, sondern war außerdem noch mit Wellblech gedeckt. Unser Paar schien das nicht zu kümmern. Damit sie sich aus ihrer Umarmung lösten, mußte Marraine, die sich zur Feier des Tages umgezogen und parfümiert hatte, vom Laden aus zu ihnen herüberbrüllen. Der Fahrer bat uns, ihn für ein paar Sous mit kaltem Wasser zu übergießen und zog sich dann in der Kabine seines Lastwagens noch ein sauberes Khakihemd an. Zum Schluß fanden sich alle außer Antilia im Wohnzimmer ein, wo sie sich um ein Tablett mit Gläsern scharten, die bis zum Rand mit Anisette oder Süßwein gefüllt waren, und prosteten sich zu. Marraine die mit den verschiedenen Fahrern, die die Gegend belieferten, auf du und du stand, war im siebten Himmel. Sie nannten sie zärtlich »Mamma«, und sie genoß das. Sie sonnte sich in den Komplimenten, die sie ihr über ihre neuen Ringe oder ihr frisches Aussehen machten, und erkundigte sich nach ihren Frauen und ihren Kindern, die sie nie in ihrem Leben zu Gesicht bekommen würde. Und wenn sie wieder in die Hauptstadt zurückfahren mußten, küßte sie sie auf beide Backen und blickte sie so vorwurfsvoll an, wie man gewöhnlich seine verlorenen Söhne anblickt. Manchmal flüsterte sie ihnen auch boshaft zu:

»Koukoun-la té dous jodi-a an?« (Ist die Pussy heute sanft gewesen?)

»Sa ou ka di a!« (Das kann man sagen!), antworteten sie alle ohne Ausnahme und beglückwünschten sie zu den Qualitäten der jungen Frau, die sie allen Ernstes für ihre Schwester hielten.

Aber kaum hatte der brutal hereinbrechende Abend die letzten Abgaswolken des Lastwagens geschluckt, verwandelte sich Eau de Café in eine Furie. Sie rief Antilia, die schon wußte, was ihr blühte, und sich neben dem Becken zusammenkauerte, das an der Wand des Ladens angebracht war und sowohl die Funktion einer Dusche wie auch die eines Spülbeckens erfüllte. Rot wie eine Chilischote, stampfte sie mit den Füßen auf und brüllte:

»Antilia, komm sofort hierher! Du läufige kleine Hündin, du verficktes Luder, schäm dich was! Für jeden Neger, den's hierher verschlägt, die Beine breitzumachen, dir werd ich's zeigen! Das wird sich bis nach Guadeloupe rumsprechen, ich schwör's dir. Du wirst deiner Tage nicht mehr froh, glaub mir, ich werd dir das schon noch austreiben!«

Unsere Mamsell floh zu dem verlassenen Sandstrand von Grand-Anse, da sie wußte, daß Marraine sich nie getrauen würde, ihr dahin zu folgen. Die Arme und Beine von sich gestreckt, überließ die junge Frau die Ritze ihres Geschlechts dem sanften Schlabbern des Ozeans. Vollständig bekleidet, die Augen fest geschlossen, die Fäuste geballt. Und so kam es, daß die Kerle, die sich im Dunkel der Nacht herausgewagt hatten, um ihr Wasser abzuschlagen, einen geheimen Groll zu ventilieren, eine unserer beiden Frauen-für-jeden-Mann aufs Kreuz zu legen oder um einen teuflischen Plan auszuführen, das Märchen in die Welt setzten, das von Eau de Café aufgenommene Findelkind sei nicht von unserer Welt, und sie kolportierten es bis in die hintersten Dörfer der Gemeinde Grand-Anse.

»Dlo koukoun fanm épi dlo lanmè ki migannen, sa ka prézonnen latè Bondyé-a ba'w!« (Das Wasser der Scheide vermischt mit Wasser des Meers kann die ganze Erde vergiften!), prophezeite man in den Kaschemmen der Rue-Derrière.

Manchmal gelang es Tante, unserer »Seele in Not«, wie ich sie gewöhnlich nannte, den Weg zu versperren und sie mit einem Gürtel so breit wie eine Hand zu versohlen. Die junge Frau zuckte nicht mit der Wimper, auch wenn jeder Schlag sich wie ein Feuerzeichen in ihre Haut einbrannte. Im Gegenteil, es war Eau de Café, die zusammenbrach, wie von der Nutzlosigkeit ihres Unternehmens überwältigt. Und sie flehte sie dann beinahe an, ihr doch ihre Herkunft zu verraten. Bis zu dem Zimmer im oberen Stock, wo sie sich das Bett teilten, hörte ich eine Litanei von »Wo kommst du her, mein Liebes?«. Eine Litanei, auf die offensichtlich keine Antwort erfolgte. Manchmal – die Tageszeit spielte dabei keine Rolle – beschied Antilia, daß die Luft zu drückend sei, und zog sich lauthals lachend vor mir kleinem Kerlchen im Hinterzimmer des Ladens aus. Ihr nach reifen Sternäpfeln duftendes Fleisch versetzte mich in eine unkontrollierbare Erregung. In diesen Augenblicken sah ich nicht mehr das zarte Kind in ihr, als das sie gemeinhin galt, sondern eine Frau, eine männlich-starke Frau, das heißt also ein

Wesen, dem ich mich nur in meinen kühnsten Tagträumen zu nähern wagte. Sie strich sich sanft über das gekräuselte Vlies ihrer Scham und schaute mich spöttisch an, bis sie sich dann bei dem Geräusch von Eau de Cafés Schritten schnell in den Zuber flüchtete und ausgiebig darin planschte. Gelegentlich forderte sie mich auch auf, ihr den Rücken einzuseifen, und meine unerfahrenen Finger verirrten sich auf diesem prachtvollen Fleisch, das im Wechselspiel von Wasser und Sonne noch atemberaubender aussah. Zaghaft drückte ich meine Lippen auf ihre Schulter, um etwas von ihrem Duft einzusaugen, doch sie schubste mich sanft, aber bestimmt weg, ohne sich von diesen Neckereien auch nur im geringsten stören zu lassen. Wenn Marraine ihre Siesta hielt und ein Kunde bedient werden wollte, bellte sie ihn an:

»Wonm pa ni! Sik pa ni! Loyon pa rété! Ponmtè pa menm palé!« (Rum is nich da! Zucker is nich da! Zwiebeln sind alle! Kartoffeln können Sie vergessen!)

Und der Kunde mußte warten, bis sie sich bequemte, vor allem wenn er Inhaber eines Schuldenheftchens war, das erst am Ende des Monats beglichen wurde. Das erklärt auch den Groll, den Antilia bewirkte, besonders bei den Frauen, die den lieben langen Tag nur über das Tun und Treiben der andern tratschten und kein gutes Haar an ihr ließen. Was unsern Nachbarn, den Major Thimoléon betraf, so verfolgte er diese seltsamen Umtriebe gelassen vom Fenster seiner Werkstatt aus und legte seinen Hobel oder seine Säge nur dann aus der Hand, wenn Antilia ihre Grenzen überschritt (genauer gesagt, wenn sie es wagte, ihm unverblümt zu erklären, sein Nachttopf würde stinken, und es sei höchste Zeit, ihn ins Meer zu schütten).

»Man pa kanmarad ti kapistrèl!« (Ich bin doch nicht der Kumpel von diesem frechen Ding), beschwerte er sich bei jedem, der ihm sein Ohr lieh, ohne daß die Leute seine Empörung teilten; verärgert schnappte er sich dann seinen Topf und den Bambusbesen zum Ausputzen und ging unsicheren Schrittes auf das Meer von Grand-Anse zu, das er wie alle, die hier leben, aus tiefstem Herzen verfluchte.

Er hatte auch versucht, meine Dienste dafür in Anspruch zu nehmen, doch ich hatte mich immer davor gedrückt; nicht weil ich diese Art von Arbeit nicht machen wollte (jeder Auftrag war uns Negerkindern willkommen, wenn wir uns etwas dazuverdienen konnten), sondern weil unsere Nachbarn Marraine davon überzeugt hatten, daß seine Würste genauso stinken würden wie die eines Toten.

»Monsieur hat sein ganzes Geld versoffen und beim Würfeln verspielt, statt wie ein guter Christenmensch eine Familie zu ernähren«, hieß es, »und das ist die Strafe Gottes. Er hat sich aber noch gnädig gezeigt, denn Thimoléon ist immerhin ein guter Handwerker...«

Aus diesem Grund betrat auch keiner das Haus des Tischlers. Man blieb gerade mal an seinem Werkstattfenster stehen, um ihm einen Auftrag zu erteilen. Wenn ihm die Einsamkeit zu schaffen machte, kam er zu Eau de Café und erzählte ihr von den Taten und Untaten seiner Jugend oder während der Kriegsjahre vierzehnachtzehn, wobei er wütende Blicke zu Antilia hinüberschickte. Wurde er durch Zufall meiner habhaft, terrorisierte er mich, indem er mir ins Ohr zischte: »Nimm dich vor diesem Weibsstück ohne Mutter und ohne Namen in acht! Sie kann deinem Fleisch ein Verlangen einflößen, das deine Seele in tausend schmerzende Einzelteile auflöst. Sie kann dir das Leben zur Hölle machen. Geh ihr aus dem Weg, solange du es noch kannst!«

12. Januar 1937

Mein Lieber,
Sie haben uns umzingelt. Tief im Innern eines jeden von uns haben sie diesen unerhörten Riß bewirkt. Ich meine damit den dumpfen Ton des Messers, das eine reife Kokosnuß spaltet. Eine vertraute Geste, eine Hunger-Geste. Auf den Höfen hinter ihren Hütten kauen die Negerkinder das weiße Mark weder, um den Hunger zu beschwichtigen, noch aus Langeweile noch aus sonst einem Grund. Sie kauen die grünen Mangos, die Brustbeeren, die trockenen Brotkanten, die Bonbons, die sie im Laden geklaut haben, und verfolgen mit Stielaugen das scheppernde Wettrennen der Autos.

Um die Brotfruchtbäume herum hat man statt Bänken Kisten oder ausrangierte Fässer aufgestellt, und die Frauen kämmen mit großer Sorgfalt die Wolle auf den Köpfen ihrer Kinderschar durch. Die Straße der Ordensschwestern beginnt bei der Brücke des Demosthenes, wo gegen Abend ein ganzes Rudel von Prostituierten einfällt, legt sich um die bedrohliche Masse des Morne Pichevin und verliert sich dann oberhalb der Stadt.

Ein Mann prophezeit fürs nächste Jahr das Ende der Welt und will uns den völlig unmöglichen Schund andrehen, mit dem er auf die schnelle seinen Pritschenwagen vollgestopft hat.

Wir erschöpfen uns alle in Lächerlichkeiten. An meinem Zimmerfenster, von dem aus ich auf die roten Dächer der Stadt blicke und das Ballett der Fledermäuse verfolge, die sich tagsüber unter ihnen verstecken, ist mir die ziemlich abgeschmackte Idee gekommen, mein Leben wieder neu zusammenzuflicken.

Antilia

Zweiter Kreis

Seit drei Jahrzehnten will die Jugend nichts mehr von unserem Ort wissen. Zwischen diesem Meer mit seinem nutzlosen (geläufiger ist hier »unfruchtbaren«) Schoß und der Rauchsäule, die nicht mehr aus den Zuckerfabriken und den Rumdestillerien hochsteigt, ist die Aussicht, eine Arbeit zu finden, noch geringer als die eines männlichen Papayabaums, Früchte zu tragen. Und so ruminieren die Bewohner aus alter Zeit ihre Träume auf den von der Sonne gefangengehaltenen Straßen. In Zukunft wird es sinnlos sein, zwischen Trockenzeit und Regenzeit oder ähnlichen Geringfügigkeiten zu unterscheiden, die Intervalle zwischen den Zyklonen zu zählen oder den Flug der Taube und der kleinen grazilen Caialis zu befragen.

Doch irgendwo muß es eine Erklärung geben, im Herzen der festgeschriebenen Sprache...

6

Antilia, die Negerin mit dem Zweiten Gesicht, die den Leuten vor allem durch ihr Schweigen angst machte, ließ eines Tages eine so unzüchtige Kalenda vom Stapel, wie man sie auf dem Platz unserer Gemeinde noch nie gesehen hatte. Ich war gerade elf Jahre alt geworden, wenn ich mich recht erinnere. Sie schien die Zuckungen ihres Körpers um ein unsichtbares Wesen zu winden, in dem sie sich dann in einem unglaublichen Wirbel ruckartig aufspießte. Die Leute hatten sich stumm und in respektvoller Entfernung von der Seherin versammelt und warteten darauf, daß die Fallsucht sie zu Boden zwingen würde. Könnte sie etwas Schlimmeres als diesen zweiten Krieg ankündigen, der an der Rinde unseres Lebens nagte? Die Alten verhielten sich skeptisch und grinsten nur spöttisch, die Tonpfeife im Mund. Ihrer Meinung nach handelte es sich einfach um einen epileptischen Anfall, was ja leider passieren kann, wenn einer Frau die Möse zu sehr juckt. Falls Sie nicht verstanden haben: Seit längerer Zeit schon hat das hiesige Jungvolk davon Abstand genommen, ihr es mal richtig zu besorgen. Das Lachen blieb ihnen jedoch im Hals stecken, als Antilia ihre halluzinatorischen Fieberphantasien hervorstieß, die die Wellblechdächer geölt und danach die benachbarten Bergkegel erstürmt haben, wo sie die Lichtreflexe auf den Würgerfeigen und Gummibäumen erzittern ließen. Anfangs hat niemand den Kern ihrer Worte begriffen, die selbst für die abgebrühtesten Ohren unerträglich klangen.

»Lamadòn rivé! Lamadòn kay pwofondé an tjou bonda marenn zòt, bann isèlèp!« (Äußerungen, die sich nicht in eine zivilisierte Sprache übersetzen lassen; es ist von der Ankunft einer Madonna die Rede, die die Neger entmannen und die Vagina der Negerinnen verstümmeln würde, alles in allem nichts weiter als ein Haufen blühender Unsinn, den man erst gar nicht ernst zu nehmen brauchte.)

Als der Name der Madonna fiel, verließ der bei uns noch neue Abbé Le Gloarnec eine im Pfarrhaus stattfindende Zusammenkunft von Kadetten aus Frankreich, auf der er für Enthaltsamkeit in bezug auf Negerinnen plädierte, die entweder drei-, viermal abgetrieben hatten oder eine kilometerlange Schlange von Kindern hinter sich herzogen. Mit Weihwasserkessel und Palmwedel bewaffnet – bei diesen Heiden wußte man ja nie! –, ging er zum Strand. Obwohl er seit Ende der zwanziger Jahre in den Kolonien lebte, befürchtete er nur Schurkereien von seinen Gemeindemitgliedern und hatte nicht das geringste Vertrauen in ihre angebliche Bekehrung zu den Lehren der Heiligen Schrift, die Handvoll Kirchenschaben ausgenommen, denen er jeden Morgen um sechs Uhr fünfundzwanzig auch ohne Beichte die heilige Kommunion verpaßte. Jeder Sonntagsgottesdienst war deshalb eine echte Herausforderung für ihn, eine weitere Schlacht in dem ebenso edlen wie undankbaren Kampf, die im Grunde ihres Herzens immer noch heidnischen Neger und Inder zu christianisieren, ganz zu schweigen von den Mulatten von der Sorte Maître Féquesnoys, die sich als Freimaurer bezeichneten und insgeheim alles unterminierten, was er aufbaute.

Antilia war splitternackt, als der Priester sich mühsam einen Weg durch die Traube der Neugierigen gebahnt hatte und vor ihr stand. Ihre Schönheit traf ihn mitten ins Herz. Sie ließ ihn einfach zum Standbild erstarren. Er mußte also erst auf die festen Brüste, die üppigen Hüften und die mit glänzenden kleinen Schweißperlen bedeckte Scham einer Negerin stoßen, um einzusehen, daß auch diese Rasse nach dem Ebenbild Gottes erschaffen worden war. Schlimmer, diese Schönheit verwandelte seinen mageren Leib in ein brutales Verlangen, das sich unaufhaltsam bis in die Lenden ausbreitete, was ihm dann eine wahre Superlatte bescherte, wie man sie hier seit der Abschaffung der Sklaverei nicht mehr gesehen hatte. Experten zufolge trat dieses Phänomen nur beim sogenannten Vierteilen auf, und zwar genau dann, wenn die Extremitäten so weit auseinandergerissen wurden wie Subjekt und Verb in langen, mäandernden Sätzen. Das Glied des Bretonen Paul-Germain Le Gloarnec schwoll und schwoll und schwoll immer weiter an, bis es vorne an seiner Soutane eine Riesenbeule bildete. Zum Glück hatten die Verrenkungen Antilias alle Blicke auf sich gezogen, und während sie sich nachdenklich am Kopf kratzten, versuchten die Leute herauszufinden, was sie wohl mit Madonna meinte, ein Wort, dessen Farbe man hier noch nicht kannte.

»Die Jungfrau der Großen Wiederkehr wird jede Gemeinde auf dieser dem Untergang geweihten Insel besuchen«, verkündete die Seherin, »und ihr müßt auf den Knien vor ihr rutschen und sie um Verzeihung für eure Niggersünden anflehen. Und wisset, zur Strafe hat euch der Allmächtige Monsieur Julien Thémistocle geschickt, so wie er am Saum des Jahrhunderts den Vulkan ausbrechen ließ und jeden September einen Zug von Wirbelstürmen losschickt. Die Mutter unseres Herrn Jesus Christus wird in einem strahlenden Lichterkranz nach Fort-de-France kommen, und sie hat bereits . . .«

Ihre Ausführungen wurden durch den plötzlichen Sturz des Abbés Paul-Germain unterbrochen. Sein angeschwollener, vor Begierde viel zu harter Schwanz hatte seine Blutzirkulation unterbrochen und der Raserei seines Herzens ein Ende bereitet. Er fiel hintüber auf den Boden, wobei sein Schwanz sich durch die Soutane bohrte; die Gaffer, vom Entsetzen gepackt, verschwanden in die gepflasterten Gassen der Unterstadt. Nur Antilia näherte sich mit majestätischer Würde der Leiche und versuchte mit unzähligen Ave-Marias diesen seltsamen Marschallstab zu erweichen, jedoch ohne Erfolg. Schon bimmelte das Totenglöckchen vom Turm der Kirche, schon heulte die Sirene der Fabrik von Fond Brulé, schon drängten die Grand-Ansianer in schönster Eintracht und auch schon in Schwarz und Weiß gekleidet zum Strand, während der Abbé sich immer noch weigerte, »seine gottlose Lust zu unterdrücken«, wie der Lehrer Émilien Bérard später in einem Artikel schrieb, den ein Blatt aus Fort-de-France bei ihm bestellt hatte.

Soweit die Neger zurückdenken konnten, hatte es keine so komische Totenwache gegeben. Man karrte die Leiche in das verlassene Foyer der Krankenkasse »La Famille Solidaire« und dachte sich zum Leben des Verstorbenen Geschichten und Lieder aus, in denen ganz nebenbei auch seine Verstöße gegen das Keuschheitsgelübde zur Sprache kamen. Man lachte über seine Fummeleien, die er an jungen Mädchen kurz vor der Kommunion vornahm, um nachzuprüfen, ob ihre Höschen auch sauber waren, denn »Gott der Allmächtige duldet keine Schlampliesen in seinem Königreich«. Oder über seine kurzen, von hinten erfolgten Angriffe auf bestimmte weibliche Gemeindemitglieder, lauter Matronen um die fünfzig, die er in den verlassenen Ecken des Pfarrhauses durchführte. Im Grunde war man also froh und dankbar, einen Pfarrer mit so viel Verständnis für die natürliche Geilheit von uns Kreolen gehabt zu haben, und vergaß die Prophezeiung Antilias. Diese machte den Zirkus nicht mit. Sie flüchtete sich wieder in ihr schreckliches Schweigen und beschränkte sich darauf, gelegentlich mit dem Kopf zu nicken und den Versammelten vorwurfsvolle Blicke zuzuwerfen. Lächeln sah man sie nur, als der Abbé in den Sarg gelegt wurde, da sein Leichnam bereits zu stinken anfing – sehr viel schneller als der eines Negers, weiß der Himmel, wieso.

Unter dem Vorsitz von Maître Féquesnoy mußte sich der gesamte Gemeinderat hinter geschlossenen Türen versammeln, während der Bürgermeister, ganz der vollkommene Diplomat, leider unpäßlich war.

»Ah, dieser Mussolini im Kleinformat!« schimpfte der Notar, »nie ist er anwesend, wenn eine wichtige Entscheidung getroffen werden muß!«

Um ihn herum, der junge Doktor Valmont, Ali Tanin, der neu hinzugewählt worden war, nachdem er mit Fug und Recht darauf hingewiesen hatte, daß das Osmanische Reich auf der Seite der nationalen Revolution gestanden habe, der Schuldirektor und Schwängerer von Schulmädchen und noch ein paar andere Nichtsnutze, die nicht namentlich erwähnt werden müssen (da so nutzlos wie die Zahl vor der Null).

»Ich schlage vor, daß ... daß man seinen ... Geschlechtsapparat absägt ...«, wagte sich Maître Féquesnoy behutsam vor.

»Einverstanden!« riefen gleich neun Gemeinderäte auf einmal, die von dem ganzen verdammten Gerede nur Bahnhof verstanden hatten.

»So einfach geht das nicht ...«, wandte Valmont ein, der befürchtete, daß ihm diese Aufgabe übertragen würde.

»Einverstanden!« pflichteten ihm zwei Räte bei, beide Analphabeten, die dem Doktor einen Gefallen erweisen wollten.

Der Schuldirektor, ein Experte auf dem Gebiet der Skatologie, wunderte sich, warum der Schwanz des Abbé Paul-Germain nicht gleich in den ersten Minuten nach seinem Tod erschlafft war. Doktor Valmont antwortete mit einem lateinischen Ausdruck, der ihm den Mund stopfte.

»Im Klartext bedeutet das«, fuhr er fort, »daß sich in gewissen, äußerst seltenen Fällen, wenn die Erregung einfach zu groß ist, die Blutgefäße an der Wurzel des Schwanzes zusammenschnüren können. Es handelt sich dabei um eine Art Priapismus, der manchmal noch nach dem Aufhören der Körperfunktionen anhält.«

»Eingesperrt gehört sie, dieses Miststück von Antilia!« brüllte einer der Gemeinderäte, »Was mußte sie sich auch nackend ausziehen?«

»Wo ist der Polizeichef Cardont?« erkundigte sich plötzlich der stellvertretende Bürgermeister. »Man soll ihn sofort holen ... im Namen der französischen Republik, Eins und Unteilbar ...«

Der Lieblingsausdruck des Polizeichefs bewirkte allgemeine Heiterkeit unter den Gemeinderäten, da er ihnen sein südfranzösisches Pathos in Erinnerung rief, von dem sie bei der wirklich sehr ausgefallenen Beinah-Festnahme von Julien Thémistocle bereits eine Kostprobe bekommen hatten. Cardont hatte seitdem eine Heidenangst vor der Bevölkerung. Häufig ertappte er sich bei dem Gedanken, daß er sich in einem deutschen Arbeitslager wohler fühlen würde als auf dieser beschissenen Insel, wo man, angefangen mit dem Tod, sich über alles nur lustig machte. Unter dem ziemlich durchsichtigen Vorwand, der Zuckerrohrsprit habe den

Vergaser seines Jeeps ruiniert und seine Kreuzschmerzen verböten ihm längere Ritte zu Pferd, verbarrikadierte er sich in der Gendarmerie. Aber aus dieser Sache konnte er sich nicht herausreden: Das Rathaus befand sich nämlich in einer Entfernung von knapp dreihundert Metern.

»Dir werd ich das Maul stopfen mit der Republik, Eins und Unteilbar«, brummte er, während er sich die Hosenträger strammzog.

Dann setzte er für alle Fälle noch schnell sein Testament auf, bewaffnete sich mit zwei 6,35-mm-Revolvern und trabte in dumpfer Ergebenheit zum Rathaus hinüber, wo ihn aller Wahrscheinlichkeit nach ein tragisches Ende erwartete. Er trat genau in dem Augenblick über die Schwelle, als der stellvertretende Bürgermeister erneut das Wort »absägen« aussprach, und dachte, man diskutiere die Art der Folter, zu der er verurteilt würde. Er zog sofort seine Waffen und stieß die Gemeinderäte mit dem Rücken zur Wand gegen ein überdimensionales Porträt von Marschall Pétain, geschmückt mit dem Motto:

SAUVONS LA FRANCE
TRAVAIL – FAMILLE – PATRIE

Die Gemeinderäte machten sich in die Hosen. Maître Féquesnoy wollte verhandeln, dachte dann aber an die Folgen und zog es vor, sich nicht zu rühren.

»Gar nichts werdet ihr absägen, ihr Buschaffen!« brüllte der Polizeichef Cardont. »Ihr Bande von Bekloppten! Ich werd euch jetzt einen nach dem andern fertigmachen, wartet's nur ab!«

Er sperrte den Stadtrat in eine Besenkammer und nahm den Verdächtigen Numero eins – den syrischen Bastard Ali Tanin – mit in die Amtsstube des Rathauses, wo er ihn nach Art der Marinesoldaten von der *Émile Bertin* und der *Barfleur* einem Verhör unterwarf, einer absolut zuverlässigen Methode, die geradewegs dem Gehirn des Marschalls Pétain entsprungen sein soll: einer Folter, der die Genitalien unterzogen wurden. Während auf der ganzen

Welt Polizei und Gendarmerie ihre Verdächtigen bis zum Gehtnichtmehr auf Kopf, Rücken oder Beine hauten, und das mit sehr kläglichen Resultaten, war einem Schreiben aus dem Informationsbüro der Marine folgendes zu entnehmen:

»Unser hochverehrter Marschall Pétain, Retter des Vaterlandes und Erneuerer der Rasse, hat beschlossen, daß ab dem 1. März 1943 bei der Befragung aller wegen Hochverrats angeklagter Individuen nach einer von ihm und einer Kommission erfahrener katholischer Psychologen entwickelten Methode verfahren werden soll. Nach den Untersuchungen, die die Leibärzte des Staatsoberhauptes durchgeführt haben, sind die Hoden der zweifellos empfindlichste Teil der männlichen Anatomie. Selbst die Hartnäckigsten der ›Dissidenten‹, wie die Anhänger der sogenannten Résistance auf den Französischen Antillen bezeichnet werden, können mühelos zum Sprechen gebracht werden, indem man eben diesen Körperteilen ein paar Stromstöße zuführt. In den Gebieten von Frankreich, die nicht oder nicht ausreichend über elektrischen Strom verfügen, kann eine ebenso wirksame Variante angewandt werden. Die Hoden des Angeschuldigten werden mit Hilfe einer Ganterfeder so lange gekitzelt, bis sich das Skrotum wie bei einer Gänsehaut zusammenzieht. Gewöhnlich wird er innerhalb von viereinhalb Minuten sprechen, bei einem Perversen kann es auch sechs oder sieben Minuten dauern. Diese Methode erfordert jedoch große Erfahrung und sehr viel Fingerspitzengefühl, denn der Samenerguß muß um jeden Preis vermieden werden.

Das vorliegende Schreiben wird in allen Gendarmerien und Polizeirevieren unserer überseeischen Besitzungen ausgehängt, die unserem geliebten Marschall, dem Retter des Vaterlandes unterstehen.«

Unterzeichnet: Schiffsleutnant Bayle im Auftrag von Admiral Robert

Hier haben sich Dinge abgespielt, die von unserm Buschradio facettenreich wiedergegeben werden; eine Version hat sich jedoch im

Lauf der Zeit als die wahrscheinlichste herausgestellt. Gerade als Ali Tanin den Grausamkeiten des Polizeichefs Cardont unterzogen werden sollte, ging auf das Gitter am Eingang des Rathauses ein Hagel von Fäusten nieder, und Stimmen forderten: »Zu den Waffen! Zu den Waffen, Bürger!« Völlig hysterische Neger hielten, mit Brechstangen, Messern, Schwertfischschnäbeln und uralten Jagdgewehren bewaffnet, die Rue-Devant besetzt. Einer von ihnen brüllte: »Die Deutschen landen!«

In dem Bruchteil einer Sekunde zog der Polizeichef seine Waffe und raste, vier Stufen auf einmal nehmend, in den obersten Stock des Gebäudes, wo er sich verbarrikadierte und den Halbsyrer seinem Schicksal überließ. Der Arme nutzte die Gelegenheit, um zu flüchten und in Eau de Cafés Laden unterzuschlüpfen. Marraine zog gerade ein Küchenmesser über den Schleifstein, als sie den braven Mann in einem höchst jämmerlichen Zustand und offensichtlich völlig besinnungslos vor Angst auf sich zukommen sah. Gewaltsam schubste sie ihn wieder hinaus und schrie:

»Also so was! Frankreich wird angegriffen, und du willst dich drücken. Wenn du nicht sofort mitkämpfst, werd ich dich vor allen Leuten blamieren!«

Die Gassen fingen an zu wuseln wie ein in Panik geratener Ameisenhaufen. Junge Neger stimmten die Marseillaise an, während ihre Mütter, Schwestern oder Konkubinen von den Balkonen herunter Beifall spendeten. Ali Tanin blieb nichts anderes übrig, als seine Mistgabel entgegenzunehmen von einem Greis, der sich seit 1935, dem Jahr, in dem wir unsere dreihundertjährige Verbundenheit mit Frankreich feierten, nicht mehr von seinem Lager erhoben hatte. Er ging damit zum Strand, wo die Tagediebe, die Tafiateure, die Würfelspieler, die Marktgehilfen, die Neger mit den Füßen voller Schwären sich ganz vorne postiert hatten und mit wichtigtuerischen Mienen das bewegte Meer sondierten. Der Kerl, der Alarm geschlagen hatte, erklärte zum zehnten Mal:

»Männer, ich hab meine Reuse nicht weit von La Crabière ausgeworfen, als der Bauch des Meers plötzlich anschwoll und dieses komische Brummen von sich gab. Man hätt' es glatt für das Wasserflugzeug Latécoère halten können. Und dann tauchte aus dem Wasser was Schwarzes auf, doppelt so dick wie eine Walfischmutter: ein U-Boot, Männer! Bevor ich Allmächtiger sagen und mich in meine Ruder legen konnte, um meine alten Knochen in Sicherheit zu bringen, war es schon vollständig aus dem Wasser gekommen. Zwei Kerle, die blasser waren als unter ihrem Laub gereifte Christophinen, kamen unter einer Art Wetterdach hervor und haben auf mich gezielt. Jawohl, mit ihren Maschinenpistolen! Sie brüllten in einer fürchterlich groben Sprache zu mir herüber. Ich hab mir beinahe in die Hose gemacht. Sie lachten und erwähnten ständig den Namen von diesem Banditen von Hitler, das hat mich dann auch auf die Idee gebracht, daß es feindliche Soldaten sein mußten. Mir lief es kalt den Rücken runter, Männer, obwohl die Sonne dick und fett auf uns herunterknallte. Die Deutschen haben in die Luft geschossen und dabei ihre grobschlächtigen Worte gebrüllt, dann sind sie wieder in ihrem U-Boot verschwunden und auf Tauchstation gegangen. Da hinter La Roche sammeln sie sich jetzt und passen den richtigen Moment ab, um an Land zu gehen... sicher heute nacht, wenn wir nicht aufpassen...«

»Die Deutschen greifen immer im Pulk an«, bestätigte einer. »So haben sie uns auch 1914 und später 1940 rangekriegt. Sie sind schlauer als Schweinsaffen, sie wissen schon, warum sie nicht Fort-de-France angreifen, wo sich unsere Flotte befindet. Vor der *Jeanne-d'Arc* und der *Émile-Bertin* haben sie nämlich ganz gewaltig Schiß, deshalb kommen sie hierher nach Grand-Anse, wo wir uns nicht verteidigen können...«

Die tapferen Verteidiger der blau-weiß-roten Fahne warteten die ganze Nacht auf den Feind. Doch umsonst. Entlang der ganzen Küste wurden Holzfeuer entzündet, und das reichte schon, um ihn von einer Invasion abzuhalten. Des Kampfes müde, fingen die Neger an, ohne Einsatz Serbi und Domino zu spielen, was bei uns als Ausdruck höchster Langweile gilt. Ali Tanin, der offensichtlich seinen Glückstag hatte, gewann sämtliche Spiele, während Julien Thémistocle, den das ganze Trara offensichtlich kaltließ, spöttisch zuschaute.

Schlag Mitternacht teilten sich die Fluten. Die Miliz rüstete sich schon zum Gefecht, als man Mamsell Antilia aus dem Meer auftauchen sah, strahlend schön und zugleich voller Hohn, in einem Kleid aus phosphoreszierenden Algen. Sie wetterte los:

»Wir sind verflucht! Dieses Meer ist verflucht! Meidet es, wenn ihr euch nicht die Augen aus dem Kopf heulen wollt! Die Madonna wird kommen!«

Daß unsere Krieger daraufhin den Rückzug antraten, braucht man nicht zu erwähnen. Auch die Leiche des Abbé, die seit Tagen aufgebahrt herumlag, da man nicht wußte, was mit der Erektion geschehen sollte, sah inzwischen wie jede anständige Leiche aus. Nur in seinen Mundwinkeln hing ein verdammt komisches Grinsen. Ja, ein Grinsen...

In meinen Kindheitserinnerungen findet sich jedoch nicht die geringste Spur von Antilias sagenumwobener Ankunft in Grand-Anse, und das aus dem einfachen Grund, weil ich – ausgerechnet ich – die Verrückte mitten auf dem Strand in ihrem Schlupfwinkel aus schwarzem Sand entdeckt habe. Und ich war es auch, der ihre Leiche aus der Felsspalte zog, als sie in den Fluten ertrunken war...

7

Der Schrei hat sich für alle Ewigkeit in das Gedächtnis unserer Nachttische eingenistet. Er ließ unsere Schläfen wie ganz gewöhnliche Guaven platzen. Er überraschte den Straßenarbeiter beim Zerkleinern von Flußgestein, die Fischhändlerin beim Zerlegen ihres Thunfischs vor der großen Markthalle, die kleinen schwarzen Prahlhänse bei dem Versuch, mit ihrer Zwille schneller zu sein als die Meerestiere, die käufliche Schöne, die es zehn Uhr werden ließ, bis sie sich von ihrem Lager erhob und im warmen Wasser der Regenwanne ihre Waschungen vornahm. Und mehr noch: Er hat das Meer und seine Schar spöttischer Echos mumifiziert. Ein entsetzlicher Schrei!

Danach versuchten die Bewohner von Grand-Anse, Stille zu horten. Sie dämpften das Geräusch ihrer Schritte auf dem körnigen Asphalt, sie senkten ihre Stimmen oder sprachen mit übermäßig langsamen Gesten. Nach der Unendlichkeit dieses Schreis verspürte jeder das unwiderstehliche Bedürfnis nach Stille, als wolle man den Dingen dadurch Gelegenheit geben, ihren alten Platz wieder einzunehmen. Als wollten sie vermeiden, daß sich an irgendeiner Stelle ihres immergleichen Wegs eine endgültige Kluft auftat. »Lassen Sie mich in Ruhe, ich bitte Sie!« Das ist unser ständiger Refrain.

Eau de Café, die vor knapp zwei Monaten in die Stadt gekommen war, verhielt sich bei dieser Gelegenheit wie eine echte Landpomeranze, was die langwährende Herablassung der Leute zur Folge hatte. Sie lehnte sich nämlich über ihren Balkon und schrie immer wieder:

»Sa ki rivé?« (Was is passiert?)

Völlig aufgelöst ging sie barfuß die Rue-Devant hinunter und befragte jeden, der vorbeikam, jedes Gesicht, das an einem Fensterladen auftauchte, worauf dieser sofort wieder zuklappte. Sie versuchte, die Verfolgungsjagd der beiden einheimischen Sammeltaxis von Grand-Anse, des »Golem« und des »Henkers des Nordens«, zu stoppen, doch die Fahrer, die im Geist bereits all die mörderischen Überholmanöver vor sich sahen, zu denen sie sich gegenseitig auf der endlosen, schlecht asphaltierten Straße nach Fort-de-France zwingen würden, beachteten sie überhaupt nicht. Bestürzt wollte sie Hochwürden im Pfarrhaus aufsuchen, traf dort aber keine Menschenseele an und ging dann in die Kirche, wo sie von einer Frömmlerin wegen ihres Aufzugs zurechtgewiesen wurde. Schließlich begriff sie: Er mußte an der Seite der Person sein, die diesen schrecklichen Schrei ausgestoßen hatte. Bestimmt hatte er ihr in den Tod hinübergeholfen, denn nach Tod roch er, dieser Schrei, Meilen gegen den Wind stank er schon nach Tod. Seine nicht enden wollenden Schwingungen hatten mit einem Schlag den ganzen Ort erfaßt, von La Cité bis hin zum Viertel Bord du Terrain, und schüttelten ihn gnadenlos, während die Herzen der Neger von einem Schmerz und einem Grauen erfüllt wurden, die sich so innig vermischten, daß sie die Waffen strecken mußten.

Verwirrt trat Eau de Café den Rückweg an und erntete nur die Leere des Tages vor sich. Mit der Kühnheit einer Negerin von den Höhen hatte sie, ohne es zu zu bemerken, den Leuten einen gewaltigen Schrecken eingejagt. Zweifellos erwarteten sie, daß jeden Augenblick der Zorn des Himmels den Schritten Eau de Cafés Einhalt gebieten würde. Sie setzte sich auf ihre Türschwelle, wie sie das von Macédoine her gewohnt war, und rieb sich mechanisch die geschwollenen Füße. Ein paar Wochen später ging dann das Gerücht um, sie hätte angesichts der Leiche eines Unschuldigen ihre Blase entleert. Sie rief mich zu sich. Ich hatte Angst, ganz fürchterliche Angst, aber ich hätte nicht sagen können, warum. Vielleicht, weil ihr Herz so heftig gegen meinen Kopf wummerte, und weil ich darin den Vorboten eines großen Unglücks sah. Was man nicht kennt, ist das nicht immer größer als man selbst?

Drei Stunden später ging jeder wieder seiner gewohnten Arbeit nach, man machte seine Späße, winkte dem Nachbarn zu, gestikulierte, als wäre nichts geschehen. Wir, Eau de Café und ich, waren völlig entgeistert. Noch nie war uns eine Rasse von Negern begegnet, die so flink ihr Gesicht und ihre Gemütsverfassung änderte. Sie schickte mich Brot holen zu Man Léonce, die inmitten ihrer Säcke mit original französischem Mehl thronte und zu einem Kunden sagte:

»Ich bin auch nicht schlauer als sonstwer, das nicht, aber ich hab immer gesagt, der wird mal den Kopf verlieren... ein kleines Kerlchen, das ich auf beide Backen geküßt hab, als es geboren wurde, tja. Und ich hab ihm übrigens auch jeden Morgen auf dem Weg zur Schule ein Schokocroissant oder ein Stück Kokoskuchen zugesteckt. So ein ruhiges, liebes Kind. Nur ein einziges Mal hab ich ihn rumquengeln hören, und daß er jemandes Mutter beleidigt hat, das glaub ich auch nicht...«

Der Kunde nickte, ohne ein Wort zu sagen. Er war offensichtlich mit seinen Gedanken woanders. Man vergißt schnell hier. Das Vergessen setzt fast mit dem Ereignis ein: Man heult, man schluchzt, um gleich darauf mit dem Vergessen anzufangen, denn man haßt den Schmerz, den großen Störenfried und Verursacher endloser Scherereien. Man vergißt, um nicht verstehen zu müssen, und das unaufhörliche Tosen der Brandung von Grand-Anse hilft uns da zugegebenermaßen. Wir verwandeln uns in seltsam stumpfsinnige Tiere, in brutal entwöhnte Säuglinge, in arme Teufel, die so tun, als ginge sie das alles nichts an. Die Kadenz jeder Woge, die von Miquelon heranrollt und sich auf dem schwarzen Sand bricht, ist uns so sehr in Fleisch und Blut übergegangen, daß die Weißen, die es zufällig hierher verschlägt, die sonderbarsten und kompliziertesten Theorien entwickeln über das, was sie unseren »angeborenen Sinn für Rhythmus« nennen. Wenn eine Negerin mit ihrem Fettsteiß wackelt, verwechseln sie das mit den zuckenden Bewegungen einer hochgewachsenen Tänzerin, die sich mit Leib und Seele der Raserei der Trommeln hingibt. Sie bringen einfach alles durcheinander, diese Typen. Sie wissen nicht, daß uns die langsame Bewegung des satten Meeres Träume von unfaßbarer Süße beschert, daß uns das Meer an seine unaufhörlich schaukelnde Wiege schmiedet und auf diese Weise fest im Griff hat. Es hat sich unserer Vernunft und unserer Unvernunft bemächtigt. Es beherrscht unsere Sehnsüchte und unsere Verweigerungen. Es zwingt uns seine unfruchtbare Herrlichkeit auf und fordert uns ständig heraus.

Manchmal provoziert es uns dermaßen, daß wir keinen anderen Ausweg sehen, als uns an einem unerträglich heißen Tag ohne jede Vorwarnung mit einem Strick zu erhängen. Und es genießt diesen Schrei, der sich unsrer Brust entringt. Es tut nur so, das Miststück, es tut so, als sei es bestürzt, verdammt! So hat auch Émilien Bérard, Lehrer, genialer Sohn der Stadt Grand-Anse und Philosoph von hohem Ansehen, seinem Leben ein Ende gesetzt, dort in En Chéneaux, dem Viertel hinter der Schule, wo er sich jeden Morgen abmühte, die Sprache der Weißen kleinen Negern beizubringen, die bereits vier oder fünf Kilometer zu Fuß zurückgelegt und ihren Hunger schnell noch mit reifen Feigen oder Mangos von den Bäumen an der Straße gestillt hatten. Ah, dieser Schrei! Die Reinheit dieses Schreis, dieser durch Mark und Bein gehende schrille Ton, der sogar das Licht erstarren ließ!

Neben dem Rebellen baumelte ein Bündel mit Büchern, zwei Hemden, einer Hose, einem Lineal, einem Winkel und seinem Brillenetui. Die Botschaft war klar: Meine Seele und ich kehren nach diesem Guinea zurück, aus dem unsere Väter vor etlichen hundert Jahren gewaltsam verschleppt wurden. Doch in seiner Tasche fand man einen sorgfältig gefalteten Zettel, auf dem er vermerkt hatte:

»Seien wir den Göttern dankbar, die niemanden zum Weiterleben zwingen« (Seneca).

Eau de Café, die ihn bei weitem nicht so gut gekannt hatte wie die Leute von hier, wurde von einer heftigen Bekümmernis gepackt und schimpfte auf die Einheimischen, die nicht in der Lage gewesen waren, diese Tat vorherzusehen und zu verhindern. Außer ihr hatte übrigens keiner einen Protest geäußert: Es war nun einmal passiert, und vor allem ließ es sich nicht mehr ändern.

In der Geschichte unserer Gemeinde ist der Lauf der Dinge festgeschrieben, seit die Welt Welt ist. Man sagte sich, Émilien Bérard habe »schlechte Bücher« gelesen. Dabei war er nur von dem Geheimnis unseres Meeres von Grand-Anse, von seiner erhabenen Einsamkeit unter der Sonne fasziniert gewesen, und es hatte ihm Spaß gemacht, darin zu baden und sich von dem hypnotischen Schaumwirbel seiner Brandung mitreißen zu lassen. Entsetzt verfolgten wir, wie er sich in Wellen tummelte, auf sie zuschwamm, um wie ein im Wasser treibender Baumstamm ans Ufer geworfen zu werden. Wir hörten ihn selbstverfaßte, auf kreolisch geschriebene Gedichte rezitieren, von denen wir kein einziges Wort verstanden.

»Eine Seele in Not, dieses Kerlchen«, lautete Eau de Cafés unausweichlicher Kommentar, wenn sie in der Abenddämmerung von ihrem Fenster aus zuschaute.

Eines Tages hatte ihn Antilia am Ärmel seiner zerdrückten Jacke zu uns ins Haus gezerrt. Er lachte, während der Sand von ihm herunterrieselte und seine Brille mit dem Doppelfokus noch von der Gischt beschlagen war, was das verrückte Glitzern seiner Augen etwas abschwächte. Taumelnd nahm er auf dem Sofa Platz und wiederholte wie ein Automat:

»Madame... Ah, Madame!...Wir werden einen Weg finden. Wir suchen ihn schon seit einer Ewigkeit, unsere Fußsohlen sind bereits wund, so oft haben wir uns um uns selbst gedreht, aber bald werden wir wissen, in welche Richtung wir gehen müssen. Dieser Ort wird sich nicht mehr wie ein Karussell um die eigene Achse drehen, ich versprech es Ihnen... und auch dieses Land...«

»Darf ich Ihnen einen Corrossol-Saft bringen, Herr Lehrer?« fragte Marraine so ehrerbietig wie nur was.

»Wasser... Wasser aus dem Krug, das reicht schon, vielen Dank.«

Antilia hatte sich zu seinen Füßen niedergelassen und verschlang ihn mit ihren Blicken. Er hingegen schien sie überhaupt nicht zu bemerken. Er sprach zu sich selbst, fiebernd, überschwenglich und dann plötzlich wieder völlig deprimiert. Er, von dem sämtliche

Kupplerinnen der Stadt felsenfest glaubten, er sei Antilias Liebhaber.

»Ich les gerade den Bericht eines berühmten Besuchers aus dem letzten Jahrhundert«, ließ er Eau de Café wissen, »eines merkwürdigen anglo-hellenischen Reisenden mit dem Namen Lafcadio Hearn. Er war amerikanischer Staatsbürger. Der Mann war voller Bewunderung für die kreolische Kultur Saint-Pierres. Hier bei uns ist er auch vorbeigekommen, und in seinem Buch *Skizzen aus Martinique* findet man die schönsten Seiten, die jemals über Grand-Anse geschrieben wurden. Sie haben mich zutiefst berührt, diese zwanzig Seiten, zu gerne hätte ich sie selbst geschrieben, und ich bin auf Hearn sogar ein bißchen sauer deswegen!«

Marraine bat ihn, ihr daraus vorzulesen, und die beiden schlugen sich ganze Nachmittage damit um die Ohren. Es ist also nicht verwunderlich, daß sein Tod sie völlig durcheinanderbrachte. Es kursiert aber auch noch eine andere, sehr viel verschlungenere Version vom tragischen Ende Émilien Bérards, durch die wieder einmal Marraine belastet wurde, der sprichwörtliche Sündenbock für die Neger von Grand-Anse. Wahr daran ist, daß Marraine von ihrer Mutter Franciane einen Koffer aus Courbaril-Holz geerbt hatte, der von dem Béké stammt, mit dem diese die brennend heiße Lava der Leidenschaft kennengelernt hatte. Das Wie und Warum sieht so aus: Als man de Cassagnacs Gattin in die Anstalt von Fort-de-France eingewiesen hatte (was wir im folgenden erfahren werden – der Leser möge die verschlungenen Wege der Erzählung verzeihen, die wie eine verrückte Ameise herumzuwuseln scheint) und dessen Leiden damit auch ein Ende hatte, ein Leiden, das den Leuten in seiner Umgebung, insbesondere seiner Dienerschaft, das Herz bluten ließ, konnte Franciane in das Haus des Herrn einziehen, was sie ohne die geringste Spur von Hochmut tat. Und ohne jedes Getue. Merkwürdigerweise lehnte sie es auch ab, die Krinolinekleider und den Schmuck ihrer Rivalin anzulegen, und stopfte damit die vor Gehässigkeit bereits ausgefransten Mäuler in den Küchen und den Hütten der Neger. Sie trug weiterhin einfache Madras-Stoffe und tat auch mit ihrer krausen Haarpracht nichts anderes, als sie mit dem Wasser des Beckens zu befeuchten, in dem sie zu jeder Tageszeit herumplanschte. De Cassagnac zeigte sich von dieser Uneigennützigkeit beeindruckt, die das kreolische Sprichwort »Kein Geld – Schenkel zu« Lügen strafte. Dessen Ursprung lag wohl in dem Benimmdich der halbseidenen Damen von der untergegangenen Stadt St. Pierre. Eines Tages stieß sie beim Staubwischen im Speicher auf einen Koffer, der sich keinen Millimeter von der Stelle bewegen ließ, so schwer war er. Ein riesiges, verrostetes Vorlegeschloß vereitelte jeden Versuch, ihn zu öffnen. Neugierig geworden, eilte Franciane de Cassagnac entgegen, als er von Grand-Anse zurückgeritten kam, wo er ein paar Einkäufe getätigt hatte, darunter einen goldenen Ring mit einem silbernen Marienkäfer. Die junge Frau würdigte das Geschenk keines Blikkes. Sie bestürmte vielmehr ihren Liebhaber mit Fragen zu dem geheimnisvollen Koffer. Er reagierte verärgert und sagte bis zum Haus kein einziges Wort.

»Warum sind Sie böse?« fragte sie schließlich.

»Ich beschwöre dich, vergiß diesen Koffer.«

»Ich will ihn aber aufmachen.«

»Nein! Nein und nochmals nein!«

De Cassagnac nahm ein paar kräftige Züge aus der Rumflasche und ließ sich dann in einen Schaukelstuhl unter der Veranda fallen, das Gesicht von tiefer Ratlosigkeit verdüstert. Danach begann er das Haus zu meiden. Häufig schwang er sich auf sein Pferd und verschwand in den undurchdringlichen Wäldern des Morne l'Étoile, die sich jenseits der Pflanzung ausdehnten, um erst kurz vor Mitternacht zurückzukehren. Das hieß aber nicht, daß er sich dann zu Franciane legte! Keineswegs. Er setzte sich zu seinen Negern auf den gestampften Lehmboden des großen Hofs und hörte sich mit offenem Mund die Abenteuer Dumbos und Meister Lampes an. Man munkelte, jedoch fälschlicherweise, daß er seiner früheren Gattin Tränen nachweinte, die bitterer als bittere Orangen waren. Man verdoppelte die Aufmerksamkeiten ihm gegenüber. Man brachte ihm die schönsten Früchte, doch er rührte selbst die kostbaren Kirschen nicht an, die er normalerweise so sehr schätzte.

Seine frühere Gouvernante, eine dicke, resolute Negerin, sah sich genötigt, die Sache in die Hand zu nehmen, bevor es mit der Pflanzung völlig bergab ging. Sie packte Franciane bei den Haaren und redete auf sie ein.

»Dieser Koffer enthält alte Bücher. Schlechte Bücher, wenn du's wissen willst, Sachen, die verboten sind zu lesen, also laß unsern Herrn mit deinen dämlichen Geschichten zufrieden. Kannst du überhaupt das Schwarze auf dem Weiß entziffern? Was willst du also damit anfangen?«

Erleichtert gewann der einheimische Weiße allmählich seinen Seelenfrieden wieder zurück, und so und so viele Fasten- und Regenzeiten hindurch kam auch niemand mehr auf diese Sache zu sprechen. Nur Franciane schlich sich klammheimlich, wenn niemand zu Hause war, in den Speicher hinauf und streichelte das seidige Holz des Koffers, Koseworte flüsternd oder kreolische Wiegenlieder summend. Ihre heimliche Leidenschaft dauerte bis zu der schrecklichen Revolte im Jahr 1927, bei der de Fabrique, der gute Weiße (das Schicksal macht ja gerne den Affen!), von sechzehn schwarzen und indischen Schnittern mit der Machete enthauptet wurde. Sie mußte das Haus räumen und nach Macédoine ziehen, wo sie einen Mulatten mit großem Herzen, aber ohne einen Sou aufgabelte, der schon immer eine Schwäche für sie gehabt hatte und sie in seiner Hütte aufnahm. Bei der Flucht war es ihr gelungen, den Koffer auf einer Karre mitzunehmen, und sie verstaute ihn in einer Abstellkammer ihrer neuen Bleibe, wo sie ihn dann endgültig vergaß. Nach ihrem ebenfalls gewaltsamen Tod (durch die Schuld des Marrons Julien Thémistocle) hätte ihr Mann um ein Haar den Koffer mit den schlimmen Büchern mit der Axt zerhackt, um Holzkohle daraus zu machen. Doch er überlegte es sich wieder anders und brachte ihn Doris, der Anverlobten des Teufels, der man das Waisenkind Eau de Café anvertraut hatte. Fünfzehn Jahre später brachte ihn diese dann auf ihrer Wanderschaft mit nach Grand-Anse. So war das geheimnisvolle Erbe aus den Anfängen der Kolonialisierung von einer Bestimmung zur andern gedriftet, eine tragischer als die andere, um schließlich in den Händen von

Émilien Bérard zu landen, der ihm, neugieriger als alle anderen, auf jeden Preis sein Geheimnis entreißen wollte und leider mit dem Strang dafür büßte...

Über Émilien Bérard kursiert noch ein anderes Gerücht; es lautet folgendermaßen: dieser Neger wurde an einem x-beliebigen Tag in seinem Leben – einem Faschingsdienstag – von einem Schmerz sondergleichen zerrissen, der ihn wie gelähmt unter der Sonne zurückließ, unfähig zu entscheiden, ob er dem märchenhaften Wesen folgen sollte, das sich sein Herz geschnappt hatte, oder ob er zu seiner Hütte zurückgehen sollte, wo Frau und Kinder auf ihn warteten. Die Person wiederholte mit verstörtem Blick:

»Mann, du hast zwei Beine, aber du kannst nur einen einzigen Weg nehmen, nicht zwei. Geh an meiner Seite, oder es hat mich nie gegeben!«

Und er stotterte immer nur:

»Zwei Beine, nur ein Weg... zwei Beine, nur ein Weg.«

Aber wie konnte schon das Schicksal eines Negers aussehen, der jedem, der ihm sein Ohr lieh, erzählte:

»Schon lange, schon seit meiner Kindheit bin ich von der Vorahnung einer drohenden Katastrophe besessen. Die vorgetäuschte Herrlichkeit des Himmels, seine sorglose Blauheit, die Stille, die über den Mangobäumen, den Brotfruchtbäumen, den Bananenstauden und Guavebäumen liegt, dieses ganze unverschämte Grün und Braun ist nicht einfach eine schöne Sache, es ist der Tod mit seinem breiten Grinsen, verflucht!«

8

Der Inkubus von Grand-Anse

Ali Tanins Vater wurde »Syrer« getauft, als die Neger schließlich aufgaben, seinen Namen richtig aussprechen zu wollen. Man hatte bereits vergessen, wann er nach Grand-Anse gekommen war. Da man ihn aber beschuldigte, die Leichen von Saint-Pierre gefleddert und damit ein Vermögen gemacht zu haben, und diese Stadt zwei Jahre nach Beginn unseres Jahrhunderts vom Mont Pelée zerstört worden war, konnte man davon ausgehen, daß er viele von uns als Säuglinge gesehen hatte. Syrer hatte nicht von Anfang an den Palast des Orients besessen, und Eau de Café erinnerte sich daran, wie sie ihn mit einer Karre randvoll mit Kleidern und Haushaltswaren durch die Lande ziehen sah. Es war schon mitleiderregend, wie er sich mit unserem Kreolisch herumplagte. Und prompt nahm ihn auch eine Negerin, die statt Haaren lauter winzige Nullen auf dem Kopf hatte, in ihrer Hütte auf; sie nahm ihn zum Liebhaber und später zu ihrem Mann, obwohl Syrer Mohammedaner war. Nachdem er die Leute lange genug verarscht und über den Tisch gezogen hatte, konnte der Gute schließlich in der Rue-Devant ein altes Gemäuer aufkaufen, wo er ein paar Stoffballen auslegte. Von dem Tag an sprach jeder von uns Arabisch, wobei es genügte, sich kräftig zu räuspern und blitzschnell irgendwelche gutturale Laute auszuspucken. Keiner ging an seinem Laden vorbei, ohne ihn aufs freundlichste zu begrüßen:

»Hallo, Syrer! Wie geht's uns heute? Acham falhad ichtijad boukhednaf Allah mahabnahar!«

Zuerst sah man seinen vorgewölbten, zu jeder Tageszeit mit Schweiß bedeckten Bauch auftauchen, den ein wärmeisoliertes, verdrecktes Trikot und eine Hose mit riesengroßen Taschen kaum zurückzuhalten vermochten. Es folgten seine behaarten, weißlichen Hände mit Fingern, so zart und wohlgeformt, daß man sie glatt für die eines jungen Mädchens halten konnte, und schließlich sein rotes, von einer levantinischen Nase beherrschtes Gesicht, einer Nase, die »länger war als die Nasen dreier Neger zusammen«, wie Man Léonce, die Bäckersfrau, versicherte. Syrer, der dieses verballhornte Arabisch keinem übelnahm, erging sich in Begrüßungen und Beglückwünschungen in bezug auf Ihre Gesundheit, Ihre Finanzen und Ihre Zukunft. Als seine Frau Ali zur Welt brachte, ließ er ein gewaltiges Fest steigen, zu dem alle, egal welcher Hautfarbe, eingeladen wurden, und von dem Tag an nahm man diesen Fremden, der das »r« zu sehr rollte, endgültig in Grand-Anse auf. Sein Geschäft lief so sehr und so gut, daß er sich noch zwei- oder dreimal den Wonnen seiner früheren Heimat hingeben konnte, von wo er uns die wunderbarsten Stoffe und nicht weniger wunderbare Geschichten mitbrachte. Eine Goldgrube wurde sein Geschäft aber erst, als ein ruchloser Inkubus die Nachthemden der jungen Negerinnen von Grand-Anse zu lüpfen begann. Anfangs sprach man sogar von einer wahren Epidemie von Inkuben, da im Lauf einer einzigen Nacht mehrere Frauen angefallen worden waren, aber eine vom Erzbistum in Fort-de-France und gleichzeitig von der hiesigen Gendarmerie zügig durchgeführte Untersuchung ergab, daß es sich bei dem Nimmersatt um ein und dieselbe Person handelte. Der Inkubus trieb sein Unwesen zwischen zwei und vier Uhr morgens und bevorzugte junge Mädchen in der Blüte ihrer Jungfräulichkeit, auf deren Körpern er Kratzer, Bisse, Speichel und Blutspuren hinterließ. Eine Danksagungsmesse genügte nicht, um dem Treiben ein Ende zu bereiten, und das französische Strafrecht sah für solche Delikte keine Strafen vor, also sah sich die Bevölkerung gezwungen, auf den Hokuspokus der Hexer zurückzugreifen, um sich zu schützen. Wunderheiler, Hersteller von Amuletten und Zaubertränken, Melchiore, die auf die Bibel schworen und sie rückwärts lasen, Adepten der schwarzen Magie machten sich für etliche Wochen ans Werk. Doch nichts half! Julien Thémistocle (den man einstimmig für schuldig erklärt hatte) konnte sich weiterhin straflos in einen Windhauch verwandeln und durch Schlösser, Mauern oder Wände dringen, um zwischen den Schenkeln der jungen Damen von Grand-Anse seine fleischlichen Gelüste zu befriedigen. Man Léonce, die sich mit diesen alten Niggergeschichten auskannte, begriff als erste, daß der Inkubus dumpfe Rachegelüste befriedigen wollte und nicht seine allgemein bekannte Lüsternheit (hatte er nicht auch Franciane, die Negerin-mit-den-Allüren, vergewaltigt, obwohl ihr Bauch wegen Eau de Café zu einem Riesenballon angeschwollen war?) Die Bäkkersfrau hatte es nämlich sehr merkwürdig gefunden, daß Thémistocle auf seinen nächtlichen Streifzügen nicht weniger als zwanzig Mädchen heimsuchte, so daß ihm pro Opfer nur wenige Minuten zur Verfügung standen. Inkuben konnten zwar durch die Luft fliegen, aber trotzdem!

Ihr Verdacht fiel auf die beiden Häuptlinge der Stadt, die sich seit dem Auftreten des Hymenzerstörers äußerst bedeckt gehalten hatten. Der eine, der seiner Profession nach Tischler war, trug den Titel Major Thimoléon, und sein Territorium umfaßte das Krankenhausviertel, die Schlachthofgegend (wenn nicht gerade Schlachttag war), En Chéneaux, Long-Bois und den ganzen Stadtteil links von der Kirche, wenn man gen Osten blickte. Der Rest der Gemeinde, Fond Massacre, Morne Carabin, Redoute und selbstredend auch die Rue-Derrière fielen in den Herrschaftsbereich des anderen, nämlich in den von Émilien Bérards älterem Bruder, der den Leuten verboten hatte, ihn bei seinem Vornamen zu nennen (denn in diesem lag seine »Kraft«), so daß man sich schon gar nicht mehr daran erinnerte. Wir nannten ihn schlicht und einfach Major Bérard. Zur Zeit des Dramas, von dem hier die Rede ist, also kurz nach dem Zweiten Weltkrieg, respektierten die beiden Majore und ihre Anhänger peinlichst genau die Grenzen ihrer jeweiligen Jagdreviere und Machtbereiche. Ansonsten diente die Rue-Devant als neutraler Boden, auf dem Duelle und andere Tollheiten ausgetragen wurden, eine grandioser als die andere. Ein Verbündeter Thimoléons, der auf dem Gebiet von Major Bérard eine Frau besaß, mußte sich jedesmal, wenn er ihr einen Besuch abstatten wollte, das Wenn's-genehm-Ist einholen, das aber nur erteilt wurde, wenn in Grand-Anse längere Zeit eine Art Burgfrieden geherrscht hatte. Der Nachwuchs, der von diesen Machtkämpfen der Erwachsenen ausgenommen war, genoß uneingeschränkte Bewegungsfreiheit und verdiente sich in Kriegszeiten seine zwei Francs fünfzig, wenn er von Soundso eine Botschaft an Madame Soundso übermittelte. Häufig, und das um so mehr, je weiter das Jahrhundert fortschritt und die französischen Sitten die unsrigen verdrängten, wurden die Streitereien auch an den Serbi-Tischen ausgetragen, doch die Regeln dieses trickreichen Würfelspiels waren so mysteriös und das Ritual so streng, daß viele durchaus gescheite Köpfe es aufgegeben hatten, es erlernen zu wollen, und sich darauf beschränkten, voller Bewunderung die Partien zu verfolgen, bei denen immer wieder die magische Zahl gebrüllt wurde: die Elf.

Man Léonce, die beträchtlichen Einfluß auf die beiden Majore hatte, zitierte sie zu sich, um von ihnen zu erfahren, welcher von ihnen sich auf dem Gebiet des Sieur Julien Thémistocle eine Ungebührlichkeit (oder schlimmer noch, eine grobe Fahrlässigkeit) erlaubt hatte. Ihm, dem Häuptling der ländlichen Gemeinden, unterstanden Fond Gens-Libres, Macédoine, Morne Capot und Assier. Kleinlaut gab Major Bérard zu, einem unverschämten Fabrikneger eine geschmiert zu haben, hatte der doch behauptet, bessere Kampfhähne zu besitzen als er.

»Der Kerl wollte sich nur aufspielen, ich mußte ihm also zeigen, wo's langgeht. Wenn ich dem nicht die Fresse poliert hätte, wär ich für euch doch eine komplette Niete, stimmt's?«

Syrer, der sich darauf beschränkte, sich unser Negerlatein anzuhören, ohne jemals selbst etwas zum besten zu geben, kletterte eine Sprosse höher auf der Leiter der allgemeinen Hochschätzung, als er ein todsicheres Gegenmittel vorschlug. Wir waren einfach baff:

»Alle Damen von Grand-Anse müssen schwarze Schlüpfer anziehen, wenn sie sich schlafen legen, Yallah!«

»Schwarze Schlüpfer? Hör auf mit deinen Couillonnerien«, kreischte die Bäckersfrau.

»Couillonaderien!« ließ sich Dachine von der Müllabfuhr vernehmen.

»Couillontises!« sagte ein anderer.

»Couillonades!« entschied Major Thimoléon in einem Ton, der keinen Widerspruch duldete.

Der arme Syrer wußte nicht wohin vor dieser Lawine von Protesten, war er doch wie die meisten der Woandersgeborenen nicht in der Lage, die Feinheiten unserer Sprechart zu begreifen, obwohl er nach all den Jahren, die er nun schon hier war, ein ganz passables Kreolisch sprach und auch sein Französisch so lala war. Als man uns nämlich aus der Sklaverei entließ (vor einem knappen Jahrhundert, ja, doch!), wollten die Weißen unsere Kinder nicht zur Schule gehen lassen, und der Wortschatz, den sie sich herabließen, uns zu vermitteln, war ziemlich beschränkt. Sie dachten, sie könnten uns so in geistiger Armut halten, aber da kannten sie die kreolischen Neger schlecht, das sind nämlich ganz behende Affen, denen keiner das Klettern beibringen muß. Weil ihnen »Torheit«, »Dummheit«, »Eselei«, »Schwachsinn« und Konsorten nicht zur Verfügung standen, fingen sie an, die ganze Skala der Endungen durchzuspielen, um die Nuancen dieser unterschiedlichen Bezeichnungen wiederzugeben, was dann zur Entrüstung der weißen Kreolen Worte wie »Couillonnaderien«, »Couillontisen«, »Couillonnerien« und »Couillonaden« ergab. Oder auf einem anderen Gebiet »Lügen«, »Lügereien«, »Lügeleien«, »Lügenhaftigkeiten«. Und so weiter. »Verdammtes Pech für dich, der die Reichtümer des Wörterbuchs für sich behalten wollte! Ha! ha! ha!«

Man Léonce rettete die Situation:

»Ich selbst trag ja schon einen schwarzen Schlüpfer, aber der ist von meiner Mutter. Denkst du, du könntest hundert oder tausend von diesem Modell auftreiben, Syrer? Heutzutage wollen doch alle nur rosa, rot oder weiß . . .«

»Ich schwör's, beim Haupt meines Sohnes Ali, morgen früh, wenn die Piripis anfangen zu pfeifen, werd ich ganz Grand-Anse und die Dörfer mit was-weiß-ich-wie-vielen schwarzen Schlüpfern überschwemmen, glaubt mir, Freunde!«

»Ach was, tatsächlich? Und wie sieht's mit den Größen aus?«

»Da macht euch mal keine Sorgen, es wird welche für die heiratsfähigen jungen Mädchen und die Negerinnen in den Wechseljahren geben, für die Halbwüchsigen und die Reiferen, für die Hühnerpopos und die Steiße, die so rund sind wie Pökelfleischfässer. Yallah!«

Das Wunder geschah. Am nächsten Tag gegen elf Uhr morgens kam ein Laster, der von zwei Syrern aus der Stadt gefahren wurde, mit einem Berg Kartons an, auf denen außer »Vater & Sohn« nichts weiter vermerkt war (Ali war knapp über sechzehn). Sie entluden ihn ohne Hilfe der Neger, die in der Rue-Devant herumhingen und darauf warteten, daß eine barmherzige Seele eine Runde spendierte. Ti Fène Auguste, ein Vetter von Marraine, mit einem Teint so gesprenkelt wie eine reife Feige und noch kleinwüchsiger als Dachine, thronte am Tresen seiner Bar, die seiner Meinung nach ohne Schild besser fuhr. Wenn sich ein Durstiger an den Arm eines Bürgers hängte und bettelte: »Schieb mir einen Kurzen rüber, Wirt!«, gab Ti Fène noch einen drauf: »Besser nicht! Es ist noch zu früh! Spendier ihm lieber einen Zuckerrohrsaft.«

Jeder durchschaute dieses Spiel, doch es war Teil des morgendlichen Rituals von Grand-Anse, und der Kerl machte ein gutes Geschäft dabei. Am Tag, als die schwarzen Schlüpfer kamen, geschah noch ein weiteres Wunder: Zum ersten Mal seit Jahrzehnten baute sich Ti Fène Auguste vor seiner Destille auf und rief zu Syrer hinüber:

»Ich bin dein erster Kunde. Ich hätte gern Myrthas Größe.«

Auf diese Weise wurde bekannt, daß er, von dem man geglaubt hatte, er habe aufgrund seiner Kleinwüchsigkeit keine sexuellen Gelüste, engen Kontakt mit einer unserer beiden Frauen-für-jeden-Mann pflegte, mit Myrtha nämlich, der schwarzen Hure mit dem großen Herzen und dem phänomenalen Hintern, auf dem man angeblich ohne Schwierigkeiten eine Tasse Kaffee abstellen konnte. Wir begriffen, daß Ti Fène Auguste jener mysteriöse Beschützer war, dessen Namen selbst die schlimmsten Lästermäuler trotz intensivster Nachforschungen nicht in Erfahrung bringen konnten. Wir waren richtig stolz auf ihn und stolz an seiner Stelle. Niemand erlaubte sich auch nur die kleinste spöttische Bemerkung, und Syrer riß sofort einen Karton auf und dann noch einen, um die richtige Größe herauszuholen. Als er den schwarzen Schlüpfer mit beiden Daumen triumphierend in die Höhe hielt, entrangen sich etlichen Saufkumpanen Ausrufe der Bewunderung und Verzückung:

»Fout Mirta ni an bèl môso bonda mézanmi!« (Was für einen Prachtarsch diese Myrtha hat, Freunde!)

»Selbst Gina Lollobrigida würde vor Neid erblassen«, pflichtete ihnen Thimoléon, unser Filmexperte, bei.

Um halb zwölf drängten die Negerinnen von Grand-Anse in ein Hinterzimmer des Palasts des Orients, das in aller Eile in einen Umkleideraum umgewandelt worden war; sie lehnten es jedoch strikt ab, sich von Syrer beim Ausziehen helfen zu lassen. Diese Aufgabe wurde dem unschuldigen Schlingel Ali Tanin übertragen, dessen außergewöhnliche Kenntnis der weiblichen Psyche, ihrer Eigenheiten und ihrer Listen sowie der Rundungen des weiblichen Hinterteils und vor allem der Coucoune diesem Umstand zu verdanken ist. Jahre später, als er bereits ein renommierter Schürzenjäger war, erzählte er immer noch von diesem denkwürdigen Tag auf dreißig und zwölftausend verschiedene Arten, und jedesmal lief seinen Zuhörern das Wasser im Mund zusammen, hatte der Kerl doch selbst die gewölbten und mit dichtem Kraushaar bewachsenen *Coucounes* der blauschwarzen Negerinnen berührt, die herrlichsten überhaupt und gleichzeitig auch die aufregendsten, was ihn manchmal vor sich hin murmeln ließ:

»Die Negerinnen, alle Achtung!«

Er sah die freche Möse der hellhäutigen Negerinnen, deren Haare so gelb wie eine Zephyrine-Mango waren; die goldbraune und sittsame Spalte der hellhäutigen Mulattinnen, die erst im Augenblick höchster Lust in Fahrt kam; das schimmernde Vlies der glatthaarigen, dunkleren Mulattinnen. Als die Frau und die Töchter von René-Couli auftauchten, zog Syrer seinen Sohn hinter einen Stoffballen und flüsterte ihm zu:

»Paß auf deine Hände auf, die Schamhaare der Inderinnen sind messerscharf.«

Und er bewunderte um so mehr die Seide ihres Schamhaars, das so aussah, als sei es »natürlicherweise gekämmt«, wie er uns später erzählte. Auf diese Weise erfuhr Ali Tanin, was sich unter sämtlichen Röcken von Grand-Anse verbarg, und das ist auch der Grund, weshalb sich die Frauen nicht lange zierten, wenn es soweit war und er den Gockel spielte, denn, so sagten sie sich, wozu das Getue, wozu das Theater, wenn einer die Sache schon gesehen hat? Ist es dann nicht so gut wie passiert? Was impliziert, daß Alis Verführungskünste nicht nur auf dem sanften grünen Schimmer seiner Augen, seiner hellen Haut oder seinem Auftreten beruhten – Eigenschaften, über die er zweifellos verfügte –, sondern auch, wenn nicht vor allem, mit der denkwürdigen Begebenheit zu tun hatten, die ihm auf der Schwelle zum Jünglingsalter widerfahren war. Er bedauerte nur zwei Dinge: daß er in dem Umkleideraum weder die weißen Kreolinnen noch Antilia hatte begrüßen dürfen. Die ersteren schenkten dem haarsträubenden Unsinn, den die Neger da verzapften, sowieso keinen Glauben, und im übrigen hütete sich der Inkubus auch, durch die Mauern ihrer Behausungen zu dringen. Außerdem gehört, seit die Welt Welt ist, eine weiße Coucoune den Weißen und nicht den Farbigen.

»Wir, was Farbe hat, kann darüber nur träumen«, schimpfte Bogino, der Verrückte.

Antilia, die damals noch nicht Eau de Cafés Hausmädchen war und ohne Familie, ohne Freunde und ohne Bleibe am Strand von Grand-Anse herumirrte, fand es unnötig, sich gegen die Angriffe von Julien Thémistocle zu schützen. Sie schlief auf dem nackten schwarzen Sand und stand nicht auf, wenn ihr das Meer eine Welle schickte, um sie zu bedecken.

»Dieses verfluchte Frauenzimmer kam geradewegs aus dem verfluchten Schoß dieses verfluchten Meers«, beschied man.

Um halb eins hatte Syrer dreihundertsiebenundvierzig schwarze Schlüpfer abgesetzt. Um ein Uhr siebenhundertzweiunddreißig.

Um drei eintausendundsiebzehn, und so ging es bis zum Abend weiter. Mit Einbruch der Dunkelheit waren die Schlüpferkartons randvoll mit Geldstücken und -scheinen. Sein Sohn und er waren die ganze Nacht damit beschäftigt, ihr Vermögen zu zählen, dessen Höhe nie bekannt wurde – in diesem Punkt sind die Syrer nicht sehr gesprächig –, das ihm jedoch erlaubte, noch in derselben Woche aufwendige Verschönerungsmaßnahmen durchzuführen, um den Palast des Orients in seiner heutigen Gestalt erstehen zu lassen. Syrers Frau, die Negerin mit dem zu kleinen Nullen gekräuselten Haar, die ihn damals, als es ihm schlecht ging, bei sich aufgenommen hatte, jubilierte:

»Ich danke dir, lieber Gott! ich danke dir! Das Unglück wird nicht mehr seine Füße über unsre Schwelle setzen. Der grüne Schweiß und die Zeiten des blauen Elends sind vorbei, aus und vorbei.«

Doch etwas hatte sie vergessen: sich selbst einen schützenden Schlüpfer zu besorgen. Voller Wut über die Niederlagen, die er überall erlitt, nahm sie der Inkubus noch am selben Abend drei Stunden lang in die Mangel. Als sie am nächsten Morgen aufwachte, murmelte sie:

»Selbst meine Träume sind viel schöner geworden! Hab Dank, Herr, hab Dank!«

Als sie in die Küche ging, wo Syrer über die verschlungenen Wege des Schicksals nachsann und an seine Heimat dachte, platzte jedoch ihr Traum vom Glück. Der Kerl betrachtete eingehend die voll erblühten Formen ihres Körpers, blieb an ihren Lippen hängen, versuchte, in ihren Augen zu lesen, und explodierte:

»Schlampe-Herumtreiberin-Hure-Kanalratte! Während ich die ganze Nacht mit Ali geschuftet habe, um die Einnahmen zu zählen, hast du mir Hörner aufgesetzt, was? Nein, sag nichts! Ich will deine Lügereien nicht hören, die Flecken auf deinem Körper sagen alles. Die Freude, mit der du auf deinem Gesicht hausieren gehst, verrät dich.«

Verdutzt starrte die Negerin auf ihre Arme, ihre Hüften, ihre Schenkel und wußte nicht, was sie zu ihrer Verteidigung sagen sollte. Ihre Zunge war wie gelähmt, und die Worte konnten noch so schnell in ihrem Kopf hin und her schießen, sie brachte keinen einzigen Satz hervor. Man schloß daraus, daß ihr der Inkubus die Zunge herausgerissen hatte. Die Folge davon war, daß Syrer sie verstieß und sie, hilflos, mit Tränen in den Augen, zusehen mußte, wie ihre wenigen Habseligkeiten auf den Bürgersteig gestellt wurden. Eine emaillierte Wanne, ein ausgeleiertes Köfferchen, dessen eines Schloß nicht mehr funktionierte, ein paar Sonntagskleider und eine alte Singer-Nähmaschine, mehr war für die Ärmste in all den Jahren ihres Zusammenlebens mit dem Händler nicht herausgesprungen. Und niemand hatte Zeit, sie zu bemitleiden, denn der Ort frohlockte: Syrers Idee hatte sich als genial erwiesen. Außer seiner eigenen Frau war nicht eine Mamsell, nicht eine Matrone im Lauf der Nacht von diesem Schweinehund von Julien Thémistocle angegriffen worden. Die Negerin nahm ihre Sachen und schleppte sie nach En Chéneaux hinauf, wo sie sich in einem Koben ein prächtiges Schwein hielt. Sie jagte es weg und nahm seinen Platz ein. Damit war sie der Brüderschaft der Neger der sogenannten untersten Kategorie beigetreten, derjenigen, die sich von Geburt an nicht waschen und die den Tieren die Reste in den Mülleimern streitig machen. Syrer hatte sich nie bemüht, die Wahrheit herauszufinden, denn diese Rasse liebt die Extreme. Auf der einen Seite ist sie ungeheuer großzügig (bei jedem Schulanfang verschenkte Syrer Hemden an die Jungen, deren Eltern gerade knapp bei Kasse waren), auf der anderen ist sie zu den letzten Gemeinheiten fähig.

Er wurde zu einer geachteteten Persönlichkeit in Grand-Anse, und man bot ihm sogar einen Sitz im Gemeinderat an, doch das überließ er lieber Ali Tanin. Und nachdem dieser auch den Palast des Orients übernommen hatte, gewöhnte er sich an, sich im Schneidersitz auf einen Stuhl am Eingang des Ladens zu setzen und Selbstgespräche über seine Heimat zu führen. Er sprach von unbekannten, wunderbaren Orten, rühmte die Wüste, die wolkenlosen Himmel, beschrieb rauschende Hochzeitsfeste und Fantasias, die von endlosen Bruderkriegen unterbrochen wurden, und die Neger hörten mit offenen Mündern zu und träumten ebenfalls von Syrers Land. Nie wurde er von uns unterbrochen. Nur ein einziges Mal verlieh Dachine einem kollektiven Unbehagen Ausdruck und fragte:

»Sag mal, Alter, ist Syrien größer als Frankreich?«

»Nein ... nein, nein, meine Freunde, es reicht ihm nicht einmal bis zum Knöchel.«

Beruhigt fragte der Mann von der Müllabfuhr weiter:

»Und ist es denn ... schöner als Frankreich?«

»Aber nein! ... kein Land ist schöner als Frankreich, das weiß doch jeder!«

Jahrelang lauschten die Neger seinen Geschichten. Nur Julien Thémistocle, der ja gute Gründe für seinen Groll hatte, ließ manchmal vor dem Palast des Orients die schlechten Manieren eines entlaufenen Negers heraushängen. Er rülpste und stank nach Rum-Coco-Merlot, den man ihm aus Angst, er würde am Abend vor dem Binden das Zuckerrohr in Brand setzen, in der Brennerei von Fonds Gens-Libre umsonst einschenkte.

»Himmelarsch!« schimpfte er, »was seid ihr doch für blöde Affen, ihr bewundert Frankreich und Syrien, aber von Guinea wollt ihr nichts wissen! Keiner will dahin zurück! Aber ich, ich warte nur auf den Tod, bringt mich um, und ihr werdet sehen, daß meine Leiche am nächsten Tag nicht mehr in ihrem Grab liegt. Mein Zuhause ist Guinea.«

Jetzt, wo er den Leuten keine Angst mehr einflößte, machten sie sich über ihn lustig. Was hatten wir mit diesem Guinea zu tun, von dem er ständig faselte? Dort lebten doch nur Buschneger und Kannibalen, und außer diesem Bücherwurm von Émilien Bérard konnte sich keiner mit seinen Ideen anfreunden. Dann erfuhren wir, daß der Inkubus Thémistocle sich notgedrungen über Marie-Eugénie de Cassagnac, die Tochter des Pflanzers von Séguineau, hergemacht habe. Unvorsichtig geworden, hatte er es nicht einmal für nötig befunden, sich unsichtbar zu machen und hatte sie am hellichten Tag auf der Veranda des Herrenhauses angefallen, wo die Kleine von einem Hausmädchen allein gelassen worden war. Der

Ort verwünschte ihn danach noch mehr, und rechtschaffene Bürger erstatteten bei der Gendarmerie Anzeige, denn »in unserer Zeit kann man nicht dulden, daß herumstreunende Neger wie er die Straßen unsicher machen«. Nur der Ausbruch des Zweiten Weltkriegs rettete Julien Thémistocle davor, wegen Landstreicherei und Erregung öffentlichen Ärgernisses eingesperrt zu werden. Nachdem er über den englischen Sender auf Dominique den Aufruf General de Gaulles gehört hatte, verwandelte er sich in einen tapferen Soldaten, der für Frankreich kämpfte. Vor der Nase und den Augen der Miliz des Admirals Robert lief er zur anderen Seite über, wurde nach Amerika verschifft, nahm an der Landung in der Normandie teil und kam zum Unteroffizier befördert, sauber, wortkarg und arbeitswütig zu uns zurück, was allen großen Respekt abnötigte.

Grand-Anse vergaß seine Verbrechen, und wenn er an seinem Laden vorbeiging, grüßte er Syrer. Fiel in diese Zeit auch der Beginn seines engen Verhältnisses mit Eau de Café?

9

Das Océanic ist weder eine Absteige noch eine Familienpension. Und ein richtiges Hotel natürlich auch nicht. Am ersten Abend schien der Besitzer verärgert, daß er eigenhändig das Zimmer für mich herrichten mußte. In Unterhosen und mit nacktem Oberkörper wühlte er in einem Schrank nach sauberer Bettwäsche und brummte dabei ständig vor sich hin:

»Ola i mété sa? Ola tèbè-a mété sa, tonnan?« (Wo hat sie das hingetan? Wo hat diese Idiotin das nur hin, zum Teufel?)

Der große Vorteil meines Zimmers war eine Luftklappe, die so schlecht schloß, daß man weiter unten das Meer brüllen hörte. Kaum war der alte Brummbär wieder draußen (ohne auch nur einen Gedanken daran zu verschwenden, ob ich vielleicht etwas zu trinken haben wollte), versuchte ich, sie zu öffnen, und entdeckte dabei, daß sie von oben bis unten mit zwei Sperrholzlatten vernagelt war. Ein salzhaltiger Wind drang durch die Ritzen der Klappe und auch durch das Dach, von dem ich die Ziegel sehen konnte, die früher einmal rot gewesen waren. Aus dem Hahn des winzigen Waschbeckens kam nur ein dünner Strahl, der dann auch versiegte, bevor ich mir das Gesicht waschen konnte. Ich bereute allmählich, daß ich es nicht gewagt hatte, Eau de Café zu wecken. Die Leute aus der alten Zeit mögen keine Überraschungen, hat man uns immer gesagt. Ihr Herz ist mit den Tollheiten der Neger von heute nicht vertraut. Und ihrer Weisheit (oder vielmehr ihrer weisen Torheit) gebühren Ehre und Respekt.

Ich hatte unwiderstehliche Lust, das Meer zu betrachten, obwohl ich wußte, daß nicht der geringste Lichtschimmer es für mich enthüllen würde. Außer denen im August, die zu Ausschweifungen geradezu einladen, sind die Nächte von Grand-Anse einfach schrecklich. Ratlos breitete ich Bücher und Unterlagen auf meinem Bett aus.

»Wie lange wollen Sie denn bleiben?« hatte sich der Besitzer erkundigt, als er sich etwas besänftigt hatte.

»Das entscheidet sich morgen früh . . .«

»Hören Sie, ich könnte Ihnen auch ein besseres Zimmer als das hier herrichten. Sie hätten mir nur vorher Bescheid sagen müssen, dann hätten wir uns darauf eingestellt. Ich hab da so einen Trampel, meine Angestellte sozusagen, und wenn sich das Hotel leert, tut sie hier kaum noch was, sondern kümmert sich nur noch unten um das Restaurant. Sagen Sie mir also Bescheid.«

Ich hatte eine bewegte Nacht hinter mir. Das Meer hatte mir nicht eine Sekunde Ruhe gegönnt. Es hatte meine Luftklappe belagert, das ganze Dach bearbeitet, Schmerzen hinausgebrüllt, die mich vor Entsetzen erstarren ließen. Ich wartete jeden Augenblick darauf, daß es in mein Zimmer eindringen würde, um mich in seinem biblischen Zorn tüchtig durchzuwalken und zu prügeln. Ich überraschte mich dabei, wie ich ihm zumurmelte, daß ich ihm doch nichts getan hätte. Daß ich weder gegen seine Herrschaft rebelliert noch seine Erhabenheit lächerlich gemacht hätte. Unsere Träume wären ihm doch immer unterworfen gewesen? Auch wenn ich sehr lange sehr weit weggewesen wäre, so hätte ich mich doch nicht von ihm losgesagt. Vielmehr wäre ich, wie jeder x-beliebige Neger von Ehrfurcht durchdrungen zu ihm zurückgekehrt. Es solle also aufhören, mich so zu drangsalieren!!

Es ging bereits auf Mittag zu, als ich vollkommen verstört noch einmal versuchte, die Luftklappe zu öffnen. Ohne Erfolg. Der Besitzer hatte mir sein Mädchen für alles vorbeigeschickt. Eine Person so steif wie ein Brett und äußerst maulfaul. Sie hatte mir ein Stück Kernseife gegeben und mich wissen lassen, daß die Dusche sich im Erdgeschoß hinter der Küche befand. Ich hatte nur den einen Wunsch: diesen merkwürdigen Ort zu verlassen und zu meiner Marraine Eau de Café zu gehen. Mich wieder in dem Zimmerchen einzurichten, wo ich als Kind darauf gewartet hatte, daß Antilia mich zudeckte. Ich hatte meine Wäsche und meine Bücher wieder eingepackt und war nach draußen gestürzt. Die Rue-Devant hatte mich völlig verwirrt: all diese schimmernden Kleider, sanft-fragenden Blicke und rauhen Stimmen der Rumtrinker. Das Gehupe hochbeladener Lastwagen und das Gekreische von Horden kleiner Negerjungen, die nichts zu tun hatten. Sengende Hitze, allgegenwärtig, an manchen Stellen geradezu grotesk. Und auf der andern Seite das Meer. Das Meer, das seine Wut wiederkäute. Dem es Spaß machte, mächtige Wogen der Wut aufzutürmen.

Und Eau de Café auf ihrer Türschwelle, die weder Freude noch Überraschung zeigte, sondern sofort zu reden anfing, während ich mich dem Joch ihrer Worte beugte.

Die Klage der Matadorin Eau de Café

Wollt ihr mir das Maul verbieten, weil ich keine zwei Worte Französisch aneinanderreihen kann? Weil man meinen Schoß für unfruchtbar hält und weil euer Saft in mir versickert, unnützer als ein Regenguß zur Fastenzeit? Weil ich meinen Kropf leere und ihr nichts anderes machen könnt, als euch taub zu stellen? Ich bin sicher, in euerm Innern wird es einen gewaltigen Aufruhr verursachen, so gewaltig, daß die einen zu ihrem Wasserbecken rennen, um den Kopf reinzuhalten, und die anderen so heftig an dem Mundstück ihrer Tonpfeife herumkauen, daß es auseinanderbricht. Und selbst diejenigen, die als Trottel auf die Welt gekommen sind, werden aufhören, ihre Träume zu besabbern, da ihnen meine Offenbarungen ein Licht aufstecken werden. Denn ich weiß alles und kenn auch sämtliche Kehrseiten. Ich weiß, daß Mademoiselle Rose-Aimée aus Morne l'Étoile nur deshalb den Kopf so hoch trägt, weil sie auf den Höhen wohnt. Und daß sie nicht sehen kann, was sich hier unten in der Savane abspielt, macht sie schwindlig im Kopf. Sie bewegt sich unter uns Binderinnen, als würde das Zuckerrohr für sie Spalier stehen, und die Blütenrispen, die im Dezember herauskommen, könnte man glatt für ihr Diadem halten. Sie ist ein so stolzes und wildes Ding, daß sie weder guten Tag noch guten Abend über die Lippen bringt, höchstens mal ein kleines Dankeschön, wenn man sie auf ein Stückchen Zuckerrohr unter einem Haufen von Halmen aufmerksam macht. Na schön, ich sag nur eines, diese Rose-Aimée ist nicht die Tochter ihres angeblichen Vaters, der sich auf einem winzigen Stückchen undankbarer Erde abrackert, um seine Yamswurzeln und ein paar mickrige Bananen zu ziehen. Dem war das Unglück schon immer auf den Fersen. Der arme Teufel hatte anscheinend mit dem Unglück einen Pakt geschlossen, und durch seine Taschen blies eine Art Zugluft. Hätte er unter diesen Umständen eine solche Göttin wie Rose-Aimeé zeugen können? Unmöglich! Ich will ja gern glauben, daß er am Zustandekommen von Louis mit dem krummen Fuß und von Marcel und Gérard beteiligt gewesen ist und, wenn man beide Augen zudrückt, eventuell auch von Thérésine, der koketten Chabinette, die den einheimischen Weißen Marreau Deschamps zum Paten hat (ha! ha! ha!), aber im Fall von Mademoiselle Rose-Aimée, die zur Zeit auf der Pflanzung von Fond Gens-Libres das Zuckerrohr an unserer Seite bündelt, nein, nein und noch mal nein. Wenn ihr wissen wollt, von wem sie abstammt und wo sie ihre Allüren her hat, diese Allüren einer Negerin, deren Füße die Erde nicht mehr berühren, dann müßt ihr meiner Zunge Glauben schenken, denn ich kenn die Laster ihrer Mutter und selbst ihre Gelüste, die sie sich nicht auszuleben traute, weil es schließlich auch Grenzen gibt. Ihre Mutter, meine Herrschaften, hat sie von Congo Laide, einem ganz wilden Teufel, empfangen. So!

Wer will mir verbieten, hier unter der Sonne für die Frauen zu sprechen, die sich seit eh und je (›seit der Zeit des Marquis d'Antin‹, pflegte meine Mutter zu sagen, obwohl sie mir nie erklären konnte, wer dieser Meister an Alter und Weisheit eigentlich war) in den Zuckerrohrfeldern abrackern. Wenn ich in meiner Hütte in Macédoine allein bleibe, dann bestimmt nicht, weil es mir Spaß macht, wenn man mich einen Einsiedlerkrebs nennt. Der Grund ist einfach der: Ihr teilt nicht meinen Seelenfrieden. Das ist das einzige, was ich habe, der einzige Reichtum, den der Herrgott mir gegeben hat, wo er doch am Tag der Schöpfung kaum einen Gedanken an die Neger verschwendet hat – ja, die letzte Rasse hat er aus ihnen gemacht, gleich nach den gefleckten Kröten. Und deshalb hat auch noch kein Neger den Hof vor meiner Hütte überquert, keiner hat seine schwärenbedeckten Füße auf meine Schwelle gesetzt und mich mit zuckersüßer Stimme flöten hören: ›Komm, leg dich auf mich, ich möchte deinen Pfahl in meinem Fleisch spüren.‹ Nie! Der erste, der behauptet, er wüßte, wie mein Lager aussieht, der soll sich hier vor mich hinstellen, und ich schick ihn huschhuschhusch in den verhurten Schoß seiner Mutter zurück. Oh! werdet ihr sagen, da gab's doch einmal vor der Zeit des Admirals Robert dieses kleine Arschloch Dachine, der sich hinter den Bäumen versteckt hat und abends, wenn's dunkel wurde, die Bel-air-Trommel für mich schlug, als würde ich, Eau de Café, mich für seine guineische Negermusik begeistern. Allmächtiger, wenn er gewußt hätte, was für ein Graus das für mich war, dann hätt' er sich nicht getraut, mich nach drei Monaten Courschneiderei zu fragen, ob er seinen Körper gegen meinen reiben dürfe. Es ist übrigens kein Wunder, daß er bei der Müllabfuhr gelandet ist! Zugegeben, wenn dieses Prachtstück von einem Neger aus Moulin-l'Étang auf dem Gemeindefest das Akkordeon spielt, wird's mir ganz anders, aber nur dann. Es ist wirklich zu dumm, daß er nie seinen Namen verraten wollte, man sieht ihn nämlich nur, wenn's mal wieder soweit ist. Gewöhnlich steht er neben dem Karussell, wo er zwischen zwei Runden aufspielt, und das den ganzen Nachmittag lang. Wenn's dunkel wird, wird er Ballchef auf dem Marktplatz. Er spielt so dermaßen gut, daß die Frauen am liebsten alleine tanzen würden, um sich vom Schwung seiner Musik mitreißen zu lassen, aber wohlgemerkt, ich bin die einzige, die sich das traut. Bestimmt kommt ihr mir jetzt mit Bemerkungen, die so bissig sind wie Maniok-Ameisen: ›Schau an, wie diese Eau de Café sich aufspielt. Dabei sieht sie aus, als könne sie kein Wässerchen trüben‹ und mehr Gemeinheiten von dieser Sorte, einfach nur, um zu sehen, ob ich aufhöre, mich wie ein Kreisel um mich selbst zu drehen-drehen-drehen und mir in der Menge der sonntäglich gekleideten Dörfler die Kavaliere anzulachen. Ihr verwechselt mich nämlich mit den parfümierten kleinen Dämchen, die auf einen Mann warten, seit das Blut zwischen ihren Schenkeln rieselt, und die am Fenster hängen und sich grämen, wenn ein Tag nach dem andern vergeht, ohne daß auch nur der Schatten eines Mannes auf dem baumbestandenen Weg zu ihrer Hütte auftaucht. Bah, nicht ich! Ich verzichte auf diese Sperrgut-Träume, sie machen einen verrückter als eine Katze, der man die Jungen ersäuft hat. Eau de Café macht diesen Zirkus nicht mit, meine Herrschaften. Auch wenn mein Französisch nicht das beste ist, so bin ich deshalb noch lange nicht blöde. Ich sehe alles, weiß alles, errate alles, und vor allem, ich sag's laut heraus. Deswegen habt ihr auch Angst vor mir und wollt, daß ich mir die Worte im Mund begrabe. Bindet einen Bären los, damit er euch ins Gesicht furzt! Ich leg keine Absperrseile um das, was ich sage, denn wenn's euch bitte schön nicht paßt, meinen schwitzenden und kreuzlahmen Schwestern auf den Feldern gefällt's. Es hilft ihnen bei dieser Knochenarbeit, dem Bündeln des Zuckerrohrs, das die Schnitter mit so kräftigen Schwüngen schlagen, als wollten sie dem Himmel was beweisen. Oder den hiesigen Weißen. Oder dem Aufseher, der mich vom ersten Tag an nicht riechen konnte und den ihr aus irgendwelchen unerfindlichen Gründen Julien Thémistocle nennt. Ich finde diesen Namen so komisch, daß ich ihn nicht aussprechen kann, ohne laut zu lachen, und ihr hättet es wohl gerne, daß ich mich seiner schönen Augen wegen oder dieser gelben Münzen wegen abrackere, die er am Samstag jeder Woche vor uns aufreiht. Stammt er nicht aus demselben Kral wie wir alle, auch wenn seine Augen grau sind? Und wenn die Leute Schiß vor ihm haben, dann doch nur, weil er mit seinem Arsch die Schulbank drücken konnte, stimmt's? Ich mach den Zirkus nicht mit, den die Weiber hier veranstalten. Alle viere von sich gestreckt und direkt auf dem Stroh keuchen sie ihm was vor, um ihm ein paar kleine Gefälligkeiten abzuluchsen. So sieht's doch aus! Mich hat er nie interessiert, und ich hab's auch nie so eingerichtet, daß er mich bei der Quelle von Bois-Serpent allein vorfand, wie zum Beispiel diese Rumtreiberin Rose-Aimée, die sich nur in der Hocke vorwärtsbewegen würde, wenn die Schwänze aus dem Boden kämen. Man braucht ihr ja nur ein bißchen die Brustwarzen zu kitzeln, und schon fängt sie an zu zappeln und zu röcheln, obwohl ihr der Schweiß nur so an den Armen herunterläuft und die roten Ameisen und die scharfen Blätter ihren Rücken malträtieren. Sie legt sich einfach hin in ihren dreckigen Fetzen und wartet auf das heiße Eisen, das sie dann in Null Komma nichts weich kriegt, so wie sie ihre runden Hüften kreisen läßt.

Ich hör euch schon: ›Die ist ja völlig verrückt, diese Eau de Café!‹

Bah! Laßt mich zufrieden! Ihr könnt mich mal mit euren Vorwürfen und Verwünschungen, ihr Geschmeiß. Ihr seid doch glatt auf den Quatsch hereingefallen, den dieser Abbé Le Gloarnec verzapft hat. Der hat mich sozusagen von der Kanzel aus nackt ausgezogen, bevor er mich von der Kommunion ausschloß. Und er hätte mir auch glatt verboten, in der Kirche zu beten, wenn er das Recht dazu gehabt hätte, der gemeine Hund! ›Eau de Café ist eine Hysterikerin!‹ hat er bei seinen Höllenfahrt-Predigten gebrüllt und dabei in die Richtung des Weihwasserkessels gestarrt, wo ich von meiner Mutter einen Platz mit einem silbernem Namensschildchen geerbt hab. Hysterikerin! Anfangs wußte niemand, was das heißt, und alle Welt glaubte, ich hätte mir eine ansteckende Krankheit eingefangen, und wenn ich im Ort eine Runde drehte, wich man mir auf der Straße aus; man warf mir das Kleingeld auf den Tresen, um nicht mit meinen Fingern in Berührung zu kommen. Verdammt! Was bedeutete Hysterikerin? Je mehr ich darüber nachdachte, desto unverständlicher kam mir diese Verleumdung vor. Am Abend davor war ich noch bei der Beichte gewesen und hatte wie immer die Sünden der vergangenen Woche gestanden, ohne dem Abbé auch nur das geringste zu verheimlichen. Ich hab mich immer gut mit ihm verstanden.

Hatte ich etwas vergessen? Mir fiel beim besten Willen nichts ein. Wo ich doch immer Angst und Bange hatte, ich könnte eine

Sündenspur hinterlassen, für die mir keine Absolution erteilt worden war und dann auch in der andern Welt Ärger kriegen. Die Wahrheit ist, Hochwürden gibt sich einfach tausendmal lieber mit den scheinheiligen Dämchen ab, die wie Unschuldsengel vor ihn hinknien, die Bluse so weit offen wie das Fenster von Madame Périnelle. Diese Passionise zum Beispiel, die der Aufseher aus irgendwelchen unerfindlichen Gründen geheiratet hat, gerade rechtzeitig, bevor sie am Strand von Grand-Anse als Frau-für-jeden-Mann endete. Ihre Beichten bestanden aus einem einzigen Satz: ›Vater, ich habe nicht gesündigt‹, und schwupp, erteilte ihr dieser Schwachkopf auch schon die Absolution. Dabei weiß ich, Eau de Café, Hysterikerin-Schnapsdrossel-Rumtreiberin-Schandmaul-ohne-Herz ganz genau, daß Passionise Thémistocle nur Theater spielt. Madame ist nämlich nicht die Heilige, die sie rauskehrt, und die Mantilla, die sie zur Messe trägt, ist nicht etwa ein züchtiger Schleier für ihre Augen, sondern eher eine Maske, damit man nicht gleich das Laster erkennen kann, das ihr mit großen Lettern auf der Stirn geschrieben steht. Ich versichere euch, und jetzt sperrt mal siebzehnfach die Ohren auf: Passionise treibt's mit dem kleinen Béké, der auf der Habitation Fond Massacre den Verwalter spielt, und wenn sie noch nicht erwischt wurde, dann nur, weil ihr Mann und ihr Liebhaber denselben Vornamen haben, so daß ihre Zunge keinen Versprecher fürchten muß, so! Wie ihr seht, hab ich es nicht weitererzählt, obwohl ich's wußte. Ich hab mir nämlich gesagt ›Ehre, wem Ehre gebührt‹, Julien Thémistocle ist unser Aufseher, und er hat sich uns gegenüber immer korrekt benommen; er behandelt uns nicht wie Hundescheiße, warum also seinen Ruf schädigen. Man kann, wie das Sprichwort sagt, dem Wasser so viele Messerstiche versetzen, wie man will, es tut ihm nicht weh... Aber die Arroganz dieses Kerls hat für mich jedes Maß überschritten, als er Mathilde, Tertulia und mich dabei erwischte, wie wir für den dicken Bauch von Man Lénas Nichte nach einer Erklärung suchten. Wir hatten schon vor Sonnenaufgang mit der Arbeit angefangen und an einem Vormittag mehr Zuckerrohr gebündelt als sonst in zwei Tagen, weil wir nämlich so schnell wie möglich wieder aus der Sonne heraus wollten, die früher als gewöhnlich aufgegangen war und uns erbarmungslos das Gehirn austrocknete. Mit einem ganzen Schwung von Allüren und einer geballten Ladung Verächtlichkeit in seinen Worten kam der Kerl auf seinem Maultier angeritten. Wir genossen den Schatten eines Baums an diesem Scheinbar-Fluß, der durch Fond Gens-Libres fließt. Keine von uns hatte ihn kommen hören. Das war typisch für unsern Verwalter. Man hätte schwören können, der Wind; er tauchte mal da, mal dort auf der Pflanzung auf und verschwand dann wieder, ohne daß man ihn an der Schwere seines Schritts erkennen oder in seinem blindwütenden Eifer aufhalten konnte, und mit einem einzigen Blick gab er einem zu verstehen, daß das Rad einer Karre repariert werden mußte, daß neben einem fertigen Bündel noch drei Zuckerrohrhalme lagen, daß im Stamm eines Mangobaums ein Messer steckte, oder daß die Wasserkalabasse den Deckel verloren hatte. Er gab seine Anweisungen, und die Neger befolgten sie, ohne zu murrren, denn Julien Thémistocle sprach nie in den Wind, und da er auf Schnörkel verzichtete, war es kaum möglich, die Rede dieses oberschlauen Negers mißzuverstehen. Monsieur tat so, als würde er mich nicht sehen. Als er direkt vor mir stand, ließ er den Blick über meinen Kopf flattern, als wolle er sich die Augen nicht schmutzig machen. Dieses unverständliche Benehmen hatte mich insgeheim schon immer geärgert, denn ich kenne alle Wechselfälle im Leben dieses arroganten Negers, lange bevor er sich mit seiner Passionise zusammengetan hat.

Ich weiß, daß er Rémise aus Morne Capot gekannt hat, die dritte Tochter von Hortense Larcher, die kein Kind in ihrer Gebärmutter behalten kann und die aus Wut jedem Neger, der eine Frau nötig hat, ihren Körper anbietet. Und dann hat er was mit Floriane von der Habitation La Mancelle gehabt, deren Mutter niemand kennt (was bei uns äußerst selten vorkommt), die Kleine wurde von ihrem Vater großgezogen, der auch bald ihr Liebhaber wurde und ihr eine ganze Schar Kinder gemacht hat, alle mager bis auf die Knochen. Danach kam Etiennise aus l'Anse Four-à-Chaud, die Hunderte von reifen Kokosnüssen sammelte, um Öl daraus zu machen, das sie sich dann von den Mulatten von Grand-Anse mit Gold aufwiegen ließ. Sie soll's wie die Mangusten gehalten haben, so sagen wir gewöhnlich, wenn es einer nirgendwo aushält, denn sie war ständig unterwegs, klapperte das ganze Land und vor allem auch die Küste ab, wo sie sich fünfzig Schritte vom Strand eine Bambushütte gebaut hatte, und das ganz ungestraft. Ich war nicht die einzige, die gedacht hat, Julien Thémistocle würde nie eine Frau zum Altar führen, ganz egal welche. Dabei hab ich allerdings vergessen, daß es im Umkreis von zwanzig Kilometern keine gab, die es mit dieser Intrigantin von Passionise aufnehmen konnte. Doch glaubt jemand im Ernst, diese Hochzeit hätte mich aus der Bahn geworfen? Ich bin Männern vom Schlag eines Thémistocle immer aus dem Weg gegangen. Ich versteh nicht, warum ich immer als Matadorin gegolten habe, denn zwei oder drei Monate, nachdem seine Passionise bei ihm eingezogen war, hat er mich in den Zuckerrohrfeldern vergewaltigt. Nicht, daß ich ihn jemals provoziert hätte, wenn er trotzdem meinen Reizen erlegen ist, dann ist das seine Schuld. Nicht meine. Ich war so blutjung und er so uralt, daß ich rein gar nichts gespürt hab. Und soll er nicht auch die Stunde meiner Geburt beschleunigt haben?

Ihr könnt mich eine Verrückte nennen, wenn ihr wollt, aber laßt bitte die Matadorin weg, das kratzt an meinem Stolz!

10

Unser Meer, das Meer von Grand-Anse, ist unfruchtbar. Nie hat es auch nur den kleinsten Fisch hergegeben – jedenfalls nicht solange ein Christenmensch zurückdenken kann –, und es brüllt seine schamlose Nutzlosigkeit in alle Winde des Passats. An der Spitze des Kaps La Crabière ragt eine Ansammlung kleiner Klippen aus dem Wasser, die wir den Fels nennen, dort tauchen unerschrockene junge Neger, nur mit einer einfachen Maske ausgerüstet, nach Krabben und Tintenfischen. Wenn sie mit ihrer Beute zurückkommen, grinsen die Alten und erklären ihnen, daß sie, ohne es zu merken, von den Meermüttern, einer Art schrecklicher Zwitterwesen, halb Fisch, halb Frau, in ferne Unterwasserhöhlen gelockt worden seien, und wenn sie es sich einfallen ließen, das Zeug zu essen, würden sie sofort den Verstand verlieren. Sie werfen es also den Hunden vor oder bieten es ihren engsten Feinden an.

»Begreifst du das?« lag mir Eau de Café in den Ohren, kurz nachdem wir uns im Ort niedergelassen hatten.

Die allgemein gängige Erklärung ist so lachhaft, daß man sie glatt vom Tisch wischen kann: Zur Zeit der Gründung von Grand-Anse, als die letzten entlaufenen Negersklaven sich noch gegen die Gendarmen zu behaupten versuchten, also lange vor dem Vulkanausbruch, gab es einen Priester, der die Leute daran hinderte, ihr Leben nach ihren Vorstellungen zu leben, nach ihrem Pläsier, wie wir hier sagen, das heißt, mit dieser unschuldigen Lust an Ausschweifungen, die typisch ist für unsere kreolische Mentalität. Er wetterte von der Kanzel und drohte namentlich mal dem, mal der mit dem ewigen Höllenfeuer. Er legte sich sogar auf die Lauer, um die ehebrecherischen Frauen auf frischer Tat zu ertappen. Damals war das Meer noch so fischreich wie in Fond d'Or oder Basse-Pointe, und die Fischer flochten ihre Bambusreusen in der unbarmherzigen Hitze des frühen Nachmittags. Ihr Viertel war dort, wo heute der Schlachthof steht. Wenn es dunkel wurde, kamen die Leute zum Strand, um ihre Produkte gegen fliegende Fische oder Schwertfische einzutauschen. Und wenn der Ort versorgt war, zogen die Händlerinnen mit dem getrockneten Fisch durch die Dörfer, so daß bald überall die Mär kursierte:

»Grand-Anse ist ein gesegneter Ort. Streut man dort ein Samenkorn aus, sprießt bei Mondaufgang ein Baum. Und sein Meer ist die reinste Speisekammer.«

Diesem Ruf verdankte die Gegend, daß sie schneller als das Umland besiedelt wurde. Jeder wollte sich ein Stückchen vom Paradies sichern... bis dann dieser überkandidelte Jansenist seinen täglichen Bannstrahl niedergehen ließ. Ungefähr um dieselbe Zeit richtete die Fallsucht in unsern von der Arbeit und der Sonne stumpfsinnig gewordenen Köpfen die größten Verwüstungen an. Es war wie ein Zug von Maniok-Ameisen, die einem zuerst die Stirn, dann den Nacken und mit einem Schlag den ganzen Körper zerfraßen, so daß man die reinsten Veitstänze aufführte und dabei deutlich vernehmbare und äußerst einfach konstruierte Botschaften hervorstieß, die aber keinen greifbaren Sinn ergaben. Insgeheim auf Heilung hoffend, rieben sich die Befallenen an einem, während sich die Hochschwangeren mit Bäuchen so prall wie Blutwürste die Ohren zuhielten, damit ihr Baby nichts hörte. Die Familien rollten ihre Kranken wie ein Faß Eingepökeltes in den morgendlichen Fluten von Grand-Anse, damit der Herr sie von dem Übel erlöste. Man suchte auch nach einer Erklärung für diesen Wahnsinn und kam schließlich zu dem Ergebnis, es müsse dieser Blödian in der schwarzen Soutane sein.

Da man ihm schlecht eine Tracht Prügel verabreichen konnte und öffentliche Demütigungen ausgeschlossen waren, da es außerdem auch nichts half, ihn impotent zu machen oder ihm ein für allemal das unnütze Maul stopfen zu wollen, dachte man sich eine List aus.

An einem Samstagabend schlugen ihm ein paar Fischer vor, er solle mit ihnen hinaus aufs Meer fahren, um sich selbst von dem göttlichen Segen zu überzeugen. Sie versicherten ihm, daß er am Sonntag noch vor Sonnenaufgang zurück sein würde, rechtzeitig für seine Sechs-Uhr-Messe. Der Abbé zögerte, sagte sich dann, daß er vielleicht einiges über seine Pfarrkinder erfahren könne. Trotz seiner nimmermüden Wachsamkeit gab es ja immer irgendwelche Laster, die ihm entgingen. Bei den Negern weiß man nie!

Auf dem Meer gelang es ihm nicht, den Fischern auch nur ein verräterisches Wort zu entlocken. Er führte also endlose Selbstgespräche, während seine Begleiter nur spöttisch grinsten und so taten, als wären sie viel zu sehr damit beschäftigt, ihre Leinen einzuholen, um noch mit ihm plaudern zu können. Enttäuscht schlief unser heiliger Mann in einer Ecke des Boots auf einem Bonitohäufchen ein. Die beiden Fischer prusteten vor Lachen und fuhren mit ihrer Arbeit fort, wobei sie sich nicht mehr genierten, die ordinärsten Flüche auszustoßen, wenn ihnen ein Fang entging.

Am nächsten Morgen, als der Abbé gerädert aufwachte, stand die bedrohliche gelbe Kalebasse der Sonne bereits am Horizont. Die Fischer erklärten ihm, es sei noch nicht einmal fünf Uhr morgens, denn »hier sieht man die Sonne früher als auf festem Boden«. Er nahm ihnen das ab und hielt seine morgendliche Andacht. Tatsächlich tauchte in diesem Augenblick auch ein kleiner grauer Punkt vor ihnen auf, der nur Coco-Assier sein konnte, die höchste Erhebung im Umland von Grand-Anse und für Seeleute ein traditioneller Orientierungspunkt. Als einer von ihnen murmelte »Nou pèdi Koko-Asyé« (Coco-Assier ist nicht mehr zu sehen), wußten seine Kameraden, daß sie von nun an allein der unendlichen Weite des Wassers ausgeliefert waren, und jeder verspürte ein leichtes Ziehen in der Brust.

Nach einer Stunde ließ der Abbé die ersten Anzeichen von Unruhe erkennen. Er würde sich verspäten, das war klar. Dann hörte er diesen äußerst seltsamen Dialog:

»Ou kwè i ni dé kon tout moun?« (Meinst du, er hat auch zwei davon wie alle andern?)

»Dé ki sa? Ha! ha! ha!« (Zwei von was? Ha! ha! ha!)

»Anba wòb-la man ka palé 'w, ès nonm-lan ni dé grenn ka pann tou?« (Unter seiner Soutane, mein ich, hat der Kerl da auch ein Paar Genitorien?)

»Annou gadé-wè, fout!« (Verdammt, laß uns mal nachschauen!)

Für den Abbé, der unsere Sprache bis in die letzten Feinheiten beherrschte (der Beweis: Er kannte alle Umschreibungen für das Geschlechtsteil der Frauen und prangerte eines Tages von der Kanzel herab die Kerle an, die allzu gerne »Mandoline spielten«), stand fest, daß sie ihn ausziehen wollten. Er erflehte den Beistand der Heiligen im Himmel, wetterte, drohte den beiden Fischern mit der ewigen Verdammnis, versuchte, sich zur Wehr zu setzen, aber umsonst. Sie zogen ihm sogar die Strümpfe aus und nahmen ihm das Kreuz ab, bevor sie ihn ungefähr dreihundert Stöße vom Ufer ins Wasser warfen, wobei sie um die Wette lachten.

»A moué! A moué!« (Zu Hilfe! zu Hilfe!), brüllte er in unserer Sprechart, ein Ausdruck, der ebenso selten wie seltsam ist.

Da er kaum schwimmen konnte, tauchte er mehrere Male unter, um aber gleich wieder an die Oberfläche zu kommen, ein dickes, weißliches Schwein, das im Wasser trieb und spuckte und prustete. Am Strand hatte sich die Bevölkerung von Grand-Anse, die bei diesem Karneval lachend mitmachte, bereits vor Sonnenaufgang vollständig versammelt. Keiner wollte sich dieses Schauspiel entgehen lassen. Die besten Trommler hatten auf dem schwarzen Sand einen Kreis gebildet und versetzten die jungen Leute in Feststimmung. Und die Kokoseis- und Pistazienverkäuferinnen hatten sogar den Kirchplatz verlassen, wo sie seit eh und je das Ende der Messe abpaßten, und hatten sich am Ufer dieses Meeres postiert, das sie bald wie alle übrigen Neger des Ortes gründlich hassen sollten. Man improvisierte ein Spottlied über den Abbé, natürlich ein ziemlich anzügliches:

Misyé Labé, tjenbé dé grenn ou fò
Tjenbé yo fò O!
Davwè s'òu wè wakawa pase', i kay brilé yo ba'w

Tjenbé yo fò O!
Davwè s' ou wè mè-balawou pasé, i kay dégrennen yo ba'w

(Hochwürden, aufgepaßt auf das Gemächt,
aufgepaßt, aufgepaßt!
Denn wenn 's der Zitteraal sieht, der verbrennt es glatt,
aufgepaßt, aufgepaßt!
Und wenn's der Schwertfisch sieht, der trennt es ab)

Sämtliche Namen und Beinamen der Fische wurden eingebracht, und das waren zu diesen Zeiten des Überflusses in Grand-Anse bestimmt zweimal tausend. Unterdessen versuchte der arme Abbé unter großen Anstrengungen den Strand zu erreichen, wobei er kübelweise Salzwasser schluckte (das Meer ist hier auch salziger als anderswo). Als er dann festen Boden unter den Füßen hatte, hörte die Menge schlagartig auf, sich über ihn lustig zu machen, als wäre ihr das Ausmaß ihres gotteslästerlichen Treibens bewußt geworden. Angeblich sollen die Kirchenglocken ganz von selbst das Ende der Sechs-Uhr-Messe eingeläutet haben, obwohl diese gar nicht stattgefunden hatte. Trotz der zunehmenden Glut der Sonne fingen die Leute an zu frösteln. Sie bekreuzigten sich, murmelten unverständliche Gebete, ohne sich klarzumachen, wie lächerlich diese Bitten gerade jetzt waren, wo sie den irdischen Stellvertreter Gottes von seinem Sockel kippten. Einer wagte sogar ein geschmackloses, donnerndes Vaterunser-Heilige-Jungfrau-Maria hervorzustoßen.

Am Strand angekommen, nahm der Priester eine drohende Haltung ein, um dann mit weit aufgerissenen Augen der Länge nach zu Boden zu gehen. Niemand getraute sich an ihn heran, und im Herzen eines jeden machte sich ein dumpfes Entsetzen breit. Drei Stunden oder vielleicht auch drei Tage vergingen auf diese Weise. Der Ort Grand-Anse schien von einer Starre befallen. Schließlich rappelte sich der Abbé wieder auf. Für einen Mann, der dermaßen aufwühlende Dinge erlebt hatte, erschien sein Gesicht erstaunlich leuchtend. Er frohlockte geradezu, wie manche meinten. Während er seinen anklagenden Finger auf die verstörten Neger richtete, ließ er folgende Rede auf sie niedergehen, wobei er sorgfältig die Bahnen seiner Soutane über dem Wasser abklopfte:

»Ihr habt mich dem Gespött preisgegeben, meine lieben Pfarrkinder, und ohne daß ihr es bemerkt habt, ist euer Lachen in die Gebärmutter des Meeres gedrungen. Hier und heute verfluche ich euch, und ich verfluche auch dieses Meer, euern Komplizen, das eure Gemeinheiten, die Gemeinheiten lebender Teufel, in meinen Ohren widerhallen ließ. Es wird euch eure Kinder rauben, die kostbare Blüte eurer Jugend, und es wird euch nie wieder diesen Reichtum an Fischen geben, dessen ihr euch überall rühmt. NIE WIEDER !... Gott sei euch gnädig!«

Und mit einem geschraubten Grinsen ging er ins Pfarrhaus zurück; am nächsten Tag war er bereits in seiner Zentrale, von wo er kurz darauf nach Guyana geschickt wurde. Wahr ist jedenfalls, daß von diesem Tag an das Meer von Grand-Anse unfruchtbar war und häßlicher als eine gefleckte Kröte. So lautet die am weitesten verbreitete Version, die ich aber keineswegs übernommen habe, denn ich bin hierhergekommen, um mich sachkundig zu machen, und das werde ich auch tun. Antilia ist nicht umsonst gestorben (ertrunken?)...

12. Januar 1947

Mein Lieber,

Sie haben uns aufgerissen. Im Innern eines jeden von uns haben sie die verletzlichen Ranken der Verzweiflung bloßgelegt. Ich meine damit das Krachen des Urwaldriesen, den sie gerade fällen, um die Kolonialstraße zu begradigen, denn, so denkt der Landvermesser (und so beten es die Schüler herunter), »die Gerade ist die kürzeste Verbindung zwischen zwei Punkten«. Sie haben uns mit Träumen von Geradlinigkeit, Reinheit und Klarheit, ja selbst von Vernunft ausstaffiert, und aus diesem Grund reicht den Negern von Morne Pichevin ein scheeler Blick oder ein schiefes Wort, um sich gegenseitig umzubringen. Am Freitag vor Ostern, so liest man im Journal La Paix, *haben die Brüder Moriot am Strand von La Croix ihre Krabbenfallen aus dem Wasser gezogen, um sich dann plötzlich, ohne einen einzigen Laut, gegenseitig die Bäuche mit dem Rasiermesser aufzuschlitzen, sie, die immer ein Herz und eine Seele gewesen waren. Der eine von ihnen, der ältere, hat sich von den vierundvierzig Stufen der Treppe von Morne Pichevin die dreiunddreißigste zum Sterben ausgesucht, und dort hat man dann auch die Greueltat entdeckt. Was den jüngeren betrifft, so hatte der noch die Kraft und den Mut, die Bar Aux Marguerites des Marins gegenüber vom Transat anzusteuern, während ihm die Eingeweide zwischen den Händen hervorquollen und blutiger Schaum von den Lippen troff.*

Ungelogen! Dieser Bericht stand in der Zeitung. Bis zum heutigen Tag gibt uns die unglaubliche Stille, in der das Gemetzel stattfand, ein Rätsel auf. Wahrscheinlich hatten sie sich gegenseitig »die Zunge herausgerissen«, wie der Journalist meinte.

Ich hasse diese weinerlichen Poeten, die mit einem einzigen tief empfundenen Satz das Elend auseinandernehmen, um einem die Tränen in die Augen zu treiben oder die Wut im Herzen zu entfachen. Sie haben nichts begriffen. Die Meinen haben nie versucht, Mitleid zu erwecken, und ich bin ihnen dankbar dafür …

Antilia

Dritter Kreis

En Ville hat uns zynisch werden lassen, und wir glauben nicht einmal mehr, daß im Mai die Mangobäume blühen, da uns die Supermärkte das ganze Jahr über Mangofrüchte anbieten. Und wir lachen aus vollem Hals über unsere Irrungen ...

Es gibt fortan zwei Rassen in diesem Land: diejenigen, die unerklärlicherweise in der alten, in den Furchen der Zuckerrohrfelder aufgegangenen Kolonialsprache weiterbrabbeln, und diejenigen, die sich jedesmal, wenn sie das Haus verlassen, eine andere Krawatte umbinden.

Es gibt also diejenigen, die reden, reden, reden, die reinsten Karfreitagsrasseln, denn Schweigen ist für sie gleichbedeutend mit Tod, und diejenigen, die mit masochistischem Vergnügen in einer Limousine durchs Leben rasen, stumm vor Vergnügen ...

11

Marraine hat mich nicht aufgefordert, bei ihr zu bleiben. Ich muß zugeben, daß ich den nagelneuen Laden kaum wiedererkannt habe, den sie mit Hilfe eines öffentlichen Sonderzuschusses renovieren ließ. Damals machte sie die Leute verrückt mit ihrem:

»Wer über die Regierung Lügereien verbreitet, der soll sich von meinem Laden fernhalten, sonst wehe seinen Knochen!«

Komischerweise hatte sie nur die Fassade erneuert, und drinnen marschierten Karawanen von Holzwürmern über die Balken und Trennwände, die an manchen Stellen schon völlig abgewetzt waren und das hartnäckige Tosen des Meers durchließen. Im Lauf dieses ersten, an ihrer Seite verbrachten Tages empfing sie gerade mal drei Kunden, von denen zwei Schnaps auf Kredit erbettelten, und monologisierte und perorierte, als wäre ich noch das Kind von acht Jahren, das von ihr großgezogen wurde. In regelmäßigen Abständen erhob sie sich, das Staubtuch in der Hand, und wischte den Verkaufstresen ab, eine Gewohnheit aus glorreichen Zeiten, als noch Waren aus aller Welt darübergeschoben wurden.

»Die gute alte Man Léonce ist zwei Jahre, nachdem du Grand-Anse verlassen hast, gestorben, *mon nègre*«, wiederholte sie mit gesenkter Stimme.

Am frühen Nachmittag tauchte ein Mann in großer, sonntäglicher Toilette auf, der mich jedoch kaum beachtete. Lässig nahm er seinen schwarzen Filz ab, lockerte den Knoten seiner Krawatte und räusperte sich ein paarmal, während er auf dem einzigen, einigermaßen vertrauenswürdigen Stuhl im Wohnzimmer Platz nahm. Plötzlich erkannte mich Thimoléon wieder und erklärte feierlich:

»Das war eine gute Idee von dir, am Tag vor dem 14. Juli zurückzukommen. Eine wirklich gute Idee... Auf dem Markt, der Domäne der Männer, wo ich dich gleich hinführe (diese Inspektion dauert nur einen Tag – so lange wie der Nationalfeiertag –, ansonsten trifft man dort nur auf gestandene Fischweiber), bemühst du dich um die Gunst der wenigen Vertreterinnen des weiblichen Geschlechts, um die *Punch*-Serviererinnen, die Blutwurststopferinnen, die Bonbonverkäuferinnen und – jawohl – auch um die Spielerinnen, die ›Mannweiber‹, wie sie sich selbst nennen. Eine Aufgabe, die noch schwieriger ist als alle übrigen, die dich erwarten, wenn du dich wieder bei uns einleben willst, eine echte Herausforderung, weil du sie nicht direkt angehen darfst, so als würdest du sie um ihre Unterstützung bitten. Eine solche Direktheit würde man dir nicht verzeihen. Denn, laß dir gesagt sein, sie rechnen gar nicht damit, daß du sie so wichtig nimmst. Sie würden sich als erste wundern und ihren Ärger durch diese plötzliche vulgäre Lache ausdrücken, um auch gleich allen andern (man fragt sich wozu) deine mitgebrachten schlechten Manieren vor Augen zu führen. Du darfst dir also nur im Vorbeigehen ein Glas Zuckerrohrschnaps von einem Tablett schnappen und zwei Francs und vier Sous daraufwerfen oder mit abwesender Miene einen Schein hinhalten, falls du einen Kanten Brot mit zwei Happen Blutwurst haben willst, denn dein Verhalten sagt ihnen, mit wem sie es zu tun haben. Weißt du, wie das ist, wenn man allein in einer Hütte die Wehen durchstehen muß, während ein Dutzend neugieriger und gleichzeitig verschreckter Bälger ständig hereinplatzen? Hast du jemals dieses Gefühl von der Nutzlosigkeit deines Körpers gehabt, wenn dein Liebhaber seine Khakihemden, seine Hose, seinen Strohhut, seinen Tabak, seinen ganzen Kram zusammenpackt und sich auf die Socken macht, weil du ihm gesagt hast, daß es soweit ist, daß das Kind vielleicht noch heute nacht kommen würde, vielleicht aber auch erst morgen-so-Gott-will während des Tages, so genau wüßtest du das nicht... Dabei solltest du dich hochrappeln und den grunzenden Schweinen was zum Fressen vorwerfen, vor und in deiner Hütte fegen, damit Ordnung herrscht, wenn die

Nachbarn und die Eltern kommen: Du mußt (vergeblich) die Kinder scheuchen, die du eigentlich für ein paar Tage bei deiner Mutter lassen wolltest, zumindest so lange, bis ihr kleiner Bruder (Pech, wenn's eine kleine Bettnässerin ist!) sich bequemt, auf die Welt zu kommen; du mußt Wasser heiß machen und für die Hebamme einen Stoß Handtücher auf einen Stuhl legen. All das macht das Leben einer Kreolin aus, das ist normal und unendlich banal, eine durchaus erträgliche Misere, weil's schon immer so gewesen ist. Diese wunderbare Ordnung darfst du nicht stören mit Worten, die so weit sind wie die Savanen und mit einem affektierten Getue, das dich wie einen warmen Bruder oder ganz so erscheinen läßt. Sie brauchen dich nicht, um gelegentlich auf ihre Kosten zu kommen. Sie wissen, wo sie am Sonntagnachmittag unter sich sein (ihr einziges Stückchen Freiheit), wo sie miteinander schwatzen und über die Mühsal ihrer Tage sprechen können ... und darüber lachen; wo sie den Namen des Mannes anprangern, der sie prügelt, und sich über die Größe seiner Rute lustig machen, auf die er so stolz ist ... und darüber lachen. Für den nächsten Tag vorsorgen, da die Speisekammer sehr schnell leer sein kann, wenn die Regenzeit sich nicht beeilt und den Garten mit Yamswurzeln und karibischem Kohl füllt. Dann sind da die Kleider, die sie flicken-flicken-flicken, bis sie auf den letzten Faden abgetragen sind ... doch sie lachen. Und die jungen Damen, die sie aufstöbern – nicht einmal heranwachsen hat man sie gesehen, und schon machen sie auf den Zuckerrohrfeldern die Beine breit, sei's für den Aufseher oder für den einheimischen Weißen; und wenn das Unglück schon geschehen ist, dann lachen sie auch darüber. Sie lachen, um zu überleben, und da die Männer in den Destillen Domino spielen, brauchen sie auch nicht lange an ihren Sätzen zu feilen. Geheimnisse werden ausgepackt und gehen von Mund zu Mund. Unter gewaltigen Glucksern wird den rechtmäßigen Besitzern die Vaterschaft für die Kinder zugeschoben, die in der letzten Zeit in den Bergen geboren wurden. Und da an diesen Nachmittagen die Plagen herumstromern und nach Ikakopflaumen oder Ingofrüchten suchen dürfen, müssen sie sich auch nicht in Zombies verwandeln und französisch sprechen – großer Gott, wie lästig das ist! trotzdem muß es sein, damit die Kinder auf der Schule was lernen. Sie sprechen also ungeniert kreolisch und drücken damit Dinge aus, die so nur aus dem Bauch einer Frau kommen können; sie nibbeln an den einzelnen Worten wie an unbekannten, köstlichen Früchten. Diese Dinge hättest du, auch wenn du nicht weggegangen wärst, erst in einem Alter entdeckt, in dem einem der Sinn nicht mehr nach Frauen steht. Sicher, du hättest so was vermutet, aber deine eigenen Geschäfte, dein eigener Weg als Mann, hätten dich so verabsorbiert, daß du nicht weiter darauf geachtet hättest. Erst wenn die Jahre vorbeigaloppiert sind, stellen die Neger bestürzt fest, daß sich ihre Frauen eine eigene Welt geschaffen haben, wo sie nicht der Verzweiflung ausgeliefert sind, die sie, die Männer ganz plötzlich überfällt. Und manche sahen sich veranlaßt, in weisem Ton zu bemerken: ›Donnerwetter, unsere Frauen sind wirklich stark!‹, als hätten diese auf ein so verspätetes Kompliment gewartet, sie, die aus dem Mund der Männer nur verstümmelte Worte und meistens, wenn nicht immer, die übelsten Beschimpfungen alter Saufbrüder vernahmen. Denk mal nicht, das ist das Glück, dem ist überhaupt nicht so. Dieses Wort lassen sie unter den Tisch fallen und sagen statt dessen Glücklichkeit. Nein, es ist das Leben von Negerinnen, die sich behaupten und mit der Schlechtigkeit herumschlagen, ohne jemals aufzugeben, ohne jemals schwach zu werden

Laß dir sagen, der Schrei einer Frau kann dir das Leben retten, denn er kann den Haß des Schufts aufhalten, der sich, ohne daß du es merkst, anschickt, dir den Bauch aufzuschlitzen, und das nur, weil er es nicht schaffte, dir einen kleinen Tausendfrancschein abzuluchsen, als du ganz frech von Tisch zu Tisch gegangen bist und dein Guthaben vergrößert hast, ohne überhaupt die magische ›Elf‹ zu beschwören (er scheint sich tatsächlich auf dich zu stürzen). Und dabei mit einem Grinsen den Häuptlingen, die wir hier ›Majore‹ nennen, sowie den Meistern der Würfel den Wind aus den Segeln genommen hast, und die Spieler von der ganz mickrigen Sorte, die sich mit dem, was sie heute machen, die ganze nächste

Woche über Wasser halten wollen, Blut und Wasser schwitzen lassen hast. Mach deine Sache so gut, daß die Frauen bewundernd rufen: ›Dieser Chabin ist ein echtes Prachtstück von einem Neger‹; dann ist die Sache geritzt. Schwieriger ist es, die Spielerinnen auf deine Seite zu kriegen. Sie vertrauen sich Doris, der Anverlobten des Teufels, an, die dem Schoß wieder seine Frucht zu entreißen vermag. Diese Frauen machen keine großen Worte, sie lachen nicht, und ihre Gesichter wie auch die Murmeln ihrer Augen sind hart und unergründlich, und da sie quasi alle schon etliche Jahre auf dem Buckel haben, rangierst du für sie noch hinter ihren Blagen, ja, ja, vor allem du, denn du bist weggegangen und wieder zurückgekommen. Glaub mir, in ihren Augen ist einer, der sich umdreht und den alten Trott wieder aufnimmt, entweder ein verdammter Feigling oder einer, der nichts Gutes im Schilde führt. Sie haben sich in ihrer Jugend nie nach dem unverschämten Kerl umgedreht, der sich erlaubte, anzügliche Bemerkungen zu machen. Oder wenn es ein paar doch getan haben, was ihnen bestimmt immer noch leid tut, glaub mir! dann nicht, um ihn Lügen zu strafen, denn ›Vogelscheuche‹, ›dicke Kartoffel‹, ›Fleckfeige‹, das war ja nicht gelogen, sondern einfach nur, um sich ihm gegenüber zu behaupten: ›Du kannst sagen, was du willst, du Arschloch, aber behandle mich nicht wie irgendein blödes Frauenzimmer, hast du kapiert.‹ Und der Kerl, völlig von den Socken, schwört sich, nie wieder damit anzufangen, da ihm auch partout nichts einfällt, was er darauf sagen könnte. Diese Frauen, die die Würfel in die Hand nehmen, als wären es die Eier eines Halunken, die sie zerquetschen wollen – was weißt du von ihnen? Was weißt du schon von den Tausenden von Wasserkannen, die sie seit dem Alter von fünf Jahren vom Gemeindebrunnen holen mußten. Und von all den kleinen Bemerkungen, die ganz alltäglich gekleidet daherkommen, die aber die reinsten Schlangenbisse sind: ›Du bist wohl noch nicht schwarz genug, um den Mund zu halten, was?‹, ›Scher dich, geh Hasenfutter holen‹ oder ›deine Haare, meine Kleine, sind ja die reinsten Pimentkörner, du lieber Himmel, was für eine Arbeit, dieser Negerin die Haare zu kämmen!‹ Auf dem alljährlichen Tanzfest der Gemeinde, das gewöhnlich in der Schulkantine stattfindet, hat man sie noch nie gesehen, außer hinter dem Tresen, wo sie den hellhäutigen Mulattinnen mit den üppigen Haarmähnen, wie Passionise von Morne-l'Étoile eine hat, und deren herausgeputzten Kavalieren Soda verkaufen. Denk mal nicht, sie hätten Zeit zum Träumen oder sie könnten sich beim Lärm der Beguine- und Mazurka-Musik amüsieren, wenn sie automatisch den Takt mitklopfen! Nichts da! Um drei Uhr morgens, wenn die Liebespaare sich an den Strand verzogen haben, unter die Raisinier-Bäume an der Mündung des Flusses Fond Grand-Anse, was ja ein gesegnetes Plätzchen mit ganz sauberem Sand ist, dann fegen sie den Saal, sammeln die leeren Flaschen ein, waschen die Teller ab, helfen den Musikern die Instrumente zu ihrem Transporter zu schleppen, und kurz vor Tagesanbruch, wenn ihr Kreuz, ihre Augen, Füße und Arme nur noch eine einzige verquollene Masse sind, werden sie zwischen Tür und Angel mit roher Gewalt genommen – von dem Hausmeister, einem alten Neger mit den Erdbeerpocken, ein paar Säufern, die in einer Ecke eingeschlafen waren, von wem auch immer und wie auch immer. Sie haben nicht mehr die Kraft, auch nur ein einziges Schimpfwort auszustoßen oder diesen Tieren, die sich auf ihren fruchtbaren Bäuchen ablösen, das Gesicht zu zerkratzen. Doch schon ist's vorbei. Und man verliert kein Wort mehr darüber. Hopp! Die Party ist zu Ende, der Ball hat seine Geigen wieder in ihre Kästen gelegt. Es ist Montag früh, an die Arbeit! Und da sind sie wieder auf den Zuckerrohrfeldern oder auf dem Markt, wo sie für eine Verwandte Thunfischscheiben verkaufen. Sie sind verbittert, ohne es zu zeigen, und bereits verbraucht. Nein, stimmt nicht! Eher hart geworden, so hart wie die Wurzeln eines Akazienbaums. Es sind die Frauen, denen das Tragen von Jeanshosen gestattet ist und mit denen die Männer sich nicht genieren, eine Würfelpartie zu spielen. Rose-Aimée Tanin, die sich weigert, den Blick zu senken, wenn ein Mann sie anschaut, ist das beste Beipiel für diese Art von weiblichen Majoren. Du siehst, du hast nur die Vorder- und die Rückseite ihres Lebens kennengelernt, sei also ein bißchen bescheiden, du, der du noch nichts dergleichen in deinem Leben durchgemacht hast, und laß ihnen nicht den Vortritt, schubse sie ruhig herum, sprich mit ihnen in derbem Kreolisch, reiß ihnen den Tausendfrancschein aus der Hand: Sie sind dir dankbar dafür, und du wirst einen zusätzlichen und allgegenwärtigen Schutz genießen: den ihren ...«

12

René-Coulis Zitterpartie

Jeden Freitag, den Gott werden ließ, mußten die beiden Häuptlinge der Gemeinde von Grand-Anse, Major Bérard und Thimoléon, der Tischler, ihre ganze Macht einem einzigen Individuum überlassen, das die restliche Zeit von allen nur mit größter Verachtung gestraft wurde, an Sieur René-Couli, einen zerlumpten Kerl, der seinen Verstand meistens am Tresen der Destillen abgab. An diesem Tag paradierte er in seiner mit Ochsenblut verschmierten Kleidung und mit langen, spitzen Messern, deren Klingen er gegeneinander wetzte, die Rue-Devant entlang, und warf hin und wieder einen Blick voll Hintertücke auf seine grimmigsten Verfolger, insbesondere Man Léonce, die nicht müde wurde zu wiederholen:

»Die Kulis fühlen sich nur im Dreck wohl. Solltet ihr eine von ihren Hütten betreten, dann haltet euch mal besser die Nase zu.«

Damals wagten es die Inder noch nicht, sich im Ort niederzulassen. Sie kümmerten sich auf den Pflanzungen von Assier und Moulin-l'Étang um das Vieh der einheimischen Weißen und trauten sich nur an den Sonntagen des Gemeindefestes auf unsere Straßen, wo sie sich beim Würfeln als gefürchtete Gegner erwiesen. Nur der Vater von René-Couli hatte mit dem Zuckerrohr gebrochen und sich mit seiner Familie auf einer mehr oder weniger versandeten Landzunge zwischen Fußballplatz, Flußmündung und Strand niedergelassen, an einer Stelle, an der prächtige einheimische Amandiers und uralte Raisiniers wuchsen. Aus dem Holz von Kabeljaukisten, Bambuslatten, Ölfässern und Wellblech hatte sich der ehemalige Plantagenaufseher eine Behausung von so ubueskem Aussehen errichtet, daß keine der hier gebräuchlichen Bezeichnungen auf sie paßte. Sie hatte etwas von einer Negerhütte, einer Ajoupa-Laubhütte, einem Wohnhaus, wie es die Békés bevorzugen, und einem Hindutempel, denn der Mann hielt dort zum Entsetzen der Katholiken und selbst der Leute, die nicht an Gott glaubten, Gottesdienste für den »Bondieu-Couli« ab. Zum Glück befand sich die als Long-Bois bekannte Stelle am Ortsrand, und das Tosen der Wellen übertönte meistens, wenn nicht immer das dünne Getrommel und die Gebete an die indischen Gottheiten. Obwohl diese Praktiken von unseren Priestern als Hexerei angeprangert wurden, gab es immer welche, die verzweifelt genug waren (unglücklich Verliebte oder durch einen Hirnschlag lebenslang Gelähmte), um heimlich die magischen Kräfte von René-Coulis Vater in Anspruch zu nehmen. Endgültig festigte sich sein Ruf, als es ihm gelang, einem dicken Mulatten den Gebrauch eines seiner Arme wieder zu ermöglichen. Dieser machte seinen Namen so bekannt, daß von ganz Martinique und – o Wunder! – selbst von den Nachbarinseln und sogar von Südamerika die Leute zu dem »Poussari« kamen, wie sie in ihrer Kuli-Sprache sagen. Grand-Anse erinnert sich an ihn als einen Mann, den nichts erheitern konnte. Kein Lächeln, kein Lachen, kein Grinsen, keine sonstigen Gemütsregungen zeigten sich auf seinem verschlossenen Gesicht, das nur von einem Augenpaar glühender als Kohle erhellt wurde. Als die Gemeinde ihren Schlachthof am Strand des Meeres baute, dachte man natürlich sofort an ihn als den geeigneten Schlachter, war er doch bei seinen Opferungen für den Bondieu-Couli den Schafen mit ungeheurer Geschicklichkeit an die Kehle gesprungen. Er nahm die Arbeit an, weil er eine Hütte voller Blagen zu ernähren hatte, und da seine Arbeit allgemein als äußerst nützlich für das Wohl der Gemeinde betrachtet wurde, akzeptierten ihn schließlich auch die hiesigen Neger.

Wenn er nicht seinen Hokuspokus inszenierte und auch nicht im Schlachthof seines Amtes waltete, verfiel René-Coulis Vater dem Wahnsinn. Oder zumindest dachte man das, denn wie hätte man sich sonst erklären können, daß er immer nur am Strand auf und ab lief, ohne die gewaltigen Brecher zu beachten, die ihn bis auf die Knochen durchnäßten und dabei unverständliche Gesten zum Horizont hin machte, auf tamilisch etwas brüllte, was uns tiefe Seufzer entlockte, ohne daß wir wußten, warum. Manchmal hatte er auch den kleinen René dabei, dem er Wesen oder Formen zeigte, die nur er auf dem Wassermantel erkennen konnte. Die Wahrheit wurde erst bekannt, nachdem er schon eine ganze Reihe von Jahren tot war, eines Abends nämlich, als ein paar Schnapsbrüder in Ti Fène Augustes Destille René-Couli mit den Verrücktheiten seines Vaters aufzogen.

»Apa war ganz richtig im Kopf, *messieurs-dames.* Aber die Regierung hat gesponnen, sie hat ihr Versprechen nicht eingelöst. Sie hatte versprochen, ein Schiff würde Apa in seine Heimat zurückbringen, und viele, viele Jahre hat Apa völlig umsonst gewartet. Hier, wer von euch lesen kann, soll mal herkommen, ich konnte meinen Hintern leider nicht auf eine Schulbank setzen, aber ich weiß, daß das Papier, das ihr hier seht, der Vertrag vom Vater meines Vaters ist. Da steht das Datum seiner Ankunft und hier das von seiner Rückreise nach Indien. Seht ihr das, Zahlen könnt ihr doch verdammt noch mal lesen! Der 16. Februar 1898. Großvater hat gewartet, Apa hat gewartet, ich, ich warte nicht mehr. Ich werde hier sterben und wie sie hier begraben werden. Und wenn Apa in den Wind gebrüllt hat, dann glaubt mal nicht, er hätte den Verstand verloren. Er brüllte einfach die tausend Namen unserer Göttin Kali, sie sollte uns helfen und uns so schnell wie möglich aus diesem Land herausholen, wo wir nichts weiter als Hundekacke sind, der letzte Dreck also. Ich kenn nur noch sechshundertzweiunddreißig Namen, *messieurs-dames*, vielleicht hab ich deshalb so viel Pech im Leben.«

René-Couli übernahm die Aufgaben seines Vaters, ohne daß der Gemeinderat deswegen eine Sondersitzung anberaumen mußte. Der Miniatur-Mussolini hatte die Angelegenheit mit einem Satz geregelt:

»Tout kouli sé kouli!« (Ein Kuli ist ein Kuli!)

Am Freitag stolzierte der Schlachter also durch den Ort, ließ sich gratis die Rumgläser reichen oder Päckchen mit Melia-Zigaretten zustecken, von denen er gleich zwei auf einmal rauchte und dabei provozierend dicke Rauchwolken ausstieß. An dem Tag wagte ihm keiner der Bengel nachzurufen:

»René-Couli! Coul-li-li!-li Cou-li-li-li! Couli Hundefresser!«

Kein einziges Negerlein kam auf die Idee, eine Handvoll Steine oder Mangokerne nach ihm zu werfen. Als sie das Klirren der Messer hörten, hatten sie zähneklappernd unter den Betten ihrer Eltern Zuflucht gesucht. Wenn der Kerl den Eindruck hatte, ihnen mal wieder gezeigt zu haben, wer hier Herr und Meister war, schlug er langsamen Schritts und hocherhobenen Hauptes den Weg zum Schlachthof ein, durchdrungen von der Aufgabe, die ihn erwartete. Man behauptete, er könne den Geist der wilden Rinder aus Portorico oder Venezuela soweit zähmen, daß sie nicht gerade in dem Augenblick, in dem die blitzende Klinge in ihre Kehle drang, einen letzten großen Satz machten. Tatsächlich waren die zwei, drei Male, die René-Couli krank gewesen war und nicht arbeiten konnte, nicht weniger als fünf große-stattliche-tapfere Neger vonnöten, um mit ihnen fertigzuwerden. Der Inder hingegen war nicht dicker als der Schatten eines Fadens! Den Rest der Woche war er nichts weiter als ein armer Teufel, der von seinem Vater auch die Funktionen eines Poussari übernommen hatte, ganz und gar farblos und völlig uninteressant, einer, den man sogar zu grüßen vergaß. Er war so unbedeutend, daß man glatt durch ihn hindurchblickte, doch nur bis zu dem Tag, an dem er gebeten wurde, für Kali, Nagourmira oder Maldévilin einen Gottesdienst abzuhalten, dann war er wie ausgewechselt. Als würde etwas von der Aura der Götter, mit denen er zu tun hatte, auf ihn herabströmen.

Ein paar Monate nach den Eskapaden des Inkubus Julien Thémistocle und dem von dem syrischen Schlaukopf bewirkten Wunder der schwarzen Schlüpfer beschloß Man Léonce, die Saat des Wahnsinns, die im Kopf ihres Sohnes Bogino aufgegangen war, vernichten zu lassen. Sie faßte den Beschluß, René-Couli zu konsultieren.

»Ich bin eine gute Christin«, versuchte sie sich bei ihren Nachbarinnen zu rechtfertigen, die einstimmig ihre Mißbilligung zum Ausdruck brachten. »Ich bete das Vaterunser und das Gegrüßest seist Du Maria morgens, mittags und abends. Ich sage Dank, ich gehe beichten, und ich geh zur Kommunion. Jedes Jahr mach ich eine Wallfahrt nach Morne Rouge zur Jungfrau der Erlösung. Ich stifte Messen für das Seelenheil der Armen von Grand-Anse. Ich lege Geld in den Opferstock. Und was tut der Herr für meinen Sohn, hmm? Seht ihr nicht, daß er jeden Tag bekloppter wird? Und ihr könnt euch denken, daß ich nicht ewig lebe. Wer kümmert sich um ihn, wenn ich nicht mehr da bin? Wer von euch gibt ihm einen Teller Essen ab oder wäscht ihm seine Wäsche?«

Man ahnte zwar, daß Boginos geistige Verwirrung mit dem brutalen und ungeklärten Tod von Meister Léonce zusammenhing, aber keiner hatte je gewagt, die Bäckersfrau zu fragen, warum man damals ihren Mann halb im Ofen, aber doch ganz durchgebacken aufgefunden hatte. Da die Gendarmerie den Fall abgeschlossen hatte, sollte man die Toten besser ruhen lassen, aber sicher war, daß Bogino für diese ruchlose Tat seiner Mutter und ihres Liebhabers, des Marrons Julien Thémistocle zahlte. Hinter vorgehaltener Hand wiederholte man bis zum Gehtnichtmehr all die Schweinereien, denen sie sich hingaben, während der Bäcker seine Gesundheit aufs Spiel setzte, um bereits Stunden vor Sonnenaufgang seinen Ofen mit Holz zu befeuern. Sie erlegten sich keinerlei Hemmungen auf, das muß man sagen, denn der gehörnte Ehemann hatte nicht die besten Ohren. Manchmal versetzten die Lustschreie von Man Léonce die ganze Nachbarschaft in Aufruhr, die Fenster wurden wütend aufgestoßen, und Wagenladungen von Beschimpfungen ergossen sich auf die Straße, was wiederum sämtliche Hunde der Stadt zum Bellen brachten. Dieser Lärm bewirkte aber nur, daß Man Léonce und Julien Thémistocle kaum mehr zu hören waren. René-Couli ging also auf das Angebot der Bäckersfrau ein, aber wie wurde das bekannt? Weil unser Mann vor jeder Zeremonie zu Ehren seines Bondieu-Couli siebenundzwanzig Fastentage einlegte. Er lungerte dann nicht mehr um die Mittagszeit vor den Häusern der Mulatten herum, um etwas von den Resten zu ergattern (»Das ist für dein Schwein«, sagte man), und auch nicht auf dem Markt, wo immer irgendein kleiner Fisch oder eine Thunfischflosse liegenblieben. Er ließ sich weder in der Bar von Ti Fène Auguste noch in den sehr viel erbärmlicheren Kaschemmen der Rue-Derrière blicken, wo ihm die Leute einen *ti-punch* nach dem andern bezahlten, nur um ihn auf der Straße herumtorkeln zu sehen. Im letzteren Fall trat René-Couli, der bereits einige Schoppen Rum intus hatte, gegen vier Uhr nachmittags den langen, mühsamen Rückweg nach Long-Bois an. Allein um aus dem Laden herauszukommen, stieß er zur allgemeinen Belustigung zwei oder drei Tische um, während die Gäste vergnügt grölten:

»Holla, holla, ho-ho-ho!«

Er schraubte sich seinen Strohhut auf den Schädel und ließ den Blick die Rue-Derrière entlangwandern, als wolle er sich vergewissern, daß seine Sicherheitsanker noch an Ort und Stelle waren. Er ging vom Bürgersteig herunter und schob, von einem heftigen Schluckauf geschüttelt, vorsichtig einen Fuß vor den andern, bevor er auf einer Limone in der Gosse ausrutschte und zu Boden ging.

»Holla, holla, ho-ho-ho!« schrien die andern.

Das Hupen eines Autos weckte ihn aus seinem Schlaf, und der arme Kerl ging erst einmal mühsam in die Hocke, bevor er sich wieder aufrappelte, um seine Zitterpartie fortzusetzen. Sein zweiter Stopp war das Fensterbrett von Passionise, der Mulattin und Frau-für-jeden-Mann, die verschreckt und wütend ihre Fensterläden fest-und-sicher verriegelte, selbst auf die Gefahr hin, vor Hitze zu ersticken, wenn die Verschnaufpause des Inders zu lange dauerte. In diesen Augenblicken gab es immer einen Spaßvogel, der ihr zubrüllte:

»He, meine Schöne! Unser Couli-Pfarrer würd sich gerne ein bißchen streicheln lassen, na ja, weiß der Himmel!«

Gewöhnlich hatte René-Couli dann wieder neue Kräfte gesammelt und schaffte es ohne Zwischenfall bis zu dem Elektromast gegenüber vom Gemeindesaal, in dessen Schatten eine Handvoll Tagediebe Karten oder Domino spielte. Befand sich unglücklicherweise Major Bérard unter ihnen, dann ergoß sich die ganze üble Laune dieses Burschen über René-Couli. Wie ein Kickboxer versetzte er ihm ein paar schnelle Fußtritte in die Seite und brüllte:

»Kuli, du alte Bettellaus, Kuli, du Pisser! Verschwinde aus meinem Blickfeld, verdammt noch mal, ich hab für heute schon genug Kulis gesehen!«

Ohne einen einzigen Schmerzenslaut sackte René-Couli auf dem immer noch siedend heißen Asphalt des Nachmittags zusammen. Einer der Spieler lief zu ihm hinüber, stützte seinen Nacken ab, schob ihm den Hals einer Schnapsflache in den Rachen und schüttete solche Unmengen von Alkohol in ihn hinein, daß vier Männer davon außer Gefecht gesetzt worden wären. Der Inder fand aber, keiner-weiß-wie, die Kraft, sich auf seine spindeldürren Beine zu stellen und den Kirchplatz zu erreichen, wo die Matronen das Vespergebet abwarteten. Sie schimpften (die Pforte der Kirche war noch geschlossen):

»Kuli, hast du denn gar keinen Anstand? Wenn du Jesus Christus dienen würdest, statt es mit dem Teufel zu halten, wärst du nicht in diesem Zustand.«

Er setzte sich auf die untersten Treppenstufen und verschnaufte ein Weilchen, machte sich aber, als die Glocken anfingen zu läuten, wieder auf den Weg. Eine Bande frecher Bengels, die sich hinter dem Denkmal der für Frankreich gefallenen Krieger versteckt hatten, bombardierten ihn aus dem Hinterhalt heraus mit allem, was sie an runden Wurfgeschossen finden konnten: Kieseln, Honigbeerenkernen, die sie mit einer Zwille verschossen, Eisenkügelchen, geplatzten Bällen. Unbeirrbar stieg René-Couli den kleinen Hügel zum Krankenhaus hoch, vor dem er dann wieder zu Boden ging. Der Wachmann machte seine übliche Bemerkung, während er ihn mit einem Eimer Wasser übergoß:

»Tout kouli ni an kout dalo pou fè nan lavi yo.« (Jeder Kuli landet früher oder später in der Gosse.)

Später herrschte dann überall dunkle Nacht, außerdem hatte er zu diesem Zeitpunkt die Ortsgrenze passiert. Keiner verschwendete noch einen Gedanken an ihn, und so hat auch nie jemand erfahren, wie und zu welcher Uhrzeit er Long-Bois erreichte. Wenn wir ihn wiedersahen, ordentlich gekleidet (Khakihemd und Hose mit Bügelfalte), sauber rasiert, gekämmt und mit Sandalen an den Füßen, wo er sonst immer barfuß herumlief, und vor allem auch ohne einen Tropfen Schnaps intus, dann wußten wir, daß er seinen Leib für die Götter Indiens reinigte. Ein Respekt, der sich mit gräßlicher Angst mischte, kroch den Schandmäulern unter die Haut, und es sträubten sich ihnen sämtliche Haare am Leib, wenn er an ihnen vorbeiging. René-Couli war bereit, für alle Rassen Messen abzuhalten, solange diejenigen, die einen Wunsch erfüllt haben wollten, das Geld bereithielten, mit dem die Opfertiere und die Reissäcke für das anschließende gemeinsame Mahl bezahlt wurden. Großherzig wie er war, verzieh er selbst denjenigen, die, wie Man Léonce, die Inder aus tiefstem Herzen verachteten, denn, so bekundete er, »wenn der Mensch schlecht ist, wird die Gottheit sich gegen ihn wenden«. Als sie auf den Fall ihres Sohnes Bogino zu sprechen kam, erklärte der Poussari sofort:

»Bei Wahnsinn hilft nur Madouraiviren.«

Und er betete eine eindrucksvolle Liste von unerläßlichen Gegenständen und Früchten herunter:

»Du bringst mir fünfzehn Stückchen Kampfer, einen Meter grünen Stoff, roten und weißen Baumwollstoff, drei Büschel Bananen, sieben trockene Kokosnüsse, einen Kochtopf, Vèpèlè-Blätter, zerstoßenen Safran, eine kleine Petroleumlampe, einen Liter Rum ...«

Es wurde bekannt, daß die Bäckersfrau sich auf ihrer verzweifelten Suche nach Pflanzen, die nur den Indern bekannt waren, selbst über den Bann der Heiligen Römisch-Katholisch-Apostolischen Kirche hinwegsetzte. Mit kindlicher Piepsstimme fragte sie, plötzlich überhaupt nicht mehr arrogant, ihre Kunden:

»Ich brauch dringend Vèpèlè-Blätter. Für die Kopfschmerzen, die mir das Leben zur Hölle machen. Wenn Sie mir das nächste Mal welche mitbringen könnten, mein Bester ...«

Aber von den Negern konnte ihr keiner helfen, denn die Pflanzen, die für die Kulis die reinsten Wundermittel waren, galten als Unkraut und hatten im Französischen oder Kreolischen nicht einmal einen Namen. Im Bewußtsein seiner momentanen Überlegenheit ging der Schlachter jeden Morgen bei der Bäckersfrau vorbei und bemerkte mit einstudierter Grausamkeit:

»Du hast ja selbst das Datum für die Zeremonie festgelegt. Madouraiviren wartet. Paß auf, daß du sie nicht gegen dich aufbringst. Hast du die Vèpèlè-Blätter schon geschnitten?«

»Ich ... ich werd schon ...«

»Komm mir nicht mit ich ... ich ... ich ... Madouraiviren will von solchen Geschichten nichts wissen.«

Glaubt man Thimoléon, so kriegte die Bäckersfrau immer mehr Schiß, je näher das Datum heranrückte, ein 10. Juni des Jahres 1954. Vergeblich fragte sie bei Émilien Bérard nach, der gerade sein Lehrerexamen gemacht hatte, bei Syrer, der vor ewig langer Zeit einmal mit dem Handkarren durch die Lande gezogen war und auch die indischen Weiler abgeklappert hatte, bei Maître Féquesnoy, dem Notar, dessen Ruf bis nach En Ville gedrungen war, bei Ti Fène Auguste, der sich offensichtlich ohne großen Erfolg auch schon einmal an die Göttin Mariémen gewandt hatte, damit sie ihn etwas wachsen ließe, und schließlich und endlich bei allen andern, die sich in Grand-Anse eines gewissen Ansehens erfreuten. In ihrer Verzweiflung ließ sie sich sogar herab, die Kohlenhändlerinnen und Betteljahns sowie die beiden Frauen-für-jeden-Mann, die Negerin Myrtha und die Mulattin Passionise, anzusprechen, sowie Rose-Aimée, die Ex-Gattin Syrers, die inzwischen in einem Schweinekoben im Viertel von En Chéneaux hauste. Sie hatte Glück, daß der Karneval bereits vorbei war, denn die Worte »Man Léonce« und »Vèpèlè« wären bestimmt in einer rasanten Beguine aufgetaucht, und davon hätte sich ihr Stolz bestimmt nie wieder erholt. Da aber die Zeit der Wirbelstürme heranrückte und die Leute andere Sorgen hatten, begnügte man sich damit, sie hinter ihrem Rücken »Vèpèlè« zu nennen. Zwei Tage vor dem festgesetzten Termin sah Man Léonce diesen Burschen Dachine auf ihren Ladentisch zukommen, in der einen Hand sein Schuldenheftchen schwenkend, die andere verschwörerisch hinter dem Rücken versteckt. Von all den schlaflosen Nächten wie betäubt und angesichts der ablaufenden Frist, die René-Couli ihr gesetzt hatte, immer nervöser, brauchte die Bäckersfrau eine Ewigkeit, bis sie begriff, welchen Handel ihr der Angestellte der Müllabfuhr da vorschlug: die Tilgung seiner Schulden von April und Mai gegen ein Sträußchen Vèpèlè-Blätter. Mit Tränen der Erleichterung in den Augen ließ sie das Schuldenheftchen in den Backofen flattern. Nicht einen Augenblick lang hatte sie daran gedacht, diesen Mann zu fragen, von dem man in Grand-Anse behauptete, er habe dadurch, daß er ihre Mülleimer leerte, den Leuten ins Herz geblickt und alle ihre Tugenden und Laster kennengelernt.

Einigermaßen erstaunt holte René-Couli noch am selben Nachmittag die angeforderten Ingredienzen ab. Er erklärte Man Léonce:

»Morgen schließt du deinen Sohn den ganzen Tag in seinem Zimmer ein. Er darf mit niemandem sprechen und keine Frau mit seinem Blick streifen, und er darf keinen Rum anrühren und nichts Beleidigendes sagen.«

Kaum war alles in Butter, trug auch Man Léonce wieder ihre alte Hochnäsigkeit zur Schau, was Major Thimoléon, unsern Tischler, bewog, zur Tat zu schreiten. Was eigentlich seinem Groll (und seinen Rachegelüsten) gegen die Bäckersfrau zugrunde lag, ist bis auf den heutigen Tag nicht bekannt geworden. Den einen Plan, René-Couli auf einem einsamen Weg aufzulauern und ihm eine Tracht Prügel zu verpassen, die ihn mindestens einen Monat außer Gefecht gesetzt hätte, verwarf er sofort wieder. Obwohl das Alter ihm schon ein graues Haupt beschert hatte, war Thimoléon immer noch ein Draufgänger, der wegen seiner Wendigkeit im Boxen allgemein gefürchtet war, und von dem jeder wußte, daß er einen geheimen Tritt kannte, mit dem er schon mehr als einen Maulhelden aus Grand-Anse, Ajoupa-Bouillon und Basse-Pointe zu Boden geworfen hatte. Durch ein solches Vorgehen würde die Zeremonie für den Bondieu-Couli einfach nur aufgeschoben. Er mußte den Inder in seiner Eigenschaft als Vermittler zwischen den

Menschen und den Göttern treffen, ihn als Poussari unmöglich machen. Nach langem Grübeln sagte er sich, daß nur Myrtha und Passionise, die beiden Huren, ihm bei der Ausführung seiner Schurkerei behilflich sein konnten, denn er hatte eine ganz abgefeimte Idee: René-Couli sollte gezwungen werden, gegen die Fastenregel und die damit verbundene sexuelle Enthaltsamkeit zu verstoßen. Wie jeder Major, der etwas auf sich hält, hatte Thimoléon mehrere Frauen gleichzeitig, über deren Schicksal er quasi entscheiden konnte. Ein Wort von ihm genügte, und Justina aus Morne-l'Étoile oder Francelise aus Fond Gens-Libres würden sich dem indischen Priester anbieten, doch war ihm auch bewußt, daß er ihnen damit eine Kränkung zufügte, die sie nicht verdient hatten, und was noch schlimmer war, ihr sozialer Abstieg wäre eine beschlossene Sache, wenn es dazu käme. Denn wer wollte schon eine, die es mit einem Kuli getrieben hatte? Und auch er, Thimoléon, könnte keinen Umgang mehr mit ihnen pflegen, wo er sich doch so an die beiden gewöhnt hatte, daß er auf keine von ihnen verzichten wollte.

»Was, ich?« empörte sich Myrtha mit den üppigen Formen, als Thimoléon sie in seinen Plan einweihte, »ich soll mich an dieser Rasse reiben? Niemals! Du kannst mir die sieben Weltwunder versprechen, ich würd's nicht tun, glaub mir, Neger.«

Passionise, die Mulattin, brach in eine bösartige Lache aus, bevor sie loslegte:

»Ich hab nichts gegen die Kongo-Neger, die genauso schwarz sind wie sie, die Farbe ist's also nicht. Aber kannst du mir sagen, wie diese Kulis es machen, hmm? Angeblich soll ihr Ding die Form eines Korkenziehers haben, und außerdem stinken sie nach frischem Fisch. Nix für mich!«

Der Tischler zögerte nicht eine Sekunde. Er packte die Frau-für-jeden-Mann am Arm und schleppte sie in seine Werkstatt, wo er sofort Türen und Fenster schloß. Ohne eine Erklärung fing er an, ein Brett nach dem andern aus dem Fußboden herauszustemmen, um dann wie ein Besessener mit einer dreizinkigen Gabel in der darunterliegenden Erde herumzustochern. Passionise dachte, er sei ein Opfer der Fallsucht oder des Wahnsinns geworden, und schrie:

»Willst du mich bei lebendigem Leib begraben?«

»Keineswegs, meine Süße! Ich gehör nicht zu dieser Sorte von Guinea-Negern wie Julien Thémistocle und Major Bérard. Ich hab um mich herum nur Gutes getan, und das tu ich auch jetzt, augenblicklicherweise. Wart's nur ab!«

Er buddelte stundenlang, bis das Loch schließlich so groß war, daß er ganz darin verschwand. Passionise kämpfte gegen die Wogen des Schreckens, die über sie hereinbrachen. Ihr Kleid war völlig durchgeschwitzt, und ihre Augen brannten wie Feuer. Irgendwann hörte sie einen dumpfen Laut am Boden des Lochs und sah den Tischler hochzufrieden herausklettern.

»Er gehört dir, Doudou, wenn du damit einverstanden bist, dir René-Couli vorzunehmen.«

»Von was redest du?«

»Bück dich und schau da runter! Na, geh ein bißchen näher ran, da, ich zünd dir eine Kerze an, damit du was siehst!«

Die Mulattin erkannte einen Tonkrug, randvoll mit Goldmünzen, die wunderbar schimmerten, obwohl sie von einer Schicht Erde bedeckt gewesen waren.

»Ist das der Goldschatz des Béké de Cassagnac?« fragte sie ungläubig. »Aber wie kommt der hierher? Er soll doch irgendwo auf der Habitation Séguineau vergraben sein?«

»Ha! ha! ha! Du hast ja keine Ahnung! Na ja, du bist ja auch noch so jung. Die Goldkrüge wandern unter der Erde, mein Kind, vor allem, wenn die Békés neben ihm die Sklaven verscharrten, die die Krüge eingegraben haben. Damit er den ganzen Weg bis zu mir geschafft hat, muß der Großvater von de Cassignac mindestens drei oder vier Neger geopfert haben, um sein dreckiges Geschäft zu erledigen. Er gehört jetzt dir, Passionise. Geh zu René-Couli, und komm anschließend wieder hierher zurück. Ich pack ihn dir in einen Karton, die Neger gönnen einem ja heutzutage rein gar nichts mehr...«

Betäubt drehte die Frau-für-jeden-Mann an ihren Haaren, ohne auch nur einen vernünftigen Satz hervorzubringen. Der Tischler stieß ein Fenster auf und begann seelenruhig die Tür einer Kommode abzuhobeln, die man ihm in Auftrag gegeben hatte. Er vermittelte den Eindruck, unendlich viel Zeit zu haben.

»Ou ... ou genyen« (du hast gewonnen), bemerkte sie noch, als sie aus dem Haus stürzte.

An diesem Punkt der Erzählung bietet die Gerüchteküche ganz im Gegensatz zu ihren sonstigen Gewohnheiten nur eine einzige Version an: Passionise lief schnurstracks zum Schlachthof, wo sie abermals ihre Kleider ablegte, dieses Mal vor dem blutbespritzten René-Couli. Der Inder, dem noch nie eine Mulattin untergekommen war, stürzte sich auf sie und schnappte sie sich mit Haut und Haaren inmitten klebriger Innereien und Tiergerippe, mit denen der Boden übersät war. Zum ersten Mal in ihrem Leben lernte die Dirne die Lust kennen und bedankte sich bei der Jungfrau, daß sie an einem einzigen Tag mehr Glück erfahren durfte als in den sechsundzwanzig Jahren ihrer bisherigen Existenz. Die Trauer, die sie nach ihrem ausgelassenem Treiben in René-Coulis Augen las, riß sie jedoch aus ihrer Träumerei und ließ eine dumpfe Angst in ihrem Herzen aufkeimen. Sie rannte wieder zu dem Tischler zurück, um sich ihre Belohnung abzuholen. Thimoléon würdigte sie keines Blickes. Mit heraushängender Zunge lackierte er selbstvergessen seine Kommode. Ungehalten wies er mit dem Kinn auf das Loch. Passionise lief an seinen Rand, konnte aber den Boden des Lochs nicht sehen. Sie zündete wieder die Kerze an und leuchtete damit alle Ecken aus, jedoch ohne Erfolg.

»Wo ist mein Krug? MEIN KRUG?« zeterte sie.

»Selbst schuld, meine Süße, warum hast du ihn nicht gleich mitgenommen? Ich hab's dir doch gesagt: Die Krüge wandern. Ich kann nichts dafür.«

Am nächsten Tag bestieg sie den »Golem«, eine Fahrkarte nach Frankreich in der Tasche. Und René-Couli, der gegen die Regel der Keuschheit verstoßen hatte – eine unerläßliche Voraussetzung für die indische Opferzeremonie, die er für Man Léonce vorbereitete –, war klar, daß er jetzt ein Nichts war. Ein Nichts in den

Augen seiner Landsleute. Und ein Nichts in den Augen all derer, die sich Hilfe von ihm erhofft hatten. Vor allem aber ein Nichts in den Augen der indischen Götter. Sein Tempel würde leer sein. Seine Statuen, die an Bord der ersten Schiffe aus Tamil-Nadu und Karnattakam hierhergekommen waren, würden fanatischen Katholiken und noch fanatischeren Adventisten in die Hände fallen. Er dachte auch daran, aus Grand-Anse wegzugehen, aber wohin, hatte er doch sämtliche Ersparnisse in seinen Fleischerladen in der Rue-Devant investiert. Außerdem konnte er das Datum der Zeremonie weder verschieben noch ändern, denn Madouraiviren selbst hatte es ihm diktiert. Wie damals sein Vater irrte er mehrere Tage hintereinander am Strand umher und bemerkte, daß er von den tamilischen Gebeten, die ihn dieser gelehrt hatte, die meisten bereits vergessen hatte. Schon bei den ersten Worten geriet er ins Stocken, und danach breitete sich eine große Leere in seinem Kopf aus, mit der dann auch die Kopfschmerzen einsetzten. Voller Panik entschloß er sich am Vorabend der Zeremonie zu einem verzweifelten Schritt: Er ging in die Kirche und bat Christus, er möge ihm helfen. Die Feierlichkeit des Ortes ließ ihn etwas ruhiger werden und neuen Mut schöpfen. Er fühlte sein altes Selbstvertrauen zurückkehren und bereitete Bogino auf die Segnungen Madouraivirens vor. Er wusch ihn mit frischer Kuhmilch ab und parfümierte ihn mit Safran. Man Léonce war im siebten Himmel: Bereits vor dem Eingreifen des Bondieu-Couli zeigte ihr Sohn die ersten Zeichen der Besserung in seinem Verhalten anderen gegenüber. Wenn ihn die Kunden der Bäckerei begrüßten, antwortete er nicht mehr mit Unflätigkeiten, und dem Lieferanten half er sogar, die Säcke mit den Broten zu seinem Pritschenwagen zu schleppen. Syrer kam bei ihr vorbei, um sie zu dieser Metamorphose zu beglückwünschen, denn Bogino lebte meistens, wenn nicht immer seine Rumexzesse auf dem Bürgersteig vor dem Palast des Orients aus, was viele Kunden davon abhielt, den Laden zu betreten. Der verrückte Kerl klammerte sich an ihnen fest, sabberte ihnen das Gesicht voll, beschuldigte ihre Mütter der haarsträubendsten Schweinigeleien, um sich schließlich etwas Kleingeld von ihnen zu erbetteln.

Am vereinbarten Tag empfing der Tempel von Long-Bois Man Léonce, deren Sohn plus eine Handvoll indischer Meßdiener. Die Bäckersfrau hatte das Datum geheimgehalten, um zu vermeiden, daß Neugierige sich in ihre Angelegenheiten mischten und die Neger mit ihrem Riesenappetit sich auf ihre Kosten den Bauch vollschlugen. Wie durch ein Wunder war René-Couli in Hochform, er murmelte seine Gebete, ohne zu stocken, und die Wolken von Weihrauch, die klagenden Trommeln, das verschwenderische Rot der Blumen und Gelb der Statuen, die Eindringlichkeit des nahen Meeres, all das schuf eine grandiose Atmosphäre, in der sich die auf Madouraivirens Gnade Hoffenden, die sich dort versammelt hatten, nur noch hilfloser ausnahmen. Bogino war folgsam wie ein kleines Kind. Er betrat das Innere des Tempels, küßte demütig das Schwert des Gottes, kniete nieder, wiederholte stotternd die merkwürdigen Worte, die der Poussari ihm vorbetete, und ließ sich mit allen möglichen Ölen und indischen Parfums einreiben, die seltsam wohlriechend waren. Weißgekleidet und von Honorat Congo glattrasiert, schien er wieder in den Besitz seiner geistigen Kräfte zu gelangen. Das Drama nahm jedoch seinen Lauf, als René-Couli den beiden Opferlämmern die Köpfe absäbeln mußte. Ein beklommenes Schweigen bemächtigte sich der Meßdiener, die von ihm abrückten und ihn somit irgendwie seinem Schicksal überließen. René-Couli, der bislang wie entrückt alle notwendigen Handlungen vollzogen hatte, sah plötzlich Passionises betörenden Körper vor sich und zuckte in der letzten Sekunde zurück. Die Klinge seines Messers rutschte von der feinen Linie auf dem Hals des Schafes ab, die ihm sein Vater gezeigt hatte und die er noch nie verfehlt hatte, seit er dessen Nachfolge angetreten hatte. Das Tier bäumte sich in einem Strahl warmen Blutes auf, während sein Kopf bereits zwischen seinen Beinen baumelte. Die Meßdiener schrien entsetzt auf und wichen noch weiter zurück. Das blutige Schlachtermesser in der Hand, blieb René-Couli wie erstarrt im grellen Licht der Sonne stehen und wußte weder, was er tun, noch, was er sagen sollte. Dann stieg Madouraiviren plötzlich in den Kopf Boginos herab, der anfing, alles kurz und klein zu schlagen. Er plünderte den Tempel, schleuderte die Statuen in die Mündung des Flusses, schnappte sich das halbenthauptete Schaf und ging damit auf Man Léonce und die Meßdiener los, die sich in die nächste Bananenpflanzung flüchteten. Um in den Ort zu gelangen, lief René-Couli am Strand entlang; am liebsten wäre er gestorben und in der Tiefe dieses treulosen Meeres verschwunden, das bestimmt mitverantwortlich für sein Scheitern war. Er ließ sich in der Brandung herumwirbeln, ohne sich gegen die Wellen zu wehren, die ihn aber eigensinnig immer wieder an den Strand spülten, ja sogar an der gefährlichen Stelle unterhalb des Krankenhauses, wo es gewöhnlich kein Entkommen für Unvorsichtige gab.

Ein paar Wochen später hatte Grand-Anse seinen alten Trott wieder aufgenommen. Bogino war verrückter als je zuvor, und seine Mutter bat die Götter der Bibel um Vergebung für ihren Treuebruch. Und was René-Couli betraf, so er war seinen Seelenfrieden los, denn er war überzeugt, daß Madouraiviren ihn früher oder später zur Rechenschaft ziehen würde, auch wenn im Augenblick seine Fleischerei sehr gut lief. Und die Rache der jahrtausendealten Göttin würde schrecklich sein...

13

Eau de Café liest das Morgige in unsern Träumen.

Sie befiehlt mir: »Mach das Fenster zu, damit das Meersalz mir nicht das Silber ruiniert«, während sie am ganzen Körper zittert, weil sie das eindringliche Echo von La Crabière gehört hat.

La Crabière befindet sich am andern Ende von Grand-Anse, es ist ein unbewohntes Kap, das sich an der Flanke des Atlantiks wie toll gebärden kann. Uns Kindern hatte man verboten, um die Mittagszeit dorthin zu gehn, weil der Ort, der es uns wegen seiner Raisinier-Bäume angetan hatte, dann angeblich von bösen Geistern heimgesucht wurde,

Manchmal winkte sie ihren Kumpanen, den Tischler, zu sich herüber, der sich rühmte, den Krieg von vierzehn bis achtzehn mitgemacht zu haben, und zusammen putzten sie eine gute Pulle Zuckerrohrschnaps weg. Wahrscheinlich versuchten sie, das Meer zu vergessen, das unschuldige Körper (der Antilias war es mehr als jeder andere) und käufliche Amouren in seinen Fluten begrub und ständig für Aufruhr in unserm Leben sorgte. Sie nährten ihre Angst und tischten sie uns dann wie eine ehrfurchtheischende Saga auf, während wir uns halb totlachten über diese Lügengeschichten der Alten.

Vor mir liegt, endlich wiedergefunden, die Bucht von Grand-Anse, unermeßlich weit und von makelloser Schwärze. Am liebsten würde ich ihr zubrüllen, auch wenn niemand meine Worte vernehmen würde, weil alle viel zu beschäftigt sind, ihren Alltag zu bewältigen:

»Ich hasse dich, da du alle unsere Höhenflüge vereinnahmt und uns nie wieder zurückgegeben hast. Der Ort hat dir übrigens den

Rücken gekehrt, jawohl. Die Zungen haben sich gegen dich gewandt... dein Name wird nicht mehr verehrt! Man sagt nicht: ›September-Meer, o Meer mit deiner Fracht aus kühlen Düften und Stelzenwurzelträumen‹... oder was immer den Beifall der Dichter findet. Da hast du die Bescherung!«

Eau de Café steckt mein Desinteresse nicht einfach weg. Sie erklärt: »Du bist doch zurückgekommen, weil du etwas hören wolltest, also hör auch zu, verdammt noch mal!« Immer wieder versucht sie, mir die großen Taten des Julien Thémistocle aufzutischen, »eines alten Negers, der in das Leben und Sterben aller möglichen Leute verwickelt war, alles Schicksale, die es sich zu erzählen lohnt«. In den Wind gesprochene Worte! Was geht mich das alles an, ich bin erwachsen geworden, und Tante zählt inzwischen zu den Alten. Der Beweis: Sie raucht eine Tonpfeife.

Sie gibt nicht auf. Wenn es nach ihr ginge, wäre ihr Thémistocle gleich zu Beginn seines Dissidententums gestorben. Ah, diese Dissidenz! In meiner Vorstellung ist das ein Schattenreich jenseits von La Crabière, zwischen Erde, Meer und Hölle. Nur eine Horde mehr oder weniger vogelfreier Kulis versuchte, dort zu überleben, und ich habe keine Ahnung, ob die verrostete alte Eisenbrücke noch existiert, über die man es erreichen konnte. Seinerzeit fuhr noch eine mit duftendem Zuckerrohr beladene Lokomotive zwischen dem Unterholz hindurch, die die Destillerie von Fond Brûlé zum Ziel hatte.

Plötzlich brüllt der Tischler los: »Ich will eine *Coucoune*! O Mann, ich will eine *Coucoune*!« Wie eine angestochene Sau, die für Weihnachten abgeschlachtet werden soll! Eau de Café schüttelt ergeben den Kopf. Sie macht sich daran, ihre Pfeife mit Tabak zu stopfen, der wahrscheinlich klammheimlich in der Gegend des Morne Capot für sie geerntet wurde. *»Coucoune!«* wiederholt der Besessene und meint damit in der beinah ausgestorbenen Sprache unseres Volkes das Geschlecht einer Frau. Denn die Sprache hat sich in tausend glitzernde Einzelteile aufgelöst, die sich in den Köpfen, in den Körpern, in der Wärme der Hände verteilt haben, ganz wie losgebundene Drachen.

Er packt mich am Arm (das Meer draußen wird immer wütender). »Jedenfalls«, sagte er, »wenn ein Würfel, wie aus der Fassung gebracht, mittendrin aufhört zu rollen und in seinem Weiß erstarrt, dann hat ihn eine Hand zum Schweigen bringen wollen. Ich schwör's! Da, in dem Land der Weißen, hast du da nie gespielt?«

»Ich hab gespielt, und ich hab verloren«, antworte ich betreten lächelnd. Marraine mißfällt die Wendung, die die Dinge nehmen. Vielleicht hat sie gehofft, ich würde an ihrem Arm die Rue-Devant überqueren, damit die Leute (und vor allem das gewöhnliche Pack) begreifen, daß sie kein Haufen alter Knochen ist, den man vergessen hat, sondern daß bei ihrem Begräbnis ein Herr anwesend sein würde, der perfekt französisch spricht. Sie hat mich, kaum waren wir in ihrem Haus, nach oben geschleppt, wo sie einen alten karibischen Korb öffnete und ein prächtiges blaues Popelinekleid herausholte. »Damit möchte ich vor den Herrn treten. Faß mal an!«

Ihr Gesicht erstrahlte in dem begründeten Stolz einer Negerin, die ihr Leben lang geschuftet hatte, zuerst auf den Zuckerrohrfeldern des Weißen und dann auf dem eigenen Stückchen Land, und die sich dann in die Stadt abgesetzt hatte, bevor sie dort Wurzeln schlug, oder anders ausgedrückt, bevor sie völlig verwilderte. Ich bin doch etwas angerührt und frage konsterniert:

»Du denkst an den Tod, Marraine?«

»Ha! ha! ha! . . . jedenfalls müßte er irgendwann einmal an mich denken, wenn ich mir schon keine großen Gedanken mache, oder? Denk an Man Léonce! Dieses Teufelsweib hat immer nur an sein Vergnügen gedacht, und als es dann soweit war, mußten alle zusammenlegen, um den Sarg zu bezahlen, eine Schande!«

Sie möchte mir begreiflich machen, daß sich nichts geändert hat. Dieselbe Anordnung von großen und kleinen Häusern, in erhabener Öde zusammengesackt und umzingelt von einem haßerfüllten Meer. Dem Meer von Grand-Anse, für dessen Unfruchtbarkeit ich lange Zeit in mir selbst eine Erklärung suchte, da mich die Geschichten, die hier kursieren, nicht überzeugten. Wie jeder Bewohner dieses Ortes werde ich von einem periodisch auftretenden, unvorhersehbaren Übel heimgesucht, das man hier die Fallsucht nennt. Ich suchte in hundertundtausend Anspielungen nach dem Grund, in den wirbelnden, herausgepeitschten Bewegungen eines Trommlers, im Zucken der Lidhärchen oder im Hüftschwung der Frauen, die bei Einbruch der Dunkelheit ihren emaillierten, vielseitig verwendbaren Nachttopf dem Meer als Opfergabe darbringen. Im Exodus der letzten, von der Gehässigkeit des Januars vertriebenen Regenfälle der Wintermonate. Und selbst in den *»A-moi«*-Hilferufen der Seelen in Not, denen die Kälte des Morne-l'Étoile zusetzte. Ich bin also zurückgekommen, um etwas herauszufinden.

»Es kann also passieren«, fing der Tafiatrinker wieder an, »daß der Würfel, den man zuvor kräftig in der Hand gerieben hat, zack! plötzlich stehen bleibt. Das bedeutet, daß man von seinem Kurs Wind bekommen hat und ihn noch einmal befragen möchte, um den Zufall auszuschalten. Verstanden?... Auf jeden Fall, wenn du das siehst, verschließ dir den Mund, behalt den Wunsch zu protestieren im Bauch, auch wenn's drückt, rühr dich nicht von der Stelle, bleib bei den andern Negern (sie würden dich mit einer einzigen Lästerei an deinen Platz zurückbringen): Da ist was im Gange, zwei eiserne Willen sind aufeinandergeprallt. So ein kleiner Scheißer wie du sollte sich da raushalten, oder aber du sagst gleich, was Sache ist. Sapperlot! Das kannst du ab elf Uhr tun, wenn die Messe vorbei ist und die Marktfrauen holterdiepolter den Fischmarkt abgeräumt und die Spieltische auf die wackligen dreibeinigen Gestelle gelegt haben.«

»Und du gehst jetzt wieder an deine Hobelbank zurück!«

Ein Befehl von Marraine, die ihm ständig das Wort streitig macht, da sie um jeden Preis über Julien Thémistocle sprechen will. Dieses Leben, das nur Mühe und Arbeit war, hat sie gelehrt, daß man die Worte nicht vergeuden darf. Worte sind nicht wie das Wasser, das vom Himmel fällt und sich in der Tiefe der Erde verliert. Nach dem Entschluß, ihre Tage mit denen dieses roten Negers zu verbinden, hatte sie das Gefühl, ungehorsam zu sein, und sie rechnete jeden Augenblick mit einer schlechten Nachricht, die sie vor Schmerz in Ohnmacht fallen ließe. Wenn Thémistocle nicht zu Hause war und ein paar eilige Schritte sich ihrer Hütte näherten, dann konnte sie ihr Herz wie wild in ihrem schmächtigen Brustkorb schlagen hören, bevor sie den Riegel zurückschob.

»Mein Tod geht dir also im Kopf herum«, grinste er.

»Mir!« antwortete sie verärgert. »Was kratzt mich der Tod eines Tagelöhners, der wie du sein ganzes Leben lang am Bauch der Erde gescharrt hat, um, bitte schön, was zu ernten? Pech!«

Durch das Fenster, das auf die Rue-Devant hinausgeht, das einzige, das ständig offen ist, wallt die Luft von den erstaunlich nahen Bergen herein. Auf der Straße halten die Leute anscheinend völlig unbeschwert Maulaffen feil. Und in der Knallhitze der Trockenzeit vermitteln die Frauen in ihrem schimmernden Sonntagsstaat einen Eindruck von unwirklicher Betriebsamkeit. Die Straße glänzt, als hätte man sie abgebürstet. Ich bemerke ein winziges Geschöpf, das den Unrat vorm Rathaus aufliest. Es ist Dachine, der einzige Müllmann der Gemeinde.

Marraine hat Schokolade aus Macédoine gekocht, die sie mir in falschem Porzellan serviert. An der Wand hängt immer noch – wie ich erst in diesem Augenblick feststelle – das Bild in fürchterlich fahlgelben Farbtönen, das eine Damwildjagd darstellt, dahinter eine Eidechse und über dem Büfett der Kopf eines gekreuzigten, scheußlich blonden Christus.

Der Tischler packt mich am Arm. Ich schrecke auf, denn ich habe ihn in seinem Alkoholnebel völlig vergessen. In den hervorstehenden Adern seiner Hände fließt das Blut in einem ruckartigen Rhythmus, was mir ein undefinierbares Unbehagen verursacht. Ich suche Marraines wassertopfgrüne Augen, aber sie hat mich bereits verlassen. Sie wippt unmerklich in ihrem ramponierten Schaukelstuhl hin und her, die eine Hand auf der Stirn, die andere um die Lehne. In welch unerforschliche Grübeleien sie wohl versunken ist? Mich durchzuckt der Gedanke, daß ich sie genau so im Gedächtnis behalten möchte.

Der Tischler sucht nach Worten. Draußen höre ich wieder – als hätte es je geschwiegen – den Ansturm des Meers unterhalb des Hauses. Von Anse Charpentier bis Grand-Rivière richtet es seine Verheerungen an und bricht uns das Herz, ohne daß ihm das groß was ausmacht. Drüben, verloren in dem ewigen Grau in Grau Europas, betätigte ich mich einmal als Dichter und schrieb: »September-Meer, Totengräber heimlich Liebender, die wie durch ein Wunder verschont geblieben sind vom Gerede der Leute, denn das süße Paradies der Dickichte ist keine Legende, ebensowenig wie der Duft des Moubinsbaums. Mit nackten Kinderfüßen renne ich dir auf dem schwarzen Sand entgegen, o Former seltener tönender Steine, die der Séancen-Meister bei seinen Vorhersehungen benutzte!« Solchen Hirngespinsten hing ich nach...

»Wenn du dich an den Spieltischen durchsetzen willst, dann kreuzt du dort mit offenem Hemd auf, die Haare des Brustkorbs gesträubt«, fing Thimoléon wieder an, »du bemerkst lautstark, ›heute abend geh ich, der So-und-so, mit 5000 Francs nach Hause‹, und du driftest von Tisch zu Tisch, voller Spott, damit sich ihnen dein Gesicht einprägt und sie sich an die Farbe deiner Worte erinnern. Auf dein Gesicht kommt es an! Auf deine Kleidung, deine Schuhe und all das achtet keiner, aber auf deinem Gesicht haben sich deine Mutter und ihre Familie verewigt, und die Leute wollen wissen, mit wem sie es zu tun haben, wenn sie ihn beleidigen. Ah! Man hat's ja nicht auf die Mütter im allgemeinen abgesehen, sondern speziell auf deine und nur auf deine, damit du bei diesem Wort dasselbe feuchte Brennen in den Augen verspürst wie bei einem bösen Streich auf deine Kosten. So wirst du zum Gespött der ganzen Gesellschaft und erntest Schimpf und Schande. Dabei hast du die Würfel noch nicht einmal besprochen und auch noch nicht angewärmt oder ausprobiert. Das solltest du auch nicht, denn sonst steht zu befürchten, daß sie dich mit diesen Grünschnäbeln verwechseln, die in der Stadt arbeiten und glauben, sie könnten sich alles erlauben, weil sie zwei kleine französische Wörter aneinanderreihen können. Wenn sie sich, gleich nachdem hier aufgemacht wurde, an die Spieltische stürzen und völlig blödsinnig ›Elf! Elf‹ brüllen, felsenfest davon überzeugt, um viertel vor zwölf alles einzusacken, dann kannst du davon ausgehen, daß sie bereits so sternhagelvoll sind wie die alten Saufbrüder auf den oberen Stufen, und daß sie ins Kreolische verfallen, wenn sie dich um einen Tip anbetteln und dabei mit ›Chef‹ anreden.«

Eau de Café setzt ein rätselhaftes Lächeln auf. Autoritär reißt sie das Wort an sich, ohne Rücksicht auf ihren Kumpanen.

Der Kampf zwischen ihr und Julien Thémistocle hat gewissermaßen schon in Francines Bauch seinen Anfang genommen. Als diese mit Eau de Café schwanger ging, wurde sie von Thémistocle, dem das Scheitern seiner Ehe mit Passionise die reinsten Höllenqualen bereitete, im Dickicht überwältigt und brutal vergewaltigt. Am Tag darauf gab die Frau ihren Geist auf. Daraufhin wurde der Neger Thémistocle einstimmig dazu verdonnert, die Kleine einmal zu heiraten, wenn sie Kinder kriegen könne, und bis dahin als ihr Ziehvater zu fungieren. Ihr gemeinsames Leben hatte also im Ortsteil Macédoine begonnen, der mitten auf dem Land lag und mit dem Ort Grand-Anse durch einen unangenehm steinigen Weg verbunden war, auf dem man sich die schlimmsten Blasen zuzog, so daß selbst der Abbé ihn nach Möglichkeit zu meiden suchte.

»Sein Vater hieß Jean Thémistocle, und er hatte eine unheilbare Wunde am linken Bein. Jeans Vater hörte auf den Namen Marceau Thémistocle, und wenn dieser auf seinen Vater zu sprechen kam, sagte er einfach ›Thémistocle‹, denn damals, zur Zeit der Sklaverei, genügte ein einziger Name.«

Warum erzählte sie mir das erst jetzt? Hatte sie sich vorgestellt, daß ich nach meiner Rückkehr den Fragen auf den Grund gehen wollte, die zu beantworten sie sich bislang immer geweigert hatte? Sie täuschte sich: Die Ahnenreihe der Thémistocles interessierte mich nicht im geringsten, so außergewöhnlich sie auch sein mochte. Nach achtzehn Jahren Abwesenheit bewegten mich ganz andere Dinge. Vor allem durfte ich nicht wieder in die gräßliche Lethargie von Grand-Anse verfallen, von der mir nur ein paar unbedeutende Splitter in Erinnerung geblieben sind: schartige Korbflaschen auf den Sätteln der Maultiere von der Habitation Vivé, die sich wegen der kolonialen Irrwege keine Sorgen machten; mein

Kopf, ein unreifer Kürbis, der unter dem Feuer der Sonne schmorte; das Gelächter des Zuckervogels, der im Gewirr der Lianen zwischen den dahinvegetierenden, zerlumpten Negern von Macédoine und Bon Repos herumschwirrte und Nahrung sammelte; die Verlautbarung des Verwalters von Fond Gens-Libres zum Thema Zuckerrohrschnaps. Wie war noch einmal der Wortlaut gewesen? Ach ja! So: »Mit einem kleinen Samenkorn fängt alles an, der Wind oder irgendwelche andere Umstände bringen es eines Tages auf dein Stückchen Land, ein klitzekleines Körnchen, das in deiner Hand völlig verschwindet und aus dem dann, schwupp, ein Busch wird, der dir zwischen den Inga- und Rhizinusbäumen überhaupt nicht auffällt. Wenn aber die Murmeln deiner Augen unter der Erde lesen könnten, wären sie ganz schön baff: riesige Wurzeln, so lang wie die von Strandkasuarinen und fest miteinander verflochten ...«

Heute interpretiere ich das folgendermaßen: Die Rasse der früheren Herren lebt immer noch sehr gut von der heimtückischen täglichen Unterdrückung der unsrigen. Trotzdem ist mir bewußt, daß es mit der Logik etwas hapert. Ich bin zurückgekommen, weil ich das Meer von Grand-Anse wiedersehen und meinen Frieden mit ihm machen will. Ich nehme die absurden Verbote, die endlosen Rechtfertigungen, die diversen Bannflüche irgendwelcher Priesterlehrlinge und selbst die Warnung Ti Fène Augustes nicht mehr ernst, der mir, gleich nachdem ich ihn heute morgen begrüßt habe, einschärfte:

»Und auf keinen Fall schwimmen gehn, hörst du! Du kennst dich ja.«

Und Marraine war einer Ohnmacht nahe, als ich mich plötzlich ohne Vorwarnung gegen den Fensterladen stemmte, der auf das Meer hinausging, und ihn nach einem Jahrzehnt hermetischer Verriegelung unter großen Mühen aufdrückte. Wie ein Hobel fuhr mir der wütend aufheulende Wind über die Augen, doch mit einem Schlag sah ich sie dann, die riesigen weißen Brecher, die unermüdlich und immer wieder in neuer Gestalt meine Nächte durcheinandergebracht haben, damals.

»Du willst mich wohl umbringen, mein Junge!« hatte mich die alte Frau, den Tränen nahe, angefleht.

»Ich wollte nur sehen, ob es noch da ist«, erlaubte ich mir zu scherzen, während sie die unheilvolle Öffnung bereits wieder sorgfältig verschlossen hatte und mich nach unten zog.

Meer von Grand-Anse, dachte ich, keiner hat mehr Augen oder Ohren für dein ewiges Kommen und Gehen. ES GIBT DICH NICHT MEHR. Trotzdem findet man am frühen Morgen immer wieder menschliches Strandgut in deinen Netzen aus Schaum, und die Neger, Schande über sie, machen dich dafür verantwortlich! Alte Vettel! Schlampe, die unsern Kindern ständig Prügel zwischen die Beine wirft! Ein Schimpfname nach dem andern, oh, Meer von Grand-Anse, oh, Vielgehaßtes!

Diese Unerfreulichkeit spielt sich immer nach demselben Ritual ab: Der schrille Aufjauler der Gemeindesirene zerreißt dreimal die trügerische Heiterkeit der Luft, und von überallher kommen die Leute angerannt. Von En Chéneaux, von La Cité, von Crochemort, von Redoute, von Bord du Terrain. Lautstark bringt man seinen Schmerz zum Ausdruck, rupft sich die Lidhärchen einzeln aus, beißt sich die Lippen blutig. Jede Mutter schreit in unserer natürlichen Sprache, die urplötzlich, man weiß nicht von wo, wieder aufgetaucht ist:

»Oti yich mwen an?« (Wo ist mein Kind?)

Über den moirierten Boden der Bucht trampelt eine Kavalkade in Panik geratener Füße, die das unverschämte Schweigen der Fluten herausfordert. Die Experten (oder die ganz Mutigen) stürzen zu der Stelle unterhalb des Krankenhauses, wo das Geröll der Felsen sich mit den angeschwemmten Erdmassen der Regenmonate vermischt. Da, mitten im Schoß des Meeres, gibt es einen unergründlich tiefen Graben, in den ein Strudel alles, was sich in seiner Reichweite befindet, hineinbefördert. Andere wagen sich nach Norden hoch, beinahe bis zum Ufer der stolzen Crabière. Dort ist das Wasser von einer hintertückischen Ruhe, und bei dem kleinsten Piepser der Wasservögel stieben Wolken von Zagaya-Krebsen auseinander. Oder die jungen Männer, die ihre Mutigkeit beweisen wollen und die auch Felsen so scharf wie die Messer der Aufseher nicht abhalten können, versuchen, am südlichen Ende der Bucht unter dem Wasserfall durchzugehen, der aus der Schulter der Klippe sprudelt und dessen Wasser angeblich einen heftigen Juckreiz verursachen soll, weil es durch Gärten mit portugiesischen Yamswurzeln läuft. Aber keiner wird fündig, und man irrt benommen unter der delirierenden Sonne herum, rempelt sich an, tauscht grobe, wenn nicht sogar unflätige Worte aus und klammert sich gelegentlich auch aneinander. Die Alten zerknüllen ihre Kopftaschentücher und gehen Salzwasser holen, das sie mit einem Schluck hinunterschlucken. Denn was das Meer kann, kann der Mensch verdammt noch mal auch, und niemand darf gehen, bevor die Leiche gefunden ist.

Dann erwacht Bogino mit der weichen Birne aus seinem Rausch, den er sich in der Destille der Rue-Derrière angetrunken hat, und überquert gemächlichen Schrittes den winzigen Kirchplatz. Seit drei Stunden ist man nun schon dabei, den Bauch des Ungeheuers zu befragen, und man möchte endlich wissen, wer ihm sein Leben geopfert hat. Wer? Bogino stapft mit ungewohnter Würde über den Sand und geht auf Mademoiselle Adelise, die Haushälterin des Abbés, zu. Er macht folgende Meldung:

»Ihr Bruder liegt an der Capote-Mündung. Hier werdet ihr ihn nicht finden. Er ist übrigens schon lange über den Jordan.«

Und dann geht's erst richtig los: Jeder macht sich auf den Weg, zu Fuß, auf dem Rücken seines Maultiers oder mit dem Bus, der zu dem angegebenen Ort schaukelt: eine kleine, praktisch unbewohnte Bucht ziemlich weit südlich von unserer, wo man sich zu Ostern noch die Krabben schmecken ließ. Und dort findet man dann Adelises Bruder, den Mund voll grünlichem Schaum und einem Bauch so dick wie der einer doppelt Schwangeren...

14

O himmlische Frau Königin

Und die Madonna kam.

Uns, die wir auf Antilias Prophezeiungen nur mit halbem Ohr gehört hatten (zumal der Freudentaumel, in den uns die Beendung des Krieges gegen diesen Saukerl von Hitler versetzt hatte, unsere Nächte mit Träumen von Glücklichkeit erfüllte), verschlug es glatt die Sprache. Das Gerücht wurde zuerst von zwei Hungerleidern aus der Rue-Derrière verbreitet, und wir glaubten, sie hätten sich das nur ausgedacht, um sich etwas Klimpergeld hinzuzuverdienen, da wir eine Schwäche für solche Geschichten haben. Man Léonce, die auf jeden kleinsten Wink des Himmels lauerte, wie sie die Einfalt ihres Sohnes Bogino heilen könne, steckte ihnen mehrere Flaschen Rum zu, um Genaueres in Erfahrung zu bringen. Zwischen zwei Kotzarien erzählten ihr die Kerle, daß En Ville völlig aus dem Häuschen geraten sei, daß die Glocken ohne Unterlaß läuteten und daß selbst die verstocktesten Halunken das Zeichen des Kreuzes wiederentdeckt hätten. Sie selbst bekreuzigten sich bei jeder Gelegenheit, und in ihrem Blick glühte ein Fieber, das nicht vom Alkohol herrührte.

Kurz darauf wurde die Neuigkeit von absolut vertrauenswürdigen Personen bestätigt. Am überschwenglichsten schienen die Gemüsehändlerinnen, statt den Leuten zu erklären, was eigentlich los war, trafen sie bereits Vorbereitungen für den Empfang der Madonna. Damals war Grand-Anse mit einem brummigen Abbé gesegnet, einem Flamen, der noch skeptischer war als unser Philosoph Émilien Bérard. Wenn wir ihn holen wollten, damit er eine Hütte exorzierte, die nächtens von einer Schar Zombies heimgesucht wurde, pflegte er uns mit den Worten zu verjagen:

»Ab nach Hause! Los, macht schon, geht wieder nach Hause!«

Was dazu führte, daß wir ihn »Ab-nach-Hause!« nannten und insgeheim beteten, daß unser Monsignore, der Bischof, *ihn* nach Hause schicken würde. Offensichtlich nahm er das Gerede seiner Pfarrkinder nicht ernst und ging am folgenden Sonntag mit keinem Wort darauf ein, was diese Damen veranlaßte, seine Genehmigung, die Umgebung der Kirche mit Blumen zu schmücken, etwas weiter zu interpretieren und eine Estrade für den Empfang derjenigen zu errichten, der alle die größte Ehrfürchtigkeit entgegenbrachten: der Jungfrau der Großen Wiederkehr.

Das erste Wunder in einer Endlosigkeit von Wundern, die im Jahre des Herrn 1948 einen guten Monat lang unser Dasein verschönten, war die Bekehrung von Sieur Ali Tanin, dem Halbsyrer, der zur Entrüstung der Mütter junger Mädchen so selbstverständlich seinem Genuß frönte, wie er ein- und ausatmete. Er hatte sich, wie er das jede Woche zu tun pflegte, nach Fort-de-France begeben, um das Warenlager des Palasts des Orients aufzufrischen, doch statt seine metropolen Abenteuer Revue passieren zu lassen, postierte er sich mit der Bibel in der Hand vor seinem Laden und spielte den Propheten:

»Sie ist über den Ozean gekommen, speziell um uns aus unserer Vermaledeiung zu erlösen, meine Damen und Herren. Sie ist weißer als Maniokmehl, reiner als die Träne eines Kindes, großherziger als jede Mutter, seit die Erde unsere Erde ist. Macht euch für ihren Empfang bereit. Diejenigen, die in Unwürde leben, sollen zur Reue schreiten!«

Seinen Worten nach war das unbefleckte Standbild der Mutter Gottes über die ruhigen Gewässer der Bucht von En Ville geglitten, umgeben von einem Strahlenkranz, der einem schlagartig den Seelenfrieden wiederzugeben vermochte. Der Platz der Savane war mit geweihten Palmwedeln, bunten Girlanden und himmelblauen Wimpeln geschmückt. Der Herr Gouverneur sowie der Monseigneur Varin de la Brunelière hatten sich persönlich am Kai eingefunden, um die Heilige Jungfrau zu empfangen. Das gemeine Volk war so zahlreich, daß die Gendarmerie ihre Schlagstöcke einsetzen mußte, um dem Zug einen Weg zur Kathedrale zu bahnen. Alle wollten die Füße der Madonna berühren, die man nicht aus ihrem Kahn genommen hatte und die nun von starken Männerarmen in einem Tohuwabohu von Lobgesängen, inbrünstigen Gebeten, Flüchen und Weihrauchschwaden befördert wurde.

»Als sie auf meiner Höhe angelangt war«, beteuerte der Halbsyrer, »überkam mich die Erkenntnis, daß ich bis zu dieser Stunde das Leben eines Spitzbuben geführt habe und schamlos alles, was Höschen und Büstenhalter trug, für meine Zwecke mißbrauchte. Eine Art kalter Schauer ist mir über den Rücken gelaufen, ich fiel auf die Knie, der Rücken meines Hemds war völlig durchgeschwitzt, und ich fühlte, wie meine Lippen bebten, um ein Gebet der Reue zu stammeln. Ja, meine Herren, ich, Ali Tanin, der ich noch nie in meinem Leben zur Beichte gegangen bin.«

Der Mohammedaner entledigte sich seines Ringes mit dem gelben Stein, seiner Uhr und eines Bündels Geldscheine, das er ständig in seinem Gürtel trug, falls sich irgendwo ein gutes Geschäft machen ließ, und warf das Ganze in den Kahn der Madonna. In der Kathedrale selbst durften nur die weißen Honoratioren, der Gouverneur und Monseigneur der Aufstellung beiwohnen. Ein Küster hatte die Pforten geschlossen und stand regungslos, mit grimmiger Miene seinen Stock mit dem Silberknauf zur Schau stellend, auf dem Kirchplatz. Als zu guter Letzt auch die Menge eingelassen wurde – sie zog, o Wunder! sittsam in einer Zweierreihe vorbei –, entrang sich den Negern ein Schrei der Bewunderung, den das Gewölbe der Kathedrale noch verstärkte: Die Madonna samt Kahn thronte mitten auf dem Altar, umgeben von einem Schwarm Meßdiener, die riesige Allerheiligen-Kerzen schwenkten. Das Defilee der kreolischen Aristokratie, das mußte man gesehen haben, meine Herrschaften: die Dupin de Médeuil, die Laguarrande de Cherville, die Crassin de Médouze und Konsorten, die Gesichter von einer so tiefen Frömmigkeit durchdrungen, die einen glatt vergessen ließ, daß die meisten von ihnen ihren schwarzen Dienstmädchen nachsteigen, wenn sie sie nicht gleich zu ihren Mätressen machen. Und die Bittgebete, die aus ihrem Mund kamen, waren so inbrünstig, daß man es kaum für möglich gehalten hätte, daß dieselben Leute ihre Zuckerrohrschnitter mit gelben Münzen bezahlen. Der Madonna legten sie übrigens nagelneue Scheine zu Füßen, und zwar in solchen Mengen, daß der hoch im Kirchenschiff aufgestellte Kahn bereits davon überquoll. Und als dann die Mulatterie ihre Aufwartung machte, mußten die Priester sich auf die Ehrlichkeit der beiden Männer mit den nackten Oberkörpern verlassen, die die Ausbeute in große Guanosäcke stopften und hinter dem Altar verstauten. Die Mulatten von Fort-de-France wollten sich nicht lumpen lassen: Unter dem leuchtenden Blick der Madonna, deren Haupt von einem Kranz brennender Glühbirnen umgeben war, entledigten sie sich ihrer Börsen, ihres Schmucks und anderer hübscher Dinge. Draußen warteten die Neger, bis sie an der Reihe kamen und sangen:

O himmlische Frau Königin,
Du aller Welten Herrscherin,
Halt du auch Deine Mutterhand
Stets über unser Vaterland

Dann füllte sich die Kathedrale mit Freischärlerinnen, die im Brotfruchtbaum-Hof fremden Seeleuten ihre Reize darboten, Schwaflern, die nichts weiter taten, als der Runde am Kiosk der Savane imaginäre Heldentaten zu erzählen, Saufbrüdern vom Kanalufer, Spinnern, Schwadroneuren und anderem Gesockse aus Érmitage und Trénelle, Totschlägern aus Terres-Sainvilles, in einem Wort, mit dem Pöbel und dem Abschaum von En Ville. Selbst der gefürchtete Bec-en-Or, der schon seit der Zeit vor dem Krieg wegen einer erklecklichen Zahl von Verbrechen der schlimmsten Sorte gesucht wurde, produzierte sich vor der Nase der Obrigkeit.

»Ich, Ali Tanin, ich hab gesehen, mit meinen eigenen Augen gesehen, wie er die Hochheilige Jungfrau um Vergebung bat. Die Hände über der Brust gekreuzt, rief er: ›Mutter Gottes, die du aus

Frankreich hierhergekommen bist, um uns zu erlösen, uns, die Neger der Unterwelt, vor dir werde ich wieder zum Kind! Bis zum heutigen Tag, ich geb's zu, hab ich mit meinen Brüdern in Mißtracht gelebt, aber was hätt' ich schon anderes tun können? In Morne Pichevin lebt unsere Rasse in der schändlichsten Unwürde. Wenn ein Wind geht, steigen die Wellblechdächer unserer Hütten wie die Drachen in den Himmel, und wenn die Sonne auf sie herunterknallt, verwandeln sie sich in die reinsten Backöfen. Unsere Kinder haben keine Schuhe und keine Hefte, um zur Schule gehen zu können, und ihre Münder sind gezwungen, das Französische zu verhunzen. Unsere Frauen können nur als Huren Geld verdienen, und wir selbst wären schon längst vor Hunger krepiert, wenn wir im Hafen nicht klauen könnten. Vergib uns, o Heilige Jungfrau der Wiederkehr, aber erleichtere auch unsere Bürde, ich bitte dich! Die Neger haben zur Zeit der Sklaverei schon so viel gelitten, daß sie einfach nicht mehr können.‹

Glaubt mir, keiner hat sich gerührt, keiner der Gendarmen-mit-dem-Stöckchen hat versucht, ihm Handschellen anzulegen, aber nicht, weil man vor seinem berühmten Klappmesser Angst hatte, sondern weil der Kerl so von seinem Glauben durchdrungen war. Der Glaube, meine Damen und Herren! Dank seines Glaubens hat Bec-en-Or seine Gaunereien aufgegeben, und alle begriffen, daß ihm seine Sünden auf die Stunde vergeben worden sind. Er wurde nicht von einem irdischen Tribunal, sondern von unserm höchsten Richter freigesprochen. Und da er keinen festen Wohnsitz und auch keinen Sou in der Tasche hatte, riß er sich einen seiner kostbaren Goldzähne aus und legte ihn als Opfergabe in den Kahn der Madonna. Lacht nicht! Ich hab das mit meinen eigenen Augen gesehen, und soundso viel andere Augenpaare sahen's auch. Und alle waren völlig baff. Himmelarsch! In Zukunft wird Ali sein Leben in den Dienst der Jungfrau der Großen Wiederkehr stellen. Er wird keine unanständigen Worte mehr in den Mund nehmen und bei den Weibern nicht mehr den Kopf verlieren. Er ist jetzt eine andere Sorte Mann.«

Zwei Personen spitzten bei den Ausführungen des Halbsyrers

ganz besonders die Ohren: Maître Féquesnoy und Eau de Café. Den ersteren, Freimaurer seit dem Alter von fünfundzwanzig Jahren und berühmtes Mitglied der radikalsozialistischen Partei, durchzuckte zuerst ein heiliger Schreck ob dieser Worte, die da aus Alis Munde kamen. Er befürchtete bereits, daß die reaktionären Elemente und die einheimischen Weißen das Ereignis für ihre eigenen Zwecke nutzen und, wer weiß? in der Gemeindeverwaltung von Grand-Anse die Oberhand gewinnen könnten. Da die nächsten Wahlen aber noch lange nicht ins Haus standen, kehrten seine Gedanken zu der Sache zurück, die ihm in den letzten Jahren am meisten zu schaffen gemacht hatte, abgesehen natürlich von der Ehelosigkeit seiner drei Töchter, nämlich sein Unvermögen, einen hochzukriegen. Das Unglück war völlig unerwartet über ihn hereingebrochen, als er sich eines Abends, nichts Böses ahnend, mit Passionise in ihrer Behausung in der Rue-Derrière getroffen hatte. Sie konnte ihn lutschen, kitzeln, von hinten und von vorne verwöhnen und ihm dabei die unanständigsten Geschichten ins Ohr flüstern, sein Schwanz zeigte immer nur auf halb sieben. Klammheimlich hatte er die Dienste René-Coulis in Anspruch genommen, der ihn ein Gebräu aus Kurkuma und Granadilla trinken ließ und den Segen der Göttin Mariémen auf sein Haupt herabflehte, doch nichts hatte sich getan.

»Du hast meine Vorschriften nicht mit der richtigen Seriosität befolgt«, hatte der Inder beschieden, der sich weigerte, von ihm Geld anzunehmen.

Julien Thémistocle, der Marron, hatte ihm einen Sud aus Blauholzrinde, Rinderhaxensirup und dem Geschlechtsteil der Carette-Schildkröte zubereitet, ohne damit die Männlichkeit des Notars aufmöbeln zu können, woraufhin er die Waffen streckte und ihn zu einem alten Quimboiseur schickte, der mit seinen hundertzwölf Jahren in einem gottverlassenen Winkel des Morne Jacob verdorrte. Den Geistern der Neger war nicht mehr Erfolg beschieden als ihrem Hindu-Kollegen, und Maître Féquesnoy sah sich gezwungen, sich von seinen Außer-Haus-Frauen zu trennen, abgesehen von einer, die er bereits vor dem Tod seiner Frau ausgehalten hatte, einer zur Freundschaft mutierten Flamme ohne Berührungen und Entkleidungen. Es versteht sich von selbst, daß damit auch sein Ansehen schwand und diese Geschichte auf das Konto seiner sprichwörtlichen Knickrigkeit geschoben wurde. Bestimmt hat er für seine Älteste einen Frankreich-Weißen gefunden, tuschelte man, und er kauft ihr eine Aussteuer zusammen. Oder er hat verdammt hohe Spielschulden gemacht, da er ja immer noch ein leidenschaftlicher Baccaraspieler war. Obwohl Passionise sein Geheimnis sorgsam hütete, wollte der Notar sich nicht damit abfinden, daß ein rüstiger Fünfzigjähriger wie er auf die Mamsells verzichten sollte. Allmählich kam er zu der Überzeugung, daß man ihn verhext haben müsse, was in krassem Widerspruch zu den Anschauungen stand, die er in der Loge vertrat. Und es war kein x-beliebiger Zauber, bitte schön!, denn er hatte alles mögliche versucht, doch ohne Erfolg. Deshalb frohlockte er innerlich, als er den Bericht des Halbsyrers hörte, und gab als erster von den Honoratioren von Grand-Anse zu verstehen, daß der Kerl keineswegs nur dummes Zeug redete. Maître Féquesnoy nahm sich vor, darüber nachzudenken, wie er die Madonna der Großen Wiederkehr am besten verhofieren könne. Wenn er hier auf sie wartete, hätte er nicht die geringste Chance, sich ihr zu nähern, auch nicht als Stellvertreter des Bürgermeisters, weil er nämlich schlicht und einfach in das Lager der Religionsfeinde gehörte. Wie übrigens auch René-Couli mit seinen indischen Gottheiten. Und Julien Thémistocle mit seinem afrikanischen Hokuspokus. Und Ali Tanin und sein Vater, die Mohammed verehrten, ohne den geringsten Hehl daraus zu machen.

»Freimaurer sind des Teufels, verdammt!« lautete das kategorische Urteil der Heuchler.

Er mußte auf spektakuläre Art und Weise Reue zeigen, selbst wenn es mit körperlicher Qual verbunden war. Die Neger trauten ihren Augen nicht, als sie ihn mit seiner Ältesten und seiner Benjamine in aller Herrgottsfrühe den »Henker des Nordens« besteigen sahen. Denn trotz der Patina, die er im Lauf der Jahre angesetzt hatte, fuhr sein Studebaker immer noch tadellos und machte sogar weniger Krach als der alte Citroën des einheimischen Weißen de Cassagnac. Allerdings beanspruchte ihn der Notar auch nur einmal im Monat, um nach Fort-de-France oder zu einem begüterten Mulatten zu fahren, wenn irgendwo auf der Insel ein Empfang zur Anbahnung neuer Ehen stattfand. Er war ganz in Weiß gekleidet und hielt demütig seinen Panama in der Hand. Keiner der Fahrgäste erwiderte seinen Gruß, jedoch nicht weil man ihm seine Arroganz gegenüber dem gemeinen Volk übelnahm, sondern weil man sich völlig verblüfft fragte, was diese Geste wohl zu bedeuten habe. Wenn ein Mulatte geruhte, neben den dicken Negerinnen Platz zu nehmen, die auf dem Markt ihr Gemüse verkaufen und das breiteste Kreolisch sprechen, das man sich vorstellen kann, hätte man erst die Verwandlung des heiligen Thomas durchmachen müssen, um das zu glauben. Meister Salvie, der Fahrer, fühlte sich geschmeichelt, denn es bewies seine These, daß sein Sammeltaxi nur die besseren Leute beförderte und nicht das Pack wie der »Golem«. Als der letztere, der wie üblich lange vor ihm voll war (na ja, ganz einfach, weil die herumvagabundierenden Neger so früh am Morgen nichts zu tun haben), neben ihm anhielt und Major Bérard ihm dieselbe Herausforderung entgegenschleuderte wie schon seit fünfzehn Jahren: »Wenn du vor mir auf der Galionsbrücke ankommst, bin ich ein warmer Bruder«, zeigte sich Maître Salvie keineswegs gedemütigt.

»Gadé kilès moun man ni abô mwen!« (Schau mal, wen ich an Bord habe!) rief er dem Feind seines Lebens triumphierend zu. »Wenn du endlich damit aufhörst, das Pack zu befördern, dann können wir beide miteinander reden, mein Alter.«

Die kreolischen Neger reden so salbungsvoll daher, als »könnten Worte töten«, ohne jedoch selbst daran zu glauben. Doch diese harmlose kleine Bemerkung des Maître Salvie beförderte auf der abschüssigen Strecke am Ortsausgang von Fond d'Or gut zehn Leute auf den Friedhof, so lautet zumindest die pessimistischste Version dieser Geschichte. Zum Glück gehörte Major Bérard nicht zu den Opfern dieses Massensterbens, sondern kam mit ein paar harmlosen Rippenbrüchen glimpflich davon. Er hatte seinen eigenen Rekord schlagen wollen, bei dem er auf der Strecke Grand-Anse – Fort-de-France nur achtmal die Bremse betätigte, um diesem Großmaul von Salvie zum x-tenmal eine Lektion im Fahren zu erteilen. An jenem Morgen beging der Fahrer des »Henkers des Nordens« nicht die geringste Unvorsichtigkeit, da er auf den Notar und seine Töchter, die er aufmerksam im Rückspiegel musterte, einen guten Eindruck machen wollte. Die übrigen Stammgäste verharrten in Schweigen, als hätte ihnen die Gegenwart dieses ehrenwerten Bürgers die Zunge gelähmt. Keiner wollte sich auf das Glatteis des Parlez-vous begeben und sich dem Gespött der Leute aussetzen. Die Féquesnoy-Familie ließ sich von Bogino, dem Bremser des einheimischen Sammeltaxis, widerstandslos herumschubsen. Kaum war der Bursche »auf Arbeit«, wie er sagte, steckte er seine Macke in die Tasche und erfüllte mit großem Geschick seine Aufgabe, er verteilte die Fahrgäste auf den Holzbänken, kletterte aufs Dach, um ihr Gepäck zu verstauen, und legte an jeder gefährlichen Haltestelle einen von Major Thimoléon zurechtgehobelten Bremsklotz unter das rechte Hinterrad des »Henkers des Nordens«. Als die drei Mulatten in der Gemeinde Gros-Morne ausstiegen, stellte man nicht ohne Verwunderung fest, daß auch sie beabsichtigten, die Jungfrau der Großen Wiederkehr zu begleiten.

»Schau an! schau an! Die Welt hat sich verändert, und wie«, brachte eine Gemüsefrau hervor.

Maître Féquesnoy und seine Töchter zogen sich Kutten aus zusammengenähten Guanosäcken über, entledigten sich ihrer Schuhe, Ringe, Uhren und anderer Zeichen ihres Wohlstandes und gesellten sich zu der Schar der Büßer, die auf dem Kirchplatz von Gros-Morne darauf warteten, daß die Madonna wieder herausgetragen wurde. Der einheimische Weiße Dupin de Médeuil, der ähnlich gewandet war wie sein Baccara-Partner, musterte ihn ungläubig von Kopf bis Fuß und tat so, als würde er ihn nicht wiedererkennen. Auch er hatte seine kleine Familie mitgebracht, der es anscheinend nichts ausmachte, sich dem schwarzen Pöbel in seinem religiösen Überschwang anzuschließen. Ein mit Narben bedeckter Kerl, der offensichtlich ein gehöriges Maß Alkohol intus hatte, hielt eine Volksrede:

»Die Jungfrau ist zur rechten Zeit nach Martinique gekommen. Wie hätten wir ohne sie nach all diesen Greueln unter Admiral Robert wieder zu unserm Glauben zurückfinden können? Ich, der ich vor euch stehe, ich hatte mir geschworen, daß ich unserm Herrgott zweimal ›verdammt sei der Arsch deiner Mutter‹ zurufen würde, wenn ich einmal vor ihm stünde. Ja, warum ist es immer der Neger, der Neger und wieder der Neger, der das Elend dieser Welt auf seine Schultern laden muß, während der hochwohlgeborene Weiße stets ein Loch im Netz findet, durch das er schlüpfen kann? Doch heute, meine Freunde, folge ich der Madonna, und ich hab alle unsere christlichen Gebete wieder gelernt.«

Mit gefalteten Händen und gesenkten Köpfen auf dem Boden kniend oder in irgendwelchen ekstatischen Posen, summten die Büßenden ohne Unterlaß *O himmlische Frau Königin*, die Hymne an die Jungfrau der Großen Wiederkehr. Um fünf Uhr nachmittags zogen der Abbé der Gemeinde und seine Meßdiener, alle in Blau und Weiß gewandet, mit großem Pomp in die Kirche ein, wo nach einer kurzen Danksagung der Kahn mit dem Standbild wieder geschultert wurde. Man machte sich die Ehre streitig, den Baldachin tragen zu dürfen, und manche wollten sich trotz seines beträchtlichen Gewichts nicht ablösen lassen. Die Féquesnoys schlossen sich dem Zug an, der sich unter der unerbittlichen Sonne der letzten Nachmittagsstunden auf der Straße nach Trinité vorwärtsbewegte. Der Notar beobachtete aus den Augenwinkeln seinen Bekannten, den Bananenpflanzer, der seinen Jüngsten, ein Kind von fünf oder sechs Jahren, auf dem Arm trug. Es wurmte ihn, daß dieser noch so vital war, während er, Féquesnoy, sich darauf beschränken mußte, die Reize der Frauen zu betrachten, ohne sie berühren zu können, obwohl er derselben Generation angehörte wie Dupin de Médreuil. Als er den Kopf des kleinen Jungen schwerfällig auf die Seite rollen sah, erkannte er allerdings, daß die Verbindung mit einer Blutsverwandten für den einheimischen Weißen schlimme Folgen gehabt hatte. Um die Pflanzungen in ihrer Ausdehnung zu erhalten, war es nämlich innerhalb dieser Kaste üblich, die allernächsten Verwandten zu ehelichen. Auf dem ganzen Weg legten die Dorfbewohner der Jungfrau ihre Opfergaben in den Kahn und baten sie dabei um einen kleinen Gefallen, eine Gunst, einen Beweis ihres Wohlwollens oder die Heilung eines Kranken. Sie schubsten und drängelten sich, um die Füße der Jungfrau zu berühren, und brachten bei jedem dieser Sturmangriffe den Kahn beinah zum Kentern. Hinter dem Zug rollte im Schrittempo ein zehnrädriger Lastwagen, der die Säcke mit dem Geld und dem Schmuck transportierte, die die Leute der Jungfrau geopfert hatten. Drei kräftige Neger mit nacktem Oberkörper leerten in regelmäßigen Abständen den Kahn, damit er nicht überquoll.

»Madonna«, murmelte der Notar innerlich, »ich erwarte keine großen Wunder von dir. Es gibt viele, die schlechter dran sind als ich. Ich mußte noch keinen einzigen Tag ohne Essen auskommen. Wenn ich mich der Loge angeschlossen habe, dann nicht, um dich und deinen Sohn zu beleidigen, sondern weil ich dem Kult der Vernunft anhing. Ich glaubte, das Leben ließe sich wie ein einfaches Rechenproblem lösen. Doch weiß ich jetzt, daß das reine Überheblichkeit war. Meine Frau hat mich wegen eines jungen Halunken aus der Hauptstadt verlassen, meine Älteste hat ihren eigenen Kopf, und auch um die Zukunft der beiden Jüngeren mache ich mir große Sorgen. O Madonna, finde für sie zwei Weiße aus dem Mutterland! Zwei ehrliche weiße Franzosen, die sie nach drüben mitnehmen, damit sie außer der beschränkten, engen Welt von Grand-Anse auch noch etwas anderes kennenlernen.«

Er wäre gerne auch noch auf seinen anderen, sehr viel schwerwiegenderen Kummer eingegangen, aber er fand nicht die Worte. Er hatte nämlich nie in richtigem Französisch darüber gesprochen, sondern nur in unserer Sprechart. »Mein Coco steht mir nicht mehr«, hatte er René-Couli und Julien Thémistocle vorgejammert, als er sich von ihnen die Unterstützung ihrer respektiven Gottheiten erbat. Würde die Jungfrau der Großen Wiederkehr an einer derart banalen Ausdruckweise nicht Anstoß nehmen? Während er nach einer lateinischen Bezeichnung für sein Leiden suchte, zerbrach ein Blinder, der vor ihm ging, seinen weißen Stock und fing an herumzutanzen und zu brüllen:

»Ich sehe! Ich sehe! Der Jungfrau sei Dank!«

Féquesnoy sah, wie ein Gelähmter sich aus seinem Stuhl erhob, ein schwindsüchtiger Greis aufhörte, Blut zu spucken, eine Frau mit Elefantiasis in beiden Beinen ihre wohlgeformten Waden wiedererlangte, ein betrogener Verliebter seine Verzweiflung überwand und was sich sonst noch an Wundern ereignete, eines erstaunlicher als das andere. Der Zug schwoll immer mehr an, je weiter er vorrückte, und die Gebete, die aus der Menge emporstiegen, steigerten sich zu einem solchen Crescendo, daß selbst die Jungfrau von Rührung ergriffen schien. Sie ließ ihren sanften Blick auf jedem einzelnen Krauskopf ruhen, als wolle sie dem jeweiligen Pönitenten den Segen zukommen lassen, den er verdiente. Mit Ausnahme der Lockenköpfe von Féquesnoy und Dupin de Médeuil. Dabei bluteten dem einheimischen Weißen bereits die Fußsohlen vom langen Barfußlaufen. Seine Familie ertrug die Prüfung mit einer erstaunlichen Courage, wenn man bedachte, daß diese Leute seit ihrer Geburt im Luxus gelebt hatten. Féquesnoy schwante, daß die Neger, denen die Madonna in so reichem Maße ihre wundertätige Kraft angedeihen ließ, einfach nur irgendwelche x-beliebigen Gebete an sie richteten. Es war kaum anzunehmen, daß sie es ernst meinten, wenn sie versprachen, ihren alten Göttern abzuschwören. Mit dem Trinken aufzuhören. Ihren Liebhabern keine Hörner mehr aufzusetzen. Beim Würfelspiel nicht mehr zu betrügen oder überhaupt die Finger davon zu lassen. Die Ehre ihrer Nachbarn nicht mehr durch üble Nachrede zu beschmutzen und was nicht noch alles. Das war ihr Leitmotiv, und sie zeigten so viel guten Willen, daß die Jungfrau gar nicht anders konnte, als ihnen ihre Wünsche zu erfüllen. Maître Féquesnoy suchte in seinem Leben nach einem Laster, das er ihr opfern könnte, um sich im Gegenzug seine Potenz einzuhandeln. Karten spielte er nur, um unter den reichen Pflanzern neue Kunden an Land zu ziehen, nicht weil es ihm Spaß machte. Aus Saufgelagen machte er sich auch nichts, und er hielt sich nicht mehr als drei Mätressen, was guter Durchschnitt war. Und zwar anständige Frauen, die nie auf der Straße herumzetern oder in eine vulgäre Lache ausbrechen würden. Sosehr er sich auch den Kopf zerbrach, er fand nichts wirklich Überzeugendes, was er der Madonna hätte anbieten können.

Mitten auf der Galionsbrücke, genau an der Stelle, wo jeden Tag das erbitterte Gefecht zwischen dem »Henker des Nordens« und dem »Golem« stattfand, vereinigten sich der Zug aus Gros-Morne mit dem aus Trinité. Die noch zahlreicheren Pönitenten aus der Nachbargemeinde hatten für den Empfang der Madonna jede Menge mit dem Kreuz und frommen Sprüchen geschmückte Wimpel mitgebracht. Der Wirklichkeit schon beinahe entrückt, segelte die Statue zwischen den Spalieren von Gläubigen hindurch, die brennende Bambusfackeln hochhielten. Manchmal bekam sie eine gefährliche Schlagseite, und ihr Körper hing zur Hälfte aus dem Kahn, aber im letzten Augenblick verhinderten immer wieder eine, zwei, zehn fiebrige Hände, daß sie kenterte. Eine ganze Woche lang zwangen sich Féquesnoy und seine beiden Töchter, diese Pilgerschaft mit ihrem wahnsinnigen Brimborium zu ertragen. Genau wie die Dupin de Médeuil. Aber die Gottheit weigerte sich offensichtlich, ihr wundertätiges Auge auf den Mulatten und den einheimischen Weißen sowie deren Nachkommenschaft fallen zu lassen. Die beiden Männer, die gegen ein fürstliches Entgelt bei den Dorfbewohnern logierten und schon beinahe in Lumpen gingen, während ihre Wangen von einem wilden Bart überwuchert wurden, hatten sich bis zu ihrer Ankunft in Grand-Anse immer noch Hoffnung gemacht. Dort verursachte ihr Anblick einen Menschenauflauf, der sich beinahe mit dem während des Zweiten Weltkriegs messen konnte, als die Bevölkerung zusammenströmte, um einen eventuellen Angriff deutscher U-Boote zu verhindern.

»Auf Grand-Anse liegt ein Fluch«, wetterte Major Bérard völlig außer sich. »Uns kann nicht einmal die Madonna helfen. Überall, wo sie durchgekommen ist, hat sie geholfen, geheilt, Glück und Wohlstand beschert, aber wer von hier kann sich rühmen, auch nur eine einzige Wohltat empfangen zu haben? Wer?«

»Du bist doch besoffen, Mann«, rief ihm eine Betschwester zu. »Statt Buße zu tun, fällt dir nichts Besseres ein, als die Mutter Gottes zu kritisieren. Mach nur weiter so, und du landest in der Hölle!«

»Kratzt mich nicht! Dreiundfünfzig Psalmen, siebenundzwanzig Mariengebete, sechshundertzwölf Reuegebete, nicht mitgezählt die ganzen Lieder, mit denen ich mir unterwegs die Stimmbänder strapaziert habe – und schaut euch Major Bérard an! Könnt ihr auch nur die geringste Veränderung bei ihm feststellen, verflucht und zugenäht!«

Man trug die Statue von der Rue-Devant zur Rue-Derrière und wieder zurück, damit die Bewohner von Grand-Anse ihre Wünsche äußern konnten. Man beehrte sie mit der Rue de la Poste und der Rue du Cimetière.

»O Madonna, gib uns den Körper eines erwachsenen Mannes«, riefen Dachine und Ti Fène Auguste, deren Mütter während der Schwangerschaft ein Medikament eingenommen hatten, das danach von der Regierung aus dem Handel gezogen worden war.

»O Allerheiligste Jungfrau der Großen Wiederkehr, erhell den Verstand meines Sohnes Bogino«, flehte Man Léonce, die Bäckersfrau.

»Mutter unseres Herrn Jesu Christu, du göttlich Reine, beschere dem Palast des Orients ewigen Reichtum!« entrang sich Ali Tanin.

Danach bat Rose-Aimeé um die Heilung ihres dicken Fußes; Maître Salvie um den Sieg für sein Taxi; Thimoléon um die Ausrottung dieser »luziferischen Rasse von einheimischen Weißen«; der Miniatur-Mussolini um die Zusage von Pierre de Coubertin, Sackhüpfen und Löffelrennen als olympische Disziplinen einzuführen, wie er es vorgeschlagen hatte; René-Couli um eine Frau von einer anderen Rasse, die einwilligte, ihn zu heiraten, damit er endlich Kinder haben könnte, auf denen nicht die Schmach der Kulis lastete. Julien Thémistocle wollte den Urwaldriesen wiederfinden, an dessen Fuß sein Urgroßvater begraben worden war, damit er seine Initialen sowie das heilige Zeichen der Lanzenotter in seine

Rinde ritzen könnte; de Cassagnac bat darum, daß seine kleine Tochter Marie-Eugénie ihren Seelenfrieden und ihre alte Fröhlichkeit wiederfinden möge; Eau de Café, daß Antilia endlich damit aufhörte, Komplotte mit den Meermüttern vom Kap La Crabière zu schmieden. Aber die Bewohner der Dörfer und der Gemeinde von Grand-Anse selbst – endlich einmal unterschiedslos vereint – konnten sich die Seele aus dem Leib schreien, als der Zug vorbeikam, die Jungfrau der Großen Wiederkehr war aus Gips. Schließlich stellte man sie in das Kirchenschiff, und die Leute gingen schweren Herzens wieder ihren gewohnten Tätigkeiten nach. Major Bérard brüllte die ganze Nacht auf dem Kirchplatz:

»Madonna, mach mich weiß, ich bitte dich! Bescher mir diese weiße Farbe, die allen Respektation und Bewunderung einflößt.«

Maître Féquesnoy und Dupin de Médeuil wurden unter demselben Dach untergebracht wie die allerärmsten ihrer Mitbürger. Der erstere bekam kein Mittel für seine schlaffe Rute und der letztere keines für die Mißbildung seines Jungen. Keiner in Grand-Anse bekam auch nur irgend etwas. Deshalb expedierte man das Standbild auch ohne großes Bedauern in die Nachbargemeinde Basse-Pointe. Vermerkt wurde jedoch, daß die junge Streunerin Antilia, die von der Ladeninhaberin Eau de Café am Strand aufgelesen worden war, als einzige keinen Wunsch geäußert hatte.

»Weil sie nämlich schuld daran ist, sie und dieses Meer, von dem sie lange Zeit gehätschelt wurde, daß Grand-Anse von einem Fluch umgeben ist«, erläuterte Bogino und erntete allgemeinen Beifall damit.

15

Von meinen Notizheften fehlen etliche. Ich fürchte um meinen Verstand. Ich hebe die Matratze meines Betts hoch, durchwühle die ganze Wäsche, die ich fein säuberlich im Kleiderschrank verstaut habe, und veranstalte einen solchen Zirkus, daß der Besitzer des Océanic-Hotels – ein pensionierter Marineangehöriger, wie er ständig betont – in Panik gerät und trotz seiner Kurzatmigkeit die Treppe heraufkommt, um mir zu Hilfe zu eilen. Er hat sich inzwischen an mich gewöhnt, und die Tatsache, daß der Patensohn seiner Konkurrentin Eau de Café unter seinem Dach lebt, ist eine Art zusätzlicher Genugtuung für ihn. Ich brauche nur einen Wunsch zu äußern, und er überschlägt sich vor Liebenswürdigkeit. Nur einmal hat er mir etwas abgeschlagen, und zwar, als ich ihn bat, den zugenagelten Windfang vor meinem Fenster zum Meer hin wieder aufzumachen.

»Lassen Sie das verdammte Meer verdammt sein! Lassen Sie es in Ruhe, Sie fahren besser damit. Ich hab es seit fünfzehn oder zwanzig Jahren keines einzigen Blickes gewürdigt. Ja richtig, es war genau an dem Tag, als es die Leiche ausspuckte von dieser ... na ja, Sie wissen schon, Sie waren vielleicht zu jung, um sich daran zu erinnern ... an diese kleine Wilde, die Eau de Café glaubte, in ihren Laden stellen zu müssen.«

Bevor ich den Mund aufmachen kann, beteuert er, das sei alles, was er über sie wisse, im übrigen würde er auch keinen großen Wert darauf legen, diesen Spuk wieder aufzuwärmen. Ich brauche nur den Namen Antilia in seiner Gegenwart zu erwähnen, dann wendet er den Kopf ab oder dreht mir den Rücken zu. Unmöglich, ihn aus seinem Schweigen zu reißen, nicht einmal an jenem berühmten Abend klappte es, als wir zu zweit eine Flasche Clément-Rum leerten und er in allen Einzelheiten die sexuellen Bravourstückchen der beiden Frauen-für-jeden-Mann hier in Grand-Anse schilderte.

»Meine Hefte«, brülle ich, als er die Tür öffnet.

»Suchen Sie erst mal richtig, hier kommt keiner rein, nur Sie und das Zimmermädchen, und das kann nicht lesen. Vielleicht haben Sie sie draußen liegen lassen?«

»Ich schreibe nur in meinem Zimmer.«

Die Sache scheint ihm wirklich peinlich zu sein. Er hilft mir, das Zimmer auf den Kopf zu stellen, aber wir finden auch nicht die geringste Spur. In Null Komma nichts hat der ehemalige Marineangehörige das Zimmermädchen herbeizitiert.

»Sa misyé-a fè 'w non?« (Was hat dir der Monsieur getan?) fragt sie der Besitzer mit weit aufgerissenen Augen.

»Ist ja unwichtig«, bemerke ich, »ich will nur mein Eigentum zurück, und die Sache ist vergessen.«

»Nein-nein ... das muß sein ... sie muß uns sagen, warum sie es getan hat. Mit Diebinnen will ich nichts zu tun haben. Hatten Sie auch irgendwo Geld versteckt?«

»Nein, kein Geld ... Ich ...«

Da lüpft das Teufelsweib ohne die geringste Scham seinen Rock und zieht aus seinem voluminösen Schlüpfer meine an den Ecken etwas zerdrückten Hefte hervor. Sie scheint gleich losheulen zu wollen, explodiert dann aber:

»Der Monsieur ist ein Chabin. Die Chabins sind alle gemein. Warum heiratet zum Beispiel ein Chabin nie eine Chabine? Wenn ich einen Chabin vor mir seh, dann hab ich an dem Tag nur noch Pech. Ich weiß, wovon ich rede: Ich hab drei Männer gehabt, die mir was Kleines anhängten, und alle drei waren Chabins. Der letzte war der Fahrer vom ›Henker des Nordens‹. Warum hat unser Herrgott die Chabins erschaffen? Haben die Neger nicht schon genug am Hals?«

Der Besitzer und ich sind so verblüfft, daß wir sie ohne weitere Fragen gehen lassen. Betreten deutet der pensionierte Marineangehörige eine Geste der Entschuldigung an, erklärt dann aber mit vorwurfsvoller Stimme:

»Ihre Gegenwart in Grand-Anse macht nur böses Blut, mein Lieber. Ihre Tante hat uns schon genug ... wie soll ich sagen ... na ja, schon genug Unannehmlichkeiten eingebrockt, damals. Die Leute haben Angst, Sie könnten mit Ihren sonderbaren Fragen, die Sie rundum stellen, die Sache wieder hochkommen lassen. Thimoléon und Eau de Café gehören einer anderen Zeit an, ihnen macht dieser ... wie soll ich sagen ... dieser Hokuspokus Spaß. Geben Sie acht, ein Bambushaar oder ein Tropfen Granadilla-Wurzelsaft lassen sich schnell in Ihr Glas schmuggeln.«

»Wenn's Ihnen nichts ausmacht, wär mir's lieber, wenn das Mädchen nicht mehr mein Zimmer putzt. Ich kann das selbst übernehmen ...«

Thimoléon ist wie immer auf seinem Posten in unserer Destille in der Rue-Derrière und macht sich über mein Mißgeschick lustig, das ihm Stoff für seine eigenen philosophischen Betrachtungen liefert ...

»Es gibt welche, denen wird eine gewisse Respektierlichkeit in die Wiege gelegt«, läßt er mich wissen, »eine Respektierlichkeit vermischt mit Angst, und du gehörst dazu, ohne daß du's weißt, denn du bist ein Chabin. Du mußt diesen Trumpf ausspielen, wenn sonst gar nichts mehr läuft, das heißt, wenn dein Leben durch irgendein Unglück nur noch an einem Faden oder an einem Schrei hängt. Schau sie dir genau an, deine Artgenossen, deine Brüder in der ›Chabinität‹, laß deine Augen auf ihrer sommersprossigen weißen Haut ruhen, auf ihrem Haar, das so rot ist wie das Fruchtfleisch einer reifen Aprikose, auf ihrer katzengrauen Iris, auf den breiten, von ihren Urgroßvätern, den Kongo-Negern ererbten Nüstern, und dann schau dir die anderen an, und mach dir den Abstand klar, der sich fast automatisch zwischen euch und ihnen einstellt. Ja, du, du höchstpersönlich. Denn eines weißt du, auch wenn du dich abgesetzt hast, um es dort drüben zu vergessen: Die Chabins sind eine Spezies für sich, eine ganz üble, gemeine, gewalttätige, hitzige, fallsüchtige Rasse. Ein Chabin macht den

Leuten angst, weil er sich die helle Haut der früheren Herren angeeignet hat, aber nichts damit anfangen kann (es reicht nicht, sich einen ›Schutz‹ zu stehlen, man muß auch damit umgehen können, verflucht). Da ist also der Chabin, er drückt seiner Umgebung pausenlos seine weiße Haut auf, und die Neger haben seinen Anblick so satt, daß sie ihn nicht einmal mehr hassen können. Trotzdem ist er nicht in der Lage, Befehle zu erteilen, er kann sich nicht diese Stimme zulegen, die uns zusammenfahren läßt und unseren Herzschlag so rasend beschleunigt, als wär's eine Bel-air-Trommel. Wir können uns das nicht erklären. Von seinen Augen, deren Farbe er auch den Weißen geklaut hat, behauptet man, sie könnten bei Nacht sehen und die verborgensten Dinge entdecken. Deshalb gehen die Leute, die Enthüllungen auf offener Straße befürchten, auch jedem Ärger mit ihnen aus dem Weg, obwohl sie sie insgeheim zum Teufel wünschen. Aber so hell sie auch sind, diese Augen schaffen nicht, was den Verwaltern der Pflanzungen mühelos gelingt – sie bringen die Frauen nicht dazu, sich die Röcke über den Kopf zu stülpen, schneller als ein Floh einen Purzelbaum schlägt, um dem beinharten Schwanz ihren offenen Schoß entgegenzustrecken. Du siehst, die Chabins kriegen einfach nichts auf die Reihe. Nichtsnutze, außer denen, die in der Stadt wohnen, wo sie sich als Rechtsanwälte, Lehrer, Ärzte und ähnliches hervortun, wie das Buschradio behauptet. Hier auf dem Land sagen die Neger spaßeshalber zu ihnen: ›Für deine Mutter hat sich's offensichtlich nicht gelohnt, einen Chabin aus dir zu machen, wo du auch nur wie unsereiner mit der Heugabel unter der Mittagssonne stehst. Ha! ha! ha!‹

Trotzdem sind sie überall gefürchtet, weil sie nämlich diese komische Schwäche, von der sie durchdrungen sind, durch plötzliche, heftige Wutanfälle kompensieren. Man sieht, wie ihnen das Blut in den Kopf steigt, wie ihre Fäuste anfangen zu zittern, und peng! hauen sie wie die Bekloppten auf alles ein, was ihnen unter die Finger kommt. Man kann machen, was man will, sie ihrerseits verprügeln, ihnen mit dem Messer die Haut marmorieren, es nützt nichts! Sie lassen sich nicht aufhalten, und wenn sie dich erwischen, dann gnade dir Gott! sie machen dich fertig! Aus! Schluß! Einen Chabin, der schlapp macht, gibt's nicht. Deshalb glaubt man auch, daß sie so etwas wie einen höheren Schutz genießen, wo sie doch so tun, als wären sie unverwundbar. Welchen? Weiß man nicht. Man weiß nur, daß es ihn gibt! Hunderte von Leuten können das beim Kopf ihrer Marraine beschwören. Wenn zum Beispiel Major Bérard, ohne zu bremsen, sämtliche Hänge hinunterbrettert, ja sogar auf der schwindelerregenden Strecke nach Anse Charpentier nicht auf die Bremse tritt, und sein Taxi ›Unkrautvertilger‹ getauft wurde, dann doch nur, weil der Herr ein Chabin ist. Ein ›Ismiregal‹, was den Tod angeht. Deshalb überleg dir deine Taktik. Die Kluft, die sich im Lauf der Jahre zwischen dir und den Negern von Grand-Anse aufgetan hat, läßt sich nicht mehr überbrücken. Oder nur so weit, wie sich's ein Chabin erlauben kann. Außerdem, die Hälfte der Strecke war schon zurückgelegt und das von Anfang an, ohne daß es dir aufgefallen ist. Und du hast das noch unwahrscheinlichere Glück gehabt, daß die meisten Majore an den Spieltischen deiner Rasse angehörten. Daß zwei Chabins aufeinander losgehen, das hat's noch nie gegeben, soweit die Neger zurückdenken können. Zumindest nicht in der Öffentlichkeit! Wenn sie etwas untereinander ausmachen müssen, warten sie geduldig, bis sie sich beim Zweikampf gegenüberstehen und der stärkere oder, wie wir sagen, ›der gemeinere Chabin‹ den anderen fertigmachen kann.

Ob sie gewinnen oder verlieren, die Würfel handhaben sie immer ganz leidenschaftslos, ganz diskret, und glaub ja nicht, sie hätten dich nicht gleich von der ersten Minute an gesehen und als einen der Ihren akzeptiert. Als du dich über eine verdammte Zehn (zweimal die Fünf, das allerschlimmste!) geärgert hast und dein ganzes System gewaltig strapaziert wurde, haben sie dich von ihren Tischen aus beobachtet und sich vielleicht gesagt: ›Die Art von dem Chabin kommt mir bekannt vor . . . aus welchem Stall kommt er? Aus Dominante oder von hier, aus Macédoine?‹, und während sie mit dem Kinn auf dich deuteten, tauschten sie schnell ihre Eindrücke aus, um abschließend festzustellen, daß du entweder ein ganz fremder Fremder bist und daß es in diesem Fall ihre Pflicht ist, dich zu verteidigen, wenn Not am Mann ist, oder daß du ein Heimkehrer bist, ein zurückgekehrter Hiesiger, und daß du selbst auf deine Eier aufpassen mußt. Als der Lärm der Blaskapelle, die die *Marseillaise* spielte, für eine Weile das Treiben auf dem Markt übertönte, haben sie dann endgültig Position bezogen. Ausschlaggebend war dein Benimm gegenüber den Marrons, den Feldnegern, den Negern der Stadt, den Kulis und natürlich auch gegenüber den Weibern. In aller Plötzlichkeit haben sie sich um ein und denselben Tisch geschart, und ein Tisch nur mit Chabins, das kommt nicht alle Tage vor! Da wurde dann verhandelt und viel in der Luft herumgefuchtelt, und wenn du die geheimen, tiefen Ausdrucksweisen deines Volkes hättest interpretieren können, wär dir klar geworden, daß sie dich akzeptiert haben – eine ganz selten gewährte Gunst. Du mußt zugeben, diese Hand, die dich brutal zur Seite schubste, als ein Spieler an deinem Tisch sein Messer zog und den letzteren abräumte, diese Hand hat dich vor einem mörderischen Wahnsinn geschützt, auch wenn der Kerl es nicht auf dein Leben abgesehen hatte, sondern auf das des Affen neben dir. Du hättest wie er alle viere von dir gestreckt und geblutet wie ein Schwein zu Weihnachten, die Frauen wären mit großen, klappernden Wassereimern angelaufen gekommen und hätten den Boden aufgewischt; sie hätten an derselben Stelle einen Ersatztisch aufgestellt, und von euch beiden hätte man nur noch die rhythmische Sirene der Ambulanz gehört, die euch weit weg transportiert hätte. Es war die sommersprossige Hand eines Chabins, auf der man das Blau der Adern sehen kann, das unter der gesprenkelten Haut pulsiert.

Weißt du eigentlich, woher das Wort ›Chabin‹ kommt? Es bezeichnet eine bestimmte Sorte von Schafen mit gelbem Fell, wie man sie in der Normandie findet. So wie sich ›Mulatte‹ von ›Muli‹ ableitet! Eure Väter, die Weißen, haben also die mit ihren schwarzen Sklavinnen gezeugten Söhne in das Reich der Tiere verbannt. Das, mein Alter, solltest du nie vergessen, ohne deshalb auch nur im geringsten nachtragend zu sein. Was passiert ist, ist passiert.

Muß ich dich auch daran erinnern, daß es dank der hochwissenschaftlichen Alchimie der kolonialen Vergewaltigung verschiedene Arten von Chabins gibt, je nachdem, ob ihre Haut weiß oder weniger weiß, ihr Haar mehr oder weniger rot, ihre Augenfarbe heller oder dunkler ist: der goldene Chabin *(Chabin soleil)*, der goldbraune Chabin *(Chabin doré)*, der weiße Chabin *(Chabin blanc)*, der dunkle Chabin *(Chabin brun)*, der kupferrote Chabin *(Chabin griffe)*, der Mischlings-Chabin *(Chabin mulâtre)* und so weiter... und jede Spezies hat ihre Eigenheiten, die hier jeder in- und auswendig kennt. Als hätten die Neger dieser Insel aufgrund einer primitiven Regung das obskure Bedürfnis verspürt, ihre Stämme wieder auferstehen zu lassen, verstehst du? Aber mach ihnen das mal klar! Sie würden das überhaupt nicht kapieren. Man lebt, ißt, palavert und palavert und macht seine Geschäfte, damit hat es sich. Aus Angst, daß lästige Scheißkerle wie du, die von der giftigen Frucht des Reisens gekostet haben, mit einem Posten unverdaulicher Ideen zurückkommen, haben sie eine kreolische Maxime, eine Art Schutzschild, erfunden: ›Verdammt, die Chabins sind auch nur Neger!‹ Denk nur daran, was die Erzähler unserm arglistigen Gedächtnis einflößen, wenn sich die Leute auf den Totenwachen treffen und so tun, als wäre der Tod unser bester Freund: In deiner Haarlohe hängt der Brandgeruch der Hölle... im Namen des Gottes Legba, im Namen meines eigenen Herzens, das mir das ganze Leben ohne Schluckauf hochkommen läßt, taufe ich dich Neger und weihe dich zum Neger...

So wird die Ordnung der Dinge gewahrt. So, und jetzt bist du dran, Chabin...«

12. Januar 1957

Mein Lieber,
Sie haben's uns gegeben! Jedes Gesicht ist eine grandiose Lüge, ich meine damit das schmerzhafte Grimassieren unserer Wangen und unserer Lippen, wenn wir uns ihre Sprache einverleiben, uns ein überzeugend nachgemachtes Lächeln zuzulegen versuchen, und durch dieses ständige Verzerren unserer Züge façonnieren wir uns ganz passable Stelzmasken. Wir glauben, wir werden dadurch größer ...

Seit sie alle Farbfernseher haben, versammeln sich in Trénelle gegen Abend keine Tagelöhner mehr vor ihren Baracken. Ein Geologe könnte bei diesen Baracken vier aufeinanderfolgende Schichten unterscheiden: das Zeitalter der Teerpappe, des Wellblechs, des Asbestzements und des Betons. Der Homo sapiens wird gemessen an dem Anteil von Beton und Französisch-Imitat, das er seinen Kindern angedeihen läßt, damit sie es auf der Schule zu was bringen. »Ich bitte Sie, mein Herr, verschonen Sie mich mit Ihrem Kreyol! Ich bin des Französischen durchaus mächtig«, kann man in Petit-Paradis hören. Und wenn ein Dienstmädchen vom Boulevard Barbès für einen Monat hierherkommt, zirpt sie: »Oje, oje! Ich vertrag das nicht, ich brauch einmal im Jahr meinen Winter.«

Gelegentlich pissen zwar noch ein paar Unbelehrbare ganz ungeniert in den stinkenden Gassen, und bei dem legendären Großen Felsen versucht sich das aufdringliche Tam-Tam einer Trommel mit katzenhafter Vorsicht in den Schoß der Nacht zu schleichen.

Schreiben, nicht um Zeugnis abzulegen, nicht um der Gegenwart Cannakronen zu flechten, nicht um große Erschütterungen hervorzurufen, nein, nicht deswegen. Nicht deswegen. Ich schreibe die Geschichte der Meinen mit dieser Wut im Bauch ...

Antilia

Vierter Kreis

Für jeden von uns besteht das Leben aus verschiedenen Stufen, die vom Dorf zum Marktflecken, vom Marktflecken zur Stadt und von der Stadt nach Frankreich führen. Unsere Eltern haben sich nur wenig bewegt, unsere Sehnsüchte hingegen weisen ein ganz anderes Tempo auf, unsere Schritte sind unserm Leben vorausgeeilt, und wenn wir wieder umkehren wollen, dann entdecken wir das ganze Ausmaß unserer Verlorenheit.

Wir müssen wieder sprechen lernen, denn die Erinnerung hat sich noch nicht kompromittiert, und sie zeigt auch keine Bereitschaft, sich unseren kosmopolitischen Phantasien zu beugen. Deshalb beißen wir uns auch an einem einzigen Stückchen Vergangenheit fest und versuchen ohne jedwede Hilfestellung die Leiter der Tage hochzuklettern.

Aber was läßt sich mit Splittern von Delirien, mit Spuren mißlungener Heldenepen anfangen?

16

Nun, Eau de Café sieht ihr Leben keineswegs so, wie das Gerücht es schildert. Sie schwört, sie sei von der Hebamme Man Doris großgezogen worden, der hätte ihre Mutter sie anvertraut, als sie sich in Panama Arbeit suchte, wo ein Kanal von gigantischen Ausmaßen gebaut wurde. »Wenn meine Mutter zurückkommt«, lag sie ihrem Lehrmeister und Liebhaber Julien Thémistocle in den Ohren, »geb ich mich nicht mehr mit einem Neger wie dir ab. Für mich bist du dann weniger als die Null vor der Zahl, ein Haufen Hundescheiße, jawohl!« Aber ihre Mutter ging in diesem spanischen Land unter, und mit der ersten Hitzewelle der Fastenzeit kam der zweite große Krieg über Grand-Anse und seine Umgebung, gerade als dem Zuckerrohr seine sorgfältig getrimmte, kurze Negerinnenkrause gewachsen war.

Man Doris, die dem Mann Julien schon seit ewigen Zeiten kein *Bonjour* mehr angedeihen ließ, obwohl seine Behausung nur zwei Schritte von ihrer Hütte entfernt war, malte mit der Herdasche todbringende Zeichen auf den Boden und murmelte dabei: »Beim Haupt dieser siebenmal verfluchten Rasse von Deutschen, die keine Tochter unseres Herrgotts ist.« Zwischen zwei Zügen an ihrer Pfeife ließ sie weiter verlauten:

»Bringt mir eine Karte mit der Gemarkung ihres Landes. Solange ich nicht die Türen zum Sonnenaufgang und zum Sonnenuntergang hin geschlossen habe, komm ich nicht weiter.«

Die Lebensmittel fingen an knapp zu werden. Die Stadtneger mit ihrer komischen Art, sich zu kleiden und zu reden, kamen zu uns aufs Land, ganz versessen darauf, ihre goldenen Ketten und Ringe gegen einen Sack Yamswurzeln oder zwei indische Hähne einzutauschen. Trotz der Schwären und der Blasen, die ihre Zehen zierten, wurden die Feldneger nicht mehr von oben herab behandelt, von wegen! Und als es auch in den Mornes kein Fleisch und kein Gemüse mehr gab und die Höfe unserer Hütten sich in die reinste Wüste verwandelten, hätte man glauben können, die Sklaverei sei wieder ausgerufen worden. In Macédoine sprach man nur von »Schweißtreiberei«, als wolle man sich damit die endlosen Ströme von Schweiß vergegenwärtigen, die in dieser Zeit vergossen wurden.

Keiner getraute sich mehr, sein Maniokmehl in der Sonne trocknen zu lassen. Die reichen Weißen schienen toll vor Wut. Man durfte keinen Pieps von sich geben, ja nicht einmal den Blick in ihre Richtung wandern lassen. Wenn sie einen heranwinkten, mußte man sofort losstürzen, denn sonst bearbeiteten sie einem das Fell mit ihrer Reitpeitsche. Und überall konnte man das Buschradio verkünden hören:

»Freunde, in diesem Land ist der Neger wieder vogelfrei.«

Der Großvater von Julien Thémistocle war der einzige, der sich nicht den Zorn der weißen Herren zuzog. Um ihm ihre Gaben zu überbringen, drangen die Leute bis tief in die Wälder des Morne Jacob vor, wo er angeblich Lanzenottern zähmte. Während ein vages Lächeln das formlose Stück Fleisch umspielte, das ihm als Mund diente, belehrte er uns:

»Der Weiße ist eine Würgerfeige. Kennt ihr die Geschichte von diesem Baum? Anfangs ist er nichts weiter als ein kleines Samenkörnchen, so klein, daß es in der flachen Hand völlig verschwindet. Ein Vogel bringt es auf dein Stückchen Land...«

»Eines Tages«, fährt er fort, »entdeckt man diesen Teufelsbaum und zerfetzt ihn mit einer Gabel. Umsonst! Es wachsen ihm tausend Köpfe nach, und blitzschnell wird ein majestätischer Baum daraus, dessen Schatten einen unwiderstehlich anzieht! Aber aufgepaßt!« schrie der Alte plötzlich, »ihr dürft auf keinen Fall einschlafen, ihr riskiert nämlich, für immer das Gedächtnis zu verlieren.«

»An einem Nachmittag«, kommentiert Eau de Café, »kam ich

dazu, wie er mit dem Baum konferenzierte. Der sagte nicht in unsern Worten, sondern in einer Art gesungenem Dialekt zu ihm: ›Väterchen, ich brauch zweieinhalb Menschenleben und ein paar Körnchen Staub, um meine volle Größe zu erreichen, und derjenige, der mich gepflanzt hat, wird nicht erleben, wie ich der Sonne die Stirn biete.‹ Der Alte hat ihm daraufhin folgendes geantwortet: ›Mein Volk hat sich in der falschen Süße deiner Arme gewiegt, wie soll es deiner Meinung nach daraus wieder erwachen? Wie soll es sich diese Last des Vergessens von den Augendeckeln schütteln?‹ Der Baum wunderte sich: ›Väterchen, seit der Zeit, als selbst der Teufel noch in den Windeln lag, hab ich die Angst betäubt. Was wirfst du mir vor?‹ Der Alte antwortete: ›Hören wir auf mit dem Palavrieren, es führt doch zu nichts. Nach meinem Tod kommt die Frau meines Enkels und wird die alten Knochen eines Guinea-Negers zu deinen Füßen verscharren, so kommen wir zusammen... ja, so kommen wir zusammen.‹«

Eau de Café, die ihm eher willig als unwillig sein Essen brachte, wäre beinahe die Kalebassenhälfte mit dem Geselchten und den Angola-Bohnen aus der Hand gefallen, als sie ein paar Tage später bei ihm vorbeikam. Sie starrte ins Schwarze seiner Augen und wagte es nicht, auch nur ein Wort zu sagen oder einen Schritt weiter zu gehen. Der Alte meinte nur:

»Du gehörst mir.«

Er paarte sich mit ihr und schlang dann, ohne zu kauen, sein Essen hinunter, die eine Hand auf dem Kopf der Kindfrau, die andere in der Kalebassenhälfte, um gleich darauf in dieser merkwürdigen Haltung einzuschlafen, in der die Congos aus Morne Capot ihre aus Farnwurzeln geschnitzten Figuren darstellten. Er schien auf eine Stelle im Wipfel eines Gummibaums zu starren, in die vor kurzem der Blitz gefahren war. Eau de Café wartete geduldig, ohne die Stunden zu zählen. Vielleicht waren es auch ganze Tage gewesen, wer weiß? Der Regen pladderte auf sie herunter. Die Mittagshitze trocknete sie wieder. Und bei Einbruch der Dunkelheit sah sie die Glühwürmchen blinken und funkeln. Schließlich tauchte der Alte wieder aus seiner Meditation auf und erklärte:

»Das Rad der Zeit hat sich weitergedreht. Ich bin immer noch da, aber ich will dir nicht mehr jede Sonne wegnehmen, die aufgeht! Geh!«

Als Eau de Café zurückkam, hatte er dem Tod bereits einen würdigen Empfang bereitet und sich selbst an der gewünschten Stelle beerdigt. Auf seinem Grab hatte er einen in unserer Gegend unbekannten Stein aufgestellt, einen Brocken, so rot wie geronnenes Blut, den sein Vater, der Sklave Thémistocle-ohne-Vornamen, von einem reinrassigen Afrikaner geerbt hatte. Eau de Café bückte sich, um ihn genauer anzuschauen. Das Dunkel legte sich übergangslos auf das Laubdach der großen Bäume. Vorsichtig strich sie über den Stein: Der war so heiß, als käme er aus dem Feuer. Sie riß zwei Cannablätter ab, wickelte ihn flugs darin ein und steckte ihn in ihren Beutel.

Die zarte Halbwüchsige erzählte Julien ihre Geschichte und bekam als Belohnung eine Tracht Prügel mit der Lianenpeitsche, gefolgt von dem Versprechen, dort ausgesetzt zu werden, falls sie es sich noch einmal einfallen lassen würde, solche Lügengeschichten zu erzählen. Als sie ihm aber den Stein zeigte, war er, wie man so sagt, völlig von den Socken, und am nächsten Morgen beim ersten Zwitschern des Pipiri-du-Jour ließ er die Nachbarschaft wissen:

»Ich muß gehen. Die Dissidenz ist doch nicht für die Hunde, oder? Frankreich, unsere Mutter, wird vom deutschen Feind besetzt, und de Gaulle bittet uns um unsere Hilfe. Ich muß es verteidigen. Wer kann sich um Eau de Café kümmern? Sie ist zwar noch ein Kind, aber lange wird's nicht dauern, dann fließt auch zwischen ihren Schenkeln das Blut. Sie kann waschen, bügeln, kochen. Ein wirklich braves Mädchen.«

Man zeigte ihm die kalte Schulter. Es zählte kaum zu seinen Gewohnheiten, sich an seine Mitmenschen zu wenden, denn die menschliche Rasse bedeutete ihm wenig. Nur Madame Doris, die Anverlobte des Teufels und Frau-für-jeden-Mann, die für jeden *Kal* (»Schwanz« in unserm Sprachgebrauch) die Beine breit machte, meinte:

»Ich hab noch Platz in meiner Hütte, mein Neger. Wenn du

zurückkommst, falls du überhaupt zurückkommst, findest du eine Frau vor, und ich versprech dir, keiner der geilen Böcke aus dieser Gegend wird ihr an die Wäsche gehen.«

Eine Sache begann mir Sorge zu machen: daß Eau de Café nicht mehr zu stoppen sein würde, daß sie an einem einzigen Tag alles, womit sie bislang hinterm Berg gehalten hatte, auf mich niedergehen lassen würde, denn ihre Geschichten zwangen mich, diese Kindheit, die ich mit großer Sorgfalt in den Tiefen meiner Seele mumifiziert hatte, unter einem neuen Blickwinkel zu examinieren. Ich bin zurückgekommen, um das verglühende Feuer meiner Erinnerung wieder anzufachen, um eine Erklärung für den Haß der Neger auf das Meer von Grand-Anse zu finden, nicht um alles durcheinanderzubringen. Wird sie mich zwingen, meine Suche anders aufzuzäumen?

Ich stehle mich davon wie ein Dieb. Rückwärts, Schritt für Schritt, damit der Fußboden nicht knarrt. Die Rue-Devant ist eine blendend helle Leuchtspur. Die Gemeindearbeiter verpassen den Mauern der Grundschule und des Rathauses einen neuen ockerfarbenen Anstrich, während ein Elektriker von Balkon zu Balkon Girlanden aus kleinen bunten Glühbirnen spannt. Ohne sich um den Verkehr zu kümmern, spuckt ein einheimisches Taxi, der »Golem«, eine Ladung von Feldnegern aus. Als letzte steigt Antilia aus; den einen Fuß auf dem Asphalt der Straße, den andern auf dem Trittbrett des Gefährts, schwatzt sie mit dem Fahrer. Die Höhe ihrer Absätze ist beeindruckend. Ihr Rock flattert im Wind und enthüllt die formvollendeten Beine einer dunkelhäutigen Mulattin. Ich halte den Atem an, ich bin nur noch ein Stück Holz, ein Splitter von einem Felsen. Meine Handflächen verwandeln sich in Eisklumpen, obwohl der Tag ein Berg von Hitze ist. Ich höre das Grollen des Ozeans. Zwei Kipper veranstalten ein ohrenbetäubendes Hupkonzert, und die Fahrer beschimpfen einander um die Wette. Antilia klettert wieder auf das Trittbrett des Busses, der sich langsam in Bewegung setzt. Ich rase los, ich spüre das Gewicht meines Körpers nicht mehr, ich fliege, ich bin leichter als Palmwedel-Zunder. Einer der Anstreicher ruft mir nach:

»He, das Wettrennen findet erst morgen statt. Du kannst wohl nicht bis zum 14. Juli warten, was?«

Der »Golem« biegt bei Ali Tanins Stoffladen ab. Dieser hat seinen Stuhl auf den Bürgersteig gestellt und lauscht einem herzzerreißend traurigen, arabischen Singsang; er lächelt jedoch und hilft mir auf die Beine, als ich über ein Loch stolpere, über das man ein Stück Teerpappe gelegt hatte.

»Seit zehn Tagen soll es gemacht werden«, sagt er, »als würde man keine Steuern zahlen. Ich werd aus dem Gemeinderat ausscheiden, wartet nur!«

Als ich wieder zu mir komme, bin ich umgeben von Strohhüten, Stimmen, Händen, Fürsorglichkeit. Mein Knöchel wird abgeklopft, mein Knie abgetastet. Ein Taschentuch wischt mir die Stirn ab. Jemand sagt:

»Si i pa ka palé, sé ki i trapé falfwèt« (Es ist der Schock, darum sagt er nichts).

»Man sollte ihn ins Krankenhaus bringen«, bestimmt eine Frau.

Keiner will mich einfach wieder gehen lassen. Ich komme mir idiotisch vor, grotesk. Wie ein dummer Junge hinzupurzeln und mich als schwächlicher Neger aus der Stadt lächerlich zu machen. Unerträglich, einfach unerträglich. Thimoléon rettet mich *in extremis*, indem er mich in unsere Destille in der Rue-Derrière zieht. Ich folge ihm wie betäubt. Er singt die Marseillaise und bewegt sich tänzelnd vorwärts . . .

»Wenn man dich in die Runde der Würfelspieler aufgenommen hat«, fängt er unvermittelt in seinem Delirium an, »heißt das nicht, daß dein Arsch in Sicherheit ist, daß die Gefahr gebannt ist. Nein! Dieser Gedanke sollte sich erst gar nicht in deinem Hirnkasten einnisten, falls du dein Leben nicht kampflos dem Schicksal überlassen willst. Du forderst damit den Tod geradezu heraus. Ihr Schweigen bedeutet keineswegs, daß sie über alles hinwegsehen. Im Gegenteil, die Spieler registrieren genau, was euch unterscheidet, und es ist ihnen sehr daran gelegen, daß du diesen Unterschied allmählich abbaust. Ein Rezept gibt es nicht, niemand kann dir sagen, wie du dich am besten verhältst. Du bist frei. Du kannst sehen, aus welcher Ecke die Gefahr kommt: Wenn du um sieben Uhr abends immer noch die Maske eines hereingeschneiten Fremden trägst, dann bist du ein toter Mann. Oder du gehst. Was auf dasselbe rauskommt. Mach dir klar, daß du das Gesicht verloren hast, daß keiner mehr den Hut lüftet, wenn du vorbeigehst, und daß du immer wieder den Ort wechseln mußt, bis die Schande in den Köpfen begraben ist. Die Neger können ein langes Gedächtnis haben, wenn's darum geht, den Groll gegen einen Bruder zu schüren. Es heißt also aufgepaßt auf deinen Körper, auf dein Fleisch. Gib deinen Bewegungen, deiner Stimme eine Form. Die Markthalle hat dir bereits gehört, als du mit offenem Hemd wieder aufgetaucht bist und die Neger von den Pflanzungen und die vom Ort sich diskret auf die Zehenspitzen stellten. Du sammelst die Würfel ein, schüttelst sie in der hohlen Hand und forderst den Blick der um den Tisch versammelten Spieler heraus (›Nun gebt mir schon, was ich von euch will, verflucht!‹), und du lancierst einen kraftvollen Wurf. Da du aber Verrat witterst, fängst du die Würfel, kurz bevor sie liegenbleiben, wieder mit dem Würfelbecher auf und reibst sie noch einmal gegeneinander, damit die Zahl sich erwärmt:

›Die Elf will ich haben! Die Elf!‹

Dieses Mal geht die Rechnung auf. Man fragt dich höflich nach deinem Namen, deiner Familie, deiner Heimat, deiner Hände Arbeit, nach allem, was man schließlich und endlich von einem andern Menschen wissen will... ICH WILL EINE COUCOUNE, JAWOOOHL, EINE COUCOUNE!«

In Tantes Laden gibt's immer weniger Kundschaft, und Thimoléon verrät mir, mehrere Lieferanten hätten einfach aufgehört, ihre Bestände aufzufrischen. Nur das Petroleum, das sie literweise für die Kocher der ganz Armen verkauft, erlaubt ihr, sich einen Anschein von Geschäftigkeit zu geben. Dafür, daß sie die Siebzig bereits überschritten hat, betätigt sie die Pumpe des Tanks noch mit einer erstaunlichen Energie. Als Beweis ihrer Zuneigung trällert sie für mich ein Lied von früher (eine Melodie von Charles Trenet), während sie mir mit ihren rauhen Fingern den Nacken streichelt.

Eau de Café möchte mir (endlich) ihr Leben enthüllen.

Als Julien den Weg der Dissidenz eingeschlagen hatte – im Klartext heißt das, als er heimlich den Dominica-Kanal überquerte, um sich den Verbänden des »Freien Frankreich« anzuschließen –, holte Madame Doris Eau de Café zu sich nach Morne-l'Étoile. Sie war Hebamme und hatte ein Herz weicher als das einer Betelpalme. Im Dorf ließen sich daraufhin die bösen Zungen nicht mehr an die Kette legen: »Glaubt diese Doris denn, unser Herrgott würde ihr all die Jahre der Sünde vergeben?« oder, »Die arme Eau de Café! Die kann nachts bestimmt kein Auge zutun. Ein Elend ist das!« Doch für Julien Thémistocle war sie weit und breit das einzige Wesen, das wirklich lebte, und das posaunte er im Hof der Destille auch laut genug heraus. Er haßte die ganze Welt: Passionise, seine Frau, die ihre gemeinsame Hütte ohne eine Erklärung verlassen hatte; Dupin de Médeuil, den reichen, einheimischen Weißen, der ihm kurz danach den Rang eines Aufsehers aberkannte, angeblich weil Thémistocle seinen Kummer in Rum ertränkte und die Pflanzung in den Ruin trieb; die Neger, die ihm vorwarfen, er habe von seinem Urgroßvater dämonische Kräfte geerbt und praktiziere allen möglichen Hokuspokus.

Als er Jahre, Jahre später aus dem Krieg zurückkehrte, war sein Vater tot und begraben, und seine Mutter lag krank und apathisch auf einer schmutzigen, mit Lumpen bedeckten Kabeljaukiste (unter der Vichy-Regierung bekamen wir keine Bettücher aus Europa geliefert) und stammelte irgendwelche Gebete. Die Welt hatte sich in der Zwischenzeit dramatisch verändert. Fahnenflüchtige hatten in den Wäldern die Stelle gerodet, wo sein Großvater sich mit der Würgerfeige vereinigt hatte, und es gab Verbotstafeln, die das Trinken aus bestimmten Quellen untersagten. Halb wahnsinnig vor Wut, stürzte Julien nach Bois-Cannelle, seinem Garten, der wie durch ein Wunder völlig unberührt geblieben war. Der kleine

Streifen, den er mit so viel und so großer Hingabe am Rand der großen Wälder angelegt hatte, war nur von Ikako- und Mimosensträuchern überwuchert. Ohne zu zögern, packte er sein nagelneues Buschmesser aus Santo Domingo, das er sich dort in der Stadt gekauft hatte, und fing an zu jäten-jäten-jäten. Er schuftete tagelang wie ein Berserker, und die Leute kamen von überallher, um dieses Phänomen zu bestaunen. Auch die Neger von Ajoupa-Bouillon hatten davon gehört und ihren Béké benachrichtigt. Dieser schickte einen Aufseher bei Julien vorbei, denn »jetzt, wo ihre Sprößlinge zur Schule gehen, will sich die Negerschaft doch nicht mehr die Hände schmutzig machen«. Julien ließ ihn gar nicht erst zu Wort kommen: Auf einer Böschung des Fond-Grand-Anse-Flusses schlitzte er ihm den Bauch auf und spuckte auf den Toten, was eine Art Bürgerkrieg auslöste. Die Neger von Ajoupa forderten Genugtuung, und man schlug ihnen (ungern, zugegebenermaßen) eine Damier-Partie vor, obwohl der Bürgermeister verkündet hatte, daß man diese unzivilisierten Vergnügungen in Zukunft nicht mehr dulden würde. Pfff! Man könnte ein Samstags-Gloria organisieren und den Klang der Trommeln mit Hilfe alter Guano-Säcke dämpfen. Die Häuptlinge der beiden Gemeinden hatten schon oft genug eine Würfel- oder Dominopartie gegeneinander gespielt, jetzt aber stand der Tod eines Mannes zwischen ihnen. Insgeheim nahmen es die Leute von Macédoine und Morne Capot Julien übel, so unnütze Scherereien zu verursachen, und das so schnell nach seiner Rückkehr. Manche hätten ihn am liebsten entmannt, damit es kein böses Blut mehr gäbe wegen dieses endlos langen Burschen, der mit seinem Blick das ganze Universum zu beherrschen schien.

Eau de Café, die sich bei Madame Doris äußerst wohl fühlte, hatte eine Vorahnung vom Tod ihres zukünftigen Mannes, und das schwärte wie eine unheilbare Wunde in ihr:

»Ich hab ihn ins Verderben gestürzt«, murmelte sie mir zu, »ich hab seine Kraft zu lange in meinem Kopf festgehalten. Das war's.«

Als Julien Thémistocles Mutter der Welt Lebewohl gesagt hatte –

so Eau de Café –, schickte ihr Sohn eine Todesanzeige an seine sieben Brüder und Schwestern, die sich aufgrund diverser Verbindungen in Moulin-l'Étang, Hauteur Bourdon und sogar noch weiter weg, in der Geisterstadt Saint-Pierre, angesiedelt hatten, wo der Gang der Frauen die geilsten Empfindungen auslöst. Diese Leute, das muß man zugeben, sind anders als die hier in Grand-Anse. Sogar ihr Händedruck ist irgendwie anders. Man organisierte eine Totenwache, die weitaus spektakulärer war als das ganze Leben der Hermancia. Die Meister des Wortes übertrafen sich in Lobgesängen auf die Verstorbene. Einer machte mit seiner gewählten Ausdrucksweise einen besonders großen Eindruck auf die Anwesenden. Er gab folgendes von sich:

»An einem strahlend schönen Morgen hat sich Mutter Hermancia auf ihrem Bett ausgestreckt und den Tod kommen lassen, da sie dem Leben nichts mehr abzugewinnen vermochte. Sie bat ihn, auf dem Kanapee Platz zu nehmen, zog ihr Totenhemd unter ihrem Lager hervor und bügelte es in aller Ruhe, während sie mit ihrem Gast Artigkeiten austauschte. Ihre Stimme war glockenhell. Und sie besaß auch nicht mehr diese schwächliche Konstitution, die uns veranlaßt hatte, von ihr als ›Hermancia, der schmächtigen kleinen Mulattin, dem Kasuarinen-Zweigchen‹ zu reden. Der Tod kriegte die Zähne kaum auseinander. Doch sie sah freudig ihrer letzten Stunde entgegen. Mutter Hermancia kleidete sich an, band ihr Kopftuch um, rieb sich mit Vetiver-Öl ein und legte sich hin, einen Rosenkranz auf der Brust, lächelnd und irgendwie stolz. Ah, meine Herrschaften, lassen Sie mich berichten von einer, die nie über andere gelästert hat, die nie Neid empfunden hat, hören Sie mir zu, spitzen Sie die Ohren. Mutter Hermancia lächelte ein letztes Mal und sagte: ›Ich bin bereit.‹ Der Tod war so gerührt, daß er murmelte: ›Du bist so lebenslustig, warum bleibst du nicht noch ein Weilchen, Frau. Ich geb dir noch drei Regenzeiten Aufschub. Was meinst du?‹ Mutter Hermancia schüttelte verneinend den Kopf, streckte sich, immer noch lächelnd auf ihrem Bett aus, schloß die Augen und wartete gelassen. Ah! Meine Freunde, hört euch diese Geschichte an . . .«

Julien schüttete weniger Alkohol in sich hinein, als er es bei ähnlichen Gelegenheiten zu tun pflegte. Er ließ die Finger vom Domino und schien das Gelächter und das Geschrei der Feiernden überhaupt nicht zu hören. Selbst die Magie der Geschichten, die das Laken der Nacht zu weben schienen, ließ ihn ungerührt. Er ging auf der Veranda auf und ab und achtete darauf, daß jeder eine gute Portion Essen und einen starken Kaffee bekam. Sein jüngerer Bruder aus einer anderen Verbindung, ein gewisser Clémentin, der der Verstorbenen zum Verwechseln ähnlich sah, nahm ihn beim Arm und zog ihn nach draußen:

»Mein Bruder, war es denn nötig, sich mit den Negern von Ajoupa anzulegen?«

»Was willst du? Diese Null von einem Aufseher mußte ja schneller als das Schicksal sein!« rief Julien.

Er stolperte im Dunkeln über einen Stein und stieß einen Fluch aus. Der Lärm der Totenwache drang nur noch wie eine ferne Brandung an ihr Ohr. Clémentin weinte.

»Mutter, sie war so...«, stammelte er.

Die Nacht wies bereits einen bläulichen Schein auf. Eine echte Märznacht.

»Was hat sie gesagt, bevor sie entschlafen ist?« fing er wieder an.

»Wie? Hab ich dir nicht schon ein paarmal gesagt, daß ich in Bois-Cannelle war und für meine Yamswurzeln Gräben aushob, als es passierte? Sie sind raufgekommen, um mich zu holen, aber ich hab mir gesagt, sie ist tot und bleibt tot, ich kann also genauso gut hier erst fertigmachen. Hättest du doch wohl auch so gemacht, oder?«

»Schon...«, räumte Clémentin mit matter Stimme ein, »unsere Mutter war ein guter Mensch, so ein guter Mensch...«

»Gehen wir. Es dauert nicht mehr lange, dann fangen die Lerchen an zu singen.«

Den Rest der Nacht stocherte Julien mit einer umgebogenen Sicherheitsnadel in den Abszessen an seinen Füßen herum, ohne sich im geringsten um das Treiben der Trauergäste zu kümmern.

Schließlich und endlich stellten die erschöpften Gäste den Sarg auf ein zwischen zwei Bambusstangen gespanntes Tuch, und die über das Geröll tänzelnden Träger lösten sich auf dem Weg zum Friedhof von Grand-Anse wie bei einem Staffettenlauf mehrere Male ab.

Sechs endlose Trockenzeiten waren ins Land gegangen, seit Julien aus dem Krieg zurückgekehrt war, und es war ihm offensichtlich noch nie in den Sinn gekommen, nach Morne-l'Étoile hinaufzusteigen. Die Gesichter um ihn herum wurden immer vorwurfsvoller, aber nach dem Vorfall mit dem Neger aus Ajoupa brachte niemand den Mut auf, ihn an seine Pflicht zu erinnern. Auf seiner Kommode, einem Erbstück von seiner Mutter, hatte er das Porträt von Papa de Gaulle aufgestellt, und die Alten wie die Jungen warteten nur darauf, daß er sich endlich auf den Weg machte, damit sie sich hinter seine Behausung schleichen und durch das halboffene Fenster hindurch den Mann erspähen konnten, der uns vor dem Untergang bewahrt hatte. Doris hingegen mied Macédoine wie der Teufel das Weihwasser und nahm jedesmal, wenn sie in Grand-Anse zu tun hatte, einen Riesenumweg über Fond Massacre in Kauf. Eines Tages mußte sie dann doch zu einer Entbindung herunterkommen, und bei dieser Gelegenheit hagelten die Fragen nur so auf sie.

»Und wie geht's der Kleinen? Warum hast du sie nie mitgebracht, hmm?«

»Eau de Café?« wunderte sie sich nicht ohne Bosheit. »Aus der hab ich eine richtige junge Dame gemacht! Zweimal in der Woche lernt sie bei einer Schneiderin in Trinité, wie man Kleider näht, und ihr solltet erst mal ihr Französisch hören, *Messieurs et dames*!«

»Dann hast du wohl bald ausgedient...«, bemerkten die Matronen mit Zungen so scharf wie die Stachel der Honigbienen.

Achselzuckend ging sie wieder weg, mußte aber noch dreimal in diesem Monat zurückkommen. Beim letztenmal posaunte sie heraus:

»Der Mann Thémistocles hat mich gebeten, ihm zu sagen, wie es mit ihr weitergehen soll. Nachher geh ich zu ihm rauf...«

Und nachdem die Leute aus dem Ort ihre diversen Leiden vor ihr ausgebreitet hatten, nahm sie dann auch tatsächlich den Weg nach Bois-Cannelle, den man durch das Unterholz hindurch kaum erahnen konnte. In dem Hof mit dem gestampften Lehmboden, der zu seiner Hütte gehörte, rief sie:

»Heh, Neger, wo bist du, Neger!«

Nichts rührte sich. Sie riskierte einen Blick durchs Fenster, aber es war viel zu dunkel in der Hütte. Sie konnte die merkwürdige Tapisserie aus den Konterfeis von Schauspielerinnen erkennen, die er aus Fotoromanen ausgeschnitten hatte und die offensichtlich dazu diente, die von Holzwürmern zerfressenen Trennwände zu kaschieren. »Vielleicht ist er zur Quelle von Fourniol gegangen«, dachte sie, »ich warte einfach ein Weilchen.« Auf der einen Seite der Hütte hatte er sich eine rudimentäre Küche aus Bambus konstruiert, in deren Mitte ein von drei Steinen geschütztes Reisigfeuer schwelte: Sie bemerkte, daß einer ungewöhnlich rot war, und fragte sich, zu welchem Zweck er wohl diente. Da der Tag bereits anbrach und er immer noch nicht in Sicht war, machte sie sich wieder auf den Weg, um so schnell wie möglich diesen Ort hinter sich zu lassen, der ihr plötzlich äußerst unheimlich erschien. Hatte er vielleicht einen Pakt mit dem Teufel geschlossen, war er ein Neger, der mit der linken Hand arbeitete, so wie sein Großvater, der Lanzenottern gezähmt hatte? »Aber warum hat er mich dann hierherbestellt, angeblich wollte er von mir etwas wissen, was Männer gewöhnlich nicht wissen können?« Sie rannte beinahe und zerkratzte sich Arme und Beine an Ästen, die so aussahen, als wollten sie sie erwürgen. Am Ende des Pfades erwartete sie Thémistocle, der vierte dieses Namens, und versperrte ihr mit verschränkten Armen den Weg. Sie kriegte es mit der Angst zu tun.

»Es war doch heute, oder?... Du hast doch heute gesagt, Mann?«

»Zieh dich aus, Negerin«, befahl er ihr frostig.

»Was soll das?«

»Mach schon, oder ich muß dich dazu zwingen. Los, beeil dich!«

Doris blickte verstohlen um sich, vergeblich nach einem Fluchtweg suchend ... »So, und da gibt es zwei Versionen«, erläutert Eau de Café, »die ich dir beide gerne erzähle. Nach der einen hat sie die Arme waagrecht ausgestreckt und etwas auf afrokreolisch gesagt. Ihr Körper erstrahlte in einem blendend hellen inneren Licht, das sie wie eine sturmgepeitschte Baumkrone hin und her schwanken ließ, und dann flog sie davon, während Thémistocle wie vom Donner gerührt dastand. Und an die glaube ich«, meint Eau de Café. »Nach der anderen Mär, die, wie du dir denken kannst, die geläufigere ist, soll sich die Frau mit Tränen in den Augen langsam ausgezogen und ihren Henker dabei angefleht haben: ›Ich könnte deine Mutter sein. Als sie mit deinem Vater zusammenzog, war ich neunzehn. Du solltest meinen Leib ehren und respektieren!‹«

Tatsächlich war sie gerade über das Alter hinaus, in dem eine Frau Blutungen hat, und ihr Körper war so fest wie der eines jungen Mädchens. Ihr Hintern war für jeden Mann mit einem gesunden Appetit von einer traumhaften Dimension, und ihre Coucoune war ein schwarzer Schlund, benetzt von einem berauschenden, kristallklaren Sekret. Doris zog sich also splitternackt aus und beobachtete dabei Thémistocle. Die kühle Abendluft versetzte ihr einen kräftigen Klaps. Als dieser seinerseits die Kleider abgelegt hatte, wurde ihr klar, was sein Geheimnis war, warum er sich den Frauen gegenüber so herausfordernd verhielt. Sein Schwanz wies nämlich eine beeindruckende Länge auf, zwei Meter oder mehr, die er unendlich vorsichtig um ihre Taille ringelte. Fasziniert von diesem riesigen Tier, hörte die Engelmacherin plötzlich auf zu wimmern. Danach verspürte sie einen frevelhaften Schwindel in ihrer Coucoune, im Loch ihres Hinterns, in den Ohren, im Mund und in der Nase, also überall dort, wo das Tier in sie eindrang und eine Salve der Lust von der Farbe einer Zuckerrohrrispe abfeuerte, bis sie schließlich ganz davon bedeckt war, und da, wo sie lag, einschlief, um erst am nächsten Mittag wieder aufzuwachen. Die Fahrer der Bananenlaster entdeckten sie in ihrem seltsamen Kokon. Mit einem stutenhaften Grinsen auf den Lippen lief sie zum Fluß, um das Zeug abzuwaschen, dabei skandierte sie:

»THÉ-MIS-TO-CLE!«

Im Lauf des Tages stieg sie wieder nach Morne-l'Étoile hinauf, packte ihre gesamte Habe in Pappkartons und ließ auch nicht eine einzige Nadel zurück. Dann schnappte sie sich Eau de Café und stürzte nach Bois-Cannelle hinunter, wo sie mit dem Neger Thémistocle in wilder Ehe zusammenlebte. Das Dorf wurde von den unglaublichsten Gerüchten erschüttert, von fettem Gelächter, Schreien des Entsetzens, Beschwörungen eines himmlischen Strafgerichts und ähnlichem. Der alte Geffrard, der in dem Ort Sainte-Marie die Post austrug, einer der wenigen, der des Lesens kundig war, wiederholte bis zum Überdruß:

»Was die braucht, steht im Katechismus von Papst Leo. Ihr werdet schon sehen, diese Schweinigeleien werden bald ein Ende haben, hoho!«

Marraine lauert darauf, daß ich Antilias Namen ausspreche. Sie hat die Augen halb geschlossen und fingert nervös an ihrem Chrysokalkring herum. Sie weiß, daß ich nicht zurückgekommen bin, um mir dieses Hinundher-versteh-es-wer-es-will ihres Lebens oder die Obsessionen des Herrn Thimoléon erzählen zu lassen. Aber sie hat keine Ahnung von der Unendlichkeit meiner Geduld und wartet beunruhigt auf eine Explosion. Ihr ist klar, daß ich rein gar nichts von dieser Erklärung halte, die sie mir damals, als ich in Frankreich studierte, mit schöner Regelmäßigkeit in ihren Briefen anbot:

»Aus unsrer Seele in Not ist eine große Dame geworden. Noch in dem Jahr, als Du zu Deinen Eltern nach Fort-de-France gezogen bist, hat sie dank der Privatstunden beim Rektor ihr Diplom gemacht und wurde dann, wie man mir sagte, Sekretärin eines bekannten Rechtsanwalts. Danach ist sie nach Paris gegangen, wo sie in einem Modeatelier arbeitet.«

An der Wand hält die Familie, sorgfältig gerahmt, in schwarzen Anzügen oder Krinolinenroben gestrenge Wacht über den kleinen Raum, der viel zu ordentlich ist, um gemütlich zu sein. Aber ihr erstarrtes Lächeln hilft mir nicht weiter; ich will das Ganze verstehen. Man hatte mir damals, als das Drama sich abspielte, gesagt: Das Meer ist schuld! Und ich bin losgerannt und hab ihm ins Gesicht gespuckt. Ich hab es wie ein ganz gewöhnliches Muli mit Fußtritten traktiert und bin dann wieder zu meinen Spielen zurückgekehrt. Mein Schmerz konnte sich noch nicht in Worten ausdrücken. Er hat sich in einem Winkel meines Körpers zusammengerollt, wo er nur den richtigen Augenblick abpaßte, um wieder hervorzuschießen. Davor hatte ich eine Heidenangst, und als der Name Antilias dann anfing, mir, einem in der Pariser Frostigkeit verlorenen kreolischen Studenten, gegen die Schädeldecke zu hämmern, wurde mir klar, daß ich nach meiner Rückkehr in die Heimat alles daransetzen mußte, um dieses Geheimnis zu ergründen, denn sonst wäre ich verloren.

17

Das Geheimnis eines Marrons namens Julien Thémistocle

Für uns, die eingeborenen Einheimischen, war der Marktflecken Grand-Anse der Mittelpunkt des Universums. Zwar träumten wir von anderen Orten, von En Ville, von Frankreich, Syrien oder Indien, und diejenigen, die schon Reisen unternommen hatten, träumten von Panama oder Amerika, aber die meisten von uns hatten doch ihre Zweifel, ob diese wunderbaren Länder (ausgenommen das schreckliche Afrika-Guinea, das wir in die hinterste Ecke unseres Innern verbannt hatten) tatsächlich existierten. Gab es dort auch wie bei uns eine Sonne, die aufging-hochstieg-unterging? Und wurden ihre Bewohner wie wir von Gefühlen wie Liebe, Haß, Reue gebeutelt? Wir waren uns da keineswegs sicher. Den Fabulationen von Leuten, die eine Reise gemacht hatten, lauschten wir mit einem ziemlich skeptischen Ohr und versuchten, in ihrem Blick dieses plötzliche Aufblitzen zu entdecken, das uns verriet, daß sie sich über uns lustig machten. Am ungläubigsten von allen war natürlich Eau de Café, eine Matadorin, die mit ihrem Mundwerk selbst die beiden Häuptlinge von Grand-Anse, insbesondere aber Major Bérard, vor versammelter Mannschaft als Lügner bloßstellte. Solange es sich nur um Banalitäten handelte, kam sie mit einem Schwung Drohungen oder einer Ladung Flüche davon, die meistens auf Kosten ihrer Mutter, der schönen Franciane gingen. Kritisch wurde es für sie jedoch an dem Tag, als sie die Unverschämtheit bewies, sich über Bérard, der als großer Frankreichexperte galt, lustig zu machen. Dazu muß man sagen, daß der Kerl seinen Ruf (und seinen Herrschaftsbereich) der Aura verdankte, die jeden Neger umgab, der, wie es damals hieß, »Frankreich gemacht hatte«. Wann diese außerordentliche Begebenheit stattgefunden hatte, wußte keiner so genau, da man den Herrn Bérard immer nur übers Land ziehen und alten Krempel verkaufen sah, nach dessen Herkunft ihn niemand zu fragen wagte, bis er schließlich genug zusammengekratzt hatte, um sich ein Sammeltaxi zu kaufen. Seine Taschen waren jedenfalls immer prallvoll mit Scheinen und Klimpergeld, das er nach Lust und Laune verteilte, um seine Macht zu demonstrieren. Auf diese Weise hatte er sich die Neutralität der Schlägertypen erkauft, die ihm ohne weiteres sein Terrain hätten streitig machen können, sich aber als geborene Tagediebe lieber auf seine zwei Francs fuffzig an Almosen verließen, um sich über Wasser zu halten.

Bérard, ein eifriger Besucher des Gemeindesaals, und in Schwarzweißfilmen beinah ebenso beschlagen wie sein Rivale Thimoléon, behauptete, die Landschaften auf der Leinwand wiederzuerkennen, da er jahrelang dort gelebt habe. Daß das Monument Valley nicht im Zentralmassiv lag und der Amazonas nicht durch Elsaß-Lothringen floß, fiel dabei nicht weiter ins Gewicht, denn alles war Frankreich, und wehe dem Unvorsichtigen, der es wagte, das Gegenteil zu behaupten. Ihm drohte ein Schnitt mit dem Rasiermesser quer über die Pobacken oder ein Halsschnitt, der ihn über die anderen Zuschauer purzeln ließ, wobei die wurmstichigen Stühle vollends zu Bruch gingen, Stühle, die der Abbé nie hatte reparieren lassen, obwohl ihm diese Filmvorführungen ein Vermögen einbrachten. Zwei ganze Reihen waren einmal kaputtgegangen bei einer wahrhaft grandiosen Schlägerei, die ein unschuldiger Bengel ausgelöst hatte, als er, stolz auf seine Leseerfahrung, den Häuptling berichtigte, der voll Begeisterung ausrief:

»Zôt wè lanmanyè Pari bidjoul, éfray! (Da, habt ihr gesehen, was für eine tolle Stadt Paris ist, Freunde!)

»Das ist nicht Paris, Monsieur. Da steht New York drunter, jawohl...«, bemerkte ein zartes Stimmchen.

Der Schauplatz wurde Diên-Biên-Phu getauft. Die Gendarmerie zählte fünf ausgeschlagene Augen, drei demolierte Gesichter und entsprechend viele kaputte oder ausgeschlagene Zähne. Die Vorführung wurde gestoppt, und der Saal leerte sich in der allgemeinen

Verwirrung ganz von selbst. Ein Friedhof der Stühle, verflucht! Von dem Tag an wagte niemand mehr zu grinsen, wenn unser Mann behauptete, an der Côte d'Azur Judy Garland den Hof gemacht oder in einem Café in Belleville Eddie Constantine mit seiner eisernen Faust besiegt zu haben. Die Jahre vergingen, und Bérard festigte seine Position als unbestrittener Herrscher der Rue-Derrière, von Redoute, Fond Massacre und anderen weniger bekannten Orten. Die Spitzbuben fuhren ausschließlich mit seinem »Golem«. Den Leuten entrang sich deshalb ein leises Stöhnen, als Eau de Café, eine frisch zugezogene Hinterwäldlerin, die mit den Sitten und Gebräuchen des Ortes noch nicht vertraut war, ihn mit ihrer Frage offensichtlich in die Enge treiben wollte:

»Sag mal, Neger, in welchem Monat vom Jahr fällt eigentlich Schnee?«

Von diesem hinterhältigen Angriff völlig überrascht, verhedderte sich Major Bérards Zunge hoffnungslos in seinem Mund. Ein Zittern bemächtigte sich seiner Hände, und manche behaupten sogar, sie hätten gesehen, wie sich das Weiß seiner Augen rot verfärbte. Gewöhnlich stellte man ihm nur äußerst unpräzise Fragen, die in einem bewundernden Murmeln untergingen, oder man ließ ihn einfach stundenlang drauflosreden. Da seine Haut aufgrund einer Pigmentstörung etwas heller geworden war, hatte er behauptet, ein Schwarzer könne weiß werden, wenn er sich nur lange genug im Schnee wälze. »Genau wie ein Weißer beinahe schwarz wird, wenn er zu lange in der Sonne bleibt«, fügte er hinzu, um die Ungläubigen zu überzeugen.

»Wenn ich meine Rasse hätte verraten wollen, glaubt mir, dann hätte ich mich einfach etwas länger im Schnee gerollt! Aber ich bin nicht wie ihr, ich schäme mich nicht meiner schwarzen Haut. Zugegeben, Schwarz ist nicht gerade die schönste Farbe, aber wenn der Herrgott uns so erschaffen hat, Freunde, warum sollten wir sein Werk kritisieren? Gut-gut, manchmal denk ich auch, er hätte allen die gleichen Haare, die gleiche Nase, die gleiche Hautfarbe geben können, dann würden die Leute nicht so brutal aufeinander herumhacken. Die Weißen könnten den Schwarzen nichts vormachen, die Mulatten könnten nicht auf die Inder herabschauen, und die Syrer würden nicht von allen als eine Rasse von Drecksäuen angesehen werden. Wäre nicht drin! Und dabei haben wir hier in Grand-Anse noch das Glück, daß es bei uns keine Chinesen gibt; wer sich in En Ville auskennt, der sieht, wie sie in ihren Läden jeden Sou zusammenkratzen, und natürlich nehmen sie es von den blöden Negern, die sich noch groß wundern, wenn Monsieur Wong über ihre nackten Füße die Nase rümpft.«

Wenn Eau de Café es gewagt hatte, Major Bérard in die Bredouille zu bringen, dann nur, weil sie aus reinstem Zufall dem Geheimnis dieses Negers-der-Frankreich-gemacht-hat auf die Spur gekommen war. Auf der Suche nach ihrem Hausmädchen, der Ausreißerin Antilia, wanderte sie häufig um die Mittagszeit durch die Gassen des Orts. Auf Zehenspitzen, um die Leute nicht beim Mittagsschlaf zu stören, und an den Kreuzungen rief sie nur mit flüsternder Stimme den Namen des jungen Mädchens. Eines Tages stieß sie dabei auf Major Bérard, der vom Balkon eines verlassenen Hauses auf das Domizil der Féquesnoys blickte. Das erste Mal ging sie einfach weiter; da sie aber eine geborene Schnüfflerin war, wollte sie doch wissen, was den Guinea-Neger so sehr interessierte. Klaviergeklimper, beschwingte Klänge, die die Brise zu ihm herüberwehte, stiegen aus dem rotgepflasterten Patio des Maître Féquesnoy, eines Notars von großem Ansehen und ehrenamtlich erstem Stellvertreter des Bürgermeisters. Er ging darin pausenlos auf und ab und las seinen beiden Töchtern mit lauter Stimme aus einem Buch vor, während die Mädchen auf ihren Liegestühlen ruhten. Die Älteste und dank ihrer unendlich langen Haare und schmachtenden Augen auch die Schönste beugte sich über ein Klavier, ein Instrument, das weder Eau de Café noch Major Bérard je in natura gesehen hatten. Nachdem sie es sich zur Gewohnheit gemacht hatte, hinter dem Rücken des Majors ihre Position zu beziehen, überkam Eau de Café bei der Vorstellung, doppelte Spionage zu betreiben, jedesmal ein heimliches Triumphgefühl.

Die Negerschaft hatte noch nie die Ehre gehabt, von der Familie

Féquesnoy empfangen zu werden. Hochzeiten und Geburtstage wurden im geschlossenen Kreis der wenigen großen Mulattenfamilien gefeiert, was die Phantasie der Leute, die zugegebenermaßen alle vom Neid angefressen waren, erst richtig anheizte. Dachine, der Müllmann der Gemeinde, beteuerte, der Notar würde bei seinen Töchtern den Ehemann spielen, seit seine sehr viel jüngere Gattin von einem Süßholzraspler aus der Stadt entführt worden war. Gingen sie nicht alle drei Hand in Hand und gesenkten Blikkes zur Messe, begleitet von ihrem Vater, der als Anstandsdame fungierte? Ali Tanin hingegen zeigte sich von dem jungen Fleisch zutiefst angewidert, das, wie er meinte, durch die Abgeschlossenheit und die Hitze schon zu abgehangen sei. »Die Älteste hat zwar noch einen Restposten an Schönheit«, fügte er hinzu, »aber wie lange noch? Vergeßt nicht, daß die Mulattin, die im Gegensatz zur Negerin als wahrer Engel geboren wird, schnell altert und sich um die vierzig herum in eine wahre Xanthippe verwandelt, während die Negerin mit zunehmendem Alter immer verführerischer wird. Auch eines dieser Mysterien, für die es keine Erklärung gibt!« In Grand-Anse wurden die Töchter des Notars übrigens nie bei ihrem Namen genannt. Man sagte einfach, »die drei Féquesnoy-Damen«, als würden sie nur im Plural existieren. Hier erinnerte sich noch ein jeder an die Heiterkeit des Notars, als ihm Thimoléon in seiner hochdekorierten Uniform aus dem Krieg von vierzehn-achtzehn seine Aufwartung machte und um die Hand einer Tochter anhielt. Féquesnoy hatte ihn auf der Türschwelle empfangen und ihm ungerührt geantwortet:

»Aber, mein Lieber, meine Töchter sind nicht für dich. Ich hab sie für Frankreich-Weiße aufgehoben. Außerdem hast du ja beinah mein Alter.«

»Ich würde jede von ihnen nehmen... auch die letzte, die Kleine, die schielt...«

Daraufhin zog der Notar vor allen Leuten einen kleinen Kamm aus der Tasche und tat so, als würde er sich kämmen.

»Du bist ein netter Kerl, Thimoléon«, fuhr er fort, »aber ich möchte keine Enkelkinder mit Stacheldraht auf dem Kopf. Der

Kamm muß, ohne darin hängenzubleiben, durch das Haar gehen, und mit einem Neger wie dir wär' ich da schlecht bedient.«

Da die Frankreich-Weißen im Norden der Insel äußerst rar waren, rutschten die drei Féquesnoys allmählich immer tiefer in ein Ledigendasein ab, ohne sich anscheinend groß dagegen zu wehren, denn nie hörte man wütendes Gekreische aus ihrem Haus kommen. Bald gingen sie auch nicht mehr auf die Straße, und die Leute vergaßen allmählich, daß es sie noch gab. Zugezogene wie Eau de Café hatten sie kaum jemals zu Gesicht bekommen. Nur ein einziges Wesen verzehrte sich nach ihnen – nach allen drei gleichzeitig, aber mit einer Vorliebe für die Älteste mit dem unnahbaren Gesichtsausdruck –, ein Neger mit großen Zehen, ohne Schulbildung und ohne Erziehung, der mit Diebesgut gehandelt hatte, bevor er sich als Fahrer eines Sammeltaxis eine Art Pseudorespektabilität verschaffte: Major Bérard. Sein Gesetz galt in mehreren Ortsteilen, vor allem aber auch in dem, wo sich der Wohnsitz der Féquesnoys befand. Sein Hofstaat aus Schmeichlern behauptete, die beiden gefürchtetsten Burschen von ganz Martinique seien der berühmte Bec-en-Or aus Fort-de-France, der sein ganzes Gebiß durch Goldzähne hatte ersetzen lassen, und der Fahrer des »Golem«. Wenn man es wagte, den Namen von Julien Thémistocle zu erwähnen, zuckte Major Bérard die Schultern und erklärte:

»Ich bediene mich nur natürlicher Mittel.«

Was aber ihre Bosheit betraf, so standen die beiden einander in nichts nach. Major Bérard hatte seine Sündenböcke, und der Tag war ihm verdorben, wenn er René-Couli keinen Faustschlag verpassen oder Bogino nicht zu irgendeinem Blödsinn verleiten konnte, der ihn dann dem Hohn und Spott der Leute aussetzte. Keiner im Ort sprach so gutes Küchenarabisch wie er, und in Syrers Laden bediente er sich einfach, ohne daß dieser zu protestieren wagte. Es sah ganz so aus, als würde er beim Besitzer des Palasts des Orients den Zehnten kassieren. Brauchte er ein Khakihemd, eine Hose für den eleganten, weltläufigen Schwarzen oder auch nur ein Stückchen Stoff für eine seiner vielen Mätressen, so war das immer ein Anlaß für einen großen Auftritt.

»He, Syrer! Maktoub nilsam adjamlik! Dein Flanell, wo ist das rosa Flanell, das ich gestern nachmittag gesehen hab? Talham yeddoum bouzhaf iskanhoum!... Los, hol die Schere, Alter, setz deinen Arsch in Bewegung. So, und jetzt schneidest du mir vier Meter davon ab, und versuch ja nicht, mich übers Ohr zu hauen. Allahramnèk nilfaz nkoutayeb!...«

Ohne eine Miene zu verziehen oder auch nur die Stirn zu runzeln, beeilte sich Syrer, seinen Wünschen nachzukommen; dazu machte er noch tausend höfliche Verbeugungen, die den großen Häuptling aber eher zu reizen schienen. Es dauerte eine Weile, bis man begriff, daß das die beste Taktik war, um die Freibeuterei des Major Bérard einzudämmen. Hätte Syrer auch nur ein Wort des Protestes geäußert, dann wäre er über den ganzen Palast des Orients hergefallen. Im übrigen wurden Bérards Hold-ups immer maßvoller, je mehr Ali Tanin sich dem Mannesalter näherte. Nicht weil er Angst hatte vor Syrers Sohn, der alles andere als ein Draufgänger war, sondern weil er befürchtete, eines seiner Küken, vor allem eines der jüngeren, könne sich von den grünen Augen des syrischen Bastards und seinen zuckersüßen Worten verführen lassen.

Die mysteriöse karibische Herkunft des Häuptlings, der er seine hervorspringenden Backenknochen, seine schrägen Augen und sein gewelltes Haar verdankte, hatte schon viele neugierig gemacht, insbesondere seine eigene Mutter, eine großspurige Negerin von einwandfreier Herkunft, die sich nicht daran erinnern konnte, je mit einem dieser äußerst seltenen Exemplare der Menschheit gesündigt zu haben. Bei seiner Geburt hatten ihr die amerindischen Gesichtszüge ihres Sprößlings glatt die Sprache verschlagen, und sie machte sich Vorwürfe, so lange am Fluß Wäsche gewaschen zu haben, bis die Wehen sich ihres Unterleibs bemächtigten. Sie hatte den Ratschlag ihrer Großmutter beherzigt und sich anstelle des Wäschebündels, das sie am Wegrand liegen ließ, einen flachen Stein auf den Kopf gelegt. Das ermöglichte es ihr, in aller Ruhe zu ihrer Behausung zurückzukehren, ein Liedchen von schmachtender Süße auf den Lippen, das die Zustimmung der Amseln fand, die in der Dachrinne ihr Gebet verrichteten. Das Kind kam genau in dem Augenblick zur Welt, als der Mond in seiner vollen Rundheit über dem Morne-l'Étoile aufging, und die Frau verspürte ein überwältigendes Bedürfnis, ihm dieselben unverständlichen Worte ins Ohr zu murmeln, die sie schon ihre Mutter und ihre älteren Schwestern im Wochenbett stöhnen gehört hatte, Worte aus grauer Vorzeit, deren Bedeutung sie sich nie bemühte herauszufinden. Diese Worte oder besser dieser Schrei – ein kurzer, rauher Schrei, der das Himmelsgewölbe zu spalten und an den Sternen abzuprallen schien – hörte sich an wie »Anakalinoté«. Anakali, wie man ihn infolgedessen nannte, war schon sehr früh kaum zu bändigen. Mit zwei Jahren biß er eine Schlange tot, im Jahr darauf starrte er seinem Vater beinahe eine ganze Minute lang direkt in die Augen; mit zehn hatte er schon sein eigenes Buschmesser und versuchte, selbständig kleine Aufträge an Land zu ziehen, bei denen er mehr, als er selbst essen konnte, mit nach Hause brachte. Die Leute nahmen ihm nichts übel, denn, so murmelten sie, indem sie sich abwandten:

»Er ist ein echter Kariben-Neger!«

Weder seine Mutter noch sein Vater noch die Gendarmen zwangen ihn, zur Schule zu gehen. Er begleitete jedoch seine Geschwister dorthin, drang aber nie bis auf den Schulhof vor (allerdings behaupten manche auch das Gegenteil). Den ganzen Tag stromerte er in den Wäldern herum und kam an Stellen, wohin ihm niemand zu folgen wagte, immer von dem Instinkt seiner Rasse geleitet. Er grub wilde Yamswurzeln aus, schlug kleine Figuren in die Felsenkathedralen, die der Vulkan zu Anfang dieses Jahrhunderts ausgespuckt hatte, ernährte sich von undefinierbaren, furchteinflößenden Tieren. Und im September betete er dort zu dem Gott Hurakan, dem Erzeuger von Wirbelstürmen, die die Welt verwüsteten. Die herausgerupften Hütten, die ausgeweideten Gärten, die verbogenen Bäume, die ertrunkenen Haustiere entlockten dem Kariben-Neger ein so fürchterliches Lachen, daß einem das Blut in den Adern gerann. Ohne daß man genau wußte, warum, schlug er dann doch im Lauf der Jahre den Pfad gewöhnlicher Sterblicher ein. Wie alle andern arbeitete er auf den Zuckerrohrfeldern und ließ am Samstag seinen Lohn in den Rumdestillen oder bei den jungen Damen, die von seinem gewellten Haar und seinen mandelförmigen Augen magisch angezogen wurden. Wirklich populär wurde er, als ihn drei weiße Archäologen von Kopf bis Fuß vermaßen und anschließend von allen Seiten fotografierten. Sein Foto erschien sogar in einer Zeitschrift der Hauptstadt. Mit Dreißig ließ er sich in der Gemeinde Grand-Anse nieder, wo er sich als grimmiger Major seinen Herrschaftsbereich absteckte. Sogar Thimoléon, dem Tischler, nötigte er Respekt ab, obwohl dieser über eine sehr viel größere Erfahrung verfügte als er, und sie einigten sich über die Grenzen ihrer respektiven Machtbereiche. Seine Mätressen legten zusammen, damit er sich einen Dodge kaufen konnte, den er in ein Sammeltaxi umwandelte und als ausgemachter Kinoexperte »Golem« taufte.

»Ich betätige nie die Bremse, meine Herrschaften, wenn es bergab geht«, ließ er seine Fahrgäste vor dem Einsteigen wissen, »wer Angst um sein Leben hat, steigt besser aus, verflucht!«

Eau de Café gegenüber hatte er immer eine gewisse Hochachtung bewiesen, obwohl sie nicht zu seiner Klientel zählte (sie gab dem »Henker des Nordens« den Vorzug, der die besseren Leute beförderte). Der Kariben-Neger blickte deshalb ziemlich betreten drein, als er entdeckte, daß sie ihn monatelang dabei beobachtet hatte, wie er seiner heimlichen Liebe für die Älteste der Féquesnoy-Schwestern frönte. Er trat von dem Balkon des verlassenen Hauses zurück, von dem aus er den Innenhof des Mulatten beobachtete, stolperte über altes Mauerwerk und zerbrochene Fensterscheiben, die auf dem Boden herumlagen, und blieb dann wortlos mit gesenktem Kopf vor Eau de Café stehen.

»Ich mag die Musik, die sie da auf ihrem Klavier spielt«, murmelte Eau de Café.

»Kann ... kann ich verstehen, ihre Hände sind wie ... wie die Flügel eines Kolibris ...«

»Obwohl es Musik von Weißen ist!«

»Sie kennt keine Freude, auf ihrem Gesicht steht immer Trauer ...«, fuhr Major Bérard fort.

Sie gingen im Halbschatten der Gassen wie zwei Menschen, die sich schon sehr lange kannten, obwohl sie gerade erst Freunde geworden waren. Und beide fühlten sich leichter und williger, die Ungerechtigkeit dieser Welt zu ertragen, ja sogar darüber zu lachen. Er erzählte ihr, wie ihm sein erster und letzter Lehrer für immer die Lust an Büchern genommen hatte: Er hatte ihn dabei erwischt, wie er mit seinen Klassenkameraden kreolisch sprach und ihn dazu verdammt, *Andromache* auswendig zu lernen. Jeden Morgen mußte er vor der Unterrichtsstunde dem Lehrer eine Szene aus diesem Theaterstück vortragen und hatte deshalb am Ende des zweiten Aktes für immer das Weite gesucht (so erklärt sich die Legende, er habe nie eine Schule besucht). Und sie erzählte ihm von ihrer leidenschaftlichen und chaotischen Beziehung zu dem Marron Julien Thémistocle, der ihre Mutter Franciane zu Tode vergewaltigt hatte, doch das lag schon so lange zurück, daß man die Geschichte in der Zeit der Sklaverei ansiedelte, obwohl sie sich gute sechzig Jahre nach der Befreiung abgespielt haben mußte. Er gab zu, ihm manchmal in den großen Wäldern begegnet zu sein, Begegnungen, bei denen sie sich einfach nur ihr gegenseitiges Einvernehmen signalisierten.

»Du weißt ja, zwei männliche Einsiedlerkrebse leben nie im selben Loch«, bemerkte er. Er nahm Eau de Café das Versprechen ab, sein Geheimnis nicht auszuplaudern, denn Man Léonce oder ein anderes Tratschweib von ihrem Kaliber brauchte nur einmal Lunte gerochen zu haben, und ganz Grand-Anse würde sich über ihn lustig machen.

»Soll ich denn dem Fräulein Féquesnoy etwas von dir ausrichten, mein Alter?«

»Nein... nein, aber trotzdem vielen Dank«, versetzte er mit rauher Stimme. »Sie liebt einen andern...«

Und er schlich sich auf den Zehenspitzen davon, um die Leute nicht bei ihrer Siesta zu stören.

18

Der einheimische Weiße Honoré de Cassagnac hatte sich in seinen Jugendjahren, also kurz nach dem ersten großen Krieg, geweigert, seine Kusine ersten Grades zu heiraten, was auf der ganzen Insel für Aufregung sorgte. Die bekanntesten Vertreter der Kaste begaben sich nach Grand-Anse, um ihn zur Raison zu bringen, aber der Bursche schlug ihre Appelle einfach in den Wind. Er hatte sich schon immer durch ein ungestümes Temperament ausgezeichnet und die Einsamkeit kultiviert, abgesehen von seinen Eskapaden auf den Gemeindefesten, wo er mit den Farbigen beim Serbi-Spiel die Würfel rollen ließ, oder den Totenwachen, die es ihm ganz besonders angetan hatten. Die schwarzen Geschichtenerzähler schienen eine große Faszination auf ihn auszuüben, und man wunderte sich deshalb nicht über die bevorzugte Behandlung, die er ihnen auf seiner Pflanzung angedeihen ließ. Es gab nur einen, der als sein erklärter Feind gelten konnte: der Marron Julien Thémistocle.

»Sie sind sich einfach zu ähnlich, die beiden!« tuschelte man sich jedesmal zu, wenn er sich auf den Wink eines Halunken hin auf sein wundervolles Reitpferd Icarus schwang und mit seiner doppelläufigen Flinte durch die Wälder galoppierte, um sich diesen Banditen vorzuknöpfen, dessen zahlreiche Vorstöße in sein Gebiet ihm allmählich lästig wurden.

Aber ob er sich nun unter seinesgleichen oder unter der Negerschaft befand, de Cassignac schien immer woanders zu sein: Sein Blick und seine Gesten schienen von Melancholie umflort und seine Seele von einem geheimen Kummer zerfressen. Sein Vater konnte ihm nichts vorwerfen, denn er hatte sich als kompetenter Nachfolger erwiesen, und die Pflanzung Séguineau war eine der wohlhabendsten von ganz Martinique. Seine größte Angst war, daß sein Sohn einer dieser betörend lächelnden Mulattinnen verfallen könnte, die einen Mann allein durch ihren Hüftschwung in den Wahnsinn treiben. Daß Honoré nach jahrhundertealtem Brauch fünf oder sechs dieser Geschöpfe aushielt, akzeptierte er, ohne mit der Wimper zu zucken, denn schließlich half diese Praxis den Pflanzern, ihre Autorität im Schoß des Volkes zu verankern. Doch das war verdammt noch mal etwas anderes, als mit einer von ihnen zusammenzuleben, wie es dieser Prévot de Cherville aus Le Lamentin tat, die reinste Katastrophe! Mit äußerster Diskretion hatte der alte Pflanzer einen Großteil der jungen Weiber, die seinem Sohn gefährlich werden konnten, entweder an andere einheimische Weiße ausgeliehen oder mittels einer hübschen Summe Geld in die Lage versetzt, mit dem ersten Neger, der ihnen den Hof machte, eine Familie zu gründen. Nur ein Fehler war ihm dabei unterlaufen: Er hatte eine stolze, widerborstige Mulattin namens Franciane übersehen, die immer in Lumpen herumlief und sich eine Hütte etwas abseits von den Behausungen der Neger errichtet hatte. Seit er sich zurückgezogen hatte und seine Arbeiter nicht mehr selbst einstellte, waren ihm viele von ihnen völlig fremd. Sie grüßten ihn gerade noch, wenn sie ihm über den Weg liefen, aber der alte Mann kannte häufig nicht einmal mehr ihre Namen. Den Francianes hatte er nur behalten, weil ihm das raubtierhafte Glitzern in ihrem Blick aufgefallen war, als er eines Abends sein Buschmesser am Schleifstein des Pferdestalls wetzte.

»Was hat sie nur, diese Negerin scheint sich ja mit der ganzen Welt überworfen zu haben?« fragte er seine Neger, ohne daß ihm einer darauf antwortete.

Dann vergaß er sie wieder, da sie, ohne zu murren, alle Arbeiten erledigte, die ihr der Aufseher der Pflanzung zuwies. Es gab genügend Faulenzer, die man bestrafen, und Diebe, denen man auf die Schliche kommen mußte, um auch noch Gedanken an die Anständigen zu verschwenden! Als er eine plausible Erklärung für das Nichtzustandekommen einer ehelichen Verbindung abgeben mußte, deren Klauseln die Familien de Cassagnac und Dupin de

Médeuil in Lauf der Jahre 1921 und 22 in allen Einzelheiten besprochen hatten, sah sich der Vater Honorés gegen seinen Willen gezwungen, für seinen Sohn in die Bresche zu springen, und simulierte vor der versammelten Kaste Entrüstung:

»Wer wirft den ersten Stein, he? Wir, die weißen Kreolen, trauen unsere Neugeborenen der Obhut von Negerinnen an. Die waschen sie und putzen sie heraus, ziehen sie an und verhätscheln sie, während unsere Frauen für diese Art von Arbeit angeblich zu zart sind. Und dann wundern wir uns, daß wir an den farbigen Frauen hängen. Ich fordere jeden der hier Anwesenden auf, mir in die Augen zu schauen und zu sagen, ob er seine Nächte nicht lieber an der Seite einer Negerin oder Mulattin verbracht hätte, wenn unsere Welt anders beschaffen gewesen wäre.«

Die weißen Pflanzer hatten zwar gemurrt, da sie sich aber außerstande sahen, den Angriff des alten Cassagnac zu parieren, ließen sie die Frage einfach unter den Tisch fallen und machten sich daran, einen anderen Heiratskandidaten für die Cousine Honorés zu suchen, deren Aussteuer bereits zusammengetragen war und die man mit Rücksicht auf die Ländereien nicht zur alten Jungfer werden lassen durfte. Unterdessen – so das Buschradio – hatte unser anvisierter Kandidat die Pflanzung verlassen, doch nicht um diesen, seiner Meinung nach müßigen Verhandlungen aus dem Weg zu gehen, sondern weil eine dumpfe Wut in ihm gärte. Sein treuester Mauleseltreiber, Congo Laide, war von Julien Thémistocle beschimpft und aus dem Sattel geworfen worden, als er den Arbeitern auf den Zuckerrohrfeldern Korbflaschen mit frischem Wasser brachte.

»Ich bin der Herr der Savanen, ein Mann, der über drei Gaben verfügt: Unsichtbarkeit, Allgegenwärtigkeit und Unbesiegbarkeit. Von nun an beherrsche ich den ganzen Norden. Und ab jetzt heißt es: Julien Thémistocle, nach Gott der Herr der Schluchten und der Zuckerrohrtrassen, zwingt erst die Kolonie und dann die ganze Welt in die Knie.«

Den vor Ehrfurcht erstarrten Arbeitern hatte er daraufhin enthüllt, wie er in den Besitz dieser Gaben gekommen war: »Am

Abend meiner ersten Nacht in den Wäldern, als ich mich in den Wurzelstöcken der vom Blitz gefällten Courbaril-Bäumen schlafen gelegt hatte, erblickte ich zwischen den Rippen der schweren Ebenholzbäume den Feind. Bei abnehmendem Mond zieht er vom Rand des Unterholzes am Capote-Ufer seine Armee ab und führt sie in einem einzigen großen Rascheln bis zu den Spitzen unserer heiligen Berge, dem Großen und dem Kleinen Jacob. Ich konnte noch so viel Boden unter meinen Füßen lassen, es nützte nichts. Ich war umzingelt. Unten in der Savane von den Menschen, oben auf den Höhen von den langen Biestern. Ich sagte ein paar Gebete auf, die mir mein Großvater, der Schlangenbändiger, beigebracht hat, doch es gelang mir nicht, dieses furchtbare Gekrieche um mich herum aufzuhalten, das immer näherkam. Das Zischen, das ihren mit glänzenden Schuppen bedeckten Leibern entwich, ließ meine Waden erstarren, und ich spürte, daß ich gleich mein Entsetzen in die Nacht hinausbrüllen würde. Mein Buschmesser, mit dem ich mir den Weg freischlug, ließ einen Regen von Lianen heruntergehen, die sich aber sofort in Lanzenottern verwandelten. Feierlich auf ihren Schwänzen aufgebäumt, schienen sie mich zu beobachten, doch in Wirklichkeit wiesen sie mir den Weg zu Bothrops, dem Urweib (einem Zwitter, wie man sagt), die schon seit Ewigkeiten an den Steilhängen vom Grand Jacob an einer Stelle, die der Sprung heißt, ihr Lager hat. Der Sprung ist ein Wasserfall, umgeben von riesigen Felsen, die an seinem Fuß ein kleines Becken mit kristallklarem Wasser bilden, in dem die zur Bewachung des Tempels beauftragten Schlangen schwimmen. In einer Spalte des mittleren Felsens, über den sich mit großer Majestät der Wasserfall ergießt, wacht Bothrops über die sterblichen Reste Watananis, des letzten Königs der Kariben und Major Bérards Urahn, sowie über den Schädel N' Songos, des entlaufenen Negersklaven, der gleich nach der Ankunft des Sklavenschiffs am Kai von Pointe des Nègres das Weite gesucht hat, lang, lang ist's her.

Als Gehilfe des Aufsehers hab ich immer nur gelacht und geglaubt, es sei das Produkt einer kindischen oder von schlechtem Tafia überreizten Phantasie, wenn ihr Schnitter mit großer Ehrfurcht vom Sprung gesprochen habt, damals, als ich die Söhne Bothrops' noch erbarmungslos verfolgte. Wer war denn schon am Sprung gewesen? Wer hatte jemals diese große weibliche Schlange mit eigenen Augen gesehen, von der in den alten Sagen die Rede ist? Offensichtlich keiner. Ich mußte mich auch gegen den Aufseher durchsetzen, der de Cassagnacs Vater eingeredet hatte, die Lanzenottern seien die Gendarmen der Pflanzung. Aufgrund welcher Eigenschaften, bitte schön? Nur weil sie die Ratten fraßen und die Negerkinder davon abhielten, das reife Zuckerrohr zu klauen, die einen wie die anderen, die reinste Plage für unsere schönen Felder, das geb ich ja zu... aber wer hat die Negerin Herminia aus Fond Gens-Libre in den Armen gehalten, nachdem sie von einer Schlange in den Hals gebissen worden war und tödlicher Schaum aus ihrem Mund quoll? Wen hatte sie in ihren letzten Augenblicken damit beauftragt, sich um ihre zwölf hungernden Blagen zu kümmern? Mich, Julien Thémistocle, der überhaupt nicht wußte, was eine Familie ist. Von Congo Laide, euerm Bruder, will ich gar nicht reden. Dieser baumlange Kerl, der nur Afrikanisch sprach, ein Feldneger, der sich, ohne zu klagen, auf allen Pflanzungen von Grand-Anse abrackerte. Er hatte mir beigebracht, wie man das schöne, aber anfällige Malavoi-Zuckerrohr in den Boden setzt, damit es nicht nur die Güsse der Regenzeit übersteht, sondern auch die heftigen Winde, die ohne Vorwarnung zur Fastenzeit auftreten. Daß er einmal wie durch ein Wunder einem langen Biest entkommen war und seitdem glaubte, er wäre gegen ihre Bisse gefeit, das hat ihm schließlich den Garaus gemacht. Überall posaunte er herum: ›Das lange Biest und ich, wir respektieren uns gegenseitig, jeder kennt seinen Bereich, ja....‹

Aber an einem siedend heißen Nachmittag im Juni hat das Tier die Grenze überschritten; der Neger Congo hatte den Arm gehoben und wollte gerade sein Messer auf einen Zuckerrohrhalm heruntersausen lassen, als das Tier ihn streifte. Und das genügte, der Tod hatte den Mann bereits am Kragen, als er noch in einem Wirbel von Hitze und Schweiß aufrecht auf den Beinen stand. Das heiße Eisen, mit dem man die Wunde ausbrannte, und auch der

Sud aus dem Kraut-gegen-Krankheiten-aller-Art, den man ihm einflößte, nützten rein gar nichts, er starb noch auf dem Zuckerrohrfeld, neben dem gesattelten Maultier, das durch die Nähe der Schlange völlig hysterisch geworden war. Ich war der einzige, dem es um ihn leid getan hat, der Aufseher und de Cassignac regten sich wegen einer solchen Lappalie nicht groß auf, sie schickten ein paar Flaschen Rum für die Totenwache und vier Bretter für den Sarg. Aus diesem Grund gab ich auch nichts auf ihre Befehle, sondern kreiste die Lanzenottern nach einer von Congos Bruder entwickelten Methode ein. Den Jungen unter euch, die mich nicht dabei gesehen haben, werd ich das erklären: Ich suchte mir unter den Schnittern die wackersten Kerle aus und umstellte mit ihnen das Zuckerrohrfeld von Rivière-Feuilles, das am dichtesten ist und in dem sich auch die meisten Schlangen verstecken. Dann sagte ich zu den Binderinnen, sie sollten mit ihren Absätzen auf dem Boden herumtrampeln, damit die Biester wach werden, und gab das Zeichen zum Angriff. Ein Geraschel ließ das Stroh erzittern, und die ersten Halme fielen in einem Tohuwabohu von grünen Blättern, die das Licht aufzurollen schienen.

›Da ist eines!‹ schrie hin und wieder ein Schnitter.

Bevor sein Messer auf es heruntersausen konnte, war das lange Biest in dem Zuckerrohrfeld verschwunden und hatte auf seiner wilden Flucht gleich mehrere seiner Artgenossen mitgenommen. Manchmal stoppte ich die Arbeit für ein paar Sekunden, um mich zu vergewissern, ob die Schnitter auch gleichmäßig von allen Seiten vorgerückt waren. Wären nämlich an irgendeiner Stelle die einen schneller gewesen als die andern, dann hätte sich dort ein ganzer Schwung von Lanzenottern im Schatten der Halme davonmachen und ins nächste Gehölz retten können. Das Feld glich immer mehr einem Haarbüschel, je enger der Kreis der Schnitter wurde. Bei dem wütenden Zischen der Schlangen war uns das Lachen vergangen. Ich schaute nach, ob auch kein Strohhäufchen das Feuer überspringen lassen konnte, und befahl dann vier Negern, die im gleichem Abstand um das Büschel herumstanden, brennende Holzfackeln hineinzuwerfen. Das Rohr fing sofort an zu brennen, und violettblaue Flammen züngelten in den Himmel. Wie wild wirbelten die Schlangen darin herum, verhedderten sich ineinander, versuchten, sich einen Fluchtweg zu bahnen, während wir die wüstesten Beschimpfungen auf sie herunterhageln ließen, wobei die Frauen uns Männer noch übertrafen. ›Lisifè! Yich Djab! Mô, bann isalôp!‹ (Luzifer! Teufelsbrut! Krepieren sollt ihr Scheißbestien) kreischten sie.

Als auf Rivière-Feuilles das Feuer heruntergebrannt war, haben wir an die fünfzig Schlangenkadaver gefunden, die ich so schnell wie möglich auf einem steinigen Plateau beerdigte, zu dem kaum einer hochstieg. Deshalb wollte mich die Rasse der langen Biester auch gleich in der ersten Nacht vom ersten Tag meiner langen Irrfahrt für die Qualen büßen lassen, die ich ihnen die ganzen Jahre hindurch zugefügt habe. Um mich herum wurde alles zu Schlangen: die Äste der Malabar-Kastanie, das Guinea-Gras, die Baumstümpfe und die Lianen. Aber sie taten mir nichts, sie zwangen mich nur, den einen und einzigen Weg zum Sprung einzuschlagen. Es war also nicht dieser eingebildete Ort, bei dessen Erwähnung ich früher nur die Schultern zuckte. Es gab den Sprung tatsächlich. Sein Wasserfall sang. Und seine glatten, tönenden Felsen faßten tatsächlich die Grotte ein, in der das Urwesen Bothrops hauste. Die schwarze Schlange, die ungefähr sieben Meter maß, setzte sich direkt unter den Wasserfall und starrte mich mit ihren merkwürdig orangefarbenen Augen an. Nur die erstaunlich kräftigen Augenwülste hoben und senkten sich wie von selbst. Ich hatte eine solche Angst, daß ich eine Weile brauchte, bevor ich sie anflehte: ›Schlangengott, was willst du von mir, ich bin doch nur ein armer Neger auf der Flucht, dessen einzige Bleibe die großen Wälder sind ...‹

Ohne sich zu rühren, ließ sich Bothrops die im Mondlicht bunt schimmernden Wasserpakete auf den Kopf prasseln. Ich bemerkte, daß er weder meine Worte noch den Lärm des Wasserfalls hörte. ›Die langen Biester‹, pflegte der Bruder von Congo Laide zu sagen, ›hören mit dem Leib, du kannst neben einer stehen und schreien, sie wird dir nichts tun. Selbst wenn du einen Schuß abfeuerst, merkt sie nichts, außer sie sieht den Blitz der Kugel. Wenn man mit den langen Biestern reden will, muß man mit dem Fuß auf den Boden klopfen, bis er anfängt zu schwingen.‹ Ich hab das vorsichtig ausprobiert und gesehen, wie Bothrops um sich selbst kreiste, anfangs kaum sichtbar, dann immer schneller und schneller, und zu meiner großen Überraschung verstand ich seine Sprache. Ich konnte jede Bewegung seiner Ringe deuten! Eine unbeschreibliche Freude hob mich vom Boden und trug mich mitten in den Schoß des Wasserfalls, der wunderbar warm war. Der Mond verhüllte sich, und das Wasser hörte plötzlich auf zu strömen. Bothrops, der Hermaphrodit, streckte seinen Leib und tauchte ins Wasser, um mir entgegenzuschwimmen. Er umschlang mich von Kopf bis Fuß und zog mich in tiefe Abgründe, die aber keineswegs lichtlos waren, so daß ich die phantastischsten Geschöpfe erkennen konnte, von deren Existenz ich in meinem früheren Leben keine Vorstellung gehabt hatte. Sein gegabeltes Geschlecht drang von hinten in mich ein, während sich meines durch die schimmernden Schuppen seiner Spalte schob, und wir liebten uns siebenundvierzigeinhalb Tage lang. In der Abenddämmerung des letzten Tages unserer Vereinigung zog Bothrops sich auf sein Lager zurück, und der Wasserfall fing wieder an zu strömen. Ich war völlig benommen. Zum ersten Mal spürte ich die Kälte des Ortes, und ich sehnte ungeduldig das Ende der Nacht herbei. Bothrops kletterte zur Spitze des Wasserfalls hinauf, streckte sich auf einem riesigen flachen Felsen aus und ließ sich vom Schlaf übermannen. Doch sein Schwanz klopfte leicht gegen den Rand des Felsens und sagte zu mir:

›Neger Julien Thémistocle! Ich hab einen Schlangenmenschen aus dir gemacht. Du wirst in Zukunft genauso unsichtbar sein wie wir. Du wirst durchs Gebüsch schleichen, ohne die Wut der Wachhunde zu erregen, denn du hast keinerlei Geruch an dir. Und du wirst überall gleichzeitig sein. Du wirst wie wir überall gleichzeitig zustoßen, und dein Biß wird tödlich sein. Sie werden nicht einmal wagen, deinen Namen in den Mund zu nehmen, so groß wird die Respektation der Leute sein. So wie sie uns die ›langen Biester‹ nennen, weil sie glauben, sie könnten damit die Gefahr bannen, werden sie auch dir alle möglichen Namen geben: der unsichtbare Hexer, der unbesiegbare Marron, der Allgegenwärtige und selbst Monsieur Immortel! Aber an dem Tag, an dem du dich von ihrer Verehrung einwickeln läßt, also ihr Geschwätz für bare Münze nimmst, wirst du sterben. Ehre die Schlange, und sie wird dir den Weg ebnen. Geh und versuch, diese Infamie, die die Weißen aus dem Universum gemacht haben, zu bekämpfen.‹

Hatte ich geträumt? Hatte ich mich von der tückischen Süße der Mondstrahlen verführen lassen? Ich konnt's unmöglich sagen. Jedenfalls lernte ich meine neuen Brüder kennen und entdeckte, daß es bei den Schlangen, ähnlich wie bei uns, ganz unterschiedliche Stämme gibt. Ich lernte die rosagoldene Lanzenotter kennen, die auf den trockenen Flanken des Morne Bois darauf wartet, daß die Sonne aufgeht, damit sie ihr die Fangzähne in den Kopf schlagen kann. Ich liebte die Gesellschaft der lackgelben Lanzenotter mit den braunen Flecken, die aussieht, als würde sie lachen, wenn sie beim Angriff auf eine Beutelratte ihre Zunge hervorschnellen läßt. Ganz besonders mochte ich die schwarze Lanzenotter von Moulin-l'Étang, deren rosagefleckter Bauch mit der Zeichnung von wilden Orchideen konkurrieren kann. Wenn sie zur Quelle kommt, um ihren Durst zu löschen, macht sie die komischsten Schaukelbewegungen, bevor sie zweimal hintereinander den Kopf ins Wasser taucht, um dann wieder in den hohen Gräsern zu verschwinden. Es konnte vorkommen, daß abends, wenn auf dem Grand Jacob ein eisiger Wind wehte, die grün und gelb gesprenkelte weinrote Lanzenotter sich an meiner Brust wärmte. Am erstaunlichsten ist jedoch das Weibchen der samtiggrauen Otter mit den schwarzen Flecken. Oh, wunderbare Welt der Reptilien! Während ihrer Häutung konnte ich ihr stundenlang bei der Toilette zuschauen. Sie suchte sich einen Dornenbaum, gegen den sie sich behutsam rieb, bis sich schließlich ein Dorn in eine ihrer Schuppen bohrte. Dann entwand sie sich mit großer Würde, und ihre alte Haut überließ sie den Ameisen in den Ritzen. Das Kajal um ihre Augen ist verführerischer als der Gang Francianes-der-Stolzen. Ha! Diese Negerin gehört mir! Das könnt ihr euerm Herrn von mir ausrichten! Ich werde euch keine Ruhe lassen, bis sie meinem Verlangen nachgibt!«

Wenn Honoré de Cassagnac mit solchen Geschichten konfrontiert wurde, wußte er nicht, ob er sich totlachen oder den Kopf schütteln sollte. Der Neger oder Inder, der sie ihm kolportierte, machte einen völlig ernsthaften Eindruck und klang so aufrichtig, daß er ihm beim besten Willen keine Schelle verpassen konnte, damit er endlich aufhörte, sich über ihn lustig zu machen. Häufig fiel dabei der Name Francianes, die er zwar noch nie gesehen hatte, aber bereits anbetete. Wie mutig, sich von dem Hokuspokus dieses Julien Thémistocle nicht ins Bockshorn jagen zu lassen, eines Kerls, der mit den langen Biestern Umgang pflegte! Er mochte ihren Namen, weil er so selten war, und ihre »Allüren«, mit denen sie die Negerschaft vergraulte. Aber er versuchte keine Begegnung mit ihr herbeizuführen, da er viel zu sehr damit beschäftigt war, diesen Mann zu jagen, den er inzwischen als seinen persönlichen Feind betrachtete, eine Sache, die ihn in einem knappen Monat nicht weniger als fünf Pferde gekostet hatte. Schon mehrmals war er drauf und dran gewesen, dem ewigen Kreisen des schwarzen Irredentisten endgültig ein Ende zu setzen, vor allem, nachdem ihm klargeworden war, daß Thémistocle nachtsüber unterwegs war und tagsüber schlief. Es war also keineswegs erstaunlich, seine Silhouette in Fond Massacre auftauchen zu sehen, nachdem man sie am Abend zuvor noch in Rivière Claire gesichtet hatte. Honoré de Cassagnac richtete das Gewehr auf ihn, als die Sonne am höchsten stand und Thémistocle zwischen den verschlungenen Wurzeln einer Würgerfeige schlief. Er hatte eigens für ihn zwei Kugeln aus Silber anfertigen lassen, da nur sie diesen magischen Schutz zu durchbohren vermochten, dessen sich der Marron rühmte. Der einheimische Weiße trat so nahe an ihn heran, daß er ihn mit seinem Gewehrlauf beinahe berührte. Der königliche Stolz, der die Züge des Rebellen prägte, beeindruckte ihn. Er blieb stehen und betrachtete eine Weile diesen schwarzen, muskulösen Körper mit dem flachen Atem, der manchmal als ein langes Zittern durch seine Arme und Beine lief. Er hielt dem Schlafenden den

Gewehrlauf an die Schläfe und schloß die Augen, den Finger am Abzug. Plötzlich spürte er, wie das Gefühl aus seinen Fingern wich, wie das Metall des Gewehrs zwischen seinen Händen gefror und ihm schwarz vor den Augen wurde. Honoré de Cassagnac stürzte aus dem Schatten der Würgerfeige und blickte direkt in die schwarze Mittagssonne, was ihn für den Rest des Tages erblinden ließ. Er schaffte es gerade noch, sich ins Gebüsch zu schlagen, um den Abend abzuwarten. Von dort aus konnte er hören, wie der Marron seinen Großvater anrief, der, wie Honoré entdeckte, seine letzte Ruhestatt am Fuß der Würgerfeige gefunden hatte. Diese beiden Wesen, der Lebende und der Tote, machten den Weißen den Prozeß, angefangen mit der zehn Generationen zurückliegenden Landnahme. Honoré erfuhr alles, was der Neger dem Weißen vorzuwerfen hatte, er hörte die lange Litanei seiner Klagen und entdeckte einen ganzen Posten geheimer Kränkungen, die zu den täglichen Grausamkeiten hinzukamen; erstaunlich fand er allerdings, daß er von ihm, dem Herrn, nichts weiter als etwas Bescheidenheit erwartete. Er begriff, daß Julien Thémistocle es keineswegs genoß, Zuckerrohrfelder in Brand zu setzen, von den Arbeitern der Pflanzung Geld zu erpressen oder ihre Frauen zu bespringen oder ihre Familien zu beleidigen. Dieser Kerl irrte herum, weil das Herumirren seine natürliche Lebensform war. Sein Schrei, mit dem er der Welt bewies, daß er existierte. Er wiederholte noch einmal:

»Franciane, die Negerin-mit-den-Allüren, ich will sie für mich allein.«

Am nächsten Morgen konnte Honoré dann nur noch ein paar Schüsse in die Luft abgeben, um sein Gewehr zu entladen: Der Platz unter der Würgerfeige war leer. Kein einziger Fußabdruck, kein Hinweis auf eine Feuerstelle. Er, der für sein Leben gern galoppierte, kehrte im Trab zur Pflanzung zurück. Vielleicht verdankte er es dieser ungewohnten Gangart, daß er in dem Schwarm von Zuckerrohrbinderinnen die eine entdeckte, die auf den Namen Franciane hörte und etwas ganz Besonderes sein sollte. Auf den ersten Blick war sie auch nur ein groteskes Lumpenbündel wie ihre übrigen Leidensgenossinnen, doch strahlte ihre ganze Art etwas sehr Hoheitsvolles aus. Wie sie sich bückte, wie sie die Zuckerrohrstücke auflas, wie sie die Bündel zusammenschnürte und mit der Hand wog. Es war eine wahre Augenweide, ihren Bewegungen zu folgen, jedes Getue war ihr fremd, sie war einfach von Natur aus perfekt. Honoré rief sie mit einer Stimme, die so wenig herrisch klang, daß die Leute auf der Stelle begriffen, daß sie die Auserwählte seines Herzens war. Franciane lächelte andeutungsweise, um dann um so verbissener weiterzuarbeiten, denn diese Art von Plackerei würde ihr in Zukunft erspart bleiben. Als Julien Thémistocle ein paar Tage später um ihre Hütte strich, konnte er nur noch eine lange, herzzerreißende Klage ausstoßen. Die Negerin-mit-den-Allüren lebte bereits im Haus ihres Herrn und war in seinen Augen für immer besudelt. Unter Honoré de Cassagnacs Fenstern brüllte er seine ganze Wut heraus und hängte ihm alles an, was man einem Mann nur anhängen konnte, wozu ihm seine Niederlage gewissermaßen auch das Recht gab. Ungefähr einen Monat lang ertrug der einheimische Weiße stoisch diese Exzesse des Schmerzes. Er zog einfach nur die Vorhänge zu, bevor er sich an seinen mit Urkunden, Tintenfässern und Federhaltern übersäten Schreibtisch setzte. Seit knapp einem Jahrzehnt widmete er sich nun schon der Aufgabe, den Stammbaum seiner Familie bis zu dem Augenblick zurückzuverfolgen, als seine Vorfahren das Anjou verlassen hatten, um sich auf den französischen Inseln über dem Winde niederzulassen. Sein Vater hatte ihn in seiner Jugend von einem Mulatten unterrichten lassen, damit er nicht so ungebildet sein würde wie die Kinder der weit weg in En Ville lebenden Pflanzer. Er hatte davon abgesehen, Honoré nach dem frühen Dahinscheiden seiner Mutter, der schönen Marie-Anne Dupin de Médeuil, auf das Kolonialpensionat zu schicken. Eines schönen Morgens trat dann aber Honoré, dem der Ärger ins Gesicht geschrieben stand, auf die Freitreppe und herrschte Julien Thémistocle an:

»Sa ki papa 'w? Es ou konnèt papa 'w? Epi ès papa papa 'w konnèt papa 'y menm?« (Wer ist dein Vater? Kennst du den Vater deines Vaters? Und kennt der Vater deines Vaters seinen eigenen Vater?)

»Der Vater meines Vaters hat die Lanzenottern von Morne Jacob gezähmt!«

»Ist schon möglich, aber sein Vater wiederum, wo kam der her? Hatte er überhaupt einen Namen? Eine Familie?« ereiferte sich der Béké. »Ihr Neger stammt doch von niemandem ab.«

Julien Thémistocle ließ seine sämtlichen Zähne in der Sonne bleichen und trat langsam an den Mann heran, auf dessen Abschußliste er die ganzen Jahre über gestanden hatte; ihre Gesichter berührten sich beinahe, und sein Atem trübte den Blick des Weißen:

»Und du, der du so viele Fragen stellst, weißt du so genau, wo du herkommst, hmm? Weißt du, ob deine Urgroßmutter nicht auch einmal für einen Neger die Beine breit gemacht hat?«

Vor dem Haus des Pflanzers hatte sich schon ein Auflauf gebildet, und der Aufseher wollte ihm gerade zu Hilfe eilen, als sich etwas ganz Unerhörtes ereignete: Honoré de Cassagnac packte den verdreckten und völlig verwilderten Neger am Arm und zog ihn in seinen Salon. Alle zur Wiederbestellung der Felder getroffenen Vorbereitungen wurden schlagartig eingestellt, die Arbeiter setzten sich unter die Bäume in der Nähe des Hauses und ließen die Schnapsflaschen und den Kautabak kreisen. Der verdutzte Aufseher war wie festgenagelt in der glühend heißen Sonne stehengeblieben und hatte nur noch gestammelt:

»Das kann ich nicht mit meinen eigenen Augen gesehen haben! Das ist unmöglich! Männer, sagt mir, daß das nicht wahr ist, Himmel, Arsch und Zwirn!«

Das Schauspiel, das sich im Innern des Hauses abspielte, war eher erheiternd. Mit betretener Miene bewegte sich Julien Thémistocle vorwärts, sorgsam darauf bedacht, nicht den Teppich zu ruinieren oder einen der wertvollen Gegenstände umzuwerfen. So viel Ordnung und heiterer Luxus hatten ihm die Kehle zugeschnürt und seine Kraft geraubt. Sein Stolz war in sich zusammengefallen, und er fand nicht einmal die Worte, um auf Honorés Höflichkeitsfloskeln zu antworten. Der deutete als erstes auf ein winziges, blaues Stoffkissen mit merkwürdig verflochtenen Mustern, das in der Mitte des Salons angebracht war.

»Das ist unser Wappen«, sagte er ohne die geringste Selbstherrlichkeit in der Stimme. »Meine Familie entstammt dem ältesten Adelsgeschlecht des Anjous. Auch wenn die Lettern schon etwas verblichen sind, könntest du, wenn du des Lesens mächtig wärst, unter dem Wappen lesen: ›in Blau ein Sparren golden, begleitet von drei Wurfspießen, zwei derselbigen oben, einer unten.‹ Das ist die Beschreibung des Wappens. Mein Vorfahre Izaïe de Cassagnac hat sich am neunten März des Jahres 1763 in den Adelsstand erheben lassen. Er war im Jahre 1667 hier angekommen, nachdem er aus undurchsichtigen Gründen seines Amtes als königlicher Braumeister enthoben worden war... Aus der Ehe mit einer Frau, deren Name ich noch nicht ausfindig machen konnte, entsprangen elf Kinder, der Älteste – George – wurde 1690 geboren. Wie du weißt, dürfen bei uns, den weißen Adelsfamilien, nur die ältesten Söhne den Namen ihres Vaters tragen. Die anderen Kinder hängen diesen Namen an den ihres Ehepartners... Setz dich, hab keine Angst, wenn ich erschöpft nach Hause komme, schlaf ich häufig mit meinen verdreckten Stiefeln und verschwitzten Kleidern auf diesem Sessel ein. Und während ich schlafe, zieht mich Da Ferlise aus, Da Ferlise, die für mich eine zweite Mutter gewesen ist, Da Ferlise O! Fer-li-i-se O!...«

Die schwarze Amme Honorés kam eilends angelaufen und wäre beinahe rückwärts umgefallen, als sie den Marron bequem neben ihrem Herrn in einem Sessel sitzen sah. Die Augen entsetzt aufgerissen, überhörte sie Honorés Aufforderung, ihnen zwei Gläser Punch zuzubereiten, und kam statt dessen mit einer Flasche Dessertwein zurück. Sie schenkte dem Weißen ein, musterte den Neger, knallte angewidert die Lippen gegen die Zähne und machte auf dem Absatz kehrt.

»George de Cassagnac hat also Angélique Baillardeau geheiratet, deren Vater Chef der Miliz auf Martinique war, ein für die damalige Zeit extrem reicher Pflanzer. Nach drei Totgeburten und einer Tochter brachte sie 1712 François zur Welt, der später seine Kusine zweiten Grades, Catherine Fermilly de Lavoisière geheiratet hat. Sie hatten neun Kinder, der Älteste, Jean-Michel, wurde 1741 geboren. Da seine erste Frau unfruchtbar war, ging dieser eine zweite Ehe mit Marie-Ursule Crassin de Médouze ein. Mit ihr hatte er mehrere Kinder, die genaue Zahl ist unbekannt, doch der Stammhalter des ältesten Zweigs – und das kann ich beweisen – war der 1771 geborene Octave de Cassagnac, der Claire-Eugénie Millaud de Sainte-Claire aus Anses d'Arlets heiratete. Ihr ältester Sohn Richard kam 1798 zur Welt...«

Der Weiße betete seine Ahnenreihe herunter, als spräche er zu sich selbst, und beachtete Julien Thémistocle überhaupt nicht mehr, dessen Glieder immer schwerer wurden, obwohl er bei anderen Gelegenheiten über die Neger gelästert hatte, die ihre Ahnen nur eine Generation zurückverfolgen konnten. Er erinnerte sich, daß das einzige Wappen, das sein Großvater vorweisen konnte, eine Lilie war, die man ihm mit einem heißen Eisen in die Schulter eingebrannt hatte, weil er ein paar Jahre vor der Abschaffung der Sklaverei davongelaufen war. Er hörte wieder diesen Satz, der aus dem Mund des Alten kam, wenn er eine Arbeit beendet hatte:

»Nan Djinen Iwen... nan Djinen Iwen...« (Afrika ist weit).

»1808«, fuhr der Besitzer der Pflanzung Séguineau unerbittlich fort, »heiratete Jules de Cassagnac Reine Bany de Richemont. Er wurde aufgrund seiner Verdienste in der Landwirtschaft zum Ritter geschlagen. Sein Sohn, Pierre-Lambert, mein Vater, heiratete 1889, wie das in der Bretagne so üblich ist, seine Kusine, meine Mutter, Marie-Anne, deren Vater Augustin Grundbuchbeamter gewesen ist. Sie hatten nur ein einziges Kind: mich. Wenn ich dir, mein lieber Julien Thémistocle, auch noch die jüngeren Zweige der de Cassagnacs – die Cassagnacs de Savinières, die Cassagnacs de Beauvallon und Konsorten, beschreiben müßte, so würden selbst ein ganzer Tag und eine ganze Nacht nicht ausreichen. Unsere Rasse stirbt allmählich aus, das läßt sich nicht leugnen, denn sie erneuert sich nicht. Deshalb hab ich meine Frau auch aus dem Anjou kommen lassen. Sie geht nicht oft aus dem Haus, ha! ha! ha!... aber sie wird sich schon noch an die Sonne gewöhnen!«

In der Tat hatte man seit dem Februar 1924, als aus dem Tilbury der de Cassagnacs riesige Schrankkoffer im Hof des Herrenhauses abgeladen wurden, ungeduldig auf die Ankunft der Dame aus Frankreich gewartet. Sie mußte aber nachts angekommen sein, denn niemand konnte sich erinnern, sie auf der Straße gesehen zu haben. Sie verwandte ihren ganzen Charme auf die Pflege der Zimmer und des Salons und manchmal auch der Küche, ging aber nie nach draußen. Dann wurde sie schwanger und gebar die kleine Marie-Eugénie, ohne daß die vertratschten Negerweiber deswegen ihre Zungen in Bewegung setzten. Obwohl der Zusammenhang zwischen den beiden Ereignissen nie erhellt wurde, so scheint sie sich doch, kurz nachdem ihr Mann den Marron Julien Thémistocle bei sich empfangen hatte, in die Öffentlichkeit getraut zu haben. Und dieser hörte tatsächlich auch mit seinen Tiraden auf und lebte abseits von den anderen Behausungen, in tiefster Seele gedemütigt, wie die Leute sagten, durch diese Lektion, die Honoré de Cassagnac ihm erteilt hatte. Wenn der Kerl sich jedoch in den Destillen des Orts oder den Rumschänken auf dem Land vollaufen ließ, grollte er:

»Ich werde dafür sorgen, daß die Linie der de Cassagnacs ausstirbt, ihr habt das Wort eines Marrons.«

Wußte er, daß ihm keiner von den Leuten hier auch nur ein einziges Wort glaubte? Wußte er das?...

19

Ich kann einfach nicht glauben, daß die Tage anonym und einer wie der andere auf dem endlosen Pfad der Zeit vorüberziehen. Jeder Tag hat seine Farbe und seine Länge, vor allem aber seine Vorzeichen, die wir meistens zu deuten vergessen. Dieser 14. Juli wird für immer in den geheimen Winkeln meines Gehirns eingegraben bleiben. Und in jeder Zelle meines Körpers. Endlich dringe ich bis zur Markthalle von Grand-Anse vor, wo das Wiedersehen mit alten Bekannten stattfinden wird, die ich vor so langer Zeit verlassen habe, daß sie sich vielleicht gar nicht mehr daran erinnern, daß sie meine Kindheit verzaubert haben. Doch in meinem Innern wirkten diese Charaktere an meinem Leben weiter. Ähnlich wie der Wellenschlag dieses Meeres, das wir das unsere nennen, als wäre es etwas weiter weg nicht mehr dasselbe geheimnisvolle Wesen.

Jede Hütte hat eine blau-weiß-rote Fahne gehißt, aber keine erzielt eine solche Wirkung wie die auf dem Rathaus: drei auf zehn Meter Stoff, der sich bei jedem Windstoß stolz aufbläht. Von dem Balkon im ersten Stock dröhnt schon seit den frühen Morgenstunden die *Marseillaise* aus einem Lautsprecher und läßt das Herz eines jeden Ansianers höher schlagen. Ich versuche, diesem Zauber zu widerstehen, der auf perfide Art die Lippen zucken und den Blick erzittern läßt. Der pensionierte Marineangehörige hat eine prächtige weiße Uniform angelegt, und auf seiner Mütze kann man ein schon etwas verblichenes »Der Schreckliche« entziffern.

»Ich will mich nicht damit brüsten«, enthüllt er mir, »aber in dem Moment, als Hitlers Pranke sich auf Paris senkte, glückte es uns noch auszulaufen, und im November 40 sind wir in Basse-Terre auf Guadeloupe angekommen ...«

Das Océanic-Hotel riecht angenehm nach Kresol, mit dem das Zimmermädchen anscheinend das ganze Haus aufgewischt hat. Von meinem Fenster aus sehe ich, wie Thimoléon Eau de Café hilft, den Laden mit Jacaranda- und Aronstabsträußen zu schmükken. Die ganze Vorderseite seiner Weste ist mit Auszeichnungen bedeckt, die er im Verlauf von zwei Kriegen im Dienste Frankreichs, unseres unvergänglichen Mutterlandes, errungen hat. In der Rue-Devant spucken die Busse ganze Ladungen von Feldnegern aus, alle sehr feierlich, was ihren Krawatten zuzuschreiben ist, die sie sich, wie sie selbst sagen, nur in Fällen von höherer Gewalt umbinden. Eine mitreißende Festtagsstimmung liegt in der Luft, gezügelt von einem feierlichen Ernst, der im gedämpften Palaver der Frauen auf dem Kirchplatz und vor allem im Wohlverhalten ihrer Bälger zum Ausdruck kommt. Auch ich empfinde in einem Winkel meines Herzens dieses überwältigende Glücksgefühl und rebelliere gegen diese unerklärliche Regung. Als erstes werde ich mir heute den allgegenwärtigen Thimoléon vom Hals schaffen, ihn mitsamt seinen Ratschlägen und verhüllten Drohungen. Und ich werde auch nicht bei Eau de Café zu Mittag essen, nur um sie nicht fragen zu hören:

»Hast du für Frankreich gebetet, mein Junge?«

Der Zug der ehemaligen Kriegsteilnehmer zum Gefallenendenkmal, dem Standbild eines schwarzen Infanteristen, der sich unter dem Schutz eines mit einem Schwert bewaffneten großen weißen Engels in die Brust wirft, ist für den Miniatur-Mussolini, der unsere Gemeinde dirigiert, *die* Gelegenheit, sich als Redner zu beweisen. Der Mann ist *per se* schon ein Heldenepos. Angeblich soll er sich bereits in der Grundschule für Rom und Julius Cäsar begeistert haben. Und als er dann Vater von zwei Söhnen wurde, nannte er den ersten Romulus und den zweiten Remus. Zwischen Frankreich und Italien schien er nicht so genau zu unterscheiden, waren doch beide sehr weit weg und von Wesen bevölkert, deren Haut so weiß wie Maniokmehl war. Die einzige Weltkarte in seiner Schule war nämlich von dem kanonenartigen Schuß eines zukünftigen Mittelstürmers zerfetzt worden, der sie ein paar Tage nach der mit großem Pomp gefeierten Anschaffung dann auch noch geklaut hatte. Als der Duce anfing, den Affen zu machen, schwor unser Mann, der damals schon zum Bürgermeister gewählt worden war, nur noch auf ihn und dekorierte seine Amtsstube und die Gänge des Rathauses mit riesigen Fotos aus italienischen Zeitungen, von denen keiner wußte, woher sie stammten. Es überraschte also niemanden, daß er als einer der wenigen schwarzen Bürgermeister von Admiral Robert, dem Statthalter Pétains, auf seinem Posten belassen wurde. Wie alle, die ihn damals gehört haben, bezeugen, verstärkte der Miniatur-Mussolini die Ähnlichkeit mit seinem Vorbild noch, indem er das »r« rollte, was einem Kreolen besonders am Anfang und am Ende eines Wortes schwerfällt (in der Mitte geht's noch einigermaßen!). Eine wahre Heldentat für einen Mann, der kaum jemals die Schulbank gedrückt hatte. Und an Humor hat es ihm auch nicht gemangelt, man denke nur an das von ihm entworfene Wappen mit der zugehörigen Inschrift, das er sowohl in die Rathaustür wie auch in seine eigene Haustür eingravieren ließ. Dieses Meisterwerk graphischer Gestaltung zeigte eine römische Lanze über Kreuz mit einem martinikanischen Buschmesser; darunter stand in roten Lettern »VENI – VIDI – VICHY«.

Die Ansprache, die der Miniatur-Mussolini am Altar des Vaterlands hält, ist die erste falsche Note in der Harmonie dieses Tages. Ich kann mir nicht verkneifen, heimlich über sein Kauderwelsch zu grinsen, das keiner zu verstehen sucht, weder die ehemaligen Kriegsteilnehmer noch die übrigen Zuschauer. Die Worte steigen empor, stürzen ab und rappeln sich nach gar vielen Ausrutschern in der alles betäubenden Hitze wieder auf... Plötzlich prangert er in ganz eindeutigen Worten »diese Fremden« an, die »die süße Ruhe unserer grünen Wiesen und die linde Sanftheit unseres paradiesischen Strandes stören«. Die Leute recken die Hälse, schauen sich an, tauschen fragende Blicke aus, flüstern ihren Nachbarn etwas ins Ohr, denn unser Mann ändert doch tatsächlich den Wortlaut seiner Rede, die er zur selben Zeit im letzten Jahr und im Jahr davor sowie in allen vorangegangenen Jahren bei derselben Gelegenheit gehalten, bis hin zu dem Tag, als er zum ersten Mal »die

Stufen des Pantheons zum kommunalen Ruhm« erklommen hatte. Die Wahrheit sah einfach so aus, daß der Miniatur-Mussolini nun schon seit zwanzig Jahren seinem versammelten Volk immer denselben bombastischen Stuß vorsetzte, den inzwischen jeder bis in die letzten Windungen kannte. Abends, wenn ein Familienoberhaupt Langeweile hatte, beauftragte es gelegentlich einen seiner Söhne, in dem Diktionär Worte wie »Alcyon«, »Flug der Gerfalken«, »Bolschewismus« oder »obwalten« nachzuschlagen, doch keinem war es je gelungen, einen ganzen Satz von besagter Rede zu verstehen. Und nun hatte unser Erster Ädil doch tatsächlich etwas Neues hinzugefügt, das außerdem an Klarheit nicht zu übertreffen war.

Thimoléon beschließt, mich zu ignorieren. Er will keinen Ärger. Am 14. Juli läßt er die Waffen ruhen und vergißt seine kommunistischen Überzeugungen. Die Destillen der Rue-Derrière heißen die durstigen Ehemaligen freudig willkommen. In der Rue-Devant werden Sackrennen veranstaltet, während »am Strand« Entenschießen angesagt ist. Ich befingere in meiner Tasche das Paar Würfel, das ich am Abend zuvor bei Ali Tanin gekauft habe. Gemessenen Schrittes nähere ich mich dem Markt, immer darauf bedacht, kein Mißtrauen zu erwecken und keinen der Häuptlinge mit städtischen Allüren zu reizen. Ich bin mir bewußt, daß sie mich beim kleinsten Fehler, der mir unterläuft, sofort in die Zange nehmen, um mir zum Beispiel mit einer Rasierklinge das Gesicht zu kennzeichnen! Jeder Häuptling hat ein besonderes Kennzeichen: eine einfache Schmarre am Kinn, eine verschlungene Zeichnung auf dem Gesicht oder ein Loch (weil ein Stück Fleisch herausgerissen wurde). Rar sind die Würfelspieler, die in Grand-Anse oder sonstwo keine bleibende Erinnerung an ihre Serbi-Partien abbekommen haben, die dann auf Jahre hinaus noch bis ins letzte Detail besprochen werden...

Ich betrete den Markt. Es ist der 14. Juli. Die Gesten sind bedeutungsschwanger. Jedes Lachen steckt voller Anspielungen. Gemurmelte Worte ersetzen ganze Sätze und werden sofort verstanden. Vom Eingang aus lokalisiere ich die verschiedenen Hoheitsgebiete, deren Grenzen sich im Lauf des Tages und vor allem des Abends langsam verschieben. Ich sehe den Tisch, an dem die indischen Kulis, deren Schweigen noch undurchdringlicher ist als sonst, mit gedämpftem Schwung die Würfel werfen und ihre Gewinne mit so viel Gefühl einstreichen, als würden sie einem Pferd die Mähne streicheln. Das tiefe Schwarz ihrer glänzenden Haare fesselt eine Zeitlang meine Aufmerksamkeit. Eine Frau richtet einen Strauß mit kleinen Trikoloren auf, der etwas zu nachlässig am Mittelpfeiler des Marktes befestigt worden war. Ein Spieler stürzt auf sie zu, küßt eines der Fähnchen und ruft triumphierend: »Elf!« Seine Gegner lächeln böse. Er verliert, sucht verzweifelt in seinen Socken nach einem letzten Geldschein und schleicht sich zu guter Letzt auf Zehenspitzen davon. Der Tisch, den er verlassen hat, der der Kongo-Neger, ist der schrecklichste von allen, denn die Spieler streichen mit vorgetäuschter Nonchalance entweder über eine Rasierklinge oder ein Springmesser und verbergen todsicher hinter ihrem Rücken, zwischen Hemd und Haut, eine noch viel gefährlichere Waffe. An dem Tisch der Mulatten gibt man sich betont gleichgültig, damit die Leute ja nicht glauben, sie, die Wohlanständigen seien dem Spiel des gott- und gesetzlosen Pöbels verfallen. Einmal im Jahr mischt sich der Mulatte unters Volk, und damit hat's sich dann wieder.

Ich weiß, ich muß mit den Tischen anfangen, an denen jeder zugelassen ist und wo die Einsätze so lächerlich niedrig sind, daß einem der Gewinner das verlorene Kleingeld wieder zurückgeben kann, ohne deshalb besonderen Großmut zu beweisen. Ich rekapituliere die Regeln des Serbi, die mir Thimoléon mit auf den Weg gegeben hat, da ich aber schon beim Kopfrechnen passen muß, quält mich die Vorstellung, alles durcheinanderzubringen. Blödmänner haben auf dem Markt nichts zu suchen, verdammt! Ich widerstehe einer Spielerin, die mich an den Tisch der Frauen zerren will und dabei lachend erklärt: »Wenn du das machst, wenn du deinen ersten Wurf mit einem Weibsstück wagst, na ja, dann gehörst du automatisch zu den Schwulis, mit denen sich kein ernsthafter Spieler abgibt.« Dachine, der Mann von der Müllabfuhr, der kaum größer ist als der Stiefel eines Gendarmen, schlägt mir vor, für ihn einzuspringen.

»Hab keine Angst, Alter! Wir hier haben einfach Spaß an der Sache!«

»Wieviel?«

»Dreißig Francs der Einsatz«, antwortet einer der Spieler.

»Einverstanden!«

»Laß die Würfel rollen, na los, mach schon!« ermutigt mich der Zwerg.

Aber in dem Augenblick, als mein ausgestreckter Arm sie aus dem Becher schütteln will, packt mich eine zarte, kalte Hand am Gelenk: die von Eau de Café. Nie in den siebzig Jahren ihres Daseins ist sie an einem solchen Tag hierhergekommen. Die Leute sind völlig baff. An allen Tischen werden die Partien abgebrochen, nur nicht an dem Tisch, an dem sich der Béké de Cassignac und Congo Laide, der zweite dieses Namens und seiner Profession nach Züchter von Kampfhähnen, ein erbittertes Duell liefern, das schon über drei Jahrhunderte geht. In der Halle ist es so still geworden, daß man vom Rathaus her die scheppernde Stimme aus dem Lautsprecher und den Beifall des Publikums beim Löffelrennen hören kann, das sich in Grand-Anse großer Beliebtheit erfreut. Mit einem Stückchen Seil bindet man den Teilnehmern die Hände hinter dem Kopf zusammen und schiebt ihnen einen Löffel mit einem Ei zwischen die Zähne. Damit müssen sie hundert Meter laufen, ohne das Ei fallen zu lassen. Bei jeder Gemeindewahl verspricht der Miniatur-Mussolini, diesen Sport bei den Olympischen Spielen anzumelden, denn »dann würden wir endlich auch eine Goldmedaille bekommen, die wie eine Sonne am Firmament unserer tapferen Jugend von Grand-Anse erstrahlen würde«.

»Komm, geh mit deiner Marraine nach Hause ...«, fordert mich Eau de Café in einem Ton auf, der keinen Widerspruch duldet.

Ich sträube mich. Nehme ihre Hand und versuche mit gedämpfter Stimme zu verhandeln. Sie will nichts wissen. Nichts verstehen. Sie stellt sich taub. Sie stampft mit den Füßen und droht mit einem Schlaganfall, wenn ich ihr nicht folge. Ich blicke mich nach Thimoléon um. Er könnte mein Rettungsanker sein. Mich verteidigen. Seine alte Genossin zur Vernunft bringen. Der Tischler ist zum Tisch der Ehemaligen hinübergegangen und wagt einen Wurf, was auch die andern wieder anfangen läßt. Ich bin Marraine also völlig ausgeliefert.

»In diesem Saustall wirst du überhaupt nichts erfahren«, erklärt sie, um mich rumzukriegen.

»Aha, du weißt also ganz genau, was ich erfahren will!«

»Hab dich nicht so, junger Mann! Laß uns gehen, ich möchte nicht wissen, was man mir sonst morgen früh wieder anhängt: Eau de Café geht bei den Serbi-Spielern ein und aus! Eau de Café hat hunderttausend Francs bei den Kongo-Negern gelassen und was nicht alles ...«

Der Nachmittag hat erst angefangen. In Erwartung gemäßigterer Temperaturen tummeln sich inzwischen etwas weniger Leute auf den Straßen. Selbst das Meer macht einen völlig abgeschlafften Eindruck. Eau de Café hüpft plötzlich ganz vergnügt auf den Fahrdamm und überläßt mir das Trottoir. Ein Glücksempfinden erfüllt mich, dessen Ursprung ich nicht genauer bezeichnen kann. Vielleicht weil ich noch nie so lange Marraines Hand in der meinen gehalten habe. Die Leute lächeln uns von ihren Fenstern aus zu.

»Ich erzähl dir alles, was du über Antilia wissen willst. Hab Geduld, *mon nègre*, Geduld ist eine Gabe Gottes, jawohl.«

Ich warte bis acht Uhr abends, bis der Schlaf sie übermannt, dann laufe ich zurück zum Markt, wo man die Würfel mit noch größerer Verbissenheit rollen läßt. Einer ganz unerträglichen Verbissenheit ...

12. Januar 1967

Mein Lieber,
Sie haben uns geknebelt. Der Bauch unserer Stadt ist eine einzige pulsierende Wunde. Der Platz der Savane inmitten seiner Bastion von hundertjährigen Tamarindenbäumen. Und jedesmal ist man überrascht von der Kühle der Marmorbänke, von dem höhnischen Lächeln Josephines, der Kaiserin der Franzosen, und den Reden, die weiter hinten geschwungen werden. Oder wenn einen dieser würdevolle alte Herr in seinem Anzug aus reiner Wolle und der Uhr in der Westentasche am Arm packt und erklärt:

»Ich bin Mulatte seit vier Generationen. Ja, richtig, seit vier Generationen! Mein Urgroßvater wohnte gegenüber von der Kathedrale, und jeden Abend um fünf Uhr kam er hierher, um seine Zeitung zu lesen. Wo sieht man heutzutage noch jemanden, der das tut, wo? Heutzutage sind die Neger die Herren!«

Mitten in der Savane gibt es einen Pavillon, den die Kinder anstandslos den älteren Herren überlassen, wenn diese den Wunsch verspüren, sich in gepflegtem Französisch über Aktualitäten aus Haiti oder in Deutschland zu unterhalten. Der alte Herr ist ein Dichter.

»Sie hätten das an meiner Golduhr sehen können«, meint er vorwurfsvoll, und schon fängt er an zu rezitieren:

Le mer bleue épelle des lettres d'amour
sur l'épaule fascininée des sirènes
(Das blaue Meer buchstabiert Liebesbriefe
auf die hingerissene Schulter der Sirenen)

Ja, ein großer Dichter, Mitglied der Académie Lutèce und mehrfacher Preisträger der Blumenschauen. Und außerdem ist er Mulatte. Mulatte wohlgemerkt! Ein Wort, das man nicht aussprechen kann, ohne sich unendlich behutsam übers Haar zu fahren und unmerklich in die Brust zu werfen.

»Meine letzte Reise ins Mutterland habe ich auf der Colombie unternommen, wissen Sie, na ja, Sie sind wohl zu jung, um das

zu wissen ... auf einem berühmten Ozeandampfer jedenfalls! Als er auslief, zerriß sein Horn die Herzen der Bewohner dieser Stadt, mein liebes Kind, die reinste Totenglocke ... Sie hätten die Angehörigen der Scheidenden sehen sollen, wie sie sich an den Gangways drängten. Die Tiefe eines Blicks, das Beben eines Händedrucks spüren müssen ... ha-a! Heutzutage nimmt man ein Flugzeug und schwupp, schon ist man im Mutterland, und am nächsten Abend kann man bereits wieder zurück sein. Für Erinnerungen ist da kein Platz ...«

Der greise Mulatte wirkt so zerbrechlich wie eine Porzellanfigur. Er erzählt mir, daß seine älteste Tochter, natürlich auch eine Mulattin, Klavier spielt.

Diese Stadt (dieses Leben) ist schändlich!

Antilia

Fünfter Kreis

Den Geist, der die Dinge bewegt, sollte man nicht im wohlgeordneten Gefüge der Schullogik suchen. Unser Leben war schon immer randvoll mit eilig zusammengeflickten plötzlichen Brüchen, endlosen Ergüssen in Ermangelung wahrer Liebe, und der Marktflecken Grand-Anse, Hort eines Geheimnisses, das seine Bewohner sich nicht eingestehen können oder vielmehr unter tausend verschiedenen Gewändern durchhecheln, wartet.

Vielleicht ist das Warten die eigentliche Ursache dieses Schrekkens ohne Ende...

20

René-Coulis Ende

Maître Féquesnoy besaß also drei Töchter, die niemals das Haus verließen, da er fest entschlossen war, ihre Mulattinnenehre vor jedem Kontakt mit dem gemeinen Volk zu schützen. Montags ging die Älteste in aller Frühe zur Post, um geheimnisvolle Pakete in Empfang zu nehmen oder einen dicken Packen Briefe an Leute da drüben (womit wir Frankreich meinen) abzuschicken. Daß sie die Hintergründe dieses Kommens und Gehens nicht erklären konnten, peinigte die alten Kuppelweiber der Stadt bis aufs Blut, und sowohl Man Léonce als auch Eau de Café und vor ihrer Verstoßung Ali Tanins Mutter hatten die Postlerin bestürmt, sie solle doch eine dieser zahllosen Botschaften aufbrechen. Die letztere, vom Ethos ihres Berufs durchdrungen, war darob so empört, daß man ihr prophezeite, eines Tages würde sie noch der Schlag treffen. Sie konnte ihren Widerstand gute drei Monate aufrechterhalten, nach Ablauf dieser Zeit fand man sie dann gelähmt, mit starrem Blick und Schaum vorm Mund hinter ihrem Schalter vor. Unter Berufung auf höhere Gewalt besetzte der Miniatur-Mussolini die bis zur Entsendung einer offiziellen Nachfolgerin offene Stelle mit einer seiner Außer-Haus-Frauen, einem sorglosen jungen Ding, das keine Sekunde lang zögerte, das Briefgeheimnis der ältesten Féquesnoy-Töchter zu verletzen.

Die Neuigkeit machte die Runde im Ort, sprang dann aufs Hinterland über und drang sogar bis in die Nachbargemeinden Fond d'Or und Basse-Pointe vor. Im Grunde wußte keiner so richtig, ob er sich vor Lachen in die Hosen pinkeln oder vielmehr Mitleid empfinden sollte. Enthielt doch jeder dieser Briefe eine Liebeserklärung und einen Heiratsantrag an einen Frankreich-Weißen, dessen Adresse das Fräulein Féquesnoy in einem dieser Foto-Roman-Heftchen gefunden hatte, von denen sie Unmengen verschlang. Wenn eine neue Lieferung im Palast des Orients eintraf, stürzte sich ihr Vater blitzschnell darauf, um mindestens die Hälfte davon aufzukaufen. Auf diese Weise wurde auch ihre Vorliebe für »Wir zwei« bekannt, denn die meisten Adressen stammten aus selbigem Heft.

»Maître Féquesnoys Älteste will sich einen Mann kaufen«, verkündete man überall mit ungläubig klingender Stimme.

Zugegeben, die Versprechungen vom großen Glück an der Seite eines gutaussehenden blonden und blauäugigen Mannes mit Wohnsitz entweder im Departement Ardèche oder Dauphiné hatten auch die meisten jungen Negerinnen von Grand-Anse zumindest einmal in ihrem Leben mit offenen Augen träumen lassen, doch keine hatte sie je für bare Münze genommen und sich an einen Tisch gesetzt, um ihre Sehnsucht schwarz auf weiß zu Papier zu bringen. Was die Kuppelweiber, die die Briefe der ältesten Féquesnoy geöffnet hatten, aber noch mehr verwunderte, war die Tatsache, daß die Ehemänner in spe bereits auf die vierzig und manchmal sogar auf die fünfzig zugingen, während man dem jungen Mädchen höchstens fünfundzwanzig gab. Doch sie fanden ziemlich schnell heraus, daß die Auswahl von ihrem Vater getroffen wurde, worauf sie und ihre beiden Schwestern heftig bedauert wurden, waren die jungen Dinger doch gänzlich der Willkür des Notars ausgeliefert, der seine Interessen so unerbittlich durchsetzte, daß er selbst bei den einheimischen Weißen gefürchtet war. Duldeten sie ihn doch allein aus diesem Grund an ihrem Baccara-Tisch, wo er sich übrigens keineswegs ungeschickt anstellte, wenn man Dupin de Médeuil, dem Bananenpflanzer aus Moulin-l'Étang Glauben schenken wollte. Was die Pakete betraf, die die arme Seele empfing, so enthielten sie Haushaltsbücher, Platten mit klassischer Musik (Verdi insbesondere), Strickwolle und Kristallgeschirr. Und, versteh das mal einer! jede Menge Diktionäre für Sprachen, die keiner hier kannte.

Nie hätten sich die Féquesnoys auch nur einen Augenblick lang träumen lassen, daß ihr Privatleben regelmäßig in aller Öffentlichkeit ausgebreitet und von den giftigsten Zungen des Ortes kommentiert wurde. Gelangweilt von der Lektüre der Heiratsanträge und der durchweg plumpen Antworten von drüben, auf die das junge Mädchen (oder sein Vater) erst gar nicht eingingen, ließ sich die Hilfspostlerin von ihrer Neugierde verleiten, auch Briefe von Leuten oder an Leute zu öffnen, die auf Martinique lebten. Doch sie kam nicht auf ihre Kosten: Es handelte sich nur um Beileidsschreiben an Familien in En Ville, Rechnungen und Steuerformulare. Bald langweilten die Briefromanzen von Fräulein Féquesnoy auch die anderen, und man machte sich daran, ein neues Terrain mit anderen Personen zu beackern, denn bei dieser Art von Unternehmungen kommt jeder einmal an die Reihe. Die Postlerin hatte eine unfehlbare, im Lauf der Monate perfektionierte Methode entwickelt, um die Schrift des jungen Mädchens zu sichten, ihre Post schnell in einen alten Schuhkarton verschwinden zu lassen, die Siesta abzuwarten, dann mit der Zunge über den Kleberand der Briefumschläge zu fahren, sie auf diese Weise erst einmal anzufeuchten und anschließend ganz in eine Schale mit Zitronenwasser zu tauchen, gerade lange genug, um auf fünf zu zählen, danach nahm sie sie wieder heraus und öffnete sie vorsichtig mit Hilfe einer Nagelfeile. Um sie zu entziffern, bediente sie sich der erstbesten Matrone, die vorbeikam, da sie ihren Posten nicht irgendwelchen Talenten im schriftlichen Bereich verdankte, sondern vielmehr ihrem aufreizenden Powackeln. Das Wiederzukleben der Umschläge war schon schwieriger. Es erforderte ein solches Fingerspitzengefühl und großes Geschick im Umgang mit Klebstoff, daß manch eine den schicksalshaften Augenblick fürchtete, in dem En Ville eine reguläre Postangestellte ernannte. »Selbst wenn sie sich so hilfsbereit wie die Kleine erweist«, meinte Man Léonce, »wer garantiert uns, daß sie auch in der Lage ist, die Briefe so zuzukleben, daß die Féquesnoys nichts merken? Mit dem Aufmachen allein ist es nicht getan, dazu braucht man einfach nur Geduld. Auf das Zukleben kommt's an. Ein bißchen zuviel Kleber, und schon kann sich eine verdächtige Schwellung bilden, meine Teuersten.« Man machte der Hilfspostlerin sogar den Vorschlag, zwei oder drei ihrer Altersgenossinnen mit ebenso zarten Händen in die Grundlagen ihrer Technik einzuweihen. Aber Trägheit oder Zeitmangel verhinderten, daß diese Maßnahme in die Tat umgesetzt wurde, und die Damen verdankten es nur den scharfen Augen der Hilfspostlerin, daß sie nicht vor Langeweile umkamen. Sie hatte bemerkt, daß ein Negerjunge aus der Rue-Derrière in regelmäßigen Abständen schöne, hellblaue Briefumschläge zum Frankieren bei ihr abgab, Umschläge, die sich von dem geisttötenden Weiß der übrigen Post wohltuend abhoben. Anfangs hatte sie sich nichts dabei gedacht, wenn ihr seine hohe, schrille Stimme entgegentönte: »Meine Mama möchte bitte schön, daß du für sie eine Marke draufklebst!«

Was sie auf den Trichter brachte, war die Tatsache, daß der Bengel immer mit einem Fünfzigfrancstück bezahlte und das Wechselgeld gierig in seine Taschen stopfte. Schließlich fing sie an, ihn geschickt auszuhorchen, aber er war von seiner Mission so erfüllt, daß er sich glatt weigerte, ihr zu erklären, warum seine Mutter so hübsche Umschläge für die Leute in En Ville benutzte. »Wenn sie nach Frankreich gingen, würd ich's ja verstehen«, fügte sie hinzu, »aber für hier ist das doch reine Verschwendung.« Danach beschäftigte sie sich lange Zeit mit den Auf- und Abstrichen der handgeschriebenen Adressen, bis ihr eines Tages klar wurde, daß die Absenderin der Briefe ihre Schrift verstellte. Jeder Buchstabe schien mit einstudierter Langsamkeit aufs Papier gemalt, und das Ganze wirkte nicht gerade natürlich, sondern eher bemüht. Da sie aber vollauf damit beschäftigt war, die Briefe der ältesten Féquesnoy beiseite zu schaffen, erinnerte sie sich an dieses kleine Rätsel immer nur, wenn der kleine Negerjunge vor ihrem Schalter auftauchte. Eines Tages fragte sie ihn:

»Wo arbeitet denn deine Mama?«

»Sa pa ka gadé 'w!« (Das geht dich nichts an), erwiderte der freche Knirps.

»So ein hübscher Junge und so schlechte Manieren, na, na!«

». . . .«

»Gut, die Briefmarke kriegst du heute umsonst, du kannst dein Geld wieder einstecken.«

Der Negerjunge machte große Augen, nahm das Geld vorsichtig wieder an sich und drehte sich auf dem Absatz um. Früchte trug der Plan der Hilfspostlerin erst in der Woche darauf. Sofort platzte er damit heraus: »Mama bügelt für die Familie Féquesnoy die Wäsche, Madame.«

»Ah so! Und was tun die drei Féquesnoy-Damen den lieben langen Tag mit ihren zehn Fingern, frag ich mich?«

»Die sind wirklich nett, weißt du ... Die Große spielt auf einem Klavier Trauermusik, die andern beiden lesen.«

»Bravo! Wenn ich das richtig verstehe, müssen nur kurzgetrimmte Negerinnen wie ich sich abrackern, um ihren Lebensunterhalt zu verdienen.«

Zu gerne hätte sie gewußt, was eine einfache Büglerin denen in En Ville so Wichtiges mitzuteilen hatte. Die blauen Umschläge zu öffnen entpuppte sich als eine wahre Katastrophe. Sie verfärbten sich, wenn man sie ins Wasser tauchte und zerknitterten zu allem Unglück auch noch beim Zukleben. Doch ihr Inhalt überraschte die Konkubine des Bürgermeisters dermaßen, daß sie in Null Komma nichts ihre Panik überwand. Sie mußte das erste Schreiben auf blauem Papier selbst erst zehnmal hintereinander lesen, bevor sie Man Léonce, die Bäckersfrau, informierte, die durch ihren Tratsch schon etliche Familien ruiniert, Zwillingsbrüder für den Rest ihres Lebens entzweit und mehrere angesehene Bürger ins Unglück gestürzt hatte. Aber selbst ihr verschlug es die Sprache, und ihre Hände zuckten auf dem Holz des Postschalters, während sie auf die engbeschriebenen Bögen starrte, auf denen die älteste Tochter des illustren Notars von Grand-Anse ohne irgendwelche Umschweife die Qualen der Leidenschaft schilderte, die ihr René-Couli bescherte. Diese Entdeckung war so explosiv, so unheilschwanger, daß Man Léonce die Hilfspostlerin schwören ließ, niemandem auch nur ein Sterbenswörtchen davon zu erzählen.

»Eine Féquesnoy, die es mit einem Kuli treibt, man stelle sich das vor! JA, EINE FEQUESNOY!« murmelte sie.

Schließlich eröffnete sie sich dann doch Eau-de-Café-meine-Teuerste, die ebenso fassungslos war wie sie. Die beiden Frauenzimmer schafften es, ihr Geheimnis gute zwei Monate für sich zu behalten, während sie sich zusammen mit der Postlerin an den völlig unverblümt wiedergegebenen Erregungen aus der Feder einer Person ergötzten, die ganz Grand-Anse als eine Mischung aus Jungfrau und alter Jungfer betrachtete. Außerdem gehörte das Fräulein zu der Sorte der ganz Schlauen: Sie verstellte ihre Schrift, ließ ihre Briefe von einem kleinen Jungen zur Post bringen, Briefe an Freundinnen in En Ville, die sie beauftragt hatte, sie an René-Couli weiterzuleiten, wenn dieser nach Pointe Simon herunterkam, um seine puertorikanischen Rinder abzuholen. Wurden sie beantwortet, und wie gelangten diese Antworten in die Hände der ältesten Féquesnoy? Das wußte keine, war es doch äußerst fraglich, ob dieser Kuli-Hundefresser überhaupt lesen und schreiben konnte. Soweit man sich erinnerte, hatte er nur die Schule der Savane absolviert und sprach ausschließlich Kreolisch (und Tamil, wenn er seine teuflischen Zeremonien abhielt). Doch mußte man zugeben, daß sich sein Status mit der Beendung des Zweiten Weltkriegs gewaltig verbessert hatte. Er hatte eine Freibank in der Markthalle eröffnet und sich einen Peugeot-403-Pritschenwagen gekauft, der immer blitzsauber war, obwohl er mehrere Male in der Woche blutige Tierkadaver transportierte. Seinen Hindutempel im Viertel Long-Bois behielt er zwar bei, doch zwei Schritte vom Schlachthof hatte er sich außerdem ein festes Haus gebaut und erfreute sich allgemeiner Hochachtung, weil er seine zahlreiche Familie vor den Unbilden der Witterung, dem Hunger und der Not zu schützen wußte. Und das, so sagte man sich, hat den Vorteil, daß die Regierung uns nicht zur Kasse bittet, damit wir die Sozialhilfe und die ärztliche Versorgung bezahlen. Unglücklicherweise konnte sich seine Mätresse jedoch nicht an dieses neue Leben gewöhnen und kehrte mit ihren Kindern in ihren Heimatort Macouba zurück. Böse Zungen nahmen das als Vorwand, um über die Kulis herzuziehen, »die sich nur im Dreck wohl fühlen«. Da der Inder mit dem Picheln aufgehört hatte und infolgedessen auch nicht mehr die Destillen der Rue-Derrière frequentierte, nahm seine Einsamkeit ein solches Ausmaß an, daß viele Leute aus dem Ort Mitleid mit ihm empfanden. Im übrigen sagte man nicht mehr mit Häme in der Stimme »René-Couli«, sondern »Monsieur René« zu ihm.

Das Tagebuch der ältesten Féquesnoy war also ein wahrer Hochgenuß für unsere drei Matronen, die ihre bescheidenen Schulkenntnisse zusammentaten, um in die Träume der jungen Frau einzudringen.

6. Juni 1952

»Vater ist ein geplagtes Wesen. Er braucht nur die Trommel von Major Thimoléon zu hören, und schon fängt sein Herz an zu flattern. Seine Stirn bedeckt sich mit Schweiß, seine Haare sträuben sich, er bekommt einen Schluckauf, bis ich ihm seine Tabletten und ein Glas Wasser bringe. Dann bedrängt er mich, daß ich mich ans Klavier setze, und ich darf spielen, was ich will, sogar Schubert ist erlaubt, für den er sonst nicht viel übrig hat. Solange die Trommel zu hören ist, fühlt er sich hundeelend. Meine Schwestern lachen heimlich hinter ihren Büchern. Virginie hat sich zum fünften Mal ›Die Brotausträgerin‹ vorgenommen, ich vermute, weil sie dabei ihren Tränen freien Lauf lassen kann. Émeline und sie sind zwei echte Einfaltspinsel, die keine Ahnung vom wirklichen Leben haben. Daß ich allmählich dahinterkomme, verdanke ich nur Dir und Deinen kräftigen Händen. Hab Dank für Dein Mitgefühl. Vielleicht fängt so die Liebe an.«

9. Juni 1952

»Ich hab Dich gestern morgen in aller Frühe vorbeigehen sehen. Wohin bist Du geeilt? In wessen Arme wolltest Du Dich werfen? Ich glaube kaum, daß diese bornierte Passionise ihr Lager mit dir teilen würde, auch nicht im Schutz der Morgendämmerung. Sie kennt die fünfzehn Beleidigungen, die die Ehre eines Inders verletzen. Und sie läßt keine Gelegenheit aus, sie von sich zu geben, selbst wenn keiner von Deiner Rasse in der Nähe ist. Nur, um ihre Mitmenschen zu ärgern. Diese Frau-für-jeden-Mann ist die Bosheit in Person. Genau das Gegenteil von Myrtha. Hat sie sich übrigens jemals abgewöhnt, den Priestern von Grand-Anse den Kopf zu verdrehen?

Ich möchte mir auch nicht vorstellen müssen, daß Du Dich mit Antilia, dieser übergeschnappten Mariane-mit-der-Feigenhaut, treffen wolltest. Vergiß nicht, daß sie dem Bauch dieses verfluchten Meeres entstammt, das die Mauern unserer Häuser zerfrißt. Was hat sich Vater nur dabei gedacht, als er unseres direkt ans Wasser baute! Manchmal, wenn der Schlaf nicht kommen will, beobachte ich das wilde Treiben der Wellen, die ohne Unterlaß die Schwärze der Nacht durchlöchern, und ertappe mich bei dem Gedanken, daß es uns eines Tages ohne jede Vorwarnung verschlingen wird.

Deine Hände haben Spuren der Zärtlichkeit auf meiner Haut hinterlassen. Sie brennen immer noch auf meinen Lenden. Daß mir die Sinne schwinden ...«

12. Juni 1952

»Ich kann nicht mein ganzes Leben in diesem Kerker verbringen. Ich ersticke in der Hitze, dem Lärm der Brandung, dem Geplapper meiner Schwestern, der Häme meines Vaters. Nur die kurzen Augenblicke, die du mir schenkst, verhindern, daß ich völlig den Verstand verliere. Vater hat sein Mißtrauen abgelegt. Er macht sich keine Sorgen mehr, wenn er zu seinen Gemeinderatsitzungen oder seinen Baccara-Abenden mit de Médeuil, dem weißen Kreolen, aufbricht. Und er beabsichtigt sogar, uns nicht mehr hinter sich her zu zerren, wenn ihn seine Geschäfte nach En Ville führen. Meine Schwestern und ich sind wie drei Kerzen, die sich im Schatten eines Heiligenhäuschens verzehren. Selten bleibt einer stehen, um ein Gebet zu sprechen. Ganz, ganz selten. Als der Krieg zu Ende war, tauchte Thimoléon bei uns auf, aber Vater wollte nichts davon wissen, weil er Neger ist, und ich, weil er so ein grobschlächtiger Neger ist. Ich hab Angst, denn meine Kerze hat als erste angefangen zu brennen, Angst, sie könnte verlöschen. Hilf mir. Ich möchte weg von hier und Dein Leben teilen. Kinder bekommen, die Deinen Gang haben und die verhaltene Wut Deines Blicks. Ich hasse die Mulatten, ihren Pomp und ihre guten Werke. Dieses Jahr werde ich nicht auf den großen Silvesterball gehen, den sie in En Ville veranstalten. Ich lege mich ins Bett, und Vater kann toben wie zwanzig Teufel, weil ich mir die Gelegenheit entgehen lasse, die besten Partien von Martinique kennenzulernen. Ich rühre mich nicht von der Stelle.

Virginie denkt, sie kennt sich aus in der Liebe. Sie hat mir gesagt, das erste Mal würde es gräßlich weh tun. ›Als würde man sich mit einem Bügeleisen verbrennen . . .‹«

8. Juli 1952

»Von den ganzen Heiligen, von denen Du mir erzählt hast, ist mir Nagouloumira am liebsten. Ich bewundere Maldévilins Wildheit, Kalis Anmut, Madouraivirens Überlegenheit, Mariémens Herrlichkeit, aber Nagouloumira paßt besser hierher, er ist kreolischer als die andern. Auf der Überfahrt hat er die Deinen vor allen Gefahren bewahrt. Hier wurde er dann zu Nagouloumira, das heißt, der Muselmane und Hindu wurde auch noch Weißer und Neger. Neger, weil *agoulou* von *N'goulou* kommt, was auf kikongolesisch Schwein bedeutet. Weißer, weil *agoulou* sich auch vom Französischen ableiten läßt, wo *goulu* »gefräßig« und gleichzeitig »gierig« bedeutet. In Nagouloumira seh ich das muselmanische *Ra,* das französische und schwarze *goulu*, das hinduistische *mira.* Lach nicht über meine lexigraphischen Hirngespinste! Ich hab meine Reifeprüfung in Griechisch und Latein mit einer Eins bestanden. Aber leider hat mich mein Vater vom Kolonialpensionat genommen, weil er Angst hatte, die Stadt könnte seine Älteste verderben. Meine Leidenschaft für Wörter und ihre Wurzeln hab ich beibehalten. Ich vertief mich lieber in Wörterbücher als in kitschige Romane wie Virginie. Ein tamilisches Wörterbuch hab ich mir auch bestellt, damit ich den Sinn Deiner Gebete herausfinden kann.

Nagouloumira beschütze Dich, mein Geliebter!«

20. Juli 1952

»Vater widert mich an. Jeden Abend müssen entweder Virginie oder Émeline bei ihm im Zimmer schlafen. Vor mir hat er immer Angst gehabt, und solange ich zurückdenken kann, hat er mir nie richtig in die Augen geschaut. Émeline, die Ärmste, ist das Abbild einer zerfledderten Allamanda. Mal blickt sie verträumt aus dem Fenster und betrachtet das Meer, mal liest sie mit lauter Stimme Stellen aus dem Evangelium vor, während sie im Haus herumwandert. Ich bitte Dich, hilf mir! Manchmal fühl ich mich so allein, daß ich am liebsten Émilien Bérards Verzweiflungstat nachmachen würde. Den Mut dazu hätte ich, was mich zurückhält, ist allein der Gedanke an Dich.«

Nach Ablauf einiger Monate bildeten Man Léonce, Eau de Café und ein paar von den meine-Teuerste-Freundinnen eine Delegation, die sich zum Notar begeben wollte. Jemand mußte ihn von dem schändlichen Verhältnis seiner Tochter mit diesem René-Couli unterrichten. Sein Versagen im Fall von Bogino hatte seinem Ruf zwar gewaltig geschadet, aber das bedeutete noch lange nicht, daß René-Couli nicht mehr mit seinen bösen Geistern in Verbindung stand. Ein Kuli ist noch hinterhältiger als ein Mulatte, was ja einiges heißt! Maître Féquesnoy tat so, als würde ihn der Besuch, den ihm diese Frauen mitten in der Woche in ihrem vollen Sonntagsstaat abstatteten, überhaupt nicht wundern. Er befleißigte sich vielmehr äußerster Höflichkeit und bot ihnen Wermut und Champagnerbiskuits an. Ohne mit der Wimper zu zucken, hörte er sich ihre Enthüllungen an. Er stellte keine Fragen und äußerte keine Zweifel. Er machte nur ein paar banale Bemerkungen über die gedeihliche Entwicklung der Gemeinde und begleitete sie dann zur Tür wie ein echter Gentleman. Man Léonce, die Bäckersfrau, die ihn vom oberen Stock ihrer Bäckerei aus bespitzelte, bestätigte, daß in dem bürgerlichen Prachtbau der Féquesnoys nicht einmal das Summen einer Fliege zu vernehmen war. Nur ein ungewöhnliches Detail bewies den Bewohnern von Grand-Anse, daß sich dort etwas zusammenbraute oder bereits schon abspielte: Der Notar hatte alle Türen, Fenster und Fensterläden, die auf die Rue-Devant hinausgingen, geschlossen, was logischerweise bedeutete, daß er die zum Meer hin öffnen mußte. Doch das hat hier noch keiner gewagt, da die Windböen von Miquelon im Handumdrehen Wäsche, Besteck und Spiegelflächen ruinieren. Als es dunkel wurde, verließen die Büglerin und ihr Kleiner mit tieftraurigen Gesichtern das Haus. Keiner wagte, sie auszufragen. Man sah, wie der Junge zur Freibank von Monsieur René lief, ihm einen Umschlag gab und schnell wieder zu seiner Mutter zurückrannte. In der Bar von Ti Fène Auguste wurde es plötzlich still. Alle Welt hielt den Atem an. Der Inder schien zur Salzsäule erstarrt, sein großes blutverschmiertes Schlachtermesser in der einen, den Umschlag in der andern Hand. Nach einer Weile – das Buschradio bezeichnete es als eine Ewigkeit – postierte er sich auf dem Bürgersteig gegenüber von den Féquesnoys und brüllte:

»Diese Mamsell ist verrückt! Ja, total verrückt! . . . Ich hab noch nie mit ihr gesprochen, ich kenn nicht mal die Farbe ihrer Worte und auch nicht die Formen ihres Körpers. Ihr könnt mich fragen, ob sie viel auf den Knochen hat oder dürr wie eine Bohnenstange ist, ich kann's euch verdammt noch mal nicht sagen. Also was wirft mir dieser Mulatte vor, was? Monsieur will sich morgen früh mit mir duellieren! Wo soll ich eine Pistole hernehmen? . . . He, Féquesnoy, komm doch mal raus, ich bitte dich! Ich will, daß du mir noch einmal laut und deutlich sagst, was du mir vorzuwerfen hast. LOS, MACH SCHON, VERDAMMT!«

Das Haus der Féquesnoys blieb fest verschlossen, und der ehemalige Hindupriester drohte und flehte bis tief in die Nacht hinein. Er schwor, mit der Ältesten nie auch nur geschäkert zu haben, und rief die Vorübergehenden als Zeugen auf. Keiner, nicht einmal Major Bérard, wollte ihm in seiner Not beistehen, obwohl er immer ein treuer Kunde des »Golem« gewesen war. Die Leute legten sich schließlich schlafen, und Monsieur René soll angeblich im Rinnstein gelandet sein, nachdem er drei Liter Rum in sich hineingeschüttet hatte. Noch vor Sonnenaufgang brachten zwei, in kurzen Abständen erfolgende Detonationen das Meer von Grand-Anse für einen Augenblick zum Schweigen. Die Leute blieben etwas länger im Bett, und ein paar versuchten sogar, noch einmal einzuschlafen, um sich nicht in diese Sache einmischen zu müssen, die bestimmt schlimm enden würde. Die beiden Sammeltaxis von Grand-Anse fuhren durch den Ort, ohne ein einziges Mal die Hupe zu betätigen, und viele Kinder gingen nicht zur Schule. Die Freibank des Inders und das Haus des Notars blieben an diesem, wie am nächsten und übernächsten Tag geschlossen. Am vierten Tag holte Maître Féquesnoy seinen alten Studebaker aus der Garage und verstaute seine Töchter und einige Koffer darin, um mit unbekanntem Ziel und ohne ein Wort des Abschieds abzufahren. Nach vierzehn Tagen gab dann der Miniatur-Mussolini bekannt, daß »der Herr Stellvertreter sich von seinem Dienst beurlauben habe lassen und nach Frankreich gefahren sei«, obwohl Féquesnoy nie ein Amt bekleidet hatte. Das Leben kam wieder in normale Bahnen, bis dann eines Tages, getreu seiner Gewohnheit, Bogino die Leiche eines Mannes signalisierte, die unterhalb des Hospitals angeschwemmt worden war, dort, wo das Meer so heimtückisch ist, daß man die ertrunkenen Frankreich-Weißen schon gar nicht mehr zählte.

»Pèsonn lakay mwen pa pèd!« (Bei uns wird keiner vermißt) bekam er von allen zu hören.

Eau de Café nahm ihren ganzen Mut zusammen und alarmierte die Polizei, die die Leiche auflas und, ohne weitere Nachforschungen anzustellen, auf Tod durch Ertrinken schloß. Sie und Adelise, eine herzensgute Neunzigjährige, hielten als einzige im Pfarrhaus die Totenwache ab, und die Beerdigung ging sang- und klanglos an einem Nachmittag über die Bühne, an dem sich beinahe die gesamte Bevölkerung von Grand-Anse im Stadion der Nachbargemeinde Fond d'Or versammelt hatte, um einem Fußballspiel beizuwohnen. Der Totengräber weigerte sich, René-Couli in dem Sammelgrab zu beerdigen, denn diejenigen, die dort ruhten, waren zu ihren Lebzeiten zwar Hungerleider, aber doch Christen gewesen. Die Leiche des Inders wurde also in ungeweihter Erde in einer entlegenen Ecke des Friedhofs begraben. Dort lagen die exkommunizierten schwarzen Hexer, Tanin, der Mohammedaner, Alis Vater und nun der Zelot der Göttin Kali. Und wieder war es Eau de Café, die ihm einen Sarg aus Kistenholz bezahlte und sein Grab mit einer einzigen Hortensie schmückte, die sie schnell noch in einem Gärtchen abgerissen hatte, das nicht von einem Zaun umgeben war.

»Isiya dwèt modi pou tout bon!« (Hier ist man verdammt für alle Ewigkeit) brummte der Totengräber.

21

»Schau dir diesen Mann an, der zwischen den Spieltischen herumtorkelt und anscheinend niemanden sieht, nicht einmal dich, den Störenfried«, spricht mich Thimoléon an und zerrt mich mit sich. »Hör dir an, was er sagt, hör genau zu, wenn er brüllt: ›Wo sind sie?‹ (seine Worte fallen schwerer als der Regen auf ein Wellblechdach). ›Einfach abgehauen sind sie, meine Herrschaften, eines Morgens haben sie sich weggestohlen wie Diebe, und keiner hat es für nötig befunden, auch nur einen Pieps zu sagen. Nichts! Ich wiederhole, nichts! Ja, eines Morgens haben meine Jungs ihre beste Unterwäsche herausgeholt, sich in Schale geworfen, Schuhe angezogen und ab ging's! Als hätten sie gewettet, wer am schnellsten draußen ist. Damit mußte ich erst mal fertig werden, großer Allmächtiger!‹

Lach ihm nicht gleich ins Gesicht wie die kleinen Scheißer am Spieltisch. Wenn du nämlich genau hinschaust, dann merkst du, daß die Majore genauestens Bescheid wissen, und das aus gutem Grund. Hier hat alles seinen Grund, merk dir das für die Zukunft. Diese Feiertagskomödie auf dem Markt enthält die Wahrheit dieses Volkes, das auch das deine ist, in seiner ganzen Ausweglosigkeit. Da ist dieser Mann, der immer nur brüllt: ›So sagt doch was, bewegt eure Zungen... Wenn's ums Tratschen geht, seid ihr doch immer dabei, aber kaum wird's mal ernst, dann kriegt keiner das Maul auf. Denkt mal nicht, ich wüßte nicht, wovor ihr Schiß habt!‹

Es kommt, wie's kommen muß. Vielleicht hast du's schon geahnt. Der Herr Bürgermeister tritt auf, seinen Mussolini-Deckel auf dem Schädel und um die Hüften auf seinem schönen, reinwollenen Rock eine blau-weiß-rote Schärpe, wobei sein Gefolge merkwürdigerweise aus einem Haufen Rotznasen besteht, die bereits ein Spottlied angestimmt haben: ›Monsieur Julien Thémistocle, ruhig Blut, ruhig Blut, der Bürgermeister, der hat 'ne Stinkewut! O Monsieur Julien Thémistocle!...‹ Als könnte Julien Thémistocle, das Oberhaupt der Tafiateure von Grand-Anse, in seinem Rausch noch etwas anderes hören als das Echo seines eigenen Deliriums. Und wenn, dann hätte ihm das Gebrüll des Ochsen, den René-Couli gerade im Schlachthof der Gemeinde abschlachtete, ebenso zusammenfahren lassen wie alle andern auch. Er fängt übrigens schon wieder an mit seiner alten Leier: ›Wo sind sie! Wo hat sie das BUMIDOM hinverschleppt? BUMIDOM, das Sprengkommando der Überseegräber, ha! ha! ha! Könnt ihr mir das verraten, meine Herren, ihr seid doch alle feine Leute, ihr behauptet doch, daß ihr ein besseres Französisch sprecht als die Frankreich-Weißen... Was? Ihr sagt nichts, ihr, denen unser Vater Le Gloarnec die Absolution auch ohne Beichte erteilt, weil euch die Anständigkeit schon aus den Ohren kommt! Los, sagt was, verfluchte Scheiße.‹

Ah, jetzt kommt der Herr Schuldirektor mit seiner Fliege angetippelt. Stocksteif stellt er sich rechts neben den Bürgermeister, und aus seinem krausen Haar läuft ihm der Schweiß über die getönte Brille und auf die Kokarde der Ehrenlegion. Der Herr Bürgermeister klopft ihm auf die Schulter und murmelt: ›Schreib mir mal zwei, drei Zeilen auf, Mathurin, ich muß nachher eine kleine Ansprache halten.‹ Der Herr Direktor läßt sämtliche Goldzähne aufblitzen: ›Im Dienste des Vaterlandes, hochverehrter Erster Ädil.‹ Inzwischen hat sich der ganze Ort vor dem Haupteingang der Markthalle versammelt, denn alle glauben, es würde noch eine nicht geplante offizielle Kundgebung geben. Drinnen recken die Sensationslustigen die Hälse, um den Schauplatz besser überblicken zu können, und einer von ihnen ruft: ›Ha ha! ha! Ich glaub, dieses Mal wird der Herr Bürgermeister Julien Thémistocle ein für allemal aus dem Ort jagen. Dieser gesetzlose alte Mistkerl hat genug auf dem Kerbholz...‹ Und Julien Thémistocle, dessen Stimme noch rostiger klingt als eine Maniokmühle, legt los: ›Ihr gottverdammten was-weiß-ich! Schwule Brüder! Bringt mich nicht dazu, die Beschimpfung auszusprechen, die die Genitorien eines Abbés für immer abschlaffen ließ. Ihr schickt mir euren Kapo auf den Hals, was Besseres ist euch nicht eingefallen, ihr Blödmänner! Eines Tages kommen sie zurück, meine Söhne, die ihr nach drüben in die Kälte verfrachtet habt, und sie werden euch die Rechnung präsentieren! Jawohl, eure Ohren haben richtig gehört: die Rechnung... denn meine Familie hat hierzulande einen verdammt guten Ruf. Den Namen Thémistocle zieht keiner in den Dreck, wehe, einer reißt sein freches Maul auf, um über den Allerwertesten meiner Ziehmutter Witze zu machen. Stimmt, ich bin nicht getauft... ha! ha! ha!... Am Morgen meiner Taufe hat sich meine Ziehmutter, Floraline Ladouceur, ein Frauenzimmer aus Morne Bois, auf den Weg zur Kirche gemacht und sich mir nichts, dir nichts den Tod geholt, angetan mit ihren Sonntagskleidern, die schon von weitem nach Naphthalin gestunken haben, und einem Hut aus Frankreich auf dem Kopf. Also ein Tod mit allem Drum und Dran! Seitdem hat man mir nachgesagt, ich sei verflucht. Verflucht! Ha! ha! ha!... ich seh schon, keiner würfelt mehr. Die Würfel sind in die Taschen gewandert, und die Becher wurden umgestürzt, damit ja keiner einen bösen Spruch hineinpraktiziert...‹

Mein Junge, wenn du das hörst, werden die Leute gleich in schallendes Gelächter ausbrechen, denn im Lauf des Tages wird die Spannung ins Unerträgliche steigen. Lach mit ihnen, du wirst dann um so schneller wieder im Schoß der Neger aufgenommen. Vergiß nicht, das Lachen hat uns (unter anderem) zu einem Volk zusammengeschweißt! Verstärkt durch Mademoiselle Sossionise, den Singvogel des Pfarrhauses, und Ali Tanin, den syrischen Bastard, hat sich beinahe der gesamte Gemeinderat eingefunden, um auf dem Markt Recht zu sprechen. Da, siehst du, wie der Herr Bürgermeister sich die Hosenträger hochzieht, den Staub von seiner blau-weiß-roten Schärpe klopft und die Brille auf die Nase setzt, obwohl er Augen wie ein Bussard hat. Und da, der Direktor der

Schule, der unter den bewundernden Blicken der Bevölkerung an einer Tischecke eifrig vor sich hinkritzelt. Schau dir diesen Zirkus an und laß dann das Gelächter aus dem Sack, bis die Gendarmen dem versammelten Volk den Befehl erteilen, die Löcher ihrer Ohren aufzumachen.

›Fronzosen, Fronzösinnen, liebe Lansleute‹, hebt der Bürgermeister an, ›wönn ich mir heute die Mühe mache, auf diesen Föls der Fölsen zu steigen, dann tue ich das nicht, um euch irgendwölchen Blödsinn zu erzählen, sondern um den schändlichen Benimm des Thémistok zu schtikmatisieren. Dieses Kommonistenschwein von Thémistok hat nicht den geringsten Reschpekt für unsern Nationalfeiertag, denn seine Arbeitgeber sitzen in Moskau ... jawohl, ich wüderhole laut und deutlich ... in Moskau. Wür hür wüssen, daß die Seine im Mont Gerbier des Joncs entspringt, wür bewundern das Jungfrauentum der Jungfrau von Orléans, und wür danken es Gottfried von Bouillon, daß er bei Roncevaux die Araber aufgehalten hat.‹

›Karl Martell, nicht Godefroy‹, flüstert ihm der Direktor der Schule zu, seines Standes dritter Stellvertreter des Bürgermeisters ...

›Wür sünd Fronzosen erster Güte, wür haben die Niederlage Karl Martells bei Waterloo mit unsern Tränen begossen. Wür, die wür dem General de Gaulle als Dissidenten ...‹

›He, he, he-eh‹, ermuntert ihn die Menge, › ... dem General de Gaulle bis nach London hinterhergeschwommen sind, wür können ös nicht zulassen, daß ein Trunkenbold von dem Kaliber des Thémistok uns an diesem ruhmreichen Tag des 14. Juli verhöhnt ... (ich brauch ein paar Konjunktive, knurrt er dem Schuldirektor zu) ... Oft-oft hab ich ühm gesagt, er soll aufhören, uns zu verscheißern, aber der Kerl wüll nicht hören, er verschpottet die heilige Fahne unseres Mutterlandes Fronkreich. Ich fordere ihn deshalb auf, sofort das Gebüt meiner Gemeinde zu verlassen. Los, raus mit dir, verschwünde, Thémistok! ...‹

›Eigentlich hätte diese Ausweisung schon viel früher erfolgen sollen, damit unsere Kinder diesen Unfug von Julien Thémistocle gar nicht erst hätten nachahmen können‹, flüstert ihm sein dritter Stellvertreter zu.

›Eigentlich hätte diese Ausweisung schon viel früher erfolgt sein sollen, damit dieser unser Thémistocles den Unfug von Kindern gar nicht erst hätte nachahmen können wollen.‹

Beklatsche die Schamlosigkeit, mit der die Menge diese unmöglichen Möglichkeitsformen bewundert, unmöglich in der Tat, ha! ha! ha! Steh nicht einfach mit offenem Mund da, sprachloser als ein Kongo-Neger vor einem Glas Mandelschorle. Es ist dein Volk, ein anderes hast du nicht, und du mußt es so nehmen wie es ist. Neben seiner Beschränktheit bringt es die wunderbarsten Sagen hervor, die selbst die alten Griechen vor Neid erblassen lassen, und das Geheimnis unseres unfruchtbaren Meeres ist nur eine davon (ich bitte dich, mach aus dem Tod Antilias nicht noch eine weitere). Angenommen, du verwirklichst deinen verrückten Traum und klärst alles auf, du würdest doch nur mit hundert neuen Fragen dastehen, die dich den lieben langen Tag piesacken und genau wie mich die Arme sinken und das Ende dieses Rummels abwarten lassen. Denn er wird ein Ende haben, glaub mir, und es wird uns alle in einen unbeschreiblichen Strudel reißen, der sich selbst mit so hochwissenschaftlichen Worten, wie du sie in Europa gelernt hast, nicht beschreiben läßt. Spiel, solang noch Zeit ist! Laß die Würfel rollen und ruf die Elf herbei, als wär das nichts Besonderes! So tun als ob, darauf haben wir uns geeinigt, wir, die kreolischen Neger...

Ah, ich weiß! Ich weiß! Man wird dir bereitwilligst auch noch einen anderen Aufguß von dieser Geschichte servieren, wie das hier so üblich ist. Man wird Erklärungen abgeben; der Herr Bürgermeister zieht seine Hosenträger hoch, klopft den Staub von seiner Bauchbinde, baut sich vor dem Saufbruder auf und erklärt: ›VENI – VIDI – VICHY! Bürger... Julien Thémistocle, auch Schlangenbrut genannt oder Herr von Tafia, vernehmen Sie meine zutiefste Empörung angesichts Ihrer Mißerachtung der rebiblikanischen Prinzipialien; außerdem verteile ich Ihnen darob eine Verwarnung.‹ Julien Thémistocle, den das nicht die Bohne kümmert, erwidert: ›Die Futt deiner Mutter!‹ Gelächter im Publikum, Beifall. Die Bande der Rotznasen fällt ein: ›He, Julien Thémistocle! Auf geht's, Alter, der Rum bringt dich ins Bett!‹ Der Herr Bürgermeister plustert sich auf und produziert sich wieder: ›Angesichts der Obszönlichkeiten dieses Herrn und ... seiner Weigerung, sich der öffentlichen O'dnung zu fügen, verfüge ich feierlich-demokratisch, daß er hinter die Gitter des fronzösischen Gesetzes kommen soll. Meine Herren Gesetzeshüter, tun Sie Ihre Pflücht!‹ ›Rührt mich nicht an, verstanden! Wenn ihr nur die Spitze einer meiner Zehen berührt, ich schwör's, ich reiß euch den Kopf ab! Ha, den Hörrn Börgermeister empört also meine Ordnungswidrigkeit, und er hat sein blau-weiß-rotes Tuch herausgeholt, um ...‹ Der Erste Ädil brüllt: ›Kommunist! Schweig!‹ ›... um sich vor mir aufzuspielen, hm? Das ist es doch, oder?‹ Der Herr Schuldirektor nimmt die getönte Brille ab, holt die Lesebrille aus seiner Brusttasche, setzt sie sich auf die Nase, schlägt ein Buch auf, das er unter dem Arm hatte, und hebt an, nachdem er mit einer gebieterischer Geste das Fußvolk zum Schweigen gebracht hat: ›Monsieur Julien Thémistocle, erlauben Sie mir, Ihnen vor dieser spontanen Versammlung eine Seite voller Kraft und Tiefe aus dem Werk unseres unnachahmlichen, großen und prophetischen Dichters Albert Samain vorzulesen. Der Ruhm, die Ehre und der Stolz unseres unvergänglichen Vaterlandes, Mutter der Künste und der Wissenschaften, wie wir alle wissen. Es heißt ...‹ Vom Schlachthof kommt plötzlich das wütende Gebrüll eines Ochsen. Der Herr Schuldirektor nimmt sein Binokel von der Nase und haucht diskret gegen eines der Gläser, dann verschränkt er die Arme und wartet, daß das Tier sich beruhigt. Der Herr Bürgermeister erstickt vor Zorn: ›Es soll aufhören, das verdammte Vieh! Erst neulich konnte ich mitten in einer Gemeinderatversammlung kein einziges Wort der Verbindlichkeit sagen, als wir zu Ehren der Feuerwehr anstießen, weil diese Viecher in einem fort brüllten. Erster Sekretär, bringen Sie den Schlachthof zum Schweigen!‹ Der Halbsyrer erwidert: ›Zu Befehl, für Fronkreich, hochverehrter Hörr Börgermeister!‹ Er rennt los, um seine Mission zu erfüllen, während die

Kinderschar ihm ein Liedchen nachschickt: ›Paß auf Ali, Ali paß auf, die Kulis, das sind Halsabschneider.‹

In der Zwischenzeit hat sich Julien Thémistocles mühsam wieder hochgerappelt und reibt sich die Augen. Als er die illustre Versammlung vor sich stehen sieht, prescht er nach vorne und schüttelt jedem der völlig entgeisterten Herren die Hand. Der Beifall findet kein Ende. Der Markt und die Straße sind ein einziger tobender Haufen. Der Rumliebhaber baut sich vor dem Herrn Bürgermeister auf und rezitiert ein Gedicht von Charles d'Orléans, das einzige, was er von seinem kurzen Gastspiel in der Schule im Gedächtnis behalten hat. Plötzlich ruft einer:

›In Saint-Pierre sind die ganzen Arschlöcher krepiert!‹

Fassungslos vor Wut stottert der Mini-Mussolini:

›Fest... Fest... Festnehmen, den Un... Unwürdigen!

Gesetzeshüter, bringt mir diesen Moskutär hinter Gitter!... Nein, verpaßt ihm eine Abreibung! Dann wird er in einer Ecke liegen bleiben.‹

Julien Thémistocle teilt die Menge und verschwindet wie ein geölter Blitz in die Richtung von En Chéneaux, wo das freie Feld anfängt, gefolgt von der Meute der Rotznasen. Die Spieler sind bereits wieder an ihre Tische zurückgekehrt. Das Zwischenspiel ist beendet, der Spaß vorbei. In dem herankriechenden Dunkel, verstehst du, verbirgt sich eine dumpfe Angst, die uns die Bauchwände zusammenzieht, die ohne Grund die Finger knacken läßt und bewirkt, daß wir wachsam bleiben. Sei gewappnet für die Konfrontation, die dir bevorsteht, und ermesse deine Einsamkeit. Sie ist überwältigend! Elf! Elf! Zahl des Todes! Geheimnisvolles Symbol des Todes, den man hofiert. Beschwör sie!...«

22

Und wenn ich rebelliere! Wenn ich sage: »Marraine, hör auf mit diesem Zirkus, es reicht. Ich hab genug von deinem versoffenen Thémistocle und seinen Faxen.« Als mir die Milch noch von der Nasenspitze lief, also lange bevor wir in die Stadt zogen, als ich dich damals fragte, wo denn dein Mann sei, hast du verärgert geantwortet: »Die Männer sind alle nur Gesindel, angefangen mit deinem Vater, meinem Vetter, den es in die Stadt gezogen hat. Nein danke, sagt mir gar nichts!« oder ähnlich sybillinische Sätze. Ich glaubte dir, jedes Wort, das aus deinem Mund kam, jede Handbewegung, jede Drehung deines Körpers glaubte ich. Als du erklärtest: »Ich hab's satt, in Macédoine auf dem Land zu versauern, ich muß in Grand-Anse einen Laden aufmachen«, stimmte ich dir zu, und ich hab die reinsten Bocksprünge gemacht vor Begeisterung. Und als du dich für dieses Hoch-und-niedrig-Haus entschieden hast, das direkt am Meer klebt, bin ich dir sofort um den Hals gefallen, und die Brandung hat zu Anfang alle meine Träume geformt. Da ich als erster auf war, packte ich den emaillierten Nachttopf aus Aubagne, einen Notkauf beim Syrer (auf dem Land haben wir unser Geschäft am Fluß verrichtet), und leerte ihn bei steigender Flut. Ich füllte ihn mit Sand, damit er ihn blankscheuerte und ließ ihn von den Wellen herumwirbeln, doch bevor er endgültig verschwand, fischte ich ihn schnell wieder heraus. Eines Morgens entdeckte ich ein kleines Mädchen, das im Sand saß, als wäre es im Lauf der Nacht an Land gespült worden. Es war Antilia. Ich rannte aufgeregt ins Haus zurück und rief:

»Marraine, am Strand sitzt eine Seele in Not, sag ihr, sie kann bei uns wohnen!«

Zuerst hast du gelächelt, als du deinen Lieblingsausdruck, die »Seele in Not«, aus meinem Munde hörtest, dann hast du dich mit skeptischer Miene aus dem Fenster gelehnt. Als wir neu im Ort waren, hatten uns die Leute gewarnt:

»Mit dem Salz müßt ihr euch vorsehen, es setzt sich überall fest, es läßt die Wäsche verschimmeln, man kriegt Schnupfen davon, die Haut trocknet aus, die Zimmer werden feucht. Deshalb macht alle Öffnungen zum Meer hin dicht.«

Marraine hatte sich nicht darum gekümmert, und das war unser Verhängnis, wie sie später behauptete, denn »was man nicht kennt, ist größer als man selbst«. Wir haben versucht, den Schrecken dieses ausgesetzten Kindes aufzufangen, einen außergewöhnlichen Schrecken, weil er sich nie in Schluchzen oder Jammern äußerte, sondern in endlosen Träumereien, die manchmal stumm waren, manchmal von einem monotonen Murmeln begleitet, immer jedoch vor dem monströsen Bauch des Meeres von Grand-Anse stattfanden. Marraine und ich waren fasziniert. Sie konnte noch so oft ihre Karten befragen, sie erfuhr weder das Warum dieser Ankunft noch das Woher der Kleinen, genausowenig wie ihren Namen. Sie beschloß, sie Antilia zu nennen.

Thimoléon, mit dem wir uns gerade etwas angefreundet hatten, war strikt gegen diese Art von Adoption gewesen, und in Antilias Gegenwart schienen sich die gräulichen Härchen auf seiner Haut regelrecht zu sträuben:

»Wenn das Balg von hier gewesen wäre oder von Macouba, ja selbst von Grand-Rivière, wär bestimmt schon längst seine Mutter angerannt gekommen, um ihren Anspruch anzumelden. Meiner Meinung nach ist das eine Meeresalge, die menschliche Gestalt angenommen hat... es sind ja so viele von unsern Kindern in diesem verfluchten Meer umgekommen, eine Schande ist das!«

»Ach was«, protestierte Eau de Café, »ihr Neger von hier, ihr habt ja vor euerm eigenen Schatten Angst. Nachts kuschelt sich dieser arme Wurm immer an mich, und ich höre, wie sein Herz hämmert, wenn das Meer in Wut gerät. Sie entstammt nicht dem Meer! Ich wette, sie ist mit ihrer Mutter aus dem Süden hierhergekommen, und die hat sie hier vergessen ... es kommen ja so viele zu uns, um in den Bananenpflanzungen zu arbeiten. Denn da unten sind während der Fastenzeit die Hitze und die Trockenheit überhaupt nicht zum Aushalten. Und die Erde gibt auch nicht viel her.«

Antilia ließ sich nie auf den Straßen von Grand-Anse blicken. Man hatte den Eindruck, sie würde dem Ort ständig nur den Rükken zudrehen, um ihre Hochmütigkeit hervorzukehren, die uns so beeindruckte, daß wir in ihrer Gegenwart die Stimme senkten. Sie setzte sich auf das Bett von Marraine, suchte mit den Augen den fernen Horizont des Meeres ab oder ging, einem unwiderstehlichen Drang gehorchend, zum Strand, wo sie sich ein Loch ausbuddelte, in dem sie sich bis zur Essenszeit versteckte. Hochwürden Bauer, ein krebsroter Elsässer, der Le Gloarnec vertrat, als dieser ins Sanatorium mußte, hatte sich erkühnt, von Eau de Café Erklärungen zu verlangen.

»Ich habe gehört, du hast ein Geschöpf des Teufels bei dir aufgenommen, stimmt das? Ich hab die Kleine nie in der Messe gesehen und frage mich, warum, wenn sie so nett und brav ist, wie du behauptest? Wie alt ist sie denn, und warum schickst du sie nicht zur Schule?«

Es folgte noch ein ganzer Rattenschwanz von Fragen, die Marraine so wütend wie ein Kampfhahn machten.

»Man kay koupé grenn ou, wi!« (Ich werd sie Ihnen abschneiden) zischte sie dem Priester zu, das Küchenmesser in der Hand.

Wilde Flucht, Auflauf der Nachbarn, Anzüglichkeiten, Verleumdungen, Karnevalsliedchen.

Marraine verbot mir, Antilia auf ihren Wanderungen zu begleiten, die sie häufig bis zum Kap von La Crabière führten, von wo sie dann Tage später wieder zurückkam. Wenn sie aber wieder auftauchte, brachte sie uns dunkelviolette Meertrauben oder Schildkröteneier mit und lachte übers ganze Gesicht. Gelegentlich putzte sie sich auch wie eine Prinzessin heraus und unternahm einen Ausflug nach Fort-de-France. Eau de Café stellte ihr nie irgendwelche Fragen, aber am Abend konnte ich hören, wie sie zusammen mit dem Mädchen in ihrem Zimmer ungefähr dreißig Ave-Maria aufsagte, obwohl sie alles andere als eine Frömmlerin war. Die Stimme Antilias hatte einen tiefen, wunderbar weichen Klang, der sich nicht beschreiben läßt. Eine Kinderstimme war das bei Gott nicht! Mit mir und all den andern hat sie nie ein Wort gesprochen ... Kein einziges.

Durch die Zwischenwand, gegen die ich mein Ohr preßte, konnte ich Bruchstücke eines äußerst merkwürdigen Plädoyers hören:

»Die Negerschaft von Grand-Anse glaubt, es würde zum Überleben reichen, wenn sie zwei und zwei zusammenzählen können. Sie haben sich einer ewigen Vermaledeiung ausgeliefert und machen keine Anstalten, die Fäden ihres Lebens wieder zu entwirren oder den Lieben Gott zur Rechenschaft zu ziehen oder was auch immer dagegen zu unternehmen. Eine Schande! ... Doch ich kann die Wahrheit nicht verschweigen, Marraine: Wir werden alle auf dieser Insel zugrunde gehen, wenn wir uns nur um uns selbst drehen ...«

Ich zögere immer noch, den Namen Antilias zu erwähnen, da ich befürchte, ich könnte damit Eau de Cafés Elan stoppen. Wenn sie so weiterredet, muß sie eines Tages ganz von selbst auf dieses Thema zu sprechen kommen. Es läßt sich einfach nicht vermeiden. Ich zeige ihr den Zettel mit den Drohungen, den kürzlich eine unsichtbare Hand unter meiner Zimmertür im Océanic-Hotel durchgeschoben hat. Eau de Café scheint nicht überrascht.

»Red nicht mit Thimoléon darüber!« flüstert sie mir zu, »er wird alle und jeden beschuldigen, vor allem aber die Leute, die er nicht leiden kann, wie Ali Tanin oder den Schuldirektor, und wir haben dann den ganzen Ärger am Hals.«

»Wer könnte das gewesen sein, Marraine?«

»Oho ... das müßtest du am besten wissen. Hast du nicht genügend Zeit damit vergeudet, auf dem Kirchplatz Domino zu spielen? Das kommt davon, wenn man sich mit üblen Subjekten einläßt. Wenn die nämlich verlieren, tragen sie dir das bis zum Sankt-Nimmerleins-Tag nach, denn in ihren Augen hast du ihre

Grandiosität despektiert. Du hast sie zu Schuljungen degradiert. Ihnen die Hosen runtergezogen, wie sie sagen. Das Serbi-Spiel ist nicht nur einfach ein Spiel, mein Sohn, es ist auch so ein afrikanischer Hokuspokus.«

Marraine rät mir, ich solle in Zukunft keinem mehr die Hand drücken, ohne gleich darauf für mich den angeblich todsicheren Spruch aufzusagen: »Beelzebub, du bist weder groß noch klug, ich bin stärker als du... Und wenn du den *ti-punch* nicht ablehnen kannst, den man dir anbietet, hier hast du ein Fläschchen mit Raupenklee: Davon gießt du heimlich drei Tropfen in dein Glas...«

Gestern ist etwas Einschneidendes vorgefallen: Eines von den beiden mickrigen Fensterchen in meinem Zimmer konnte den heftigen Böen nicht standhalten. Es muß drei Uhr nachmittags gewesen sein, weil überm Meer eine Art Moiréteppich lag. Ich näherte mich vorsichtig diesem plötzlichen Einfall von Licht und Gischt, als ich mich aber hinauslehnen wollte, habe ich mich sofort wieder wie ein Krebs rückwärts entfernt. Was, wenn Antilia nackt auf dem Strand herumtollte! Und doch, hatte ich damals nicht mit ihr zusammen entdeckt, daß es eigentlich gar keine Nacktheit gibt? Ein entkleideter Körper birgt tatsächlich immer Schatten, Hinweise, Wärmeherde und endlos weiten Flächen in sich. Vor allem ein schwarzer Körper.

Ich hatte mir eines meiner Hefte geholt, um zu notieren, was mir Thimoléon am selben Morgen zwischen zwei kräftigen Zügen Absinth in der Rumdestille gesagt hatte. Er scheint um zwanzig Jahre gealtert seit diesen Endloslitaneien, die keiner unserer Tischnachbarn versteht und auf die deshalb auch keiner mehr achtet. Er hat mir sämtliche Trinker-ohne-Durst von Grand-Anse vorgestellt, doch ich schaffe es immer noch kaum, jedem den richtigen Beinamen zuzuordnen. Die Rumliebhaber sind da sehr empfindlich, und bei dem kleinsten Fehler lassen sie das Rasiermesser reden, zumindest hört es sich so an, aber, wie das Sprichwort besagt, »für den Mund, der sie ausspricht, sind die Worte niemals eine Bürde«.

»Du kannst dich über den glücklichen Zufall freuen, der dich am

Tag vorm 14. Juli in deine Heimat zurückgeführt hat, mein Junge«, fährt Thimoléon fort, der sich durch nichts erschüttern läßt, »denn morgen-so-Gott-will führ ich dich ins Zentrum des Geschehens, da wo die verrücktesten und gleichzeitig auch vernünftigsten Ideen ausgebrütet werden: auf den Markt. Beim ersten Hinsehen wirst du keinen mehr erkennen. Denn sie haben sich alle eine undurchdringliche Maske zugelegt, und alle legen ihre Worte auf die Goldwaage, als könnte das Gewicht eines kleinen Wörtchens den Ausschlag geben. Die Würfel beherrschen alles. Und vor allem die Elf, diese magische Zahl, die manchmal voller Wut und dann wieder völlig gleichgültig beschworen wird, um den Gegner zu beeindrucken. Wenn es die verflixte Sieben ist, die hartnäckig die Meister des Würfelspiels zu foppen versucht, dann halt dich besser fern. Ah, die Sieben! Alles, nur nicht sie. Die Drei, die Fünf, die Acht, egal! Aber diese siebenschwänzige Kröte, diese schwarze Katze mit den sieben Leben, dieses Unglück der sieben mageren Jahre, die will keiner, verdammt! Wie die anderen Spieler solltest du ein Stoßgebet gen Himmel schicken, damit sie so schnell wie möglich wieder verschwindet und den Major nicht bei seinen Darbietungen stört, sonst könnte der irgendwelchen gefährlichen Unsinn ausbrüten und jedem von euch die Schuld in die Schuhe schieben. Vor allem dir, dem Unbekannten, dem alle möglichen Machenschaften zuzutrauen sind! Er wird die Gelegenheit nutzen und dich zu einem Zweikampf herausfordern, um dein Latein zu prüfen; er schiebt schnell einen Schwung Tische zurück, da er erst mal seinen Schritt finden will (auf den ersten kommt es an, denn er bestimmt den Tanz), krempelt seine Khakihose hoch und läßt seinen Strohhut in eine Ecke segeln. Er ruft dir zu: ›Hier bist du, da bin ich!‹ und ahmt mit ein paar subtilen Bewegungen des Handgelenks den Wirbel der Bel-air-Trommel nach, die sich aus einer Ecke des Marktes vernehmen läßt. ›Hier bist du, da bin ich‹, ›hier bist du, da bin ich‹, ›hier bist du, da bin ich‹, pausenlos, bis dich die vor Mißbilligung spitzen Blicke schließlich soweit gebracht haben, daß du in den Ring trittst. Und schon hört man dich ein ›hier bin ich!‹ herausschmettern, das aber so wenig überzeugend klingt, daß gewisse Frauen, die für-jeden-Mann, sich das Lachen nicht verkneifen können und einander nicht haltbaren Blödsinn über dich ins Ohr flüstern. Glaub ja nicht, die Trommel würde lange auf dich warten oder dir auch nur eine Sekunde Zeit lassen, um den Tritt mit dem linken Fuß vorzubereiten. Wenn der Kampf einmal angefangen hat, dann übernimmt die Trommel das Kommando, und ihr, die Kämpfer, müßt ihr aufs Wort gehorchen. Die vom Tafia und der Euphorie des 14. Juli angeheizte Menge wird den Kampf nur mit ihrem Gejohle begleiten, ohne den geringsten Einfluß auf seinen Verlauf nehmen zu können. Du stehst deinem Leben oder deinem Tod allein gegenüber, und der andere Neger, der Herr der Würfel, wird nicht die Spur von Mitleid mit deiner Unerfahrenheit haben, die er übrigens für vorgetäuscht hält. Er umkreist dich, führt Schritte mit einer uralten Tradition aus, stampft wie ein kubanisches Rassepferd mit seinem Standbein, um dich gebührend zu beeindrucken, streckt die Arme aus, um dich in den Schwitzkasten zu nehmen, weicht dann aber im letzten Moment wieder zurück und läßt dich keuchend und starr vor Schreck zurück. Ah, seit so und so vielen Jahren hat er sich schon auf einen guten Kampf gefreut! Heutzutage gibt's nur noch wenige, die nach allen Regeln der Kunst zu kämpfen wissen. Frag dich erst gar nicht, in was du da geraten bist, protestiere nicht dagegen, indem du dir sagst: ›Was diese blöden Neger hier veranstalten, geht mich überhaupt nichts an. Ich schaue nur zu, wie alle andern auch!‹ Du kannst nichts machen, mein Junge. Man hat dich erkoren: Die Sieben hat dich erkoren. Du mußt dich stellen und ihr beweisen, daß dein Körper über die Launen des Schicksals triumphiert. Probier die Hüfte, ja, die Hüfte, denn aus ihr kommen all diese tollen Schwünge, so wie es die Trommel befiehlt. Dreh dich in der Hüfte, dreh dich um dich selbst wie ein Bussard, der in einer Mulde der Savane seine Beute erspäht hat, und wenn du die richtige Stellung gefunden hast, laß aus der Tiefe deines Brustkastens diesen wilden Schrei ertönen, der Frauen und Kinder erschrocken zusammenfahren läßt: ›Abobo!‹ Vergewissere dich der Gunst des Trommlers, damit er nur noch für dich die Trommel schlägt und deinem Gegner gleichzeitig den Garaus macht, denn der muß sich dann deinen Schritten anpassen und läuft bei jedem abrupten Rhythmuswechsel Gefahr, sein Gleichgewicht zu verlieren. Aber Vorsicht, die Sache kann auch ganz anders laufen, das Leben ließe sich sonst so einfach runterlöffeln wie eine Schale Tapiokabrei. Der Trommler kann nämlich auch so tun, als hätte er überhaupt nicht bemerkt, daß du ein Neuling bist und daß du, peng, durch einen schlechten Wurf, eine blutrünstige Zahl, in diese unangenehme Situation geraten bist. Die Männer, die ihr reifes Alter zwingt, die Komödie der Vernunft zu spielen, werden ihm von Zeit zu Zeit zuflüstern: ›Gib doch ein bißchen nach! Gib dem jungen Neger doch den Zipfel einer Chance!‹, aber er ist von dem Rhythmus der Trommel bereits benommen und beugt sich hintüber, um die Ziegenhaut französisch sprechen zu lassen (denn, ich frage dich, wie soll man der außerordentlichen Faszination widerstehen, die die Sprache unserer ehemaligen Herren auf uns ausübt?). Die Menge, die sich um euern Kampfplatz versammelt hat, wird von undefinierbaren Schauern durchlaufen. Du kannst lange nach einem anteilnehmenden Augenpaar suchen, du wirst keines finden! Nur Augen, die sich unter den hypnotisierenden Trommelschlägen vor Vergnügen verdrehen oder in eine ferne Region der Seele wandern, irgendwo im dunkeln Guinea, aus dem eines Tages ein Teil unsrer Vorfahren verschleppt wurde. Wenn die Erregung wieder abgeflaut ist, schlägt der Trommler einen dumpfen Ton an, der euch, so wie ihr euch gegenübersteht, erstarren läßt... peng! Wie zwei Pfeiler! Zwei Savanen-Stiere, die man bei den Hörnern gepackt hat! Ein großer Augenblick, der dem Markt das Schweigen einer Kirche aufzwingt, endlose Minuten, länger als der Mississippi, die dir das Herz zerfressen, um deine Ausdauer zu testen, und dir Sturzbäche von Schweiß über die Schläfen rinnen lassen. Du solltest diese Windstille nutzen, um in deiner Birne zu brüllen: ›Sieben, verdammtes Hurenaas! Sieben, du Haufen Hundescheiße!‹, denn der andere wird in einer unbekannten Sprache seinen Schutzheiligen anrufen, von dem er sich in dem bevorstehenden Kampf Hilfe und Hinweise erhofft. Sobald der Trommler euch auffordert, den Tanz des Todes wiederaufzunehmen, dieses

Mal aber, um die Sache zu Ende zu führen, versuch, deinen Gegner mit der ganzen Grausamkeit, zu der du fähig bist, anzustarren. Laß dich von der wilden Dünung deines Herzschlags mitreißen. Laß den Kerl ruhig als ersten das Bein schwingen, weich einfach nur elegant diesem mit Glücksbringern aller Art behängten Bein aus und lach! Lach ihm ins Gesicht, verflucht! Lach, während du sorgfältig deinen Gegenangriff vorbereitest, denn wenn du ihn geschlagen auf dem Boden sehen willst, mußt du diese Stelle treffen, die er auf der Höhe seiner Leber entblößt hat. Die Frauen werden sagen: ›Er lacht, weil er so stark ist, dieser Chabin‹, und sie werden ein paar christliche Gebete für dich sprechen, während sie beklommen mit beiden Händen ihren Busen umklammern. Ah, junger Neger, dieses verdammte Aas-von-einer-gottverdammten-Drecks-sieben hat dir das eingebrockt, diesen Tanzkampf, in dem du dich vor deinem Volk beweisen mußt, dem besten Schiedsrichter, den du dir erhoffen kannst. Vor allem jetzt, wo nach den neuen Gesetzen der Tod nicht mehr sofort eintreten darf, läßt es sich nur noch vom Gesicht des Siegers ablesen, ob der andere zwei Tage oder zwei Monate überleben wird. Alles hängt von der Wendung ab, die der Kampf nimmt: Wenn du dich an die Regeln gehalten hast, kann dein Sieger seinen Schlag so berechnen, daß er dir unerträgliche Schmerzen und sich selbst die Zelle in der Gendarmerie von Grand-Anse erspart, bevor er in den viel schrecklicheren Kerker von Fort-de-France wandert. Aber merk dir, falls du es vergessen hast: Wenn du dir irgendeinen üblen Trick erlaubt hast, wenn du deinem Gegner den Rücken zugewandt hast, als wolltest du deinen Schritt dem Rhythmus der Trommel anpassen, ihm dann aber mit aller Kraft in den Nabel getreten bist – in diesem Fall, mein Lieber, kannst du dich darauf gefaßt machen, so elendiglich zu krepieren wie eine Schildkröte. Über deiner rechten Brust ist ein unsichtbarer Punkt, wo der Lebensfaden aufgespult ist, und auf den wird der Major zielen, aber nicht mit der Absicht, den Faden zu zerreißen, sondern um ihn hoffnungslos zu überdehnen. Dieser Punkt ist sehr schwer zu treffen, denn oben schützt ihn die Wölbung des Brustkorbs und unten der Ansatz der Rippen. Ein ganz seltener Punkt, der deshalb bei allen Damier-Champions hoch im Kurs steht. Wenn er nämlich getroffen wird, läßt er einen, o Wunder, am hellichten Tag die Sterne sehen! Man spürt, wie man driftet und driftet und driftet. Der Kopf driftet weg wie von einer unwiderstehlichen Strömung angezogen. Die Adern scheinen mit einer berauschenden Flüssigkeit vollgepumpt, die einem das Gefühl einer ungeheuren Leichtigkeit vermittelt, als könne man sich in die Lüfte schwingen, wenn nur der Hintern und die Schenkel nicht gleichzeitig wie von zwei Tonnen beschwert wären. Das hat nichts mit der Fallsucht und ihren beinahe obszönen Zuckungen zu tun und auch nichts mit der Krise der rechtmäßigen Gattin, wenn der Sarg ihres Mannes zugenagelt wird. Nichts mit alledem. Es ist vielmehr eine Art von Berauschtsein, das den andern so große Ehrfurcht einflößt, daß sie ausrufen: ›Han, fil tjè 'y pété!‹ (Oh, der Herzfaden wurde getroffen!) Man kann erahnen, daß die Trommel eine ähnliche Verwandlung durchmacht wie eine Lanzenotter, die sich häutet. Man entdeckt, daß sie ungeheuer einschmeichelnde Bewegungen ausführt, wie man sie bislang noch nie gesehen hat, was dich, je nachdem, wie stark der Schlag war, der dir versetzt wurde, zusammenhangloses Zeug faseln läßt, einen Mischmasch aus der Kongo- und der Kuli-Sprache, aus Kreolisch, Französisch und Latein. Aber ich fang ja selbst schon an zu faseln, mein Freund, und du stoppst mich nicht! Warum gleich an die schlimmste aller Möglichkeiten denken, daß du nämlich an einen Tisch trittst, wo die Sieben einen Meister an der Nase herumführt und dieser dir die Schuld dafür gibt, daß die Würfel nicht richtig rollen. Er kann dich ja ebensogut ignorieren und sich den Mann neben dir aussuchen, wenn ihn nämlich deine Fremdheit nicht von seiner Unbesiegbarkeit überzeugt hat. Bei einem Neger, den er kennt, weiß er zumindest, woran er ist, auf welche Art von Kampf er sich in seinem Kopf einstellen muß. Du bist dann ein Zuschauer wie jeder andere und mußt nur aufpassen, daß du nicht wie ein gewöhnlicher Durchreisender zuviel Begeisterung zeigst: Zu klatschen hat bei diesem Kampf eine ganz bestimmte Bedeutung. Du beziehst damit für einen der Kämpfer Position und versuchst seinen Gegner abzulenken, wenn dieser zu einem Tritt ausholt. Gewöhnlich übermittelt der, der es wagt, in die Hände zu klatschen, dem Gegner seines Favoriten eine bestimmte Botschaft. Sie lautet ganz einfach: ›Kumpel, wenn du meinem Bruder die Leber kaputtschlägst, reiß ich dir den Arsch auf! Also Vorsicht!‹ Häufig sind das reine Einschüchterungsversuche, und der Gegner kann auch einfach so tun, als würde er die Provokation ignorieren und majestätisch weitermachen, ja sogar mit dem Kopf zu verstehen geben, daß die Trommel schneller werden soll. Er kann ganz ekstatisch rufen: ›Himmel, Arsch und Zwirn, hau auf die Pauke, was das Zeug hält! Ich bin doch kein junges Mädchen, das sich entjungfräulichen läßt.‹ Und niemand weiß, ob diese Begeisterung echt oder falsch ist. Aber gib dich deshalb nicht der Illusion hin, du könntest die Sache vergessen, der Kerl hat sich das Gesicht des Händeklatschers im Bruchteil einer Sekunde eingeprägt und betet bereits, daß ihm die Armmuskeln erschlaffen mögen ...«

23

Eau de Café als kleine Wilde

Meine Schenkel auseinandergedrückt. Mich bestiegen. Meine Coucoune durchstoßen, so daß das Blut auf das Gras rieselte. »Wie alt bist du, du verdammtes kleines Luder? Wie alt bist du?« wiederholte er in meinem Kopf, und seine Hände umschlossen meine Brüste in einer Art kitzligem Hinundher. Meine Schenkel auseinandergedrückt, weit-weit-weit wie das Meer. Er besaß eine unheimliche Kraft, der Alte, seine Muskeln waren so hart wie Guavenholz. Ich schrie: *à moué! à moué! à moué!* (zu Hilfe!), aber keiner wollte oder fühlte sich bemüßigt, auf meinen Schrei zu reagieren. Vielleicht weil die Sonne so unbarmherzig auf die Savane knallte und man kaum den kleinen Zeh bewegen konnte. Ich hab ihm ins Gesicht geschrien: »Ich bin jünger als Claire-Elise, die Großvater zu dir sagt.« Daraufhin ist der Aufseher der Pflanzung in schallendes Gelächter ausgebrochen. Ein Wahnsinnsgelächter, ich konnte spüren, wie es in seinem faltigen Rumpf hochstieg und über seinem Nabel vibrierte. Sein beinahe zahnloser Mund besabberte meinen Hals, während er sich in mir auf und ab bewegte. Dann hat mich plötzlich ein Schwindel gepackt, und ich hörte mich ihn anflehen, ohne daß ein Ton über meine Lippen kam: »Er wird mich in zwei Hälften spalten, das ist ja ein Beil, Manman! Manman-doudou, komm zieh sie von mir runter, diese Männersau!« Aber warum gerade sie rufen, wo sie doch seit dem Tag meiner Geburt unter der Erde lebt? Was Doris, meine Ziehmutter, betrifft, so weiß ich schon im voraus, sie wird nur mit mir schimpfen, weil ich auf die Pflanzung Beauchamp rübergegangen bin – »wenn du weiter gegangen bist, dann doch nur, weil du wolltest, daß der Aufseher dich zerreißt. Ich selbst hab mich auch von ihm zerreißen lassen, genau wie meine Schwestern Eliane und Ginette. Und wie meine Kusine Marceline, die mit dem Grübchen im Kinn, und schließlich und endlich auch wie Mademoiselle Mina und die ganzen kleinen Negermädchen von hier und aus der Umgebung. Dabei hab ich dir gesagt, daß er das Gras für die Hasen absichtlich dort stehen läßt, um die jungen Mädchen anzulocken, die bald Frauen sein werden. Er will sie nicht vorher und nicht nachher, sondern genau dann, wenn sie zu jungen Frauen herangereift sind.« Als Man Ginette im Hof des Békés ein großes Theater veranstaltete und eine Entschädigung für ihre kleine Armande verlangte, die der Aufseher sich geschnappt hatte, meinte der Herr nur:

»Keine Szenen, nicht auf meinem Boden, hör auf, oder du packst dein Bündel und gehst, verstanden? Deine Arbeit können zehn andere machen, also laß bitte meinen Aufseher in Frieden. Er knackt sie mir seit eh und je, die kleinen Mamsells, nur scheint ihr das immer noch nicht begriffen zu haben, Himmel, Arsch und Zwirn! Ich kann den Muschelgeruch, den die heiratsfähigen jungen Negerinnen verströmen, nicht ausstehen.«

Trotz allem hatte er Man Ginette ein Säckel Geld gegeben, und deshalb ist Armande dann zwei Tage später bei mir vorbeigekommen und hat sich aufgeplustert. Sie würde auf die Schule gehen! Und ich, ich würde zu Hause bleiben und Wassereimer schleppen, Zwergbananen schälen und für meine älteren Brüder das Essen kochen. »Kein Kleid, keine Schule! Keine Schuhe, keine Schule!« Das hat kürzlich die Lehrerin von Grand-Anse auf dem Markt zu Man Doris gesagt. Obwohl die Hebamme ihr weiß der Himmel wie viele Komplimente über ihren Mulattinnenzopf gemacht hatte, der ihr bis zum Hintern reicht. Und obwohl sie ihr auf die Gombos einen Rabatt von sechseinhalb Sous gegeben hatte. Sie hat das alles dankend angenommen, ließ aber nicht mit sich reden. Kein Kleid, keine Schule! Da hat mich meine zweite Mutter an ihre Tutteln gedrückt und mit tränenerstickter Stimme zu mir gesagt: »Meine arme Kleine, wo du schon schwarz bist wie die Sünde, wie sollst du dich da durchschlagen, ohne lesen und schreiben zu können?«

Die Schenkel voller Gewaltsamkeit auseinandergerissen. Seine ledernen, schwieligen Hände, die über die sprießenden Haare meiner Coucoune fuhren. Sein nach Tafia stinkender Atem, der sich über mein ganzes Gesicht legte und mich zwang, die Augen zu schließen. Die zusammengeflickten Lumpen, die meinen Körper kaum bedeckten und die er nun völlig zerfetzte. Sein hartes Eisen in mir, nicht wirklich schmerzhaft, aber seltsam, störend. Und dann die Entladung, bei der er brüllte wie ein Stier, dem man die Hörner absägt, und der plötzliche Tod, der mich vor Schreck erstarren ließ. Ja, der Aufseher ist gekommen und hat am hellichten Tag das Zeitliche gesegnet, an einem sonnigen Nachmittag, am Fuß des Morne Capot, einem Ort, wo es nichts gibt außer Balsambüschen voller Lianenfutter für die Hasen und Steine. Ich hab nicht gleich begriffen, ich hatte noch den Himmel in den Augen, dieses Blauviolett, das mir in den Augenhöhlen brannte und mich weit wegtrug, weiter als diese endlosen Wolkenlitaneien, die sich bei schönem Wetter jagen. Er rührte sich nicht mehr. Seine Arme waren zu Stein erstarrt, sein Mund stand halb offen, die Nägel seiner rechten Hand hatten sich in meine Hüfte gebohrt, und sein Glied in mir wurde einfach nicht schlaff. Plötzlich hab ich den Tod gesehen, regungslos und spöttisch, und er hat mich so fest umschlungen, daß ich in meiner Wirbelsäule anfing zu zittern. Ich schrie und schrie und schrie. Ihn von mir herunterwälzen und wegrennen konnte ich nicht, dazu war er viel zu schwer. Und meine Stimme war viel zu schwach, als daß mich einer auf der Straße hätte hören können. Ich sah, wie das Feuer der Sonne auf der andern Seite der Insel unterging. Hin und wieder keckerten ein paar Waldgrillen, um sich auf ihr nächtliches Konzert einzustimmen. Meine Lippen waren schon ganz trocken von den Schreien, die ohne Antwort geblieben waren, und die Kälte, die die Leiche des Aufsehers verströmte, ließ mir das Blut in den Adern gerinnen. Ich weiß nicht, wer mich aus dieser Hölle herausgeholt hat, und auch nicht, wie sich das abgespielt hat. Ich weiß rein gar nichts. Erklärungen fand keiner angebracht, und Man Doris hat sich geweigert, auch nur ein Wort mit mir zu wechseln, als hätte ich mich mit Typhus angesteckt. In der Hütte hat man mich direkt auf den Boden gelegt, nur auf eine ganz dünne Bambusmattte, und einer meiner Brüder brachte mir merkwürdige Mixturen, in denen immer irgendwelche Blätter schwammen und die mir einen Anflug von Robustigkeit gaben. Es dauerte aber nicht lange, dann brach ich wieder zusammen und fing an, wirres Zeug zu reden. Es war, als steckten zwei Personen in einer: Die eine redete und redete, bis sie nur noch Unsinn von sich gab, und die andere, krank und wie eine Brennesselraupe in sich zusammengerollt, hörte zu, ganz ruhig, voller Vertrauen in die Zukunft, ja beinahe heiter. Morgens, bevor es hell wurde, stand Man Doris vor allen andern auf, legte ihre Hand auf meine Stirn und murmelte:

»Jemand hat meiner Kleinen sehr wehgetan, was!«

Eines Tages gab's ein großes Durcheinander draußen. Pferdegetrappel, laute Stimmen von Weißen, die schönes Originalfranzösisch sprachen, und das maßlose Gezeter meiner Ziehmutter, die ihnen den Zugang zu unserer Hütte versperren wollte. Einer der Herren schaffte es, sie wegzuschubsen und an mein Lager zu treten. Er kniete sich hin, nahm mein Handgelenk und lächelte mir zu, ohne auch nur einen Pieps zu sagen. Ich hatte Angst. Furchtbare Angst. Meine Schenkel auseinandergedrückt. Die behaarten Hände eines Frankreich-Weißen, bleich wie eine Kerze, auf meiner feuchten Haut. Seine Finger, die sich vorsichtig zu meiner Spalte vortasten und sie geschickt öffnen, was mir einen unfreiwilligen Gluckser entlockt. Sein Zeigefinger, der die rosavioletten Lippen teilt und unendlich vorsichtig bis in die tiefste Tiefe meines Seins eindringt und sich darin hin und her bewegt, während er aufmerksam meine Pupillen beobachtet, die nach oben rollen. Dann zieht er seinen Finger wieder raus, riecht an dem Öl, das aus meinem Körper herauskam, bewegt ein paar Gedanken in seinem Kopf, der so gelb ist wie eine Zephyrmango und geht wieder aus der Hütte, während er sich mit seinem Panama frische Luft zufächelt. Als die Weißen weg waren, kam Mama Doris mit einem Eimer Wasser hereingerannt, das die Farbe von frisch umgerührter Erde hatte; sie tauchte mich hinein und schrubbte mich gründlich ab. Ich bibberte vor Kälte und spürte wieder die Nähe des Todes. Mein Körper war wie betäubt. Ich wollte heulen, meiner Ziehmutter Lebewohl sagen, aufstehen und ein letztes Mal die Hecke mit dem Mohn betrachten, die den Hof unserer Hütte umgab, aber ich war nicht in der Lage, auch nur ein Lidhärchen zu bewegen. Danach bin ich in einen tiefen Schlaf versunken, ich kann nicht genau sagen, wie lange, bestimmt waren es Tage und ganze Wochen. Meine Träume waren von einer tückischen, irgendwie gräßlichen Süße: Mein Körper, dem die Arme amputiert waren, schwebte im Himmel; meine weit auseinandergedrückten Schenkel empfingen einen riesigen Baumstamm, der manchmal das Aussehen eines Kapokbaums annahm. Und dann eines schönen Morgens hörte auch das wieder auf. Man Doris sagte einfach nur:

»Eau de Café, wasch dich gründlich, deine Großmutter mag keine Negermädchen mit Schmalz in den Ohren. Ich hab dir ein Paar Plastikschuhe und einen Hut gekauft.«

Sie ist mit mir nach Morne Céron gegangen, bis zum Rand dieses erstaunlich hohen Berges, wo Man Nanette sich eine Hütte aus Bambus und Lehm hatte bauen lassen. Weiter unten konnte man eine riesige Zuckerrohrpflanzung sehen und ein zweistöckiges großes weißes Gebäude, das auf einem kleinen Plateau lag: das Haus des einheimischen Weißen de Cassagnac. Man Nanette hat mich gemustert, meine Arme und Beine befühlt, meinen Mund geöffnet, um meine Zähne zu inspizieren, und dann ihrerseits gesagt:

»Meine Kleine, du brauchst ein Bad, um das Unglück abzuwaschen, das du ausschwitzt.«

»Das Unglück, das ihr ihre Mutter Franciane vermacht hat«, meinte Doris.

»Eine Schande! Reden konnte sie ja, aber der Charakter von dem Frauenzimmer!... Mußtest du den ganzen Weg zurücklegen, um mich um was zu bitten, was du selbst genausogut kannst?«

»Nein... nein, das glaub ich nicht. Für diese Art von Erlösung reicht mein Wissen nicht aus. Ich bilde mir nicht ein, jemanden von einem Fluch erlösen zu können. Bauchweh, Mumps, ja, Masern, ja, Abtreibungen und all das, ja, aber diese Vermaledeiung auf dem

Kopf der Kleinen, nein! Du bist die Großmutter, es ist deine Aufgabe, sie davon zu befreien!«

Man Nanette blieb eine Ewigkeit auf ihrer kleinen Bank sitzen und witterte den Wind der Erde, der sich um diese Stunde des Abends erhob. Sie schien auf die dunklen Botschaften zu lauschen, die er in das Laub der Bäume blies. Ihr Blick war am Stamm einer Ambarella hängengeblieben, wo sich eine Amselfamilie eingenistet hatte. Dann, als wären wir nicht mehr vorhanden, stand sie auf, rollte ihr verblichenes Kleid an den Seiten hoch und ging mit kleinen Schritten auf den Baum zu. In seinem Schatten streckte sie sich der Länge nach auf dem Boden aus, und eine lange, herzzerreißende Klage entrang sich ihrer Brust. Unter unsern Füßen fing die Erde an zu beben, was Man Doris einen gewaltigen Schrecken einzujagen schien! Und dabei wurde sie die Anverlobte des Teufels genannt! Stille senkte sich über uns und ließ unsere Umgebung erstarren. Als die Nacht ihre schwarzen Flügel öffnete, erwachte meine Großmutter:

»Ich hab mit ihrer Mutter gesprochen. Wir gehen morgen früh zum Meer von Grand-Anse. Und du, Doris, du gehst jetzt besser, ich muß die Kleine zurechtmachen. Sie hat diese Vermaledeiung, die ihr Leben durcheinanderbringt, nicht verdient, auch wenn sie sich wieder an ihre Fersen heften wird, falls sie ein Kind kriegt.«

»Sie wird keines kriegen«, erklärte die Anverlobte des Teufels, »und wenn sie doch eines Tages in die Verlegenheit kommen sollte, dann werd ich Mutter und Kind sofort voneinander trennen, da kannst du ganz beruhigt sein.«

»Danke! Tausend Dank für alles, was du für Eau de Café getan hast. Du warst nicht verpflichtet dazu. Unser Herr im Himmel, der alles sieht, wird's dir vergelten. Und jetzt mach dich auf die Socken, schnell! Ich hab noch eine Menge zu tun.«

12. Januar 1977

Mein Lieber,
Sie haben das Kostbarste genommen, was wir besaßen. Sie haben mit großem Jubel unsere Sprache massakriert und uns nur ein paar kümmerliche Reste übriggelassen. Embryonen von Sätzen und Flüche, Trommeln, die tief in unseren Adern dröhnen. Sie haben die Wärme ihrer Laute im Korsett unserer Kehlen erstickt und haben uns nur das Lächerliche, Abstoßende und Inzestuöse gelassen.

Sie frohlocken.

Sie haben uns zum Henker eines jedes Wortes werden lassen, zu zufriedenen Verächtern unserer eigenen Sprache, und wir haben uns nicht gewehrt, nichts gesagt. Kal (Schwanz), Koukoun (Muschi), Bonda (Hintern), Koké (Ficken): das ist alles, was übriggeblieben ist! Eine Tetralogie von Unflätigkeit und Dreck. Der Neandertaler-Jargon der Einheimischen, die sich in Erwartung eines Begräbnisses erster Klasse prächtig bemalt haben.

Antilia

Sechster Kreis

Man hat uns nie beigebracht, die Hinweise des Gedächtnisses zu enträtseln. Wir können nur wie Papageien alles nachplappern, dabei besitzen wir ein prachtvolles, aber von Übertreibungen verzerrtes Lachen. Unsere Sprache, die wie ein Streitroß davonstürmt, berauscht uns zwar, doch außer einer platten Beschreibung der Tage und der Tatsachen kommt nicht viel dabei heraus.

Gelegentlich spielen wir mit dem Gedanken, daß man nur die Fäden eines einzigen Lebens wieder aufnehmen müßte, und schon wären wir auf dem Weg, der in die rote Erde der Berge führt.

Grand-Anse, Fort-de-France, Martinique, Antillen, Mittelamerika und auf der anderen Seite (»drüben« wie wir sagen), das ironische Europa...

24

Die Hand des Generals

Durch Grand-Anse fegte ein Sturm, der die Ankunft eines großen Mannes ankündigte, den wir alle in unserm Herzen trugen, ohne daß wir ihn kannten, und der für die üblichen Unannehmlichkeiten unseres Lebens der reinste Balsam war. Die erste, die die Neuigkeit herausposaunte, war die frühere Frau des Syrers, die, obwohl sie in eine äußerst mißliche Lage geraten war, immer noch Beziehungen zu ihrer in die Stadt abgewanderten Kundschaft unterhielt. Sie produzierte sich auf der Rue-Devant, zerlumpter und heruntergekommener als je zuvor, eine glimmende Tonpfeife im Mund, »Die Madonna konnte meinen dicken Fuß nicht heilen, der Zauber, den mir heimtückische Neger angehängt haben, war zu mächtig, aber die können sich jetzt alle in die Hosen machen! Nach dem Herrn Präfekten werd ich ihn berühren, und danach werd ich geheilt sein. Geheilt!«

Diese Reden brachten die Schnapsdrosseln in den Destillen der Rue-Derrière in arge Verlegenheit. Manche äußerten die Vermutung, daß der Papst höchstpersönlich den Boden Martiniques betreten würde, andere tippten etwas bescheidener auf irgendeinen Monsignore aus Frankreich oder Navarra. Keiner dachte jedoch an Papa de Gaulle, obwohl viele ihr Leben riskiert hatten, um sich seinen Truppen auf der Insel Dominique anzuschließen.

»Hört nicht auf das alte Negerweib«, spottete Dachine. »Sie will sich nur einen Mann angeln, denn seit gut fünfzehn Jahren hat sie keiner mehr durchgewalkt.«

»He! Wer möchte mit dieser Drecksau einen draufmachen? Was soll's, seid doch nicht so zimperlich, Männer, man muß sie nur tüchtig abseifen und sich dann ihrem Charme hingeben«, wurde ihm geantwortet.

Als man aber am nächsten Morgen entdeckte, daß sich das Weib gekämmt, gewaschen, ein adrettes, enganliegendes Baumwollkleid angezogen und sich vor allem auch noch die Lippen rot angemalt hatte, war klar, daß sie es ernst meinte. Ali Tanin erkannte seine eigene Mutter nicht mehr und pfiff ihr hinterher; Man Léonce kam ins Schnaufen, weil ihr der Name zu dem Gesicht nicht einfiel, das ihr doch so bekannt vorkam; Major Bérard, ein Grobian vor dem Herrn, spielte tatsächlich den Galan und bot sich an, ihren Korb zu tragen, während Ti Fène Auguste, ähnlich bouleversiert, am Eingang seiner Destille ein Tablett mit Punchgläsern umkippte. Ohne sie überhaupt zu beachten, lenkte die Ex-Man Tanin ihre Schritte zu dem Platz, wo das Sammeltaxi des Maître Salvie seine Fahrgäste nach En Ville erwartete. Der Fahrer, der die blutrote Karosserie des »Henkers des Nordens« auf Hochglanz polierte und dabei den Disput zweier schwarzer Quasselstrippen verfolgte, die bereits im Wagen Platz genommen hatten, war der einzige, der sich nicht in Vermutungen verlor: Er war schon vor Ewigkeiten in sie verliebt gewesen, als sie sich noch nicht von dem Klimpergeld Syrers hatte betören lassen – »was ihr auch keine Glücklichkeit beschert hat«, wie er jedesmal, wenn sich ihre Wege kreuzten, vor sich hinmurmelte. Dieser unauslöschliche Schmerz hatte in seinem Gedächtnis das wirkliche Bild dieser von der Ehe, der Verbürgerlichung und dann vom Elend gezeichneten Frau eingegraben.

»Rose-Aimée... Rose-Aimée...«, stammelte er, als er sie wie in einem Traum auf sich zukommen sah.

»Mein lieber Salvie, wart erst mal, bis ich meinen dicken Fuß los bin, du wirst dich wundern, wie gut ich dann aussehe, und merken, daß mir die Jahre rein gar nichts anhaben konnten. Es war ein Fehler, ich geb's ja zu, daß ich dich nicht genommen hab, aber schau dir meine Haare an, sie sind noch ganz schwarz, und ich kann dir, wann immer du willst, die dreckige Kulifrau ersetzen, die du in Fond Gens-Libre aushältst.«

»Wo... wo willst du denn hin, in diesem Aufzug?«

»Ha! ha! ha! Zur Begrüßung von General de Gaulle, mein lieber Herr.«

Er hielt sie für verrückt. Er blickte auf seine Fahrgäste, kratzte sich am Kopf und senkte seinen Blick in den von Rose-Aimée, wobei er ihr mit größter Strenge zu suggerieren versuchte, daß sie mal besser nach En Chéneaux, an ihren häuslichen Herd zurückkehren solle, als sich in Fort-de-France herumzutreiben, wo die Geld-oder-Leben-Ganoven die Leute ausplünderten, wann immer sich eine Gelegenheit bot. Er schlug ihr sogar vor, sie zu begleiten, wobei ihm ihr Angebot, sich mit ihm zusammenzutun, durch den Kopf schoß. Ein Wort, ein einziges Wort würde genügen, um die Schwester des verstorbenen René-Couli wegzuschicken, die er mehr aus Mitleid als aus Leidenschaft bei sich aufgenommen hatte. Sie war mager bis auf die Knochen und sagte zu allem ja und amen, was ihn auf die Palme brachte. Hatte Rose-Aimée es ernst gemeint? Oder war sie nicht mehr zurechnungsfähig?

»Ah, hier hast du das Fahrgeld, Salvie, damit du nicht denkst, du mußt den Freier spielen«, sagte sie und hielt ihm einen ziemlich neuen Tausendfrancschein hin.

Bevor er danach schnappte, scharwenzelte Salvie noch augenrollend um die Frau herum, die bereits sein Sammeltaxi bestieg. Ungeachtet ihrer Elefantiasis, trug sie hochhackige Schuhe, und doch, keine Frau dieser Welt bewegte sich in diesem Augenblick mit größerer Anmut als sie. Ohne daß er es wußte, hatte der Chauffeur eine halbe Sekunde lang das, was man ungeschickterweise als die Ewigkeit bezeichnet, erblickt. Er hatte ganz einfach das Gefühl, der gesamte Kosmos sei stehengeblieben, geblendet von soviel Schönheit. Selbst die Passagiere hatten aufgehört zu tratschen, denn auch sie waren überwältigt vom Anblick Rose-Aimée Tanins, deren grausames Schicksal die guten Seelen von Grand-Anse zu beklagen pflegten. Und eine von ihnen sprach einen wunderbaren Satz aus, der dieses Stückchen Realität genau auf den Punkt brachte: Eau de Café bemerkte:

»Jede Frau ist eine Königin, wenn's auch nur für ein klitzekleines Mal in ihrem Leben ist.«

Vor dem »Henker des Nordens« hatte sich schon eine Menschentraube gebildet, während Salvie, noch völlig durcheinander, sich seinen Eimer mit der Seifenlauge schnappte und dabei eine ungeschickte Bewegung machte, so daß sich der Inhalt über sein Hemd und seine Weste ergoß.

»Heißt das, daß … daß du wegziehst?« bemerkte er zu Rose-Aimée gewandt, »… daß du eine Hütte in der Stadt gefunden hast?«

»Nein, mein Alter, ich bin aus Grand-Anse und bleib in Grand-Anse, was auch immer passiert, aber für morgen hab ich mich mit Papa de Gaulle auf der Savane verabredet. Komm, zieh dich um, sonst schwitzt du und erkältest dich, ich sag's dir.«

Das Hupen des »Golem«, der mit Karacho vorbeidonnerte, ließ die Gaffer zusammenfahren. Sein Fahrer brüllte Maître Salvie zu:

»Sakré yichkôn, man kay dépyèsté 'w talè!« (Alter Hurenbock, dich werd ich auseinandernehmen, wart's ab!)

Die Trivialität dieser Bemerkung brach den Zauber. Im Handumdrehen war der »Henker des Nordens« mit seiner üblichen Klientel besetzt. Nur Ali Tanin, der Halbsyrer, betrachtete noch versonnen seine – er wußte nicht durch welches Wunder – verjüngte Mutter und vergaß darüber sogar die jungen Damen zu necken, die in die Stadt fuhren, um sich einen kleinen Job zu ergattern. Dachine, kleinlaut geworden, zog ihn am Ärmel und flüsterte ihm ins Ohr:

»Es stimmt, was sie sagt. Ich hab's eben im Radio Martinique gehört …«

Diese Bestätigung ging von Mund zu Mund und wurde bis in die letzten Häuser des Ortes kolportiert, wo Julien Thémistocle, der Marron, der Unverbesserliche, sich gerade vor einer Versammlung von Negern produzierte, denen die Gemeindeverwaltung die rein symbolische Aufgabe zugeteilt hatte, die Glyzinienhecke auszuschneiden, die die Grundschule umgab. Er machte sich gerade über ihre Familiennamen lustig:

»Monsieur Présent, halten Sie bitte die Baumschere fest, ja so ist's richtig … und was Sie angeht, mein lieber Placide, Sie sollten sich vergewissern, ob die Leiter einen festen Halt hat, sonst fallen

Sie nur runter und brechen sich das Kreuz... Ha! ha! ha!... Und die ehrenwerten Bürger Ladouceur und Lecurieux sollten auf die Passanten achten, wenn ich bitten darf. Ich kenne euren sträflichen Leichtsinn, und es würde mich nicht wundern, wenn ihr die schönen Damen, die hier vorbeigehen, beschmutzt.«

Die Gemeindearbeiter reagierten schon gar nicht mehr auf diese Hanswurstiaden. Keine Woche verging, ohne daß er den Namen von jemandem verlächerlichte und gleichzeitig mit seinem eigenen angab. Wenn man seinen Worten Glauben schenkte, so war der Name Thémistocle nach hartem Kampf den Franzosen-Weißen abgerungen worden, die nach der Abschaffung der Sklaverei die Personalien aufnehmen mußten.

»Mein Großvater, meine Herren«, tönte er, »hat nicht wie eure Großväter gekuscht. Als man die Neger der Pflanzung Morne-l'Étoile zusammentrieb und einzeln vor einem kleinen Arschloch von Weißen vorbeiziehen ließ, der an einem Tisch saß und ein aufgeschlagenes Heft vor sich liegen hatte, da hat er es sich verbeten, daß dieser Kerl auf gut Glück seinen Diktionär aufschlug und ihm einen Namen verpaßte. Diesen Humbug hat er nicht mitgemacht. Er hat seine Machete mitgebracht und drohte dem Weißen, ihm die Genitorien abzuschneiden, wenn er nicht genau das aufschreiben würde, was mein Großvater ihm diktierte, verflucht und zugenäht! Dazu brauchte man Schneid, Männer! Er sollte ›Diligent‹ heißen, aber er hat einen Riesenrabatz gemacht, und der Weiße mußte ›Thémistocle‹ schreiben... Lacht nur, ihr Bande von Analphabeten! Thémistocle ist der Name eines berühmten Griechen.«

Als er den Namen von Papa de Gaulle hörte, erschauerte Julien Thémistocle. Er brach seine Tirade ab und raste wie ein geölter Blitz nach Fond-Massacre, wo er sich vorübergehend bei einer Mätresse einquartiert hatte. Der »Henker des Nordens« überholte ihn auf der Straße, und seine Passagiere erklärten, der Zombie, dem er seine Seele verkauft hatte, sei hinter ihm her, um mit ihm abzurechnen. Und Eau de Café rollte allem Anschein nach eine Träne über die Wange. Rose-Aimée Tanin, der er trotz ihrer stinkenden Lumpen des öfteren Gewalt angetan hatte, lachte nur höhnisch. Maître Salvie, der Chauffeur, betätigte ein paarmal seine Hupe, um ihn zur Vernunft zu bringen, aber Julien Thémistocle rannte-rannte-rannte und beachtete weder die Hunde, die ihm nachhechelten, noch die Steine, die ihm die Fußsohlen aufrissen. Er bügelte eigenhändig die Militärjacke, die er aus dem Krieg mit nach Hause gebracht hatte, polierte seine Schuhe mit Spucke, rasierte sich im Eiltempo mit einer verrosteten Gillette-Klinge, die auf einem Regal herumlag, und stürzte dann wieder auf die Straße hinaus, um den »Golem« abzupassen, und das alles ohne ein Wort der Erklärung für seine Gefährtin, die sich in eine Ecke verzogen hatte, da sie von ihm nur diese »Los-wasch-dich«-Befehle gewohnt war. Der Fahrer des »Golem«, Major Bérard, brachte sein Gefährt so abrupt vor ihm zum Halten, daß im hinteren Teil des Wagens ein fürchterliches Chaos entstand, in dem die Gemüsehändlerinnen, die Alten, die ihre Pension abholten, die herausgeputzten jungen Damen sowie die Schüler auf dem Weg zu ihrer Internatsschule, dem Lycée Schoelcher, unter Flüchen, Schmerzensschreien und Vaterunser-Stoßgebeten wie Kraut und Rüben übereinanderpurzelten.

»Bouwo-di-Nô kay pwan douvan nou, wi, Béra. Saou ka fè a?« (Der »Henker des Nordens« wird uns überholen, jawohl, Bérard. Was soll das), kreischte eine Sportsfreundin.

»La... ladjè, pété mézan... mézanmi...«, (da... der Krieg ist ausgebrochen, meine... meine Freunde), brachte dieser gerade noch hervor.

»Los, fahr schon, Kumpel«, sagte Julien Thémistocle, während er auf das Trittbrett des »Golem« sprang, »es gibt keinen neuen Krieg. Ich hab meine Uniform angelegt, um den General de Gaulle würdig zu empfangen.«

Beruhigt versetzte Major Bérard seiner Maschine einen gemeinen Tritt in die Kupplung, und der »Golem« nahm die Verfolgung des »Henkers des Nordens« auf, was unter normalen Umständen zu einer Begegnung auf der Brücke des Galions-Flusses zwischen den Gemeinden Trinité und Gros-Morne geführt hätte. Um ihn anzufeuern, skandierten die Passagiere:

»Fahr, Fahrer, fahr, der Wagen gehört doch nicht dir!«

Um die Entscheidung hinauszuzögern, fuhr Maître Salvie ganz ungeniert in der Mitte der Straße und ging nur in den als besonders gefährlich geltenden Kurven nach rechts. Von seinen Passagieren ermutigt, unternahm Major Bérard, den Fuß auf dem Gaspedal und die rechte Hand auf der Hupe, zum Entsetzen der wenigen Autofahrer die gewagtesten Überholmanöver. Die enge Straße verbreiterte sich jedoch plötzlich, wenn man sich der Brücke näherte, die über eine mit riesigen Bambussträuchern bewachsene Schlucht führte. Die Anhänger des »Henkers des Nordens«, in der Mehrheit respektable Bürger, die auf jeden Fall etwas älter waren als die Ganoven des »Golems«, reagierten nicht auf die Beleidigungen ihrer Gegner. Diese aber brüllten:

»Nou sanfouté lanmô! Béra, bay bwa, fout!« (Wir haben nicht so einen Mordsschiß vor dem Tod! Gib Gas, Bérard, verdammt!)

Endgültig am Schlund der Brücke angelangt, da, wo der Abgrund alles zu verschlingen droht, was sich darüberbeugt, bugsierte Major Bérard, ein Fahrer mit einer höllischen Geschicklichkeit, sein Gefährt auf die linke Seite, wo es über das Guineagras des Grabens rutschte und rückwärts weiterschlitterte, während sich die Räder auf der rechten Seite vom Boden lösten; er bremste, gab Gas und riß dabei mit ganzer Kraft das Steuer herum, um dem Brückenkopf auszuweichen, ohne auch nur einen Augenblick die Hand von der Hupe zu nehmen, berauscht von dem Beifall seiner Passagiere. Der »Golem« warf dem Schicksal eine Kußhand zu, bevor er sich wieder aufrichtete und unter gewaltigem Quietschen seiner Achsen die Flanke des »Henkers des Nordens« rammte, der schon seit geraumer Zeit nicht mehr richtig aufpaßte. Beim Überholen riefen die Golem-Neger den Henker-Negern zu:

»Sakré bann makoumè ki zôt yé!« (Weiberpack!)

Doch am Tag von Rose-Aimées spektakulärem Auftritt, als sie angeblich zur Begrüßung von Papa de Gaulle in die Stadt fahren wollte, war der Kampfplatz leer und verlassen. Ein gewaltiger Regen, der schon Tage vorher heruntergepladdert war, hatte den

Galions-Fluß unter der Brücke zum Brodeln gebracht. Völllig unvermittelt brachte Major Bérard den »Golem« ein zweites Mal zum Stehen, ohne sich im geringsten um die Proteste seiner Anhänger zu kümmern, die ihn bedrängten, doch loszubrettern und zu versuchen, Maître Salvie vor dem Ort Gros-Morne einzuholen, denn »sonst haben wir gar nicht genug Taschentücher, um uns die Scham von der Stirn zu wischen«. Tatsächlich verfolgten auch die Gemeinden zwischen Grand-Anse und Fort-de-France, also Fond d'Or, Sainte-Marie, Trinité, Gros-Morne und Saint-Joseph, mit leidenschaftlicher Anteilnahme den Krieg zwischen den beiden Taxis, deren Fahrer unbestritten die tollkühnsten Ismiregals des ganzen Nordens waren. Ihre eigenen Sammeltaxen hielten sie wohlweislich aus dieser Sache heraus, die nun schon seit zwei Jahrzehnten so ging und eines Tages bestimmt mit einem großen Blutbad enden würde. Fond d'Or und Sainte-Marie sympathisierten eher mit dem »Henker des Nordens«, während die Herzen von Gros-Morne und den anderen Kommunen für den »Golem« schlugen.

»Landjèt manman sa! Landjèt manman sa!« (Verdammte Scheiße) wiederholte, kaum wiederzuerkennen, Major Bérard.

»Wenn du zuläßt, daß diese warmen Brüder des ›Golem‹ vor uns in Gros-Morne ankommen, dann fahr ich nie wieder mit dir, mein Neger. Das war dann das Ende!« ließ sich eine Stimme am Rande der Hysterie vernehmen.

»Salvie muß ihm einen Zauber angehängt haben. Das gibt's doch nicht«, äußerte sich ein anderer. »Schaut nur, Bérard, ein Neger, dem's an Mutigkeit nicht mangelt, rotiert wie eine Karnevalsfigur um die eigene Achse.«

Der Fahrer hatte sich mit den Ellbogen auf dem Brückengeländer abgestützt und starrte auf das silbrige Wasser, das zwischen dem Grün der Bambussträucher und der Canna hervorschimmerte. Ein paar Passagiere stiegen aus, um ihn zu schütteln, aber sie kamen nicht an ihn heran. Eine Art Fluidum schien ihn vor ihren erbosten Händen zu schützen und ihr Gezeter in tausend Einzeltöne aufzulösen, die sich mit dem Rauschen des Galions-Flusses vermischten.

»Das hat er nun davon, daß er mit dem Teufel paktiert!« erklärte eine Frau. »Hat er sich nicht immer geweigert, sein Auto beim Fest des heiligen Antonius segnen zu lassen?«

»Maître Salvie hat sich immer an die Vorschriften der Kirche gehalten, Freunde. Heute kann jeder sehen, daß der Herrgott der Weißen stärker ist als der der Schwarzen«, sagte ein anderer.

Julien Thémistocle verlor keine Zeit mit philosophischen Betrachtungen über das plötzliche Verstummen des »Golem«-Fahrers. Er packte seine Tasche, sprang aus einem Fenster des Sammeltaxis und nahm seine wilde Hatz wieder auf, dieses Mal jedoch querfeldein, denn die Kolonialstraßen führen nie direkt zum Ziel, sondern schlängeln sich lieber an den Flanken der Berge entlang. Er war nur von dem einen Gedanken besessen: den »Henker des Nordens« zu erwischen, um nicht die Ankunft von Papa de Gaulle zu verpassen. Sein irrsinniges Tempo ließ mehrere Landarbeiter, die auf den Zuckerrohrfeldern Unkraut jäteten, vor Schreck innehalten; eine Frau, die den gestampften Lehmboden ihres Hofs kehrte, hintenüberfallen; den Feldhüter von Gros-Morne an eine Halluzination glauben und den Vorsatz fassen, nie wieder vor zwölf Uhr mittag sechs Gläser Rum zu leeren; einen Schwarm Negerkinder, die unter einem mit vielen Stelzwurzeln ausgestatteten Mangobaum mit ihren Murmeln spielten, in Panik geraten; die Hühner, Enten und Truthähne auseinanderstieben und einen Maler (einen Frankreich-Weißen seines Standes nach) ungläubig den Kopf schütteln. Dem Buschradio nach soll Julien Thémistocle schneller als ein Zwölfspänner gewesen sein. Und schneller als der Soukougnan-Geist, der auf dem Rücken des Lichts reist. Ein paar Meter vor dem Dorfeingang erwischte er den »Henker des Nordens«, dessen Passagiere lauthals lachten, voller Stolz, daß es ihnen endlich einmal gelungen war, ihren ewigen Gegner abzuhängen. Dazu ist zu sagen, daß die Gegenwart von Rose-Aimée, die ihr jugendliches Aussehen wiedergefunden hatte, Maître Salvie elektrisiert hatte. Seine Stammkunden erkannten ihn nicht wieder, denn er scheute vor keinem Risiko zurück, fuhr mit hundert Sachen den Hang bei Anse-Charpentier hinunter und bremste selbst nicht in den Haarnadelkurven kurz vor Trinité. Niemand protestierte, obwohl alle eine höllische Angst hatten, ausgenommen Rose-Aimée, die allein vorne neben dem Fahrer saß und eine kreolische Mazurka summte. Die Züge des Fahrers zeigten eine Entschlossenheit und eine Unerschrockenheit, die offensichtlich durch nichts zu erschüttern waren. Langsam erholten sich die Leute wieder von ihrem Schreck, Eau de Café steckte den Rosenkranz in ihr Madraskopftuch und machte einen Scherz. Als dann auf der Galionsbrücke klar wurde, daß der »Henker des Nordens« einen grandiosen Sieg errungen hatte, umarmte und beglückwünschte man sich und ließ eine Flasche Madkaud kreisen, der damals der härteste Rum im ganzen Land war. Keine der Gemüsehändlerinnen schimpfte, als zwei Körbe randvoll mit Lebensmitteln vom Dach fielen und ihr Inhalt sich genau vor dem Eingang der Dénel-Fabrik auf die Straße ergoß.

»Ein Geschenk für Papa de Gaulle!« schrie eine. »Er hat Frankreich gerettet, also kann man ihm heute auch was opfern, verflucht!«

Das Lachen fror ihnen jedoch auf den Lippen, als das tadellos rasierte Gesicht von Julien Thémistocle plötzlich an der Tür erschien, an der Rose-Aimée sich abstützte. Der Kerl war aufs Trittbrett gesprungen und hatte sich am Wagen festgeklammert, ohne dem Fahrer und seinen Passagieren auch nur einen Blick zu gönnen. Der »Henker des Nordens« wurde wie von selbst etwas langsamer, und im Innern des Wagens breitete sich eine große Stille aus, die das Geknatter des Auspuffs noch seltsamer erscheinen ließ. Das einheimische Taxi fuhr durch den Marktflecken Gros-Morne, ohne eine andere Reaktion zu bewirken als ungläubiges Grinsen. Zärtlich legte Rose-Aimée ihre Hand auf die des Marrons, was Maître Salvie das Herz brach. Der Neger, der sie schon zu allen Tages- und Nachtzeiten mit Gewalt genommen hatte (da er die Fähigkeit besaß, sich in einen Inkubus zu verwandeln), der vor Dreck starrende Gesetzlose, der die Gendarmen von Grand-Anse mit einem scharfen Messer in der Hand herausgefordert hatte, war nicht zu vergleichen mit diesem Prachtstück von einem

Neger, der augenblicklich auf dem Trittbrett des »Henkers des Nordens« mitfuhr und weder Tod noch Teufel fürchtete. Dabei hätte Maître Salvie nur einmal kurz bremsen müssen, um ihn in eine Schlucht zu befördern, wo sich dann die Lanzenottern und die Opossums um sein Grab gekümmert hätten. Eau de Café, wütend, aber doch von seiner schnittigen Militärjacke beeindruckt, schloß die Augen und begann ihre endlosen Gebete an die Adresse des heiligen Martin von Porès. Der Ort Saint-Joseph wurde in demselben unsagbaren Schweigen durchfahren. Als man sich En Ville näherte, berührte Julien Thémistocle mit seinen Wangen die Hand von Rose-Aimée und sagte laut und deutlich:

»Du hast schon so lange einen Ehrenplatz in meinem Herzen, daß ich ganz vergessen hab, dich zu fragen, ob du mein Leben teilen möchtest.«

»Ah! Weißt du, das Leben hat mir übel mitgespielt, mein Alter!«

»Ich weiß... ich weiß... aber ich werd jetzt nicht mehr von dir lassen, gemeinsam werden wir die Schweinereien dieses Lebens meistern. De Gaulle wird uns eine bessere Welt bescheren. Das ist ein Neger von Format!«

»'n Haufen Dank!« murmelte die Frau.

Maître Salvie erreichte Croix Mission wie ein Schlafwandler. Er vergaß, ein paar Marktfrauen vor dem Friedhof der Reichen abzusetzen, und erntete einen Hagel von Verwünschungen. In dem Treiben der Stadt kümmerte sich keiner mehr um ihn und den Schmerz eines Mannes, der an der einzigen Stelle verwundet worden war, die noch kein menschliches Wesen vollständig abzupanzern vermochte. Er brach über dem Lenkrad zusammen und vergaß sogar das Fahrgeld abzukassieren, was alle weidlich ausnutzten, außer Eau de Café und zwei oder drei Betschwestern, die diese Profitiererei verabscheuten. Rose-Aimée und Julien Thémistocle gingen eng umschlungen den Boulevard de La Levée entlang, eine Haltung, die in kreolischen Ländern äußerst unüblich ist und entsprechend boshafte Kommentare und Pfiffe provozierte.

»Sieh einer an, jetzt machen die's schon wie in Frankreich«, brummte ein Betteljan, der ihnen die Hand hinstreckte, »was steht uns noch alles bevor in diesem Land, Herrgott noch mal?«

Die Straßen von Fort-de-France waren sorgfältig gefegt und mit blau-weiß-roten Fahnen herausgeputzt, die so neu waren, daß sie unwirklich erschienen. Eine Euphorie hatte sich der Neger von En Ville bemächtigt, und selbst diejenigen, die um diese Zeit als erste der Ruhe pflegten, nämlich die Würfelspieler der Savane, diskutierten unter dem Dach des Musikkiosks über die respektiven Verdienste Napoleons und Papa de Gaulles. Bec-en-Or, einer der gefürchtetsten Majore aus Terres-Sainvilles, empfing mit offenen Armen sein Alter ego aus Grand-Anse, an dessen Seite er im Ardennen-Regiment gekämpft hatte. Auch er hatte seine Militärjacke angelegt, die jedoch weit weniger funkelte und blitzte als die von Julien Thémistocle, da sie wahrscheinlich schon etliche Schnitte mit dem Rasiermesser abbekommen hatte. Der Mann mit den achtzehn Goldzähnen ließ es sich nicht nehmen, seiner Begleiterin schöne Augen zu machen und sich in Anzüglichkeiten zu ergehen.

»Ich hab mir einen nach dem andern ziehen lassen«, erkärte er Rose-Aimée, »und durch Gold ersetzen lassen. Deshalb wird in meinem Mund auch nie was faulen, selbst nach meinem Tod nicht! Ha! ha! ha!«

In der Seufzerallee gab sich die Jeunesse Dorée von Fort-de-France den ersten Verzückungen der Liebe hin. Neben der Statue der Kaiserin Joséphine, an der gerade ein Landstreicher Wasser abschlug, war eine riesige Tribüne errichtet worden.

»Du bist also auch wegen dem General hierhergekommen?« erkundigte sich Bec-en-Or.

»Wenn's doch nur schon morgen wäre!« bemerkte Thémistocle kurz und bündig.

Den Abend verpichelten sie in der Bar »Marguerites des Marins« und den Destillen der Transat. Die Neger konnten ihre Ungeduld kaum mehr zügeln und beschlossen, die Nacht durchzumachen. Die Damen vom Hof des Brotfruchtbaums hatten ausnahmsweise die Preise gesenkt, und wer war schon so blöd und nutzte das nicht aus! Philomène, die früher einmal die schwarze Fee der Arbeiterviertel gewesen war, verströmte eine betörende Süße für alle, denen es beschieden war, in ihren Armen schwach zu werden.

»Für Papa de Gaulle«, wisperte sie ihnen zu.

Am nächsten Morgen erstrahlte die Stadt in herrlichstem Sonnenschein. Trikoloren adelten Tamarinden, Telegraphenmaste, wurmstichige Hütten und Busse, die als einzige Fahrerlaubnis hatten. Bec-en-Or und Julien Thémistocle bahnten sich einen Weg durch die Menschenmenge auf den Bürgersteigen, und sie waren sich so verbunden, daß sie sich an der Hand nahmen und Rose-Aimée völlig vergaßen, die verzweifelt versuchte, mit ihnen Schritt zu halten. Sie beschworen ihre Heldentaten von damals und klopften sich dabei demonstrativ auf die Schulter, während sie eine Flasche Rum hin und her gehen ließen, die sie aus dem Schaufenster eines Chinesen in der Avenue de Sainte-Thérèse hatten mitlaufen lassen. Inmitten der glänzenden Roben und schwarzen Anzüge fiel ihr abenteuerlicher Aufzug nicht weiter auf. Der Bandit mit dem goldenen Gebiß entdeckte eine Frau, die sich von Kopf bis Fuß mit kreolischem Schmuck in allen Formen und Farben behängt hatte – eine zitternde Nadel, die in ihrem Madras-Kopfwärmer steckte, Ketten im Dahlien-Design von beeindruckender Dicke, mit goldenen Früchten geschmückte Ringe. Doch ihm hatte es vor allem die Sträflingskette um ihren Hals angetan. All die herrlichen Zähne, die er sich daraus machen lassen könnte, Herrgott noch mal! Sie thronte etwas abseits von der Menge auf einer leeren Royal-Soda-Kiste, eine Eintags-Prinzessin, eine Prinzessin des Augenblicks mit mutwillig bemaltem Gesicht. Die beiden Waffenbrüder blieben abrupt stehen und blickten sich völlig baff an; dem einen, dem aus der Stadt, hatte es ihr Schmuck angetan, der andere, der vom Land, wollte ihr an die Wäsche. Das Gesicht hinter einer alten Zeitung versteckt, so als wollten sie sich vor der Sonne schützen, pirschten sie sich von hinten an das Geschöpf heran. Die Menge war noch weiter angeschwollen, und die Worte »Papa de Gaulle« kamen und gingen den Leuten pausenlos über die Lippen. Bec-en-Or war der Schnellere: Es gelang ihm, der jungen

Frau ihre Kette abzunehmen, ohne handgreiflich zu werden, und tauchte dann blitzschnell in der Menge unter. Julien Thémistocle, der ihr gerade die Arme streicheln wollte, bekam eine gewaltige Schelle ab, die ihn in die nächstbeste Gruppe von Gaffern beförderte. Dort blieb er lange genug, um x Fußtritte und Speichelpakete abzubekommen, bis ihm schließlich Rose-Aimée, die ihm, ohne zu murren, getreulich gefolgt war, wieder auf die Beine half. Die Prinzessin war von ihrem Piedestal verschwunden, und eine unüberschaubare Menge hatte den Platz erobert, von dem aus sie die Welt beherrscht hatte. Nur der Schmerz, der seinen Unterkiefer lähmte, hinderte Julien daran, das Ganze für einen Traum zu halten. Er schwankte zwischen Wut und Staunen.

»Oti Bekannô? (Wo ist Bec-en-Or?)« fragte er Rose-Aimée.

»Mi Papa de Gôl! Wéé-é-é-é, mi li-m!« (Da ist Papa de Gaulle! Hurr-a-a-a! da ist er!), schrie sich die Menge heiser.

Umgeben von einer Wolke motorisierter Polizisten, fuhr eine schwarze DS-19-Limousine mit ziemlichem Tempo den Boulevard Sainte-Thérèse hinunter. Über einem riesengroßen Körper, der die eine Hand an der Mütze, die andere zum Gruß erhoben hatte, waren eine mit Lilien bestickte Offiziersmütze, eine große Nase und ein Teint von der Farbe französischen Weißmehls zu erkennen. Die Frauen fielen reihenweise in Ohnmacht oder knieten nieder, um zu beten. Die Männer folgten dem Giganten und rannten dabei Kinder und Pistazienverkäuferinnen glatt über den Haufen. Julien Thémistocle, der Marron, der seit dem Tag seiner Geburt die Ordnung der Weißen herausgefordert hatte, konnte dem allgemeinen Jubel nicht widerstehen und überraschte sich dabei, wie er schrie:

»Dè Gôl, ou sé papa nou! Fé sa ou lé épi nou!« (De Gaulle, du bist unser Vater! Du kannst mit uns machen, was du willst!)

Er wurde von der delirierenden Negerschaft bis zum Platz der Savane mitgerissen. Bec-en-Or – welch eine Überraschung! – versuchte gegen den Strom von Menschen zu schwimmen, eine Stinkwut im Bauch.

»Sa ki ni?« (Was ist los?) fragte Themistocle.

»Wo ist dieses Miststück von vorhin? Wo zum Teufel ist sie?« brüllte er, während die Venen an seinem Hals wie die Saiten einer Mandoline hervortraten. »Komm mit, wir finden dieses Aas bestimmt wieder!«

Der Gigant mit der Generalsmütze trug eine herrliche weiße Uniform, und man stritt sich bereits über die genaue Zahl der Medaillen, die sie schmückten. Er drückte einer Reihe von ehemaligen schwarzen Soldaten die Hand, während diese sich abmühten, ihre Oriflammen hochzuhalten, die sie aus all den Kriegen mitgebracht hatten, in denen sie den »Blutzoll« für unser Mutterland Frankreich entrichtet hatten. Ein bis zum Hals schwangeres Weib kreischte:

»Lieber Gott, laß mich bitte hier an dieser Stelle entbinden!« worauf sie sich der Länge nach auf dem dichten Gras der Savane ausstreckte und so tat, als läge sie in den Wehen, ohne daß das auch nur eine Menschenseele gekümmert hätte. Bec-en-Or sprang genau in dem Moment über sie hinweg, als das Baby zwischen ihren Schenkeln zum Vorschein kam. Julien Thémistocle las es auf und legte es der Mutter vorsichtig in die Arme.

Er verstand nicht, warum der Major von Terres-Sainvilles so wütend war. Hatte er nicht gerade einen Coup gelandet, wie man nur einmal in seinem Leben einen landete? Er konnte sich jetzt zur Ruhe setzen oder eine Kreuzfahrt nach Venezuela machen. Als sie an der Schoelcher-Bibliothek angelangt waren, hörten sie die Stimme des Giganten verkünden:

»Mein Gott! Mein Gott! Seid ihr *foncé* (dunkel)!«

Salven des Beifalls bahnten sich den Weg durch ein mißbilligendes Murmeln. Doch was dann folgte, beschwichtigte die Leute wieder, und sie lauschten starr vor Bewunderung den gewählten und wiederum ganz einfachen Worten, die mit kreolischer Eloquenz wenig gemein hatten, aus dem Mund des Giganten aber sehr erhaben klangen. Die Leute drängten und schubsten einander, um ihm die Hand zu drücken, wozu er sich auch bereitwilligst hergab. Man hielt ihm die Kinder hin, damit er ihnen den Kopf tätschelte und etwas von seinem Verstand auf sie überginge. Alte Frauen küßten ihm die Hände in der Hoffnung, einen zweiten Frühling zu erleben. Nur Bec-en-Or mit seiner Wut im Bauch suchte immer noch die Prinzessin vom Vormittag, der er eine, wie sich später herausstellte, Kette aus Talmi geklaut hatte. Ja, meine Herrschaften, aus ganz gewöhnlichem Talmi! Julien Thémistocle ließ ihn laufen und drängte sich genau in dem Augenblick, als Papa de Gaulle vorbeikam, vor die Sperre. Gerührt von der Militärjacke und dem Kriegskreuz, schüttelte ihm dieser lange die Hand, um ihn dann unter dem Blitzlicht der Fotografen auch noch zu umarmen. Der Riese murmelte:

»Mein Gott! Mein Gott, wie *français* (französisch) ihr doch seid!«

Einen Augenblick später verkündete Thémistocle dann der Menge mit seiner Stentorstimme:

»Ihr habt ihn falsch verstanden! Papa de Gaulle hat nicht eure Hautfarbe gemeint. Nie und nimmer.«

Und er zog los, um die gute Nachricht zu verbreiten. Er ging um die Sporthalle herum, an den hohen Mauern der Festung von Saint-Louis entlang, den Boulevard de la Levée hoch und über die Gueydon-Brücke zum rechten Levassor-Ufer und wieder zurück zum Meer. Auf der Mole stieß er auf Antilia (die Prinzessin mit den tausend Ketten und Ringen), die sich mit Bec-en-Or in den Haaren hatte. Dieser brüllte:

»Hier hast du deine Klunker wieder, das nächste Mal legst du dir was Echtes um den Hals, oder ich schneid ihn dir ab!«

Julien Thémistocle umwickelte die Hand, die Papa de Gaulle gedrückt hatte, mit einem weißen Taschentuch und steckte sie in die Tasche seiner Militärjacke. Am Stand der einheimischen Sammeltaxis bemerkte er dann, daß er Rose-Aimée verloren hatte. Sie hatte mit seiner Begeisterung nicht Schritt halten können, als er in der Stadt herumlief und verkündete, was der Riese in Wirklichkeit gesagt hatte. Daß er den »Henker des Nordens«, das Transportmittel der besseren Leute, bestieg, fiel ihm überhaupt nicht auf. Ganz anders als am Vormittag legte Maître Salvie eine enigmatische Leutseligkeit an den Tag. Er scheuchte die Gemüsehändlerinnen zur Seite, um dem Marron einen Fensterplatz zu verschaffen. Eine von ihnen wollte ihm ihr Mitgefühl beweisen, weil sie glaubte, er habe sich die Hand verletzt, aber er ging überhaupt nicht darauf ein. Am nächsten Tag installierte er sich dann hinter dem Markt von Grand-Anse, um seine Kundschaft zu empfangen. Vorsichtig rollte er das Taschentuch von seiner Hand ab, strich die Summe ein, die er verlangt hatte (ihre Höhe richtete sich nach dem Leiden, von dem der Hilfesuchende befreit werden wollte), und tätschelte die Handflächen von Rheumatikern, betrogenen Mätressen, Prüflingen oder Züchtern von Kampfhähnen, die ihm ihre Aufwartung machten. Er schaffte es sogar, Boginos Wahnsinn zu mildern, ein Wunder, das weder René-Couli noch die Madonna geschafft hatten. Selbst Maître Féquesnoys schlappes Glied stand wieder stramm, während seine radikalsozialistischen Überzeugungen und sein bedingungsloser Glaube an die IV. Republik in sich zusammenfielen. Und als dann auch noch in den Zeitungen sein Foto erschien, das ihn in den Armen des Riesen zeigte, verbreitete sich der Ruhm Julien Thémistocles auf der ganzen Insel. Die Leute kamen von Le Lamentin, ja selbst von Rivière-Salée oder Le Vauclin, um seine Hand zu berühren, und zum ersten Mal in seinem Leben hatte er soviel Geld, daß er nicht wußte, wohin damit. Manchmal geriet er ins Träumen und dachte an das Glück, das er an der Seite von Rose-Aimée erlebt hätte, wenn diese nicht von der frenetischen Menge auf dem Platz der Savane verschluckt worden wäre. Er hätte sie mit seiner wundertätigen Hand von ihrer Elefantiasis geheilt. Morgens kam es gelegentlich vor, daß er zum Gemeindebrunnen hinüberging, wo Maître Salvies »Henker des Nordens« parkte, und sagte zu ihm:

»Wenn du Rose-Aimée siehst, richte ihr aus, daß sie erwartet wird. Ich weiß, du trägst sie auch in deinem Herzen, aber nicht mehr als ich, verflucht!«

Doch leider hörten weder Thémistocle noch Maître Salvie noch sonst jemand in Grand-Anse etwas von Rose-Aimée. Einige munkelten, sie habe sich einen anderen Namen zugelegt und sich der geschminkten und parfümierten Schar käuflicher Schönheiten angeschlossen, die bei Einbruch der Nacht den Hof des Brotfruchtbaums bevölkerten. Solange er die Hand nicht wusch, die diejenige von Papa de Gaulle geschüttelt hatte, befreite Julien Thémistocle die Leute von sämtlichen Leiden. Doch zu seinem Unglück fiel er nach einer durchwürfelten Nacht während des Gemeindefestes von Grand-Anse in einen Abwassergraben, und die wundertätige Hand lag mehrere Stunden lang im Dreckwasser. Von da an verlor sie ihre magische Kraft, und unser Mann, der sein ganzes Geld durchgebracht hatte, war abgebrannter als je zuvor. Er wurde wieder zum Inkubus, zum Gesetzlosen, zum Häuptling und Anhänger der Götter Guineas.

»Für mich ist dieser Mann gestorben, als er sich dem Widerstand anschloß, um gegen Hitler zu kämpfen, statt sich um mich zu kümmern, wo er doch meine Mutter umgebracht hat«, schloß Eau de Café böse.

Aber jeder in Grand-Anse wußte, daß sie sich in die eigene Tasche log …

25

»Da siehst du es«, bedauerte Thimoléon, »davon hast du nicht das kleinste bißchen Ahnung gehabt. Während deine Brüder in Ketten lagen, hast du dich da unten im Süden herumgetrieben, wo die Manzanillabäume wachsen und wo der Sand so weiß wie Maniokfladen und das Meer von einer wunderbaren Ruhe sein sollen. Danach hast du aus dem Stand einen Satz über den Ozean gemacht, um dich unter dem Eiffelturm wiederzufinden. Und du warst von einer solchen Undankbarkeit, daß du vor deiner Abreise nicht einmal hierhergekommen bist, um Eau de Café, deine Marraine, zu umarmen. Wir zählen wohl nicht, wir sind nichts weiter als Hunde ohne Schwänze, was! Ein Kerl, der sich mit elf Jahren von seiner Gemeinde absetzt und mit soundso vielen Jahren, wie du sie jetzt auf dem Buckel hast, zurückkommt, dem ist alles zuzutrauen. Vor allem, wenn er die Frechheit besitzt, an einem Tag alles begreifen zu wollen. An einem einzigen Tag, man stelle sich das vor! Hier warst du jedenfalls immer im Gespräch, und wenn man was Neues von dir erfuhr, ging das von Mund zu Mund. Man wußte Bescheid über dich, kannte dich von A bis Z, von Z bis A. Und irgendwie haben wir dich auch erwartet. Deshalb hat auch keiner eine Frage gestellt, als du hier ankamst, nicht einmal die Klatschweiber (man hat ihnen das Maul verboten). Und dein erstauntes Nachhaken ist nicht gerade gut angekommen. Sogar das hast du vergessen! Wenn du von deinem langen Umweg keinen ganz besonders guten Schutzgeist mitgebracht hast, wär's für dich vielleicht besser, heute mal etwas leiserzutreten. Niemand würde deine Niederlage zulassen. Oder deinen Tod. Jedenfalls nicht, bevor du die Gelegenheit hattest, dich zu rechtfertigen. Sonst hätte man dich nämlich einfach gestrichen, würde nicht mehr an dich denken, nicht mehr von dir reden, nicht einmal in Andeutungen. Deine Lage ist verzwickt, denn du kannst es dir auch nicht leisten, zwischen den Tischen herumzugehen wie ein Besucher aus Europa, den die Einsätze nicht kratzen und nicht kümmern, der ein Räuspern nicht deuten kann und nur auf das Äußere der Dinge achtet. Du weißt aber genau, daß hinter diesen Gesichtern, hinter diesen unverwüstlichen Händen, die die Würfel werfen, etwas Schweres, Zornmütiges steckt. Das Leben und der Tod, worum du dich damals nicht gekümmert hast, weil du andere Horizonte vorzogst, ein Land, wo andere Rassen leben, die von unsereinem keine Ahnung haben. Du wolltest dich absetzen, wir haben aber nicht lockergelassen, und jetzt bist du wieder da! Du mußt selbst herausfinden, wie man mit den Fingern schnalzt und die Würfel wirft! Aber Vorsicht, sie erwarten einiges und in deinem Fall sogar noch mehr, dir zu Ehren hat man nämlich die Grenzen der Wagemutigkeit weiter gesteckt. Dein Leben wird wieder in Gefahr sein. Inwiefern? Du mußt dir in deinem Krauskopf selbst ausrechnen, du mußt selbst einschätzen, welche Dimension dein Kampf haben soll. Wenn du überfordert bist, wirst du das sofort merken, denn keiner wird mehr darauf achten, daß er dich in dem Gedränge auf dem Markt nicht anrempelt. Dir wird sehr schnell klarwerden, wo du gelandet bist und wie schwer du da wieder herauskommst. Ist aber im Gegenteil alles in Butter, dann werden dir einige ihren Würfelbecher hinhalten, damit du an ihrer Stelle die Zahl ausrufst. Das ist ein erster Vertrauensbeweis. Aber das heißt hier noch lange nicht, daß alles gewonnen ist, sondern einfach nur, daß der Abend für deine Knochen gut anfängt, daß du etwas freier atmen kannst.

Die Kulis von Basse-Pointe werden dich am aufrichtigsten angehen, denn unter ihrem langen, glänzenden Haar steckt eine gute Portion Instinkt, um den sie eine ganze Reihe von Negern heimlich beneidet. Sie werden dich deshalb sofort auf die Probe stellen, um herauszufinden, ob du weggegangen und wieder zurückgekommen bist, um sie noch tiefer einzustufen (am hinteren Ende, wie sie sagen würden), als sie ohnehin schon eingestuft werden. Sie werden dir vor die Füße spucken und ihre nach Innereien stinkenden, fettigen Finger an deinem Hemd abwischen und sich dabei hunderttausendmal entschuldigen, während du dir das alles gefallen lassen mußt. Du wirst ein zweites Mal getauft: als einer, der zurückgekehrt ist. Du darfst nicht wütend werden, denn im Augenblick bist du ein Niemand. Ein Fremder, nichts weiter. Aber das ist bei weitem noch nicht alles. Der Groll der Kulis ist damit noch nicht besänftigt, und sie werden die Angelegenheit unbarmherzig weiterverfolgen. Mit ihren von Natur aus lautlosen Schritten werden sie dir an jeden Tisch folgen, an den du dich wagst, und ohne daß du es merkst, beziehen sie dir gegenüber Stellung und beobachten dich, regungslos, denn auch sie sprechen die Sprache der Augen, und ihr Blick ist streng. Wenn du nur ein leichtes Zittern zuläßt, dann bist du schon wie in einem Krabbenkäfig gefangen. Schaffst du es aber, ihrem Blick standzuhalten und dich gleichzeitig auf die Würfel zu konzentrieren – diese Leistung mußt du bringen –, dann hample nicht herum. Keine Handbewegungen, die sie falsch verstehen könnten. Und vergiß vor allem nicht, in welcher Sprache sie Meister sind, denn sonst wird von irgendwoher, genauer gesagt hinter einer Khakihose oder aus einem mit Bananenleim verschmierten Hemd der blauschwarze Blitz eines Messers hervorzucken, und du siehst den Tisch in hohem Bogen durch die Luft fliegen, die Würfel in alle Richtungen davonrollen und die Spieler blitzschnell zur Seite springen. Du wirst allein der gezückten Klinge gegenüberstehen, die dich wie eine reife Kalebasse in zwei Hälften teilen könnte. Hab ein Augenmerk auf den Sohn von René, dem verstorbenen Schlächter.

Beherrsch deine Neugierde! Denn auch ihr Elend hast du nie am eigenen Leib erfahren. Du mußtest dich nie unter einem Steinhagel ducken (buckeln, wie sie sagen), während eine Bande von kleinen Negerjungen auf der Savane brüllt: ›Kuli! Kuli! Hundefresser!‹ Dich nie aus dem Staub machen, weil Man Léonce, das alte Schandmaul, mit einer Schere in der Hand den Weg vor ihrer Bäkkerei versperrt und kreischt:

›Haut ab, ihr haarlosen Hurensöhne! Ich will keinen von euch dreckigen Kuliärschen vor meinem Laden sehen, und wenn von jetzt ab einer so frech sein sollte, dem schneid ich ihn ritschratsch mit meiner Schere in Stücke.‹

Was kann man darauf sagen! Wie soll man sich wehren? Da läßt sich rein gar nichts machen, außer den Zorn des Gottes Madévilin auf sie herabbeschwören, aber diese Faxen können ihr nichts anhaben. In ihrem Bett schläft der Béké Dupin de Médeuil, und der hat sie bestimmt dazu angestiftet. Das alles hast du nie mitgemacht, Kumpel, du kennst das nicht, die unterdrückten Gefühle, den runtergeschluckten Ärger, die Tränen, die wie eine Krankheit aus den Augen strömen. Du weißt rein gar nichts von den indischen Frauen, die vom Béké oder einem stockbesoffenen schwarzen Aufseher im Unterholz oder im Flußrauschen der Paragräser vergewaltigt werden. Oder korrumpiert von diesem üblen Mulatten Féquesnoy. All das ist Ortsgeschichte, und du – gib's zu – wolltest damit nichts mehr zu tun haben. Es ist Nahrung für unsern Geist, der angeblich so eng wie ein Hühnerpopo ist, als könnten einem Gewalt und nacktes Elend keine neuen Horizonte eröffnen. Als würden eure Bücher mehr über das Leben erzählen als das Leben selbst, als würde ein Mensch nicht gleichzeitg mit seinem Körper und seinem Geist denken.

Und dann, laß dir ja nicht einfallen, von Antilias Namen den Staub der Zeit wegblasen zu wollen! Wir wissen alle, daß dich der Gedanke an sie nie losgelassen hat, seit ihre Leiche bei La Crabière an Land gespült wurde. Wie oft hab ich sie gewarnt: ›Paß auf, Antilia, dem Meer kannst du nicht trauen. Auch wenn es so tut, als wäre es dir freundlich gesonnen, eines Tages wird es dich doch in seine Tiefen hinunterziehen.‹ Aber ich erntete nur Beleidigungen, oder sie verzog den Mund, so verachtungsvoll wie nur was. Ah, ich weiß, du glaubst nicht, daß sie tot ist. Ihre Leiche wurde nie offiziell identifiziert, und manche behaupten, Antilia habe diesen Vorfall dazu benutzt, um sich nach Fort-de-France abzusetzen. ›Eau de Café hält mich wie eine Sklavin!‹ maulte sie, wenn sie den hinteren Teil eurer Küche schrubbte. Die Felsen hatten das Gesicht der Ertrunkenen vollkommen zerfetzt, das stimmt, aber ich hab an der Fleischlichkeit dieses Körpers, der da auf dem Sand lag, an der Üppigkeit ihrer Brüste und dem schwarzen Dreieck, das zwischen ihren Schenkeln klaffte, ganz eindeutig die Mamsell erkannt, die morgens splitternackt in euerm Zuber badete. Du kannst dir weiterhin deine Gedanken machen und dir ein glanzvolles Schicksal für sie ausdenken, aber das sind Hirngespinste, die dir dasselbe Ende bescheren können wie unserm Philosophen, dem guten Émilien Bérard...

Also geh in die Markthalle und such dort, was du verloren hast, geh zurück in die Zeit, die du nicht erlebt hast, laß deine Worte steigen und fallen, und du wirst sehen, daß alles wieder in Ordnung kommt...«

Eine weitere Verlautbarung Thimoléons

»Falls du dir irgendein Ausweichmanöver ausgedacht hast«, läßt Thimoléon verlauten, »falls du dir vorgestellt hast, du könntest dich in eine Art arroganter Hochnäsigkeit flüchten, dann schau zu, daß du dich so schnell wie möglich wieder verabschiedest: Man legt hier keinen großen Wert auf die Leiche eines Unbekannten, für die man nicht einmal eine Totenwache organisieren kann. Hier, du erinnerst dich, kann keiner dem andern ausweichen. Wir sind von Stimmen umgeben, kaum wird es dunkel, erfüllt das Stöhnen der Ehebrecherinnen (es ist keineswegs die Lust, sondern ein Ritual) die Veranden, ohne daß das als Mangel an Respektation empfunden wird. Man errät alles im voraus, denn die Sache hat sich ja langsam angebahnt, Tag für Tag: anzügliches Gelächter, diskrete Berührungen, Pograpschereien, Fang-mich-Spielchen um die Maniokmühlen herum, während die andern halb belustigt, halb gelangweilt zuschauen. Schließlich werden auch diese Spielchen langweilig, man beschließt, daß man sich das Recht erworben hat, einen Schritt weiterzugehen, und der Mann sagt zu der Frau seines

Nachbars, seines Bruders also: ›Ich erwarte dich, wenn du mit dem Abwasch fertig bist.‹

Du siehst, du bist von allen Seiten eingekreist. Jetzt bist du dran! Finde die Ritze, die Spalte, durch die du in die duftende Intimität des Marktes eindringen kannst, um wieder als einer der Hiesigen akzeptiert zu werden. Um halb zwei Uhr morgens scheint es eine Pause zu geben, ›eine Windstille‹, wie wir es gern nennen, denn die Kehlen sind trocken und die Mägen leer. Dann kannst du dich unter das mit blau-weiß-roten Wimpeln geschmückte Strohdach setzen, neben die ehemaligen Kriegsteilnehmer, die in einem rätselhaften Kreolisch die legendären Würfelspiele wiederkäuen, die an den 14. Julis ihrer Jugend stattgefunden haben. An sie mußt du dich zuerst wenden und so tun, als würdest du die Kaskaden von Medaillen auf ihrer Brust bewundern, damit sie sich nicht beleidigt fühlen. Sie werden auch gleich wissen wollen, wie du zu ihnen gekommen bist: als Aufschneider oder als verlorener Sohn. Im ersteren Fall müßtest du ein Anzug-und-Krawatte-Französisch, im letzteren Kreolisch sprechen. Wenn du dich entschieden hast, fangen sie mit ihrer langsamen Annäherung an, die zu einem gegenseitigen Einvernehmen führen wird, besiegelt durch soundso viele Flaschen von klarem Zuckerrohrschnaps. Aber Vorsicht! Laß sie so viel Worte machen, wie sie wollen! Denn Worte sind für sie so wichtig wie eine Coucoune für deine Generation. Du darfst sie unter keinen Umständen unterbrechen, auch wenn dir der Sinn von diesem oder jenem Wort so verräterisch wie ein zweischneidiges Schwert vorkommt, oder wenn du diese oder jene Anspielung auf eine Geschichte von anno dazumal gerne ausführlicher gehört hättest.

Ab und zu werden sie auch ein paar Brocken Französisch einstreuen, damit du nicht völlig im dunkeln tappst. Zuhören mußt du, zuhören, deine Ohren siebzehnmal so weit aufsperren, wie man auf Haiti sagt, bis sie platzen. Solange du unter ihrer Fuchtel stehst, werden sie dir auf den Zahn fühlen, um entscheiden zu können, ob du es auch wert bist, daß man sich soviel Mühe mit dir gibt. Hörst du zum Beispiel: ›Der Admiral Robert war ein räudiger

Hund‹, oder: ›Ah, Frankreich ist eine heldenhafte Nation!‹, dann brause nicht auf. Sie würden das nicht verstehen, und du würdest dir selbst einen Prügel zwischen die Beine werfen. Du würdest dein Leben wieder in Gefahr bringen, denn sie könnten dann nicht mit einer kleinen Handbewegung das Rasiermesser aufhalten, das deinen Rücken oder deinen Hintern bedroht. Du mußt wissen, daß man dich zum Betrüger macht, um dich bestrafen zu können. Man wird die Würfel manipulieren, sie so bearbeiten, daß du sie nur noch gegen den Tischrand rollen lassen kannst, wenn du sie in deine bereits zitternde Hand nimmst. Peng! schon liegen sie auf dem Boden ... eine äußerst peinliche Situation für dich, mein Alter. Die Würfel auf dem Boden, das ist sozusagen der tiefste Punkt, den man erreichen kann. Der Rücken, der sich nach ihnen bückt, ist eine ideale Zielscheibe für einen Tritt (was aber eher selten ist) oder einen Schnitt mit dem Rasiermesser, das für diese Gelegenheit besonders scharf geschliffen wurde. Doch es kann auch ganz anders ablaufen. Man wendet sich angewidert ab, damit du sie aus dem Staub fischen kannst, und überschüttet dich mit einem gewaltigen, vom Schluckauf geschüttelten Gelächter, und wenn du die Würfel wieder ins Spiel bringen willst, packt dich ein Major am Vorderarm und zwingt dich, sie (ein für allemal) in die Abflußrinne zu werfen, die den Markt umgibt. Erste Warnung.

Wenn du ihnen Paroli bieten konntest, gehst du wieder unter das Strohdach zurück, ziehst dir unaufgefordert einen Stuhl heran, am besten bei denen von vierzehn-achtzehn, und sagst laut und deutlich: ›Mit Verlaub, meine Herren!‹ Du kannst sicher sein, daß sie dir mit ›es ist uns eine Ehre‹ antworten, auch wenn sie etwas verdutzt sind, aber das macht nichts: Es ist deine Entscheidung, und sie respektieren sie. Jetzt mußt du dich beweisen, und du kannst ihnen auch ins Wort fallen, wenn dir danach ist, du kannst in Lachen ausbrechen oder auch nicht, den Kopf schütteln oder dein Glas heben und auf jemandens Gesundheit anstoßen. Aber auch in diesem Fall, übertreib nicht! Sie haben immer noch das Wort. Sie haben es seit einer Ewigkeit von Fasten- und Regenzeiten. Du hingegen bist weggegangen und zurückgekommen, also hör ihnen zu.

Hör zu! Sie bringen dich schnell soweit, daß du bei allen ihren Heldentaten in Jubel ausbrichst. Du mußt schon selbst die Spreu vom Weizen trennen, denn sie haben dich persönlich angesprochen. Dich, den Neffen, das Patenkind, den Mann im Haus ihrer alten Kumpanin Eau de Café, von dem sie in Null Komma nichts alle Vorfahren aufzählen können, angefangen mit deiner Urgroßmutter Laetitia Augustin, die von einem Béké aus Fond Gens-Libres geschwängert wurde (was dir in ihren Augen ein besonderes Ansehen verleiht, auch wenn diese heimliche Verbindung deiner Familie nur ein kurzlebiges ›de Valois‹ eingebracht hat, das an ›Augustin‹ angehängt wurde) bis zu deiner Person, so wie du jetzt vor ihnen stehst, ein Fremder, der ihnen doch sehr nah ist, einer, der sich wieder eingliedern will, auch wenn er dabei einiges einstecken muß.

Du mußt dir die Geschichte von jeder Medaille anhören, die sie bei den Schlachten in Europa eingeheimst haben – ›Die senegalesischen Infanteristen haben einen Stich ins Blaue, so schwarz sind sie, aber es sind die reinsten Teufel! Die haben keine Angst, fürs Vaterland zu sterben, wie diese Feiglinge aus Marseille!‹ –, bevor sie sich bereit erklären, sich für dich einzusetzen, das heißt, dir zu verstehen zu geben, was du tun mußt, wie du reden mußt, damit deine Person konform geht mit der hiesigen Gesellschaft. Aber auch sie zeigen dir nicht alles. Wie sollten sie auch! Sie geben dir keine Gebrauchsanweisung oder etwas Ähnliches, denn sie denken, wenn du als Häuptling auftrittst, dann mußt du auch ›stark‹ sein, einen besondern Schutz haben … Ah! Sie erzählen dir, da kannst du ganz sicher sein, von dem Streik in Morne Carabin und Fond Massacre. Von dem Kriegsgeschrei der aufständischen Neger, den Buschmessern, die über den Köpfen geschwungen wurden, den einheimischen Weißen, die plötzlich Angst kriegten und sich bei Nacht und Nebel mit Frau und Kindern nach Plateau Didier in Fort-de-France absetzten. Vom verrückten Zug der Bambusfackeln, der sich in der Schwärze der Nacht zum Herrenhaus hinbewegte. Und höre, wie die Welt sich verändert hat! Dort stand man nicht mehr einer Handvoll Aufseher gegenüber, die sich mit ihren alten Karabinern bewaffnet und ein paar bissige kreolische Hunde mitgebracht hatten, die eigentlich nur für die Waden gefährlich werden konnten. Nein! Hinter ihnen, in zweiter Reihe sozusagen: ein ganzes Einsatzkommando, das mit Jeeps und Lastwagen im Hinterhalt lag, bereit, mit ihren Maschinengewehren die ungewöhnliche morgendliche Stille zu zerreißen. Du wirst erfahren, daß diese neuen Waffen einigen Menschen das Leben gekostet haben. Junge Leben, alte Leben, Leben voller Reife, Leben voller Verzweiflung, voller Kraft, jede Sorte von Leben also! Leben von Negern. Damit werden sie dir die Ohren vollquatschen und dabei die Hälfte der Sätze verschlucken, als wollten sie ein Geheimnis, eine Last loswerden, die zu schwer ist, um sie ständig mit sich herumzuschleppen. Und du solltest nicht bohren, nicht nach dem Warum fragen. Auch nicht nach den Namen der Leute und dem Danach. Das erfährst du über den Umweg vertraulicher Gespräche, wenn du endgültig verabsorbiert worden bist. Für den Augenblick reicht das, was man dir erzählt, allemal... Es ist sogar eine große Ehre, die man dir da erweist, denn bei Fremden (oder Zurückgekehrten von deiner Sorte, was aufs gleiche herauskommt!) sind ihre Lippen gewöhnlich versiegelt, wie zum Beispiel bei diesen Mulatten-Journalisten, die eigens mit ihren großen schwarzen Fotoapparaten aus der Stadt hier hochgekommen sind, Du siehst, man bringt dir schon ein gewisses Vertrauen entgegen. Mach weiter so!

Wenn die alten Frontsoldaten voll sind wie Haubitzen und die Dardanellen mit dem Dominica-Kanal verwechseln, dann kannst du dich von ihnen mit einem kleinen Kopfnicken verabschieden und zu den Spielern zurückgehen, die jetzt wissen, mit wem sie es zu tun haben. Du ziehst ein paar Tausendfrancscheine aus der Tasche und legst sie lässig in Reichweite auf den Tisch, nachdem du sie sorgfältig glattgestrichen hast (zerknüllte Scheine sind ein Affront, den sich nur die Marrons erlauben können). Du mußt dir nämlich klarmachen, daß man nie weiß, was sich darin versteckt. Manchmal, wenn man dir die Hand gibt, kann man dir auch etwas ›nehmen‹, und wenn sie dich haben, dann bleiben dir nur zwei

Möglichkeiten: Entweder du zerreißt diesen Schein in fünfzig kleine Fetzen und wirfst sie einzeln hinter dich, ohne dich dabei umzudrehen und den Blick von deinem Gegner abzuwenden, dem du direkt ins Schwarze seiner Augen starrst, oder du ritzt ihm diskret mit dem Rasiermesser die Hand an, so daß er keine Faust mehr machen kann und dein Glück auch nicht mehr gefangenhalten kann. Du holst deine eigenen Würfel, deine ›Knochen‹, wie man hier sagt, aus der Tasche und läßt sie einen Augenblick lang zwischen den Fingern tanzen, damit man deine Geschicklichkeit bewundern kann, denn daran läßt sich ablesen, was du im Sinn hast, ob du den armen Schluckern ihr sauer verdientes Geld abnehmen willst oder ob du einfach nur Spaß daran hast, die Knochen in ihrem makellosen Weiß rollen zu sehen.«

26

»Ich hätt' ja nie gedacht, daß ein ganzer Monat Sie hier überraschen würde«, bemerkt der pensionierte Marineangehörige, der immer leutseliger und gesprächiger wird, je länger er mich in seinem Hotel verweilen sieht, wo ich offensichtlich der einzige richtige Gast bin.

Ich entdecke, daß mich Leute hassen, mit denen ich noch nie ein Wort gewechselt habe, denn in diesem kleinen Nest, wie übrigens überall auf diesem winzigen Eiland, ist der Neger voller Eifersüchtelei und manchmal auch Gehässigkeit gegenüber dem Neger. Das Elend, das uns von oben, von den früheren Herren und ihrer Nachkommenschaft aufgebürdet wurde, hat einen jeden von uns in einen Abgrund von Groll und Mißtrauen verwandelt. Angerührt von meiner Ratlosigkeit, flüsterte mir der ehemalige Marineangehörige schließlich zwischen Tür und Angel zu:

»Kommen Sie doch heute nacht, wenn Sie einen Augenblick Zeit haben, so gegen Mitternacht, aber nicht vorher, hmm?... nicht vorher, wenn ich bitten darf, mit zum Strand. Ich geh dort immer etwas spazieren, um einschlafen zu können. Bevor ich auf den Meeren herumfuhr, hab ich auch die Bekanntschaft von Franciane, der Mutter von Eau de Café, gemacht, die damals noch nicht das schreckliche Schicksal ereilt hatte, denselben einsamen Weg gehen zu müssen wie Julien Thémistocle. Sie arbeitete als Binderin auf der Pflanzung von de Cassagnac am Morne Capot, auf den Höhen nördlich von Macédoine. Über den Béké dieser Ländereien hörte man nur Gutes, denn er legte nicht diese haarsträubende Willkür an den Tag. Wenn ein großer-stattlicher-wohlgenährter Neger auftauchte, der auch noch gut angezogen war, riefen die Leute bewundernd: ›Da schaut mal, das ist einer von de Cassagnacs Leuten!‹ Franciane hatte in ihrem Leben immer nur Zuckerrohr gebündelt, das die Männer, anscheinend im Wettlauf mit der Sonne, mit einer wahnwitzigen Geschwindigkeit schnitten. Die scharfen Blätter schürften ihr die Arme auf, zerkratzten ihr die Wangen, und ihr Schweiß vermischte sich mit heimlichen Tränen. Auch wenn man selbst aufhört, die Halme fallen weiter! Und am Ende des Tages, wenn der Aufseher seinen Rundgang macht, um die Bündel zu zählen, bekommt man einen Verweis verpaßt, wenn man nicht das Geheimnis seines Körpers vor ihm enthüllt (oder es ihm verspricht). Franciane wollte von keinem bemitleidet werden. Sie ließ es nicht zu, daß der Maultiertreiber für sie die Bündel hochhob, die sie zu seinem Wagen trug. Ergreift man nämlich die ausgestreckte Hand eines Negers, dann will er gleich beide Hände haben. Das liegt in seiner Natur. Die Schnitter, die am dritten Tag der Woche bereits die Hälfte ihres Lohns vertrunken hatten und schwer alkoholisiert waren, versuchten ein paarmal, sie bei der Arbeit zu vergewaltigen, aber sie hat sich wie ein Kampfhahn gewehrt und geschrien: ›Euer Wahnsinn geht mich nichts an, ich hab mit euresgleichen nichts zu tun!‹

Franciane-die-Stolze? Franciane-die-Negerin-mit-den-Allüren. Was hat man sie nicht alles genannt! Denn man sah nur ein junges Weib, das sich abrackerte, ohne sich auch nur das kleinste Vergnügen zu gönnen. Und dann ihre Augen, die mußte man gesehen haben, sie funkelten nur so vor Zorn, einem Zorn ohne Grund, der selbst die Kühnsten einschüchterte. Die Leute schlossen daraus: ›Das ist keine von uns. Früher lebte sie tief unten im Süden, vielleicht hat sie Sehnsucht nach ihrer Familie oder nach ihrer Heimat. Das muß es wohl sein!‹

Abends, wenn alle in ihre Hütten zurückgegangen waren und die Kongos mit ihrem unheimlichen Getrommel anfingen, hockte sie sich zu den Alten ans Feuer und redete. Die Männer fragten sich: ›Was kann die nur erzählen. Sie tut doch nichts außer essen, trinken, schlafen und sich das Kreuz bei der Arbeit strapazieren.‹ Aber dann fiel ihnen auf, daß sie die Gabe des Wortes besaß, was für eine Frau wirklich erstaunlich war. Denn was für sie das Kinderkriegen ist, ist für den Mann das Jonglieren mit Worten und das Zusammenfabulieren von Geschichten. Vielleicht ist die gar keine richtige Frau, sagten sich die Leute. Bis dann eines Tages der Herr vorbeigeritten kam, ihren herrlichen, vornübergebeugten Körper in dem dichten Zuckerrohr entdeckte und daraufhin beschloß (obwohl die Sklaverei schon seit mindestens sechzig Jahren abgeschafft war), sie zu seiner Zweitfrau zu machen. Schon am nächsten Tag war Franciane nicht mehr auf dem Feld, sondern machte sich in den Küchen des Herrenhauses zu schaffen. Ein eindrucksvoller weißer Bau aus Holz und Stein, der auf zwei Etagen von kunstvoll gearbeiteten Veranden umgeben war und mit den prächtigsten Bougainvillea-Hecken auf diesem Teil der Insel. Die Dienerschaft von Morne Capot hatte sich schnell damit abgefunden und erklärte: ›Unser Herrgott weiß schon, was er tut. Dieses Weib hat er jedenfalls nicht für uns erschaffen. Der Körper einer Venus, habt ihr das nicht gesehen!‹

Das bedeutete keineswegs, daß man ihr deswegen Vorwürfe machte, denn unsere Frauen haben vom ersten Tag an – freiwillig oder gezwungenermaßen – das Lager der weißen Herren geteilt, und irgendwie hoffte man insgeheim, durch das Herumwühlen im brennenden Dunkel einer kraushaarigen Coucoune würden sie uns gegenüber etwas verständnisvoller werden. Was unsern Fall betrifft, so schien de Cassagnacs Gattin vom Tag dieser Nachricht an schlagartig ihren ganzen Lebensmut zu verlieren, sie, die immer so vergnügt zwischen ihren Negerinnen herumwuselte und mit einem befremdlichen Vergnügen ständig nur unsere Sprache sprach. Sie ließ sich jedoch zu keiner Ausfälligkeit, ja nicht einmal zu einem kurzen Blick auf ihre Rivalin hinreißen. Morgens gab sie der ›Da‹, dem schwarzen Kindermädchen ihrer Tochter Marie-Eugénie und ihrer beiden Söhne kaum hörbar ihre Anweisungen, während sie zusammengesunken in ihrem Schaukelstuhl saß und so verloren aussah, daß es einem das Herz brach. In die Küchen setzte sie keinen Fuß mehr, und ihr Lachen fehlte manchen. Mit der Zeit verzichtete sie auch darauf, sich anzukleiden, ja selbst zu waschen.

Mit erschreckender Gleichgültigkeit bewegte sie sich nur noch zwischen Bett und Schaukelstuhl, Schaukelstuhl und Bett. Es dauerte eine Weile, bis der Béké diese Verwandlung bemerkte, denn er war immer nur auf dem Sprung zu Francianes Hütte, die er einzig und allein für sie neben dem Wasserbecken hatte errichten lassen. Und was Franciane betraf, so schien diese seine Aufmerksamkeiten ganz normal zu finden, als wären sie nur ein gerechter Ausgleich für das, was sie erlitten hatte. Mit einstudierter Schamlosigkeit bot sie sich ihm in diesem Becken dar, das Tag und Nacht von einer Quelle gespeist wurde und aus dem die Waschfrauen ihr Wasser schöpften. Tagüber war sie jedoch immer noch äußert wortkarg, und de Cassagnac versuchte alles mögliche, um sie aufzuheitern; wie ein junger Nigger veranstaltete er die unglaublichsten Possen auf seinem Balkon, und das, obwohl er damals schon in seinem achtundvierzigsten Lebenjahr stand.

Als Francianes Bauch sich zu runden begann, verfiel de Cassagnacs Ehefrau dem Wahnsinn. Mitten in der Nacht schrie sie so fürchterlich, daß die ganze Pflanzung davon wach wurde, einschließlich der entferntesten Hütten, in denen die Kongos lebten. Aber der Herr sagte nichts, hörte nichts. Die Nacht gehörte Franciane und nur ihr allein. Er aß in ihrer Hütte, führte Selbstgespräche, schüttete ungeheure Mengen Zuckerrohrschnaps in sich hinein, rülpste hemmunglos. ›Wie ein waschechter Neger‹, lamentierte das Kindermädchen. Schließlich mußte er doch den Arzt von Grand-Anse holen lassen, denn seine Frau war von einer Blässe, daß man die Adern durch die Haut hindurchschimmern sah, und vor allem redete sie in der Sprache der Neger völlig unzusammenhängendes Zeug.

In diesem Durcheinander wurde an einem zwölften Januar des Jahres 1903 auf de Cassagnacs Pflanzung Eau de Café geboren, nachdem kurz zuvor Franciane auf freiem Feld von einem Neger vergewaltigt worden war, der nicht einmal aus Morne Capot stammte. Ein Neger von anderswoher, von unten, womit das enge Tal von Macédoine gemeint ist, wo die Leute wie die Ameisen herumzuwuseln scheinen, wenn man von der Pflanzung auf sie hinunterblickt. Ein Neger, der den pompösen Namen Julien Thémistocle auf seinem Haupt trug...

Kommen Sie, *cher monsieur*, begleiten Sie mich heute abend zum Strand. Ich habe Ihnen eine Menge wichtiger Dinge zu sagen.«

Der Mann tischte mir keine Lügengeschichten auf: Thimoléon hatte mir erzählt, daß er, bevor er sich von der Handelsmarine anheuern ließ, auf den Zuckerrohrfeldern des Weißen gearbeitet hatte.

Eau de Café strahlt nur so vor Freude, auch wenn sie sie zu unterdrücken versucht. Sie glaubt, ich hätte endlich Vernunft angenommen, da ich ihr keine einzige Frage mehr gestellt habe und meine Nachforschungen anscheinend nicht mehr weiterverfolge. Sie, die Morgiges in unsern Träumen liest, weiß, daß ich wieder abreisen werde, aber um das Schicksal zu beschwören, hat sie mir vorgeschlagen, ich solle Antilias ehemaliges Zimmer beziehen, das sich über dem Laden im oberen Stock gleich neben ihrem befindet.

»Du schätzt mein Essen wohl nicht besonders?« fragt Eau de Café beunruhigt.

»Doch, doch...«, antworte ich, während ich unwillig einen Löffel von dem ewigen Calalou hinunterschlucke, einer Gemüsesuppe, die sie einem in der Gluthitze der Fastenzeit wie auch in der klammen Kälte der Regenzeit vorsetzt.

Thimoléon erkundigt sich nach meinen Büchern und ist baß erstaunt, als er hört, daß ich noch nie etwas veröffentlicht habe. Er besteht darauf, daß ich ihm meine Manuskripte zeige, »denn ich möchte nicht, daß du Geschichten aufschreibst, die sich nie zugetragen haben. Ein Buch muß die Wahrheit sagen, die wahre Wahrheit. Ich hab nicht viel gelesen, aber ich weiß, daß der bedeutendste Schriftsteller der Welt, Victor Hugo, immer nur geschrieben hat, was er mit eigenen Augen gesehen oder mit dem eigenen Herzen gefühlt hat.«

Er hat nach der Beendung des Zweiten Weltkriegs lesen gelernt, damals, als er mit dem Lehrer von der Schule in En Chéneaux freundschaftlichen Umgang pflegte und sich von ihm überreden ließ, dem kommunistischen Freundeskreis von Grand-Anse beizutreten. Seitdem verehrte er Bücher genauso wie den Zuckerrohrschnaps, und an manchen Abenden hörten wir ihn mit lauter Stimme aus einer alten, völlig zerfledderten Geschichte des Sozialismus, die ihm seine neuen Kameraden geschenkt hatten, einen Absatz zusammenbuchstabieren. Plötzlich war dann in der Werkstatt die Hölle los, bis tief in die Nacht hinein bearbeiteten die Hobel gnadenlos das Mahagoniholz und den einheimischen Birnbaum. Die Leute pflegten ihn zu necken:

»Der Leibhaftige in Person! Einer, der nachtsüber arbeitet, Freundchen!«

Obwohl er immer so tat, als würde er Antilia nicht einmal mit der Zange anfassen, verdächtigte ich das Mädchen aus dem Meer, uns – Tante und mich – bei dieser Gelegenheit in einen hypnotischen Schlaf zu versetzen, wobei nur sie das Geheimnis dieser Geste kannte, um sich dann inmitten der rötlichen Bretter und Sägespäne mit ihm zu vereinigen. Ich glaube nicht, daß sie auch nur ein einziges Wort gewechselt haben, sie mußten sich über den Gesang verständigen, denn ich wurde mehr als einmal durch das glorreiche Abheben einer Stimme, so lebendig wie das Flirren eines Kolibriflügels, geweckt... Das Meer schien sein Tosen zu dämpfen, der Wind zog sich in die Tiefen der Nacht zurück, um dann sanft durch die Ritzen der Wände zu säuseln. Nicht einmal ein herrenloser Hund bellte in dem schlaftrunkenen Ort. Und von den riesigen Plantagen von Basse-Pointe rollte kein einziger Bananenlaster durch die leeren Straßen. Eine verschwörerische Stille.

Ich verspürte eine unbändige Lust, mich aus meinen Laken zu erheben, um endlich einmal Antilia in einer menschlichen Stellung zu überraschen und ihr vielleicht ein Lächeln abzunötigen, aber meine Glieder waren schwer wie Blei, und meine Augen kämpften gegen meine marmorschweren Lider an. Es blieb mir nichts anderes übrig, als in diesem halbwachen Zustand zu verharren und mich von ihrem delirierenden Gesang in ein von Chimären bevölkertes

Universum tragen zu lassen (Chimären, die wir hier *soukliyan* nennen), in ein Universum malvenfarbiger Schmetterlinge, mit Silber verzierter Bambusflöten, riesengroßer Männer, die sternlose Himmel und gewaltige Felsen ohne Schatten auskundschafteten. Über diesen Umweg wollte ich übrigens meinen Angriff starten. Thimoléon, obwohl er auf der Hut war, zeigte sich doch überrascht.

»Ob ich glaube, daß es außer unserer Welt noch eine andere gibt? ... Eine andere Welt, hört, hört ... ha! ha! ha! Aber was hast du dort verloren, mein Kleiner? Ich bin Kommunist und folglich Atheist, ich glaube nur an das!« erklärte er und schlug mit der Faust auf den Tisch aus Courbaril.

Marraine durchbohrte ihn mit ihrem Blick und stammelte ein kurzes Gebet an die Adresse des heiligen Martin von Porès, ihres Lieblingsheiligen. »Ich will nicht, daß die Sünde in mein Haus kommt«, davon war sie besessen, seit sie sich wegen Antilia mit dem Abbé von Grand-Anse zerstritten hatte. Sie ging nicht mehr zur Sechs-Uhr-Messe, hatte sich aber in einer Zimmerecke einen großen Altar hergerichtet, auf dem weder die Weihrauchbecken noch die Kerzen fehlten, und sie las sich mit dieser Unverfrorenheit, die die Kreolinnen früherer Generationen auszeichnet, selbst die Messe.

»Siehst du«, fing der Tischler sofort wieder an, »man sollte sich über das Wie und Warum der Dinge nicht den Kopf zerbrechen, dem menschlichen Geist fehlt dafür das Verständnis. Wir haben genug mit diesem elendiglichen Niggerleben, mit dieser Arbeit, die uns ohne Ende das Leben abschuppt – wozu sich da den Kopf zerbrechen über eine andere Welt, selbst wenn es sie tatsächlich geben sollte, wozu, hmm? ... vor dem Krieg von vierzehn-achtzehn durfte man noch zum Morne-l'Étoile gehen und soviel Bäume fällen, wie man wollte. Damals hab ich die Wohnzimmer der Reichen von Grand-Anse, von Fond d'Or und von Sainte-Marie mit Courbaril, rotem Gummibaum, Zamana, einheimischer Kirsche ausgestattet ... das war noch gutes Holz, verstehst du, langsam gewachsen. Mit einem solchen Holz zu arbeiten war ein echtes Vergnügen. Heutzutage muß ich dieses schreckliche Mahagoni kaufen, das nach ein paar Jahren gefällt wird. Wie soll ich mich daran gewöhnen? Da könnt ich gleich Steine klopfen.«

Marraine gießt mir von dem Socara-Wein nach, einem ganz üblen Gesöff, in Fort-de-France chemisch hergestellt, nach dem die Leute aber ganz verrückt sind. Ich überwinde meinen Abscheu und lasse mich langsam davon benebeln. Meine Finger fangen unmerklich an zu zittern. Sie geht auf ihren Balkon und taucht das Gesicht in eine kleine Wanne, die sie unter die Dachrinne gestellt hat, um das Regenwasser aufzufangen. Auch so eine ländliche Sitte, die sie sich nicht abgewöhnen konnte, obwohl sie nun schon seit gut zwanzig Jahren hier im Ort lebt. Vom Alkohol enthemmt, rufe ich:

»Du hast mich angelogen! Ja, Eau de Café ... nein, sag nichts, laß mich erst mal meinen Kropf leeren. Das war doch albern, was du mir da aufgebunden hast: Antilia ist nie in die Stadt gegangen, sie ist keine große Dame geworden und hat keine Politik gemacht. Ein Haufen Lügen ist das! Sie wollte der Enge von Grand-Anse entfliehen und hat danach der Schäbigkeit der Stadt den Rücken gekehrt, wohin du sie unvorsichtigerweise verfrachtet hast. Und jetzt, in diesem Augenblick, klappert sie die Straßen von Paris ab, eine Seele in Not, die ihre schwarze Haut zu Markte trägt. Du hast sie ruiniert. Jawohl, du hast an allem schuld.«

Marraine und Thimoléon schauen sich verblüfft an. Der Mann nimmt zwei Würfel in die Hand und läßt sie über den Tisch rollen, ohne sich um mich zu kümmern. Tante taucht ein Handtuch in die Wanne und preßt es mir fürsorglich gegen die Schläfen. Unten wird zweimal gegen die Tür geschlagen.

»Das ist Gabriel-sans-dents, der Fisch verkauft«, sagt Eau de Café, »schau mal nach, Thimoléon. Wenn's Thazard ist, will ich nichts, denn der ist bestimmt nicht frisch. Haifisch ist in Ordnung, davon nimmst du anderthalb Kilo.«

Als der Tischler hinuntergegangen ist, setzt sich mir Eau de Café gegenüber und wirft mir einen langen, forschenden Blick zu, schließlich sagt sie:

»Hör gut zu, mein Sohn! Ich hab die Geschichte von dieser

kleinen Ausgeburt der Hölle schon längst in meinem Gedächtnis begraben. Hier im Ort erinnert sich keiner mehr an sie. Eine Seite, die umgeblättert wurde, und nun kommst du aus dem Ausland zurück und denkst immer noch daran. Was willst du eigentlich damit bezwecken? Was bedeutet dir das Schicksal dieses menschlichen Schattens? Welche mysteriösen Bande fesseln dich noch an sie? Ich geh jetzt auf die dreiundsiebzig zu und will mit Anstand zu Grabe getragen werden. Fang nicht wieder mit dieser vermaledeiten Geschichte an, ich krieg nur wieder Scherereien. Was man nicht kennt, ist größer als man selbst! . . . Denk nicht mehr daran! Vergiß es, ich bitte dich!«

»Wer will mich daran hindern, was herauszufinden, hmm? Du? Du hast doch auch mein Zimmer im Océanic plündern lassen, was?«

Marraine rückt bis auf ein paar Millimeter an mein Gesicht heran. Ihre Falten zittern, was die schreckliche Starre ihres Blickes noch betont.

»Eines kann ich dir erzählen, mein Junge: Seit der Zeit der Sklaverei haben unsere Frauen ihre Kinder bereits in ihrem Bauch umgebracht, weil sie für die Weißen keine neuen Arbeitskräfte produzieren wollten. Keine Kinder für die Sklaverei! lautete die Devise. Später, als wir unsere Freiheit hatten, wollten uns die Priester diese Angewohnheit verbieten. Ein Verbrechen! verkündeten sie von der Kanzel herab, aber das hat uns nie daran gehindert, das unerwünschte Leben, das in unserm Fleisch heranwuchs, wieder zu vernichten. Die Mixturen von Doris wirkten Wunder. Als ein paar Frauen davon unfruchtbar wurden, haben die Priester zur Strafe den Bauch unseres Meers austrocknen lassen . . . Antilia hab ich auf dreißigundzwölftausend Arten daran hindern wollen, auf die Welt zu kommen, aber ich hab sie trotzdem gekriegt, und man hat sie mir gleich bei der Geburt weggenommen. Außerdem wurde die Nabelschnur nicht, wie das bei uns Brauch ist, unter einem Baum vergraben, sondern ins Meer geworfen. Das ist alles, mein Sohn, jetzt geh bitte . . .«

27

Eau de Café, eine Negerin, häßlicher als die sieben Todsünden

Die Brüste sind nie zu schwer für den Bauch, der sie trägt, auch wenn sie, wie die meinen, verwitterter sind als ein versteinerter Wald. Julien Thémistocle, seit ich an einem Markttag, an den du dich bestimmt nicht mehr erinnerst, auf dich gestoßen bin, stand für mich fest, daß du für mich ausersehen warst. Das Katzengrau deiner Augen hat mein Herz von dem Pesthauch befreit, der ihm seit meiner Kindheit anhaftete. Ich hab dich gestreift, als du einer Marktfrau geholfen hast, ihren Korb mit Chinakohl zu leeren, und du hast vergnügt zu mir gesagt: »Vorsicht, könnte ja weh tun!« Ich hab das Gewicht dieser Worte lange in mir getragen. Nachts leisteten sie mir Gesellschaft, wenn ich nicht einschlafen konnte. In meinem Garten haben sie mir geholfen, mit unendlicher Geduld die brüllende Hitze zur Fastenzeit zu ertragen. Ich hab also immer gewußt, daß du mir gehören wirst, auch wenn ich nicht in den Sternen lesen oder das Rascheln des Winds deuten kann, der im Zuckerrohr aufkommt. Diese Leidenschaft, denn wie soll man diese wunderbare Gewißheit sonst nennen, die jedesmal meine Wangen brennen ließ, wenn dein Name vor mir ausgesprochen wurde? ist nicht aus einer plötzlichen Vernarrtheit heraus entstanden. Ich glaube, sie war schon immer da, tief in meinem Innern, als hätte ich auf dich gewartet, als ich dich noch gar nicht kannte. Deshalb war unsere erste Begegnung auch kein Schock für mich, sondern nur die Bestätigung eines Gefühls, nein! mehr als das, einer fest verwurzelten Herzenssache. Als du in der Kirche von Basse-Pointe dieses Dämchen Passionise geheiratet hast, vergoß ich keine einzige Träne. Ich erinnere mich nur an den feierlichen Schweizer, einen rot und blau kostümierten großen Neger, der auf dem Kirchplatz seine Lanze schwenkte und dann plötzlich von der Schleppe der Geheirateten eingewickelt wurde. Ich hab von Anfang an gewußt, daß sie dich betrügen und deine Ehre in den übelsten Dreck ziehen würde. Du hast dich blenden lassen von den Reizen der Mulattin und dem Geschwätz der Leute, die behaupteten, es würde drei Königinnen im Norden geben: Florence de Cassagnac, die weiße Kreolin (die man seit anno Tobak, als der Teufel noch in den Windeln lag, nicht mehr zu Gesicht bekommen hat), Myrtha, die Negerin, eine Frau-für-jeden-Mann, nebenbei gesagt, und diese Passionise, die sich soviel auf ihren Namen Belleterre einbildete. Aber das ist ausgemachter Blödsinn, so was saugen sich die Frauen, die nichts zu tun haben, aus den Fingern, damit ihnen an den brütend heißen Nachmittagen die Zeit nicht zu lang wird. Tatsächlich gibt es hier im Norden jede Menge verteufelt gutaussehender Geschöpfe. Was ist mit den goldfarbenen Chabines aus Macédoine, den berauschenden dunkelhaarigen Schönheiten aus Maxime, den nachtblauen Negerinnen aus Morne Capot? Deine Augäpfel wurden von Passionise mit Blindheit geschlagen; sie hat dich mit Hilfe eines Bring-mir-diesen Mann-Pulvers eingefangen, das sie sich in Desmerinière, einem Viertel von Rivière Salée, bei einem Hexer besorgt hat, der inzwischen hundert und zwanzig Jahre alt sein muß, falls er überhaupt noch lebt. Ich bin oft genug zu Fuß zu diesem kleinen Ort am Rande eines undurchdringlichen Mangrovendickichts gegangen. Und ich hab dort auch das Schiff gesehen, das die Waren nach Fort-de-France bringt, ohne daß ich auch nur einziges Mal an Bord gegangen wäre. Ich hab in der Hauptstadt nichts verloren, warum sollte ich mich also dort rumtreiben, doch nur, um als Hure zu enden wie diese spinnerte Philomène, die unsere jungfräulichen Neger in den höchsten Tönen preisen? Die jungen Damen aus guter Familie, die zu häßlich waren, um sich einen Mann zu angeln, schickten mich gegen zwei Krüge Öl oder ein Stückchen geselchtes Schweinefleisch los, damit ich ihnen den Zauber beschaffte, mit dessen Hilfe sie aus ihrem traurigen Los was machen wollten. Wenn mich von hier jemand überraschte, mußte ich so tun, als wollte ich ihn für mich, und da ich so verboten aussah, hätte es mich nicht viel Mühe gekostet, den Leuten das plausibel zu machen. Aber es hat mir nie jemand den Weg verstellt, um mich über etwas auszufragen, was ihn nichts anging. Selbst die Geld-oder-Leben-Ganoven, die die Straßen von Fond d'Or unsicher machten, haben mich nie angehalten, wenn ich die Bezahlung für den Quimboiseur gut verschnürt in meinem Schlüpfer transportierte – ein Paar Kreolen aus massivem Cayenne-Gold, einen Ring mit einem glänzenden Stein oder eine Bernsteinkette. Das Pulver, das er mir gab, kam mir so gewöhnlich vor, daß ich eines Tages, als ich von den Güssen zur Regenzeit bis auf die Knochen durchnäßt worden war, einfach die Flechten vom Stamm einer Würgerfeige kratzte – und stellt euch vor, der Zauber hat trotzdem gewirkt! Ich mußte mich nur selbst als Mittlerin des Unsichtbaren niederlassen, dann brauchte ich meine Knochen nicht mehr über Berg und Tal zu schleppen. Und das tat ich dann auch, allerdings ohne das Wissen meiner Umgebung, denn ich arbeitete ausschließlich für Fremde. Bis zu dem göttlichen Augenblick, als der Schatten von Julien Thémistocle mein Leben streifte, und ich beschloß, ihn erst einmal zu umgarnen und dann die Falle zuschnappen zu lassen. Damals traute ich mich kaum, in den Spiegel zu blicken. Ich verfluchte meine blauschwarze Hautfarbe, meine aufgeworfenen Lippen, meine Zähne, die weißer als das Fleisch der Corrosolfrucht waren, von dem Pfefferkorn auf meinem Kopf ganz zu schweigen! Meine Leidensgenossinnen lamentierten die lieben langen Nachmittage:

»Unser Herrgott ist verdammt gemein, hätte er uns nicht ein kleines bißchen Hübschheit mit auf den Weg geben können?« Niemand fand eine Erklärung für diese himmelschreiende und außerdem völlig unverdiente Ungerechtigkeit. Was hatten wir dem Herrn der Himmel getan? Waren die, die ihm nicht gehorcht hatten, waren Adam und Eva nicht so weiß wie Maniokmehl gewesen? Der Tag, an dem ich mich in Julien Thémistocle verliebte, war genau der Tag, an dem er seine Ansichten zu dieser Frage kundtat. »Ich bin nur ein einfacher Neger, der von morgens bis abends mit der Hacke und der Machete auf einer Pflanzung arbeitet«, sagte er zu uns. »Was ich weiß, steht nicht in den Büchern.« Übrigens hat unser Nachwuchs überhaupt keinen Grund, sich uns gegenüber so aufzuspielen, nur weil er zur Schule geht. Neulich mußte ich meinem Ältesten den Hintern versohlen, weil das freche Kerlchen sich erlaubte, mich zu fixieren. Was schreibt man ihnen auf die schwarze Tafel? Daß sie's ihren Eltern zeigen sollen? Eine Schande! Ich, Julien Thémistocle, der Sohn von Jean Thémistocle, dessen Vater Thémistocle tief in den Wäldern Schlangen zähmte, ich erkläre, daß wir Gott nichts vorzuwerfen haben. Ja, richtig! Ihr braucht mich gar nicht so groß anzuschauen, meine Damen. Als er den Weißen, den Schwarzen und den Mulatten erschaffen hatte, rief sie der Liebe Gott noch einmal zu sich ins Paradies, bevor er sie auf die Erde schickte. Der Weiße zog sich rasch an und beeilte sich, als erster zu erscheinen: Der Liebe Gott gab ihm ein kleines Kästchen. Der Mulatte, einer von der sorglosen, sei's-drum Sorte, die wir alle kennen, warf sich in Schale, kämmte sich endlos lange das Haar, pomadisierte und parfümierte sich und traf dann gegen Ende des Vormittags im Paradies ein, wo Gott ihm ein mittelgroßes Kästchen gab. Und was den hochwohlgeborenen Neger betrifft, er veranstaltete den üblichen Zirkus! Er schälte Zuckerrohr, trank Siroup-madou, pflockte seinen Ochsen um, schäkerte mit allen Frauen, die an seiner Hütte vorbeikamen, sang, schlug die Trommel, trank seine Ration Zuckerrohrschnaps, hielt seinen Mittagsschlaf und kam dann gegen fünf Uhr nachmittags der Aufforderung des Allerhöchsten nach. Unter den wütenden Blicken des Weißen und des Mulatten nahm er einen riesigen Kasten als sein Erbteil in Empfang. Der Neger jubilierte, tanzte, feierte. Der Liebe Gott verzog keine Miene, und als der Neger sich soweit beruhigt hatte, befahl er jedem, seinen Kasten zu öffnen. Mißvergnügt tat der Weiße wie ihm geheißen, die Stirn in zehn Falten gelegt. O Wunder! Sein Kästchen enthielt Gold, Silber und Edelsteine. Er strahlte übers ganze Gesicht. Perplex und ein bißchen verärgert öffnete der Mulatte seines. Darin waren ein Tintenfaß und ein Federhalter. Der Mulatte lächelte sichtlich erleichtert. Der Neger stand frohlockend vor seinem riesigen Kasten, überzeugt, den Löwenanteil vom Lieben Gott bekommen zu haben. Er öffnete ihn also voller Ungeduld. Donnerwetter! In dem Kasten lagen ein Stoß Heugabeln, Hacken, Buschmesser und Kellen. Dem Neger verschlug's die Sprache. Seine Ohren fingen an zu zittern, was so komisch aussah, daß der Weiße, der den Reichtum, und der Mulatte, der das Wissen bekommen hatte, gemeinsam in schallendes Gelächter ausbrachen.

»Ich bin also bis in alle Ewigkeit an die Arbeit gekettet«, murmelte der Neger fassungslos.

Meine Damen, ihr braucht nicht lange nach Gründen für eure Unansehnlicheit und unsere Armut zu suchen! Gott hat uns eine Chance gegeben, und wir haben sie verspielt. Aber warum gleich aufgeben? Ich brauch mir nur eure Kurven anzuschauen, und schon läuft mir das Wasser im Mund zusammen. Am liebsten würde ich gleich hier auf euch draufsteigen. Dem Mulatten und dem Weißen geht's genauso, deshalb habt ihr ja auch Bälger in allen Farben. Keine von euch, die nur schwarze Sprößlinge hat. Ha! ha! ha! Unsere Rache ist die genarbte, schwarze Coucoune, deren Lippen so leuchtend rosa sind wie eine Lambi-Muschel. Wenn man sich mit dem Mund euerm Schoß nähert, verspürt man einen unwiderstehlichen Sog, und stößt man seine Zunge hemmungslos in die gewölbte Spalte, wird man glatt ohnmächtig vor Lust. Um von der Pracht der Negerinnen zu reden und seinen Geist von den Boshaftigkeiten der Weißen zu befreien, muß man nur einmal ihre Coucoune geleckt haben. Worüber beklagt ihr euch, meine Damen? Ihr braucht nur mit euerm Körper den Durst dieser Burschen zu löschen, danach könnt ihr sie in höchsten Tönen eure Reize rühmen hören. Denn der Reiz der Negerin liegt nicht in Haaren, die wie gesponnene Seide aussehen, nicht in einer spitzen Nase und Lippen, die so schmal sind wie die Klinge eines Messers. Ihr solltet eure Köpfe von diesen Vorstellungen entrümpeln. Den Reiz der Negerin kann man nicht mit den Worten der Weißen beschreiben.

Von diesem Tag an wußte ich, daß ich schön war, und das ist Julien Thémistocles Verdienst, dem ich immer dafür dankbar sein werde, auch wenn die Leute sich die Mäuler zerreißen über die Ausschweifungen der Thémistocle-Sippe. Sie betete mir zwar nicht mehr ständig vor, er sei der Mörder von Franciane, meiner Mutter, trotzdem hab ich mich lieber hinter dem Rücken von Doris, meiner Ziehmutter, Julien hingegeben. Auf dem Weg nach der Ortschaft Trinité, wo ich bei einer vornehmen Dame nähen lernte, schaffte ich es immer, eine Abkürzung zu finden, um mich mit ihm in einer kleinen Schlucht der Pflanzung von Fond-Massacre in die Büsche zu schlagen. Ich hörte die Bemerkungen, die mir von jeder Hütte aus mit auf den Weg gegeben wurden:

»Mama, da ist eine Negerin, die ist so häßlich, daß der Spiegel Angst kriegt, komm, schau dir das an!«

Doch ich ging einfach weiter, stolz wie ein Feldmarschall, denn ich wußte, bald würde unter den geschickten Fingern des Negers Julien Thémistocle, den die Leute wegen seiner mangelnden Schulbildung verspotteten, meine Schönheit zum Vorschein kommen, eine atemberaubende Schönheit! Für die Leute zählt ja nur, wie oft oder wie selten einer den Mund aufmacht. Im einen Fall ist er ein Depp, im andern ein ganz Schlauer. Jetzt wißt ihr auch, warum die Neger das Wort so verehren und das Schweigen so hassen! Julien hatte nur einmal in seinem Leben eine längere Rede gehalten, aber sein Gleichnis von dem Weißen, dem Neger und dem Mulatten hatte in meinen Augen mehr Gewicht als eine ganze Tonne von dem ungereimten Zeug, das unsere Rasse so liebt. Es hat mir eine Last von der Seele genommen, so daß ich die harten Steine unter meinen Füßen überhaupt nicht mehr spürte. Ich flog ihm entgegen wie der Wind, der den Morne Jacob hochklettert, nur war ich glücklicher als er! Glücklicher als dieser Wind, der all das geheime Leid vor sich hinpsalmodierte: das Echo nicht erwiderter Leidenschaften oder der Qualen von Frauen, die in der Blüte ihrer Jahre zu Witwen geworden waren. Wir wälzten uns im Gebüsch, und unsere Körper ließen den Boden erstarren und wie von Spasmen geschüttelt erbeben. Wir verloren uns ineinander und erfuhren in diesen Augenblicken, wie Ewigkeit schmeckt. Die Ewigkeit, meine liebe Negerin, das ist dieses Reißen, das aus deiner Gebärmutter aufsteigt und dich bis zum Hals aufschlitzt, so daß du dich am Arm des Mannes festklammerst und den Lieben Gott um Verzeihung bittest, so weit in seinen Bereich vorgedrungen zu sein.

Fünf Jahre Glücklichkeit hab ich erlebt, die für die Zeit des Kniefalls, den unser Mutterland Frankreich vor diesem Höllenhund Hitler machte, leider unterbrochen wurden, und als Julien dann wieder aus Europa zurückkam, wollte es das Schicksal, daß der Traum sich in sieben Qualen auflöste, die sich selbst in den kleinsten Winkel meines Körpers einnisteten. Und das alles nur, weil er mit dem gesuchten Akzent der Franzosen-Weißen etwas zum besten gab, was er bestimmt dort drüben gehört hatte. Die Stammgäste der Destille waren so vor den Kopf geschlagen, daß sie tagelang darüber brüteten.

»Wenn der Liebe Gott die Neger erschaffen hat«, spottete Julien Thémistocle, der Letzte dieses Namens, »dann nur, weil ihm für die Affen das Fell fehlte. Ha! ha! ha! . . .«

Siebter Kreis

Je weiter wir in den dunkeln Wald der Worte vordringen und je schmaler unser Pfad wird, desto mehr verzetteln wir uns im Gewirr der Lianen. Der Neger lebt zwei, drei, vier Leben gleichzeitig, und das erklärt zweifellos auch seine unsägliche Schwäche. Er denkt, er sei im Besitz großer Geheimnisse, während er nur der Spielball hochtrabender Metaphern ist.

Das Wesen, das man mit jeder Faser seines Herzens zu lieben glaubte, ist sich dessen überhaupt nicht bewußt geworden oder hat gar nicht existiert. Über unsere Insel laufen Schatten, denen wir einen Körper verleihen, um uns über unser eigenes Schicksal keine Sorgen machen zu müssen, und deshalb ist die Lachhaftigkeit auch häufig die banale Erklärung für viele Übel.

Ein Leiden, das sich ausschließlich aus nicht Greifbarem speist, kann uns das ein Schicksal schmieden?

28

Antilias Tod im Meer

Auf die Innigkeit der Adventszeit, die jeden Tag und jede Nacht des Weihnachtsmonats aufzuwühlen versucht, die selbst den hartnäckigsten Groll besänftigt und manche Herzen für den Einfall der Liebe vorbereitet, folgt der Januar mit seiner ruchlosen Hitze. In Grand-Anse war man sich durchaus bewußt, daß man nicht auf die Sonne zu schimpfen brauchte, denn es waren der Fels, die Bäume oder der Mantel des Meers, aus denen das Feuer hervorzuzüngeln schien. Es nützte überhaupt nichts, die Ventilatoren in Betrieb zu nehmen oder sich mit Hilfe eines Wasserschlauchs fünfzehnmal am Tag abzuspritzen. Selbst der weiche, klebrige Asphalt flehte um Gnade. Die Zeit schien in den Maschen einer unsichtbaren Macht zu hängen, die einem das Essen, das Sprechen, das Gehen vermieste, und ein Besäufnis mit Zuckerrohrschnaps war wie ein Schlag mit einer Keule...

Im Januar hatte der fünfzigjährige Julien Thémistocle das Aussehen eines Zwanzigjährigen angenommen, und seine elegante Erscheinung machte selbst der Ali Tanins Konkurrenz. Er ließ sich bei dem Frisör der Rue-Derrière als Mandolinespieler engagieren, um seinen momentanen Eroberungen Geschenke machen zu können. Die glasklaren Töne, die er seinem Instrument entlockte, halfen Honorat Congo und seinen Kunden, die erdrückende Schwüle der Nachmittage zu ertragen. In dem Salon, dessen Wände mit den Fotos italienischer Filmschauspielerinnen und brasilianischer Fußballspieler tapeziert waren, hörte man nur das Klappern der Scheren, über das sich die Melodien von anno dazumal legten, die Eau de Cafés Geliebter im Schweiße seines Angesichts seinem Instrument entlockte. Die Gesichter der reiferen

Semester nahmen plötzlich einen ernsthaften Ausdruck an, da sie der schrecklichen, unwiderstehlichen Macht der gewöhnlichen Wehmut zum Opfer gefallen waren, die nichts mit einer großen, in die Brüche gegangenen Liebe oder einem enttäuschten Traum zu tun hatte, sondern nur mit der Erinnerung an den Geruch einer Marinade, der aus dem Fenster einer Hütte drang, an ein freundliches Schulterklopfen nach einer gemeinsamen Anstrengung oder an einen malvenfarbenen Himmel bei Einbruch der Dunkelheit, den man betrachtete, wenn die Unterhaltungen des Tages von selbst verstummt waren. Oder auch nur an das wohlige Gefühl, das einen überfällt, wenn man den Kopf nur auf das Kissen zu legen braucht, um vom Schlaf überwältigt zu werden.

Um den Zauber zu brechen, erzählte Honorat Congo eine gepfefferte Geschichte eigener Erfindung, obwohl er den Personen die Namen von identifizierbaren Grand-Ansianern gab. An diesem schicksalhaften Tag ließ er seine Kunden wissen, was es mit dem Hinken Major Bérards auf sich hat (das im Jahr der Madonna oder auch Papa de Gaulles, so genau erinnerte man sich nicht mehr, angefangen hat), da von einem Unfall nie etwas bekannt geworden war.

»Der Kerl trieb es mit der Frau des Syrers, meine Herren«, verkündete er großartig. »Ja, mit Rose-Aimée Tanin, der Negerin, die anstelle von Haaren lauter kleine Nullen auf dem Kopf hatte. Damals hatte der Syrer sich noch kein Vermögen mit schwarzen Schlüpfern verdient und schlief gewöhnlich auf einem Sessel in seinem Laden, um morgens ja keinen Kunden zu verpassen.«

»Und was Bérard betrifft, so war der damals bestimmt noch kein Major«, ermunterte ihn der Kunde, dem er gerade den Bart schnitt.

»Er war dabei, er war dabei ... erinnert euch, daß er in Basse-Pointe und Macouba bereits zwei große Damier-Meister durch die Luft gewirbelt und auf den Boden geworfen hatte, und daß er den berühmten Hurard Belgrad aus Morne-des-Esses herausgefordert hatte. Seine Gegenoffensive mit dem linken Fußrücken war bereits berühmt-berüchtigt, meine Freunde.«

Die Mandoline war leise geworden. Des Klappern der Scheren

wurde hektischer. Honorat Congo schnippste jeden kleinen Knäuel Kraushaar, der seinem Kunden auf die Schulter fiel, mit einer kurzen, präzisen Handbewegung weg und tupfte sich dabei die Stirn ab. Ihren Höhepunkt erreichte seine Erregung, als er feststellte, daß sich vor seinem Fenster ein ganz seltenes Publikum versammelt hatte, ein richtiges Publikum, nicht die ewigen Nichtstuer der Rue-Derrière. Danach wurde noch lange gerätselt, welche geheimen Beweggründe Ti Fène Auguste, Man Léonce, die Bäkkersfrau, Dachine, den Müllmann, Maître Salvie, den Fahrer des »Henkers des Nordens«, Ali Tanin, den syrischen Bastard, Thimoléon, den Tischler, und selbst Maître Féquesnoy, den Notar, vor den Frisörsalon Congos geführt hatten, eines Negers, dessen Hautfarbe »so schwarz war, daß sie in Blau umschlug«, wie der vor Verächtlichkeit triefende Ausdruck derjenigen lautete, denen der Zufall des kolonialen Maelströms einen milchkaffeefarbenen Teint beschert hatte. Congo hatte seinen eigenen Spruch parat:

»Ich stamme nicht wie ihr von Sklaven ab.«

Tatsächlich hatte die Kolonie in der Mitte des letzten Jahrhunderts Vertragsarbeiter aus Indien und später auch aus dem Kongo importiert – damals, als die kreolischen Neger mit Hilfe von Papa Schoelcher, eines Elsässers mit großem Herzen, die einheimischen Weißen zwingen konnten, ihre Ketten und Halseisen im Geräteschuppen zu verstauen, – als die Peitsche zu einem vornehmen Gegenstand wurde, mit dem man die Pferde zum Galoppieren brachte, – als man die Zuckerrohrfelder nicht mehr bestellte und die Rumdestillerien zu qualmen aufhörten, – als die Neue Welt es sich bequem machte. Der Vater von Honorat Congo, der sich Massemba nannte, wurde zusammen mit fünf seiner Landsleute in eine frühere Sklavenhütte auf der Plantage von Séguineau einquartiert, wo seit drei Jahrhunderten die Dynastie der aus dem Anjou stammenden de Cassagnacs regierte. Ihre Ankunft verursachte einen gewaltigen Aufruhr. Die kreolischen Neger, die in der Zwischenzeit die Flanken der Mornes erobert hatten, ignorierten sie zuerst, um sie dann aufs übelste zu beschimpfen und zu bespucken und mit Steinen zu bewerfen. In Grand-Anse und den Dörfern der

Umgebung erschallten monatelang die Rufe »dreckiger Kongo!« »Dreckskongo!«, »Stinkekongo!« oder »Hundsfott aus dem Kongo!«. Gegen Beendung des Jahrhunderts verdampfte die Wut der Eingeborenen etwas, ohne sich jedoch völlig zu verflüchtigen. Massemba, von allen nur »Congo Laide« genannt, versuchte sein ganzes Leben lang zu verhindern, daß dieser Spitzname auf seinen Sohn überging, den er mit der erstbesten kreolischen Negerin gezeugt hatte, die sich mit ihm einließ, ein Ereignis, das nach sieben Jahren der Dürre des Herzens und sexueller Abstinenz eintrat. Diese Negerin war die Mutter von Rose-Aimée Tanin, die damit zur Halbschwester von Honorat Congo wurde, während dieser zum Halbonkel von Ali Tanin, dem Verführer der weiblichen Jugend von Grand-Anse avancierte. Was das kreolische Sprichwort bestätigt: »Tout nèg sé fanmi« (Alle Neger sind eine Familie).

Rose-Aimée weigerte sich jedoch, den Sprößling von Congo Laide als einen nahen Verwandten anzuerkennen, ja nicht einmal als einen Verwandten, und bemühte sich nicht ohne Erfolg, den Leuten einzureden, daß zwischen ihr und dem, der einmal der verdienstvollste Frisör von Grand-Anse sein würde, keine Blutsbande bestünden. Nicht nur, daß sie ihn nicht grüßte, sie schien ihn überhaupt nicht wahrzunehmen, was Honorat Congo veranlaßte, sie jedesmal, wenn sie an seinem Salon vorbeikam, was selten genug der Fall war, mit seinem Spott zu überhäufen.

»Ich bin wohl so schwarz, daß man mich nicht sieht!«

Congo Laide hatte seinen Sohn schon sehr früh von der Feldarbeit ferngehalten und ihm beigebracht, wie man mit Hilfe einer Flaschenscherbe selbst die borstigsten Bärte bezwingt. Als kleiner Junge mußte Honorat sich nie den Kinderbanden anschließen und das von den Binderinnen vergessene Zuckerrohr auflesen. Jeden Samstag nach der Lohnauszahlung versammelten sich alle Congos von Grand-Anse brav im Schatten des Corrossolbaums vor Congo Laides Hütte, um sich um das Kinn herum säubern zu lassen. Honorat beherrschte sein Metier bald so gut, daß auch die abgebrannten kreolischen Neger ihren Widerwillen hinunterschluckten und sich von ihm die Wangen einseifen ließen. Nach dem Ersten Weltkrieg hatte man schließlich die diversen Grölle vergessen, die man den Kongo-Negern gegenüber hegte, und der junge Mann konnte in der Rue-Derrière einen kleinen Laden anmieten, der prächtig lief, ohne daß er irgendwelchen Zauber anzuwenden brauchte. Er war der einzige, der Eau de Café willkommen hieß, als sie ihren Laden vis-à-vis der Kirche aufmachte. Und selbst die Adoption Antilias schien ihn nicht zu schockieren.

»Fonmi fôl ka fè wôl fôl men i pa fôl pyès« (Die verrückte Ameise tut nur so, als sei sie verrückt, dabei ist sie überhaupt nicht verrückt), besprichwortete er seine Kunden, die sich dem Findelkind gegenüber besonders feindselig zeigten.

»Übrigens, wenn ich Frauenhaare schneiden könnte«, scheute er sich nicht zu verkünden, »würd ich ihr eine so wunderbare Frisur verpassen, daß ihr euch nicht nur vielleicht, sondern ganz bestimmt um ihre Gunst keilen würdet.«

Tatsache war, daß der Kerl, der die ganze Häßlichkeit seines Vaters geerbt hatte und den die jungen Hühner des Ortes keines Blickes würdigten, sich mit der Absicht trug, Antilia in seine Hütte zu holen. In aller Bescheidenheit! Es war ihm nicht entgangen, daß sie bei den Avancen der Herren Ali Tanin und Julien Thémistocle sowie des verstorbenen Émilien Bérard nur die Nase gerümpft hatte.

»Auf Hübschheit kommt's ihr nicht an«, folgerte er, »ihr hat's nun einmal die Liebe, wie sie in Frankreich praktiziert wird, angetan.«

Das setzte eine Beherrschung des in Frankreich praktizierten Französischen voraus, denn mit dem hier üblichen, afrikanisch gefärbten Kauderwelsch würde er keinen Erfolg bei ihr haben. Ein Hindernis, das Honorat Congo mit großer Geniosität bewältigte: Er beschloß einfach, beim Reden die Lippen zu einem Hühnerpopo zu spitzen, und wenn er auf der andern Straßenseite Antilia vorbeigehen sah, warf er sich blitzschnell in die Brust und zog mit einer sorgfältig einstudierten Handbewegung sein Rasiermesser über ein Stück Holzkohle, um immer denselben pompösen Satz hinauszutrompeten:

»Üch vörstöh nücht, warum der Hörr Bürgermeister müch nücht in den Stadtrat aufnümmt. Mötre Féquesnoy und üch sünd bei wohltötigen Vöranstaltungen die großzügigsten Stüfter.«

In dieser vorteilhaften Pose verharrend, packte er seinen Kunden am Kinn, um mit dem Rasierpinsel darüber zu fahren und ihm genau in dem Moment, in dem das junge Mädchen an seinem Salon vorbeiging, zu fragen: »Stümmt doch, mein Hörr?«

Diese gesuchte Sprache schien keine Wirkung auf Antilia zu haben, die völlig ahnungslos war, daß ihr der Frisör auf diese Weise den Hof machte. Bestimmt wäre sie sonst in diese verrückte Lache ausgebrochen, bei der es Eau de Café jedesmal kalt über den Rükken lief. Aber selbst seine Niederlage gereichte ihm zum Vorteil, denn Honorat Congo erwarb sich so den Ruf, sowohl hüben wie drüben einer der größten Experten der französischen Sprache zu sein, gleich nach dem Abgeordneten Lagrosillière, versteht sich. Schließlich ließ er sich von den Schülern, die nicht in der Lage waren, einen Aufsatz über einen schönen Wintertag zu schreiben und den zaghaften Verliebten, die es vorzogen, ihre Seelenkitzel per Post zu übermitteln, seinen Rat in Stilfragen bezahlen. Nach dem Tod eines Mitglieds wurde er sogar in den Gemeinderat gewählt, aber selbst das ließ Antilia völlig kalt. Sein Salon war nie leer: Die Leute kamen von Fond d'Or und Ajoupa-Bouillon, um sich von ihm die Haare schneiden zu lassen, aber nicht etwa, weil es in diesen benachbarten Gemeinden keine Neger gab, die das nicht auch konnten, sondern weil man sich das Pläsier, seinem schönen Originalfranzösisch zu lauschen, nicht entgehen lassen wollte. In der Hoffnung, seine Beharrlichkeit würde eines Tages doch noch Antilias Herz erweichen, gab Honorat Congo nie der Versuchung nach, sich mit einer von den schwarzen Matadorinnen einzulassen, denen es seine Wohlsituiertheit angetan hatte. Die Jahre vergingen, sein Kopf ergraute, seine Sprache wurde im Umgang mit den weißen Gendarmen, die inzwischen auch zu seinen Kunden zählten, immer kultivierter, sein Salon modernisierte sich. Nur seine Gefühle, die wie durch ein Wunder von allem Klatsch verschont geblieben waren, veränderten sich nicht.

Allmählich begann er sich an seiner Umgebung zu rächen, da er nicht einsehen wollte, warum alle außer ihm, Honorat Congo, zumindest einen Krümel von dem abbekamen, wonach er sich verzehrte. Er überschüttete die Leute mit seinem Sarkasmus, der ihm, wenn er nicht in kreolischem Humor verpackt gewesen wäre, bestimmt Prügel eingebracht hätte. An jenem Tag also, der mit einem denkwürdigen Ereignis – dem Tod Antilias in den Fluten – enden sollte, verspritzte er sein Gift auf dem Rücken des Majors Bérard:

»Tja, meine Herrschaften, Rose-Aimée Tanin genierte sich nicht, für ihn die Knie hinter die Ohren zu nehmen. Ja, selbst im Ehebett trieben sie's, ich, Honorat Congo, geb euch mein Ehrenwort darauf! Unterdessen psalmodierte diese Arschgeige von Syrer auf dem Teppich sein ›Achlam malfik mamdulillah chamsine‹ zu seinem Herrgott. Alles schien für unsere Turteltauben glatt zu laufen, doch mit der Zeit muß der Kerl dann doch etwas gemerkt haben. Was? Niemand weiß es. Jedenfalls hat er es so eingerichtet, daß er sie genau in dem Moment erwischte, als sie wie die Mangusten aufeinander herumkrochen. Ohne die Nerven zu verlieren, hat er Bérard das Rohr einer geschmuggelten Kanone an die Schläfe gehalten: ›Entweder ich blas dir das Gehirn weg, oder ich fick dich in den Arsch, du kannst es dir aussuchen‹, schlug er in aller Seelenruhe dem Liebhaber seiner Frau vor. Der Major bebte am ganzen Leib, das Wasser schoß ihm in die Augen, und er machte dem Syrer tausend Angebote, eines toller als das andere, zum Beispiel bot er ihm seine Töchter an, und davon hatte er verdammt viele mit zweiunddreißigtausend verschiedenen Frauen. ›Von Justina, die gerade zwölf geworden ist, aber schon zwei prächtige Nuckel auf der Brust hat, bis zu Hortense, die mit einem Mauleseltreiber aus Morne Céron zusammenlebt‹, präzisierte er. ›Ich brauch nur ein Wort zu sagen, und sie tun es. Ich schwör's dir, Syrer. Verschon mich!‹ Der Mohammedaner stellte sich taub. Langsam, aber sicher schob er das Rohr seiner Kanone Major Bérard in den Stinkekanal. Der biß in ein Kissen, um nicht laut aufzuheulen. Rose-Aimée, splitternackt und bibbernd vor Angst, erkannte ihren Mann nicht wieder. Sie glaubte, auch ihre Stunde sei gekommen. Bluttröpfchen verfärbten das Lager, während Tanin seine gräßliche Penetration vorantrieb. ›Wenn ich jetzt abdrükken würde, was für ein Gefühl wär das wohl für dich?‹ sagte er grinsend zu dem armen Bérard. Und dann zog Syrer blitzschnell die Waffe heraus und fickte ihn mit kräftigen Stößen in den Arsch, was dem Neger markerschütternde Schreie entlockte. Daraufhin der Syrer: ›Wetten, daß du dich nicht damit brüsten wirst, es mit der Frau von Abdelhamid Tanin getrieben zu haben? Jedesmal, wenn dir der Sinn danach steht, soll dir der Arsch anfangen zu brennen, mein Alter!‹

Meine Herrschaften, ich brauch wohl nicht zu betonen, daß die beiden absolutes Schweigen bewahrt haben, sowohl was das Hinken Bérards wie auch den Ehebruch Rose-Aimées betrifft, die übrigens ihr Verhältnis blitzschnell beendete. Ha! ha! ha!«

Der ganze Ort schien von Gelächter erfüllt, so groß war die Menge, die sich vor dem Frisörsalon drängte. Mit der Schere in der Hand trat Honorat Congo vor die Tür und rief zum Scherz:

»Hehe, die Damen! Wenn sich eine die Coucoune rasieren lassen will, Honorat übernimmt das kostenlos, Ehrenwort!«

Da in Grand-Anse nach alter Tradition das Erhabene übergangslos das Triviale ablöst, rollten in diesem Augenblick ein paar haushohe Brecher auf den Strand zu. Von ihrem Standort in der Rue-Derrière konnten die Leute riesige, wie flüssiges Silber schimmernde Schaumkronen erkennen, die sich äußerst effektvoll zu einem Laken aus blaugrünem Wasser aufblähten. Die Grand-Ansianer rannten zum Strand, um sich dieses Schauspiel ins Gedächtnis einzugraben. Der Wind, der sich in den Schoß von La Crabière geflüchtet hatte, konnte nicht dafür verantwortlich gemacht werden. Manche tippten auf den Zorn der Zémi-Geister, deren Gräber an einer geweihten Stätte im Viertel von Vivé der Gemeinde Fond Brûlé von weißen Archäologen geschändet worden waren. Sie hatten zwei kräftige Grand-Ansianer angeheuert, die ihnen beim Umschaufeln dieser an der Flußböschung gelegenen Stelle helfen sollten, und die beiden Männer hatten von der Entdeckung merkwürdig behauener Steine mit drei Zacken berichtet, die die Wissenschaftler in tiefe Ratlosigkeit stürzten. Einer von ihnen, der sich an einem Samstagabend in der Bar von Ti Fène Auguste hatte vollaufen lassen, brüllte die ganze Nacht in den menschenleeren Straßen der Ortschaft herum:

»Wir haben den Beweis, daß hier bereits viertausend vor Christus Menschen gelebt haben. Hurra, liebe Mitbürger! Martinique ist älter als Europa!«

Die Bevölkerung näherte sich vorsichtig dem Meer, allen voran Eau de Café. Aus einer plötzlichen Eingebung heraus rief sie den Namen Antilias und bat sie, zu uns, den lebenden Christenmenschen zurückzukommen und die amerindischen Gottheiten ihrem Schicksal zu überlassen. Als sie keine Antwort von ihrem Schützling bekam, fing sie an, wirres Zeug zu reden. Von la Crabière bis zur Redoute bot sich ein eindrucksvolles Schauspiel: hinter der Linie, an der die Brecher ihren Ursprung nahmen, war die Oberfläche des Meeres spiegelglatt, doch zum Strand hin, auf einer Länge von vier Kilometern, was für ein Tohuwabohu! Honorat Congo erklärte in höchst gelehrtem Ton, daß das Ende der Welt ins Haus stünde. Auf der Bläue des Himmel sah er fluoreszierende Zebrastreifen.

Die Nachkommenschaft René-Coulis sang tamilische Lieder und streute Bougainvilleablüten auf den Bauch des Wassers. Ali Tanin, der Halbsyrer, erinnerte sich, daß sein Vater zu Allah gebetet hatte, und murmelte ein paar Gebete in dieser gutturalen Sprache, die niemand mehr nachzuäffen versuchte. Eau de Café schwenkte ihren Rosenkranz und murmelte unaufhörlich:

»Credo in unum Deum.«

Sie war die einzige gewesen, die auf das Untier zuging, und keiner wunderte sich darüber, denn schließlich hatte man ihr schon immer prophezeit, daß sie von ihm verschlungen würde. In dem Augenblick, als ihre Füße das Wasser berührten, hörte das Tosen abrupt auf. Die Wogen glätteten sich, während die Tiefen zu brodeln anfingen und Fumarolen entsandten, die die Quadrillen aus den letzten Sonnenstrahlen dieses denkwürdigen Tages in allen

Farben schillern ließen. Sie drang bis zu den Hüften ins Meer vor, ohne sich dabei die Haut zu verbrennen. Kurz darauf verschwand sie völlig darin, und die Leute wurden von einem hysterischen Mitleid erfaßt. Mehrere Frauen wälzten sich auf dem Boden und rauften sich die Haare. Julien Thémistocle, der erst der Vormund und dann der Liebhaber von Eau de Café gewesen war, er, der Inkubus, der vor nichts zurückschreckte, der Marron im Dauerclinch mit der kolonialen Ordnung, der mit einem Orden ausgezeichnete Kriegsheld, der sich in London Papa de Gaulle angeschlossen hatte, er, der Major und Häuptling der abgelegensten Orte unserer Gemeinde (und für diejenigen, die sich noch daran erinnern, der zu-Tode-Vergewaltiger von Franciane, der Negerin-mit-den-Allüren und Eau de Cafés Mutter) – er verwandelte sich plötzlich in ein zehnjähriges Kerlchen. Er steckte den Daumen in den Mund und fing leise an zu wimmern. Seine Lider verkrusteten sich mit gelblichem Schlafschmalz, das Tausende von Moskitos anlockte.

»Manman, poutji ou pati?« (Mama, warum bist du weggegangen?) sagte er und näherte sich der friedlichen See, in die sich der Atlantik verwandelt hatte.

Dann wies er auf die Strudel weiter hinten, auf die Stelle der Unterwasserschlucht unterhalb des Hospitals, wo schon so viele ahnungslose Badende ihr Leben gelassen hatten. Zwei Körper – der eine völlig verstümmelt und der andere stocksteif – lagen auf dem am hellsten schimmernden Felsen: Die Leute, starr vor Schrecken, rührten sich nicht von der Stelle. Das kleine Kerlchen stapfte durch den schwarzen Sand, und seine Fußabdrücke ähnelten den Hufen eines Pferdes. Es nahm die Hand des erstarrten Körpers und versuchte ihn aufzurichten, was ihm aber nicht gelang. Dann rollte er sich in seinen Armen zusammen und schrie so gellend, daß die Leute sich die Ohren zuhalten mußten. Dachine, unser Müllmann, schlug vor, man solle den Herrn Pfarrer holen, aber jemand erinnerte ihn daran, daß dieser ja schon seit Wochen das Bett hütete, ohne daß man über die Natur seines Leidens Bescheid wußte, Sossionise, der Singvogel der Pfarrhauses, eingeschlossen. Sonntags wurde er entweder von dem Abbé aus Fond d'Or oder dem aus Basse-Pointe vertreten, was ein allgemeines Zähneknirschen zur Folge hatte, da die frommen Anhängerinnen der heiligen Kirche fortan ohne Beichte leben mußten. Sie weigerten sich nämlich, einem Kerl aus einer fremden Gemeinde ihre Geheimnise anzuvertrauen. Die Gendarmerie konnte man sowieso vergessen: Diese Herren aus Frankreich wollten mit dem Hickhack der Einheimischen erst recht nichts zu tun haben. Und was hätte ihnen die Rache der Zémis bedeutet, wo sie schon des öfteren Gelegenheit gehabt hatten, die Archäologen vor den handgreiflichen Feindseligkeiten der meisten Grand-Ansianer zu schützen? Wenn man hier auf die Scherben amerindischer Keramik stieß, buddelte man sie so schnell wie möglich zweimal so tief wieder ein, und von dem Volk der Toten hatte noch keiner einen Grund zur Klage gehabt. Niemand nahm sie an sich, außer den Quimboiseuren, die sie für ihre Elixiere gegen den Wahnsinn benutzten oder zu Amuletten verarbeiteten und für ein Vermögen an die Reichen von En Ville verkauften.

Eau de Café richtete sich von ihrem steinernen Lager auf und gab Julien Thémistocle ihre lappige, ausgetrocknete Brust. Das kleine Kerlchen saugte gierig daran und wuchs-wuchs-wuchs, bis er wieder im Besitz seiner früheren Kraft war, der Kraft eines Negers so lang wie der Mississippi. Sie packten Antilia an den Armen und schleiften sie gemeinsam zu den Leuten hinüber, während die Nacht sich auf die Dächer von Grand-Anse senkte. Eau de Café sagte nur dies:

»Warum hast du meinem Neffen diesen Anblick nicht erspart? Wo ist dein Herz? Bringt ihn in den Laden zurück und legt ihm einen Schnapswickel auf die Schläfen. Es ist höchste Zeit, daß er ins Bett kommt...«

Und man leistete ihren Anordnungen Folge...

29

Eau de Cafés Vermächtnis

Ich habe lange mit dem Tod herumgeplänkelt, eigentlich vom Augenblick meiner Geburt an, denn Franciane, meine Mutter, hat nur deshalb die Augen geschlossen, damit ich das Licht der Welt erblicken konnte. Der Tod hat einen leicht säuerlichen Geruch. Im Handumdrehen schleicht er sich in das Herz eurer Hütte, und da die Neger ein Volk sind, das den Mund nicht halten kann, trommeln sie die ganze Nachbarschaft mit ihrem Lamento zusammen:

»Nachbarin, meine Beste, ich hab da so ein Zucken im Kopf, ich spüre, daß ich an diesem schönen Morgen nicht einen Fuß vor den anderen setzen kann. Jaaa! Was ist nur mit mir los, verdammt?«

Sie wollen, daß man ihnen den Kopf mit einem nassen Handtuch umwickelt, damit ihnen die Gedanken nicht davonflattern; sie trinken Kräutersud, damit sie keine Schwächeanfälle kriegen; sie erinnern sich an den Lieben Gott und beten ein Gebet nach dem andern, während der Rosenkranz zwischen ihren Fingern baumelt. Sie stellen alles mögliche an, machen die komischsten Verrenkungen, bis es ihnen schließlich wie Schuppen vom Kopf fällt, und dann geht's erst richtig los, o je, o je! Den tragischen Gesichtsausdruck, den sie sich dann zurechtlegen, den muß man gesehen haben! »Ruft meine Kinder und Enkelkinder! Sie sollen sich ans Fußende meines Bettes knien, ich hab ihnen einen Packen äußerst wichtiger Dinge mitzuteilen!« Die Neger sind ein Volk, das die tollsten Tänze vor dem Tod aufführt, so eine Angst haben sie vor ihm.

Was mich betrifft, so kann ich dir nur sagen, mir war schon immer bewußt, wie illusoristisch dieses Leben ist. Man hat es uns geliehen, und eines Tages müssen wir es wieder zurückgeben. Wichtig ist nur, daß man seine Würde bewahrt und sein Herz. Wir hier in Grand-Anse verabschieden uns zu gerne mit einer Wut im Bauch, während ein Krampf unsere Züge verzerrt und uns Schaum vor den Mund treibt. Dabei tut der Tod überhaupt nicht weh! Das Leben tut weh, Krankheit tut weh, Liebe tut weh, Hunger tut weh, aber nicht dieser kurze Augenblick, wenn wir vom Licht in den Schatten treten. Der Tod ist, wie soll ich sagen, so zart wie die Linie des Horizonts. Man muß sich in den Tod gleiten lassen, ohne unnötig Widerstand zu leisten, man muß spüren, wie in den Gliedern langsam diese Starre hochsteigt, die einen allmählich von der Härte des Betts wegträgt, auf dem man liegt. Das Holz des Schranks wird immer weicher, die Mauer aus Ziegelsteinen fängt an zu schmelzen, deine Lieben um dich herum werden zu Silhouetten, die sinnlose Bewegungen machen. Schwerer wird nur die Luft. Der Augenblick des Todes ist tatsächlich der einzige, in dem man die Luft spürt, die man einatmet, ihr Gewicht und ihre Macht. Lach nicht, mein Sohn! Seit Julien aus meinem Leben verschwunden ist, bin ich jeden Abend ein bißchen gestorben. Ich meine nicht diese primitive Schläfrigkeit, die einen wie ein Sack Kohlen erschlägt, wenn der Tag besonders hart gewesen ist, nein, ich meine diese Butterweichheit, die sich Schicht für Schicht auf die Lider legt und sie schließt, ohne daß man wirklich aufhört zu sehen. Der Tag besteht hinter den Augendeckeln weiter. Jeder Schatten scheint sich in seiner eigenen Maßlosigkeit aufzulösen, und es nützt rein nichts, diese Starre von seinem Arm oder seinem Bein schütteln zu wollen. Und genau in diesem Augenblick bricht dieser säuerliche Geruch über einen herein und setzt sich in den Bettlaken fest, im Moskitonetz, im Nachttisch, in der Waschschüssel, im Krug.

Um dir nichts zu verschweigen: Antilia ist meine Tochter. Ich hab sie heimlich von mehreren Männern empfangen, denn wenn man in einen Ameisenhaufen tritt, kann man nicht sagen, welche einen gebissen hat. Ihre Väter sind: Thémistocle, der Urahn, Julien, sein Urgroßenkel, der weiße Kreole de Cassagnac, Major Thimoléon – jawohl, der stinkende, alte Bock –, ein echter Philosoph, der das Blaue vom Himmel herunterphilosophiert, und andere, die nicht namentlich erwähnt zu werden brauchen. Man Doris, meine Ziehmutter damals, als das Elend unserer miserablen Existenz noch härter zusetzte, half mir beim Entbinden und hat dann, ohne ein Sterbenswörtchen zu sagen, das Kind eingewickelt und mitgenommen, weiß der Himmel wohin. Niemand hat was bemerkt, weil ich eine Schwangerschaft ohne Bauch hatte. Aufgefallen ist nur, daß meine Hüften etwas breiter wurden und ich mich beim Hochheben der Wassereimer schwerer tat. Nachts waren meine Träume mit dem Gesicht meiner Kleinen bevölkert, für die ich nicht einmal einen Namen aussuchen konnte, so schnell ging alles. Doris hatte mich beruhigt:

»Sie wird den Namen dieser kleinen Erdkrümel tragen, die uns beherbergen und die auf dem Rücken des Meers zu kreiseln scheinen.«

Die Rede der Hebamme war schon immer dunkel gewesen. Sie hatte die Grenzen des letzten Jahrhunderts, in dessen Mitte sie geboren worden war, um etliches überschritten und würde auch die von unserm hinter sich lassen, da kannte sie gar nichts. Als ich sie fragte:

»Kann ich bald mal zum Ort hinuntergehen und meine Kleine sehen?« sagte sie, »Hehe, mal langsam, junge Frau! Das Leben ist kein Schlaraffenland, in dem man mit einem nimmersatten Körper herumwandert. Du kriegst dein Kind, wenn du alt genug bist, um für es zu sorgen, vorher nicht.«

Ich mußte also weiterhin meine alten Wege über die Savanen von Macédoine, Fond Gens-Libres und von Morne Carabin gehen und Sorglosigkeit vortäuschen, während in mir mein Herz die schlimmsten Qualen ausstand. Die Zeit des Admirals Robert kam und ging, die Madonna der Großen Wiederkehr zockelte über die ganze Insel, ohne mir auch nur die kleinste Gnade zu erweisen, der Sohn von Clémentin ist im Indochina-Krieg gefallen, und in Nordafrika schien ein wahres Blutbad angefangen zu haben. Die Leute hier nahmen den Kopf zwischen die Hände und lamentierten:

»Was haben wir in diesen Gegenden zu suchen, die keiner

kennt? Frankreich verteidigen wir ja gerne, und wir haben das auch schon x-mal getan, seit unsere Väter sich im Krieg von Mexiko hervorgetan haben, aber daß einmal im Monat ein Schiff mit den Särgen unserer stattlichsten jungen Männer zurückkommt, will uns nicht in den Kopf!«

Die Welt geriet aus den Fugen. Zweifellos. Ich schuldete es mir selbst, mich loszureißen und selbständig zu werden. Zu lange hatte ich mich schon von diesem Land verhexen lassen, wo einem allmählich die Augen brechen, ohne daß man etwas dagegen tun kann. Bis man dann eines Tages entdeckt, daß einem die Füße weh tun, wenn man sie in ein Paar Schuhe steckt, und daß man schon gar keine Lust mehr hat, seine guten Sachen rauszuholen, außer am Sonntag, weil sich das so gehört. Dann ist es soweit, man ist endgültig eine Hinterwäldlerin geworden, die vor sich hin brabbelt, wenn sie in ihrem Garten herumwerkelt, und die von allen Pflanzen, die unser Herrgott auf der Erde wachsen läßt, den Namen und die Eigenschaften kennt. Das Französische schleicht sich einem allmählich unter der Zunge davon, und es fällt einem so schwer, daß man den Leuten aus der Stadt nur noch mit einem Lächeln antwortet, wenn sie sich einmal im Jahr daran erinnern, daß sie eine Kusine oder eine Patin auf dem Land haben. Das Kreolische wird zum alleinigen Maß der Person. All das wollte ich vermeiden, als ich zum Erstaunen der hiesigen Neger in Grand-Anse einen Laden aufmachte. Wie sie sich die Mäuler zerrissen haben! Und wie sie geunkt haben:

»Eau de Café wirft sich dem Laster in die Arme, meine Freunde! Eine, der man die Absolution auch ohne Beichte erteilt hätte!«

Die ganze Stadt war sofort gegen mich. Man wollte einfach nicht zulassen, daß ich mich so großartig dort niederließ, als wär ich Man Rothschild in Person. Aus welchem Stall kam ich? Wer war meine Mutter? Und die Mutter meiner Mutter? Anfangs beehrten mich nur die Bettler von Crochemord und Bord du Terrain, und auch nur um ein bißchen Rukubutter zu kaufen oder ein halbes Viertel Brot! Man streute Salz auf meine Schwelle, um mich zu zwingen, meinen Laden wieder dichtzumachen. Und auf meine

Fensterbank setzten sie eine Kröte, die mit rostigen Nägeln durchbohrt war. Ihre Hinterbeine waren mit einem roten Faden zusammengebunden: Damit ich wieder dahin zurückginge, wo ich hergekommen war. Ich hab keinen Millimeter nachgegeben und löffelte mein Unglück in mich hinein, ohne mich zu beklagen. Nachts hörte ich das Grollen des Meeres, und manchmal war es so laut, daß ich es mit der Angst zu tun kriegte und im Nachthemd zum Strand lief. Dachine von der Müllabfuhr, der Zwerg, über den sich alle lustig machten, war lange Zeit der einzige, der sich mit mir unterhalten hat:

»Eine Hiesige bist du erst dann, wenn du diese Trommel-mit-zwei-Arschbacken, dieses verdammte Meer, nicht mehr hörst. Wir hier ignorieren es, wir gehen gar nicht auf es ein, und deshalb strampelt es sich auch so ab und veranstaltet den lieben langen Tag diesen Zirkus, nur um mit uns gut Freund zu sein. Das Meer von Grand-Anse ist vermaledeit. Warum hast du dir gerade diesen Ort ausgesucht, um unglücklich zu werden, hmm?«

Tatsächlich schienen die Neger von Grand-Anse unbeeindruckt von seinem Gehabe. Sie erwähnten es mit keinem Wort in ihren langen Palavern, zu denen gleich nach dem Aufwachen der Zuckerrohrschnaps beflügelte. Die Frauen runzelten die Brauen und nahmen ihren ganzen Mut zusammen, bevor sie losrannten, um ihre Nachttöpfe darin zu leeren. Der Sand sah aus wie schwarzes, mit Sternsplittern übersätes Vulkangestein. Die Wellen fingen mit dem ersten Sonnenstrahl an sich aufzutürmen, als wollten sie zu den Gipfeln der Vulkankegel hochbranden ...

»Da staunst du, Negerin, was?« meinte Thimoléon, mein nächster Nachbar, der zweite, der den Krabbenkäfig des Schweigens aufbrach, in dem mich der Ort gefangenhielt.

»Für mich ist das eine Abwechslung! Ich kann mich nicht mit dem Quatsch befassen, ich hab keine Zeit dafür ... Warum haßt ihr es dermaßen?«

»Du wirst mit der Zeit noch selbst dahinterkommen. Sei vorsichtig, geh nicht zu nahe ran! Die Maid ist nicht sehr willfährig, trotz ihrer verführerhaften Posen. Wenn es ruhig ist, ist das nur zum Schein, und du kannst sicher sein, daß die nächste Welle höher als ein Haus sein wird.«

Schließlich vergaß man meine Andersartigkeit. Die Zeit schob immer mehr Zeit vor sich her, und die Schuldenheftchen vermehrten sich auf meinen Regalen. Die Leute fingen an, sich für meinen Spitznamen Eau de Café zu erwärmen. Sie hatten Angst vor mir, weil ich das Morgige in den Träumen lesen konnte, und selbst von Rivière Salée oder Morne Rouge kamen die Leute, um mich zu konsultieren. Man behandelte mich mit großer Respektation, aber das machte mich auch nicht glücklicher. Durch mein Fleisch ging ein Riß, er ließ mich manchmal mitten in der Rede oder der Arbeit innehalten, weil ich mir mit meinem Kopftuch die Augen wischen mußte, während ich so tat, als würde mich der Schweiß stören: Meine Kleine – »Sie heißt Antilia«, hatte mir Man Doris gesagt – rief nach mir. Sie kam in der Hitze des Tages auf mich zu, leichtfüßig, ihre Füße berührten kaum den Boden, und sie schaute mich an, ohne ein Wort zu sagen. Es zerriß mir das Herz! Unter dem Vorwand, nichts könne mich daran hindern, mir zu holen, was mir gehöre, wenn die Stunde dafür gekommen sei, hatte sich die Hebamme standhaft geweigert, mir den Namen der Familie zu verraten, die sie aufgenommen hatte.

»Was dir zusteht, kann das Wasser des Flusses nicht wegschwemmen«, wiederholte sie immer nur.

Ich fragte alle und jeden, aber keiner hatte von einem Neugeborenen ohne Mutter gehört, das vor einem Satz von Jahren von einer im Ort ansässigen Familie adoptiert worden war. Das ewige Warten hat mich dazu gebracht, dich aus Macédoine kommen zu lassen, und ich hab dich, meinen Neffen, wie meinen leiblichen Sohn aufgezogen. Vergiß nicht, wie viele Jahre du gegen meinen Bauch gekuschelt geschlafen hast! Das Brüllen des Meers machte dir Angst. Aber dann hast auch du dich daran gewöhnt und bist zusammen mit den anderen Buben und den wilden Schweinen bis nach La Crabière gezogen. Und wenn die Regenzeit das Wasser nicht mehr anschwellen ließ, bist du mit einer Sorglosigkeit im Meer von Grand-Anse herumgeschwommen, daß es mir ganz anders wurde. Morgens bist du aufgestanden, hast zum Fenster hinausgeschaut und dann erklärt:

»Heute wird es unterhalb vom Krankenhaus ganz schön toben. Ich geh mal besser zur Mündung.«

Was hast du dort gesucht? Das Meer von Grand-Anse hat uns nie irgendwelchen Fisch beschert, abgesehen von ein paar Krabben und Kraken, die so klebrig waren, daß man sie kaum mehr von den Händen kriegte. Ich konnte dir jeden Abend den Hintern versohlen, wenn du verdreckt und abgerissen nach Hause kamst, du hast dich einfach nicht davon abhalten lassen. Aber dann ist ja durch dich dieses Wunder geschehen. Du warst dazu ausersehen, mir meine Kleine zurückzubringen. Hundertundsieben Jahre hat sie allein in einer Sanddüne am Strand gelebt, ohne daß jemand sie bemerkt hätte. Sie hat sich von Salzwasser, von den Eiern der Touaou-Vögel, von Meerestrauben und Krabben ernährt. Deshalb hat sie auch nie unsere Sprache gelernt. Nicht einmal lächeln konnte sie. Und natürlich auch nicht weinen. Sie hat nur auf ihren Namen reagiert: Antilia! Da hat sie den Kopf gehoben, mich angeschaut und sich an meinen Rock gehängt. Ich hatte so lange auf diesen Augenblick gewartet, daß ich sie gar nicht gleich küssen konnte. Ich zitterte am ganzen Körper, und meine Gedanken hatten die größte Mühe, sich aneinanderzureihen. Plötzlich war ich Mutter! Der Ort war nicht gerade glücklich darüber, daß ich die kleine Unbekannte bei mir aufnahm; sie sagten, ich sei wie verwandelt, völlig vernarrt und was sonst noch alles. Ali Tanin, der syrische Bastard, der am Ortseingang seinen Stoffladen hat, kam vorbei, um mir ein Gleichnis zu erzählen.

»Meine Liebe«, fing er etwas unsicher an, »ich komm ja nur ganz selten aufs Land, dafür kommen aber die Feldneger bei mir vorbei, wenn sie neue Wäsche brauchen, und deshalb weiß ich ganz genau, was auf den entlegensten Flecken passiert... Schau mich nicht so an, meine Liebe, ich gehör nicht zu der Sorte, die sich hinter dem Rücken der Leute das Maul zerreißt oder in der Kacke herumrührt. Ich möchte einfach nur meine Ruhe haben, aber... es ist meine Pflicht, dich zu warnen. Weißt du, was mit der Heiligen

Jungfrau von Séguineau passiert ist? Es gab dort einmal einen zweimal hundert Jahre alten Kapokbaum, der auf dem Hof des Herrenhauses stand, in dem ein gewisser de Cassagnac wohnte, es könnte derselbe sein, dessen Tochter Marie-Eugénie du behandelst. Dieser Baum war so dick, daß vier Männer, die sich an der Hand hielten, es kaum schafften, ihn zu umfassen. Der Béké war sehr stolz auf seinen Baum, und es machte ihm Spaß, ihn den Frankreich-Weißen vorzuführen, die unsere Insel besuchten. Die Neger verehrten den Baum, unter dem man jeden Samstagmorgen geschlachtete schwarze Hähne fand, mit einem Vorlegeschloß versehene Schlüpfer, Sankt-Antons-Kerzen, Packpapierzettelchen, auf denen mit Holzkohle irgendwelche Bitten gekritzelt worden waren. Der Herr kümmerte sich nicht weiter um diesen Zirkus, bis man eines Tages einen Fötus unter dem Baum fand. Ja, meine Liebe, ein beinah fertiges Kind, ganz rosa und mit großen schwarzen Augen! De Cassagnac war drauf und dran, einen Tobsuchtsanfall zu kriegen. Er trommelte die Schnitter, die Maultiertreiber, die Hufschmiede, die Binderinnen und das Hauspersonal zusammen, um ihnen eine gewaltige Predigt über die Strafe des Himmels und die Qualen der Hölle zu halten.

Künftighin«, schloß er mit zorniger Stimme, »erlaube ich euch nicht mehr, unter meinem Baum diesen Hokuspokus zu veranstalten. Und wenn ich einen dabei erwische, bekommt er von mir einen ›Sie-brauchen-sich-nicht-weiter-zu-bemühen‹-Brief, verstanden?

Die Neger senkten die Köpfe, du weißt ja, wie sie sind, die Neger auf den Pflanzungen, meine Liebe, sie tun so, als könnten sie kein Wässerchen trüben, um dir dann um so gnadenloser eins auszuwischen. Ich ertappe immer wieder einen, der mir die Ohren volljammert, daß ich ihm doch einen Rabatt von fünf Sous geben soll, und der mir dann eine Unterhose klaut. Ho! ho! Am Morgen nach diesem denkwürdigen Donnerwetter fand man auf der dicksten Luftwurzel des Kapokbaums zwei spanische Hähne in einer Blutlache. De Cassagnac war kein schlechter Kerl und hat seine Drohung nicht wahrgemacht. Aber das weißt du ja selbst, wo er doch auch schon mit deiner Mutter, Franciane, der Negerin-mit-den-Allüren, was gehabt hat. Du brauchst mich gar nicht so anzuschauen, Eau de Café! Ich hab dir gesagt, ich weiß genau, was sich um mich herum abspielt, auch wenn ich bei meinen Stoffballen und Schuhkartons bleibe. Der Béké hat sich die Sache einen ganzen Tag und eine ganze Nacht durch den Kopf gehen lassen, und die Neger waren vor Entsetzen wie gelähmt, so daß selbst die Zuckerrohrernte nicht mehr weiterging. Was hatte er vor? Welcher von ihnen würde für den verdammten Hexer büßen, der sich über die Befehle des Herrn hinweggesetzt hatte? Die Alten prophezeiten das Schlimmste, denn sie hatten noch die früheren Zeiten erlebt, das heißt das letzte Aufflackern der Sklaverei. Aber de Cassagnac tauchte mit einem rätselhaften Lächeln auf den Lippen wieder auf und befahl zwei Tischlern, eine Kiste etwa von der Größe eines dreijährigen Kindes anzufertigen. Durch die Versammlung der Neger ging ein Raunen. Großer-Gott-Heilige-Jungfrau-Maria, was für eine Schandtat hatte dieser kreolische Weiße in seinem Kürbiskopf ausgebrütet? Was nur, zum Teufel? Am frühen Nachmittag, als die Kiste fertig war, ging de Cassagnac seelenruhig zu seiner Kapelle hinüber und holte eine Marienstatue, die in die Kiste gelegt wurde. Dann ließ er die letztere in einer Spalte des knorrigen, krummen Kapokbaums festnageln. Das Ganze ähnelte den Grotten an den Kreuzungen der Landstraßen.

›I la ka véyé zòt‹, erklärte er, ›Tala ki kwè i pé dérèspèkté Manman nou tout ki la a, enben fè 'y non, i ké konnèt wotè konba'y!‹ (Sie beobachtet euch. Wer glaubt, er könne unserer aller Mutter den Respekt verweigern, der soll es nur wagen, er wird schon sehen, mit wem er es zu tun kriegt!)

Die Ratgeber, Quimboiseure, Kräuterheiler, die Neger mit dem bösen Blick und die, die mit der linken Hand arbeiten, die Inkuben, Geisterbeschwörer, Hexer, Hellseher, Handaufleger und Konsorten verschwanden daraufhin aus dem Schatten des Kapokbaums. Und selbst tagsüber machten die Landarbeiter einen großen Bogen um seine mächtigen Zweige, bis ihn schließlich viele überhaupt nicht mehr wahrnahmen. Man erwähnte ihn nicht mehr, und wenn man doch dazu gezwungen war, murmelte man ›Gran bagay lonng-lan‹ (das hohe große Ding). Die Zeit verging, und der Baum wuchs und wuchs. Die Spalte, in die man die Heilige Jungfrau eingelassen hatte, wurde allmählich von der Rinde, dem knorrigen Holz und den Lianen überwuchert. Eines Tages war sie dann verschwunden, und der Hokuspokus der mit dem Teufel verbündeten Neger ging von vorne los. De Cassagnac beschloß schließlich, den Baum fällen zu lassen. Er hat aber das Datum, an dem das geschehen sollte, immer wieder hinausgeschoben, bis ihm schließlich ein Zyklon zuvorkam und den Koloß zu Fall brachte. Bis nach Basse-Pointe soll man das Splittern und Krachen gehört haben. Der Béké schien erleichtert, daß er nicht zum Henker des Baums geworden war, der acht Generationen von Weißen, Negern, Mulatten, Chabins und Indern gesehen hatte. Ein Maultiertreiber, der de Cassagnacs ganzes Vertrauen hatte und dem er nichts abschlagen konnte, bedrängte ihn so sehr, daß er sich schließlich damit einverstanden erklärte, die Riesenwurst des Stamms öffnen zu lassen, um die Jungfrau wieder herauszuholen. Eine ganze Kompanie von Holzfällern wechselte sich mehrere Tage lang ab, aber der Kapokbaum gab die Jungfrau nicht her. Man fand zwar die Nägel, mit denen die Kiste befestigt worden war und auch ein paar Reste von derselbigen, ansonsten aber war das Innere des Stamms leer – hohl von den Wurzeln bis zur Spitze. Er war schon seit einer Ewigkeit tot gewesen, und keine Menschenseele hatte etwas bemerkt. Diese ganze Pracht, die dem gestampften Hof des Herrenhauses Schatten spendete, war nichts weiter als ein Skelett gewesen! Das ist die Geschichte, meine Liebe, die Farbe meiner Worte mußt du selbst herausfinden. Nur sag nachher nicht, ich, Ali Tanin, hätte dich nicht gewarnt!«

Eau de Café weigerte sich, diese Botschaft zu entschlüsseln. Ha! ha! ha! Wundere dich nicht, wenn ich von mir in der dritten Person spreche. Hier im Ort hat man mir sofort den Titel der »Königin der Felder« verliehen. Das Mulattenpack riecht anscheinend unsern Schweiß nicht gern, der Kohlgeruch zwischen unseren gespreizten Zehen stört sie gewaltig. Diese Leute müssen wohl nicht wie alle andern ihren Darm leeren, verflucht! Merk dir, Eau de Café hat sich nie von dem Getuschel hinter ihrem Rücken beeindrucken lassen, und auch nicht von den Intrigierereien, die man gegen sie anzettelte, um sie aus dem Ort zu ekeln. Mein Geheimnis verrat ich keinem. Nicht einmal dir, mein Sohn. Du kannst das nicht verstehen, auch wenn du ein gebildeter Neger bist, der Frankreich gemacht hat. Du wirst niemals verstehen, wer Antilia war. Gib's auf...

30

Marraine zuliebe hab ich nicht ohne einen kleinen Stich im Herzen mein Zimmer im Océanic aufgegeben, wo mir das Meer jede Nacht seine zärtliche Wärme zum Geschenk machte. Meine Abreise aus Grand-Anse ist sowieso nur eine Frage von Tagen, ja von Stunden. Der pensionierte Marineangehörige und das Zimmermädchen waren überaus herzlich zu mir gewesen, obwohl sie ahnten, daß ich nie wieder nach Grand-Anse zurückkommen würde. Nur Eau de Café und ihr Kumpel Thimoléon versuchen, sich selbst in die Tasche zu lügen, obwohl auch sie sich schon auf das Unvermeidliche vorbereiten. Wer hätte auch schon eine ganze Ewigkeit damit verbracht, sich ihre alten Geschichten anzuhören, und versucht, sich in dem ganzen Durcheinander zurechtzufinden? Antilias alte Kammer verstärkt noch mein Bedürfnis, mich aus dieser erstickenden Enge zu befreien, die ich, ohne mit der Wimper zu zucken, ertragen habe, ich frage mich nur, wie. Sie ist gleichzeitig leer und blitzblank. Kein einziges Spinnennetz, kein Körnchen Staub. Und doch behauptet Marraine, sie habe sie seit Antilias tragischem Ende kein einziges Mal gelüftet. Sie legt eine Matratze auf den Fußboden und klebt auf eine der Trennwände einen Druck vom Heiligen Abendmahl. Am ersten Abend wird mir klar, daß das junge Mädchen in einer Art Kerker gelebt hat. Die zwischen Bad und dem Zimmer von Marraine eingeklemmte Kammer verfügt über keinerlei Öffnung, und man ist gezwungen, die Tür halb offen zu lassen, um nicht das Gefühl zu haben, man müsse darin erstikken. Noch schlimmer: Man kann kaum die Brandung hören. Wie hat Antilia, unsere kleine Seejungfrau, diesen grausamen Entzug nur ertragen?

»Die Unzufriedenheit frißt dich auf, mein Sohn. Sag nicht nein. Die Pein steht dir in Großbuchstaben im Gesicht geschrieben«, bemerkt Eau de Café. »Ich werd mir Mühe geben und dir noch ein paar Lichter aufstecken, aber ich garantiere für nichts. Ich bin schon so alt. Auf was wartet der Tod noch?«

»Nein, du hast genug gesagt«, erklärt der Tischler, »aber ich hab meine Rede noch lange nicht in ihrer ganzen Länge aufgerollt.

Doris, die Hebamme, die deine Tante den ganzen Zweiten Weltkrieg über großgezogen hat?« fragt sich Thimoléon. »Das Problem mit den Negern ist, daß man beinahe bis zu den ersten Ankömmlingen auf der Insel zurückgehen muß, um zu verstehen, aus welchem Stoff ihr Leben ist. Die Geschichte der Weißen ist da viel einfacher: Sie beginnt und endet mit ihrer eigenen Person, als wären sie sich selbst genug. Jeder der weißen Herren (wie man sie aus alter Gewohnheit nennt) scheint sein eigener Ahnherr zu sein oder zumindest seine Eigenschaften und sein Schicksal in seiner eigenen Person zu vereinigen. Die Lebenslinien der Neger verlaufen jedoch ganz willkürlich, und von Generation zu Generation erlebt man die unglaublichsten Verwälzungen, die man mit den Membranen vergangener Tage in Kontakt bringen muß, wenn man dahintersteigen will. Und Doris hat, soweit das bekannt ist, weder eine Mutter noch einen Vater noch einen Geburtsort gehabt. Ein Wesen ohne Wurzeln sozusagen, obwohl uns die Lichter in ihrem langen Haar auf karibische Vorfahren tippen ließen (wie bei Major Bérard). Manche behaupteten, sie hätte schon immer in Morne-l'Étoile gelebt und zähle in Wirklichkeit dreimal soviel Jahre, wie sich von ihrem Gesicht ablesen lassen. ›Für sie gibt es keinen Tod‹, umschrieben es die Leute. Und es stimmte auch, man hätte ihr zwanzig, fünfzig oder hundertfünfundzwanzig Jahre geben können, je nachdem, welche Laune sie an dem Tag hatte, oder wie der letztere sich präsentierte.

Ihr Beruf führte sie auf beinahe alle Pflanzungen der Gegend, und abends mußte sie sich dann gewöhnlich nach einem barmherzigen Neger umschauen, der ihr die Tür zu seiner Hütte öffnete, denn die Frauen fürchteten sie mit einer ganz unerklärlichen Furcht. Wenn sie zufällig wieder auf dieselbe Pflanzung zurückkam, verkündete sie, offensichtlich mit der Absicht, die Leute zu schockieren:

›Ich such einen Mann, der heute abend auf meinem Bauch tanzt. Aber nicht denselben wie letztes Mal, ha! ha! ha! . . . der schaffte gerade mal zwei kleine Stöße ohne jeden Pfeffer, ha! ha! ha!‹

Niemand getraute sich, was zu sagen, denn man war auf ihr Wissen angewiesen, und vor allem verlangte sie auch nichts für ihre Dienste. Wenn man ihr zum Dank zehn Sous oder ein Stückchen Popeline zusteckte, schenkte sie einem ein Lächeln, bei dem ihre sämtlichen Zähne aufblitzten. Wenn man sich nur mit einem ›Danke schön, Man Doris‹ revanchierte, nahm sie das mit einem Kopfnicken zur Kenntnis. Ihr Herz war so groß wie ihre Coucoune. Aber diese Frau, die den andern half, ihre Kinder auf die Welt zu bringen, konnte selbst keine kriegen. Sie war so unfruchtbar wie ein männlicher Papayabaum. Das war der große Kummer ihres Lebens, der sie dazu trieb, ihren Körper zu zerstören. Das Landvolk war überzeugt, daß sie mit Hilfe ihrer Pflanzen aus dem Unterholz und ihrer unbekannten Mixturen die Keime tötete, die ihr die Männer in den Bauch pflanzten. Die Mutter von Julien hatte behauptet:

›Diese Negerin brachte ebenso viele Bälger um, wie sie entbinden geholfen hat . . .‹

Alle täuschten sich, außer Franciane, Eau de Cafés Mutter, die irgendwie ihr Geheimnis herausgefunden hatte. Obwohl sie gewöhnlich stumm wie ein Fisch war, konnte sie, wenn Doris auf de Cassagnacs Plantage erschien, ihre Zunge einfach nicht im Zaum halten. Sogar der Herr, dem alle ihre Launen vertraut waren, wunderte sich und schärfte ihr leider umsonst ein, den Mund zu halten.

›Was ist das zwischen diesen beiden Teufelsweibern?‹ fragte er seine Leute ›oder zwischen ihren Müttern, könnt ihr mir das sagen?‹

Er konnte nicht verstehen, wie diese Feindschaften zwischen

den Negern entstanden, die er und die Seinen selbst mitgeschürt hatten, vielleicht ohne daß ihnen das, wie in diesem Fall, bewußt war. Die Neger brauchen keinen Sack voller Gründe, um einander zu hassen. Franciane strich sich über den runden Bauch und sagte vor versammelter Dienerschaft:

›Diese Hündin hätte selbst gerne den Segen des Herrn empfangen. Schaut nur, der Neid springt ihr aus den Augen!‹

Je weiter ihre Schwangerschaft fortschritt, desto mehr hackte Franciane auf ihrem Sündenbock herum. Eine echte Xanthippe. Eines Tages stürzte sie sich auf die Engelmacherin, als diese gerade aus einer Hütte kam, wo sie einen Feldarbeiter verbunden hatte, der von einer Lanzenotter in den Schenkel gebissen worden war. Doris hielt ein Paket mit ihren Allheilkräutern und ein Fläschchen mit einer gelblichen Flüssigkeit in der Hand, wahrscheinlich das Gift, das sie mit dem Mund ausgesaugt hatte, um daraus ein Gegengift herzustellen. Franciane kratzte ihr die Wangen blutig, und der Herr mußte persönlich zwischen sie treten. Doris, die sich gewöhnlich nichts gefallen ließ, hatte den Spott ihrer Rivalin, ohne mit der Wimper zu zucken, ertragen und sich auch dieses Mal nicht gewehrt. Ihr Kleid hing in Fetzen an ihr herunter, und der Herr ließ eines aus dem Schrank seiner Ehefrau holen, anscheinend hatte auch er den Verstand verloren. Doris starrte Franciane an, als der Herr sie in seinen Armen wegtrug, und sagte mit einstudierter Langsamkeit:

›Ne-ger-weib!‹

Auf dem Weg zu ihrer Behausung auf dem Morne-l'Étoile mußte sie die kleine Schlucht von Macédoine durchqueren. Brach jedoch ohne Vorwarnung ein Unwetter los, konnte sie immer bei dem einen oder andern an die Tür klopfen. Am Abend dieses denkwürdigen Tages, an dem Franciane sich über sie hergemacht hatte, ging Doris geradewegs zu den Thémistocles und sagte nur:

›Guten Abend allerseits, ich möchte mit Julien sprechen.‹

›Um diese Uhrzeit muß er sich in der Destille rumtreiben, was willst du denn von ihm?‹ fragte neugierig eine der zahlreichen Kusinen des Gesetzlosen.

›Auf de Cassagnacs Plantage hat mir jemand was für ihn mitgegeben.‹

›Ach so! Laß es doch einfach hier! Ich geb's ihm, den Weg kannst du dir sparen ...‹

›Nein‹, sagte die Engelmacherin mit bedeutungsschwangerer Stimme, ›es ist eine Botschaft. Sie ist nur für seine Ohren bestimmt.‹

Sie verschwand in der Schwärze der Nacht. Kurz vor der Destille rief sie einen kleinen Bengel heran, der sich die Zeit mit dem Sternezählen vertrieb, und bat ihn, Julien zu holen. Lachsalven und das harte Geräusch von Dominosteinen, die auf die Tische geknallt wurden, drangen aus dem von drei Sturmlampen hell erleuchteten Wellblechschuppen zu ihr herüber. Sie hatte Angst, daß Julien, den sie noch nie in ihrem Leben angesprochen hatte, sich nicht stören lassen würde, schon gar nicht von einer Frau. Doch er kam bereits in Begleitung des Kleinen heraus, wild mit den Händen herumfuchtelnd, da er schon einiges intus hatte. Aus seinem Mund schlug ihr eine Schnapsfahne entgegen.

›Ah! was will die Anverlobte des Teufels von mir, hmm?‹

›Ich muß ... ich muß mit dir reden, Mann ... geh, Kleiner! Also, ich komm gerade von de Cassagnacs Plantage und ...‹

›Von dem guten Weißen, ha! ha! ha! ... interessiert mich nicht besonders, ich hab noch nie auf den Zuckerrohrfeldern eines Weißen geschuftet, er kann heiliger als eine Hostie sein, wie dein de Cassagnac ... ha! ha! ha! ... Ich hab bei Bois-Cannelle meinen Garten, und der reicht, um meinen Bauch zu füllen. Ich brauch keine Arbeit von ihm ... Das letzte Mal, als man mir eine angeboten hat, ist ein Mann dabei hopsgegangen.‹

›Darum geht es nicht‹, meinte Doris, sich ein Lächeln abringend.

›Um was dann, los, sag schon! Du hast mich mitten im Spiel unterbrochen, ich war gerade dabei, meinen besten Kumpel aufs Kreuz zu legen, verdammt!‹

Sie packte ihn am Arm, und da ihm so etwas zum ersten Mal passierte, blieb er wie angewurzelt stehen. Nie hätte er gedacht, daß die Haut einer Frau so vibrierend sein könnte. Sie gingen ein paar Schritte in der Steinallee. Die Zikaden hatten bereits mit ihrer Holzsägen-Symphonie begonnen.

›Ou konnèt, Fwansyàn?‹ (Du kennst doch Franciane?) fragte die Frau.

›Welche Franciane? Die von Fond-Massacre, die nur ein Auge hat? Die von de Cassagnac?‹

›Die Negerin von de Cassagnac, die, die ihren Schoß für einen Weißen öffnet und uns ihre ganze Verächtlichkeit spüren läßt.‹

›Was hab ich damit zu tun?‹ stieß Julien hervor, ›wär's nicht für ihn, dann wär's eben für einen Neger, stimmt's?‹

›Sicher, aber sie erzählt allen, die's hören wollen, daß du kein richtiger Mann bist. Sie sagt, sie sei bei deiner Geburt dabeigewesen, damals, als deine Mutter vom Wäschewaschen am Fluß zurückkam und an der Straße nach Fourniol ihr Kind kriegte. Sie behauptet, du hättest nichts zwischen den Beinen, deine beiden Eier seien nicht herausgekommen, und aus diesem Grund hättest du solche Angst vor Frauen. Julien ist ein warmer Bruder, behauptet sie bei jeder Gelegenheit.‹

›Das hat sie gesagt?‹ fragte er mit einer plötzlich tonlos klingenden Stimme.

›Seit sie bei diesem Béké eingezogen ist, zerreißt sie sich das Maul. Vorher war sie ein nettes junges Ding wie alle andern, anständig und keine Spur von boshaft.‹

›Sie hat es gewagt, so was über die Lippen zu bringen‹, wiederholte er, als wolle er den Gedanken in sich einsinken lassen, und Doris existierte schon gar nicht mehr für ihn. ›Das kam aus ihrem Mund, was?‹

Er schlug den Weg zur Hütte seines Vaters ein und ließ sein Gegenüber verstört und unsicher zwischen den Steinen hin- und herschwankend zurück. Einer anderen Version zufolge ging er, ohne sich das geringste anmerken zu lassen, in die Destille zurück und schnappte sich die Käfer, die um eine Lampe herumschwirrten. Wenn er einen in den Fingern hatte, riß er ihm mit großer Hingabe Beine und Flügel aus, bevor er ihn in den brennenden

Glasschaft der Lampe warf und mit einem bösen Grinsen zuschaute, wie er gegrillt wurde...

Wenn du auf dem großen Markt die Fackeln angehen siehst...«, wechselt Thimoléon plötzlich das Thema, aber ich schneide ihm einfach das Wort ab, ohne Rücksicht auf sein hohes Alter. Ich will es nicht mehr hören, dieses Gefasel, das mir nichts gebracht hat außer Beklemmungen, die ans Herz gingen, und schlaflose Nächte, gegen die selbst das Wunderkraut nichts ausrichtete. Ich gehe! Das ist eine beschlossene Sache, und weder er noch Eau de Café können mich zurückhalten. Ich gehe, wie ich gekommen bin, leerer als eine Kokosnuß, die auf dem Wasser treibt, was die Befragungen betrifft, die mein Leben boulversierten. Weiß ich überhaupt noch, wer wer ist? Wer was gesagt hat? Vielleicht sollte ich mich besser ins Meer von Grand-Anse stürzen, mich den Frauen zugesellen, die vom Unglück wie vom Blitz getroffen wurden und sich eines schönen Morgens noch blutjung das Leben genommen haben; zu den Negern, die niemals das Mitgefühl der anderen erfahren haben und es vorzogen, den Grund des Meeres zu küssen; zu den Föten, von denen uns vielleicht einer vor diesem elenden Tod bewahrt hätte, wenn er gelebt hätte; kurz, zu all denen, die andere Ansprüche gehabt haben und nur deshalb aus der Welt entfernt wurden. Ich will vergessen, auch wenn das Vergessen feige ist. Vergessen ist existentielle Not. Flucht. Hinfälligkeit. Zweifelhaftes Wohlbefinden.

»... Und wenn du auf dem Markt die Fackeln und die Sturmlampen angehen siehst«, insistiert Thimoléon, der Tischler, »meide die dunklen Ecken, die toten Winkel, die durch leere Getränkekästen oder aufeinandergestapelte Stühle entstehen. Bleib im Licht, mit dem Rücken gegen den Mittelpfeiler gelehnt, und spiel! Geh zu dem Tisch mit den großen Einsätzen: fünfzigtausend Francs! Hunderttausend Francs! Zu dem, wo der Béké de Cassagnac, der adlige Herr von Séguineau, zwei oder drei Mulatten mit gelblichgrünen Gesichtern und den dritten Sohn von Congo Laide drangsaliert, den reichsten Neger der hiesigen Negerschaft, der mit seinen Kampfhähnen und seinen Hexereien ein Vermögen gemacht hat.

Ein Tisch, an dem absolute Gleichheit herrscht (die Würfel sind die Richter und die Herren), an dem nur ein rauhes, wildes Kreolisch gesprochen wird, das aus seltenen Worten und diesem aus tiefster Brust hervorgestoßenen *Hon!* besteht. Seine Scheine braucht man gar nicht erst vorzuzeigen, hier vertraut man einander und haßt sich. Die Zahl wird einfach so hingeworfen, und das genügt schon. Ah! Du solltest dir kein Urteil über ihre Grausamkeit erlauben, denn was weißt du schon von den Schicksalsschlägen, die sie erlebt haben? Was weißt du von ihren Tagträumen? Hast du schon einmal de Cassagnac gesehen, wenn er lange vor dem ersten Hahnenschrei die Wege auf seinen Ländereien abschreitet und wie ein Guinea-Neger Selbstgespräche führt, die Hände hinter dem Rücken verschränkt und den Kopf hartnäckig zum Boden hin gesenkt? Kannst du diese bittere Falte deuten, die sich um seine Mundwinkel bildet, wenn er die Würfel in die behaarten Finger nimmt? Und ob ihn die Seinen, die von seiner Kaste, verstehen, das läßt sich auch nicht sagen. Als Halbwüchsigen kutschierte ihn sein Vater mit dem Tilbury herum und zeigte dabei auf die Hütten:

›Da, das sind meine Neger... und das Grasland da drüben ist Millaud. Es reicht bis zum Morne Cacao und gehört ganz mir und folglich auch dir. Zu Lebzeiten meines Vater gab's dort eine Brennerei, die einen Rum herstellte, der in Paris Furore gemacht hat... ich zeig dir einen Brief mit dem Wappen des Marquis de Cassagnac, in dem er voller Stolz von diesem Zweig seiner Familie spricht, der es in den Kolonien zu so großem Wohlstand gebracht hat... aber all das existiert inzwischen nur noch in der Erinnerung. Man kennt die Leute hier schon gar nicht mehr. Stolz wie Artaban gehen die Neger an einem vorbei und grüßen nur, wenn sie auf Arbeitssuche sind. Und in der Stadt behandeln uns die Mulatten wie Dummköpfe, wie Zurückgebliebene. Ah! Die Zerstörung von Saint Pierre ist eine echte Katastrophe für uns gewesen, das hat mein Vater immer gesagt. Und er hat auch noch etwas anderes gesagt. Eine Art Lebensweisheit: ›Mein Sohn, es darf kein Tag vergehen, ohne daß du einen Neger in den Hintern trittst. Nur so können wir uns Respekt verschaffen. Hmm...! Sicher, heutzutage läuft das nicht mehr ganz so. Die Welt hat sich verändert, aber das solltest du dir merken: Trau keinem Neger! Er hat mehr Schläue in seinem Schädel, als wir glauben. Vom ersten Tag an liegt er auf der Lauer, man braucht nur einmal nicht aufzupassen, und schon haut er einen in die Pfanne. Warte nur, bis du meinen Platz eingenommen hast, dann verstehst du, was ich meine...‹‹

Er hörte sich diese Ausführungen völlig ungerührt an, der junge de Cassagnac, und hüllte sich in ein Schweigen, das alle um ihn herum verwirrte. Später behauptete man, er würde vor den Frauen Reißaus nehmen, vor allem vor den Mulattinnen, von denen es auf der Pflanzung nur so wimmelte. Und daß er sich mit seinem Vater in den Haaren hätte wegen einer Verbindung, die dieser zwischen ihm und der Tochter des Béké von Médeuil in die Wege leiten wollte. Und plötzlich sah man eine junge weiße Dame an Land gehen, die so sprach, wie man in Frankreich spricht und sich auch so benahm. Es machte ihr Spaß, herumzustreifen und Wildblumensträuße zu pflücken. Sie heirateten. Im Jahr darauf starben der Patriarch und seine Frau. Dem Erben der de Cassagnacs wurde eine Tochter geboren, die er einer alten Negerin übergab, einer aufsässigen und hochnäsigen Person, die seit dem Ende des letzten Jahrhunderts am äußersten Ende der Pflanzung lebte. Ohne Begründung weigerte sich de Cassagnac, die Erziehung des Kindes seiner Frau zu überlassen. Diese siechte immer mehr dahin, so daß man alle möglichen Ärzte an ihr Bett kommen ließ. Congo Laide, der zweite dieses Namens, erklärte, sie müsse so schnell wie möglich in ihre Heimat zurückgeschickt werden, sonst würde sie ›der Tod zurückbringen‹. Sie mußte also abreisen. De Cassagnac bestellte sich eine junge sechzehnjährige Negerin, die einmal im Monat ihren Platz in seinem Bett einnahm. Und dieses Mal hatte er mehrere mischblütige Kinder. Als auf den Bananenplantagen im Norden der Aufstand losbrach, weigerte er sich, es seiner Kaste gleichzutun und nach Fort-de-France zu türmen. Man krümmte ihm kein Haar. Die Leute wunderten sich nur: ›Ein komischer Béké, dieser de Cassagnac!‹ Und du, kennst du sein Geheimnis? Alle mögen ihn hier, alle schmeicheln ihm, ohne daß er deshalb als einfacher Neger betrachtet wird. Man könnte meinen, er sei von einer anderen Rasse als die gewöhnlichen Sterblichen, weder Béké noch Neger. Als er seinen Einsatz von sechzigtausend Francs bekanntgibt, verständigen sich die beiden Mulatten rasch mit den Augen, und es ist ihnen klar, daß sie die nächste Runde gewinnen müssen, wenn sie nicht ihr Gesicht verlieren wollen. Sechs und vier! Drei und Fünf! Zwei und fünf! Damit sind unsere beiden Brüder aus dem Spiel. Großmütig ruft de Cassagnac: ›Wiederholung.‹ Das bedeutet: ›Ich mach alles rückgängig, wir fangen wieder von Null an, meine Herren. Euer Geld brauch ich nicht, weiß ich doch kaum, was ich mit meinem eigenen anfangen soll.‹ Congo Laide grinst in sich hinein, weil er diese beiden kleinen Scheißer, die sich an einen solchen Tisch gewagt haben, im Handumdrehen ausnehmen wird, da ist er sich sicher. Zwischen de Cassagnac und ihm entsteht diese Art von belustigter Übereinkunft, wie sie Leute an den Tag legen, die alles gesehen, alles erlebt haben und die nur darauf warten, ihre Meinung zum besten geben zu dürfen. Der ständige Umgang mit seinem Geflügel, dem er die Federn glattstreicht, die Schenkel mit Zitrone abreibt und das er aus seiner hohlen Hand picken läßt, hat dem Meister der Hähne selbst das Aussehen eines seltsamen Vogels verliehen, einer Mischung aus Hahn und Bussard, dessen einziges Auge auf halluzinatorische Art und Weise immer nur kreist-kreist-kreist. Er hat das Leiden der Neger doppelt erfahren, da ihn auch seine kreolischen Brüder wegen seines Vaters verachteten, der in der zweiten Hälfte des letzten Jahrhunderts aus dem Kongo hierhergekommen ist, nachdem die Sklaverei für ungesetzlich erklärt worden war, und nur afrikanisch sprach. Von ihm hat er die Bewegungen und Beschwörungen gelernt, die ein Leben schneller durcheinanderbringen, als ein Floh einen Purzelbaum schlägt, und die allen Achtung und Respektation abnötigten. Sein Vater hat ihm auch beigebracht zu hassen, diese Art von Haß, der im Lauf der Zeit die unauflöslichen Maschen unserer Gesellschaft gewirkt hat. Einen Haß, den er, Congo Laide, der zweite dieses Namens, seitdem mit ebensoviel Geduld und Sorgfalt genährt hat wie seine Kampfhähne. Ein Haß, der zwischen ihm und den andern eine solche Distanz entstehen läßt, daß sich bis heute noch keiner getraut hat, diese gräulichen Würfel zu inspizieren, die er von Gemeindefest zu Familienfest über die ganze Insel trägt. Glaub aber ja nicht, seine Gegner würden keinen Verdacht hegen, wenn er sie nämlich ausgenommen hat, geht hinter seinem Rücken das Getuschel los: ›Ich wette mein ganzes Vermögen, daß der Mistkerl seine Würfel verhext hat.‹ Dieser Bursche wird dich also mit einem breiten Grinsen willkommen heißen, eines, das er sich für ganz besondere Anlässe aufhebt, und dir bleibt nichts anderes übrig, als die Herausforderung anzunehmen und zu versuchen, dich gegen seine Würfel zu behaupten. Du mußt die deinen auf den Tisch werfen und eine Provokation hinterherschicken von der Art wie: ›Spiel mit meinen, wenn du so ein As bist, mein lieber Congo Laide!‹ Alle Anwesenden erwarten das von dir, oder du gibst die Idee gleich auf, wieder einer von ihnen werden zu wollen, laß die verrückte Hoffnung fahren, hier wiedergeboren zu werden, in Grand-Anse wieder deinen Platz einzunehmen. Schau nur, wie Major Bérard sich aufbläht, seit ihm die weißen Archäologen erklärt haben, daß sein Vorname Anakalinoté ein karibischer Satz ist: ›Ana Kalina hoté‹ und ›wir sind das einzig wahre Volk‹ bedeutet. Ein so großartiger Stammbaum macht es ihm unmöglich, auch nur die kleinste Schwäche von dir hinzunehmen. Und was de Cassagnac, den abtrünnigen Sohn weißer Sklavenhalter, betrifft, so wird er einfach nur spöttisch lachen, woraus du schließen kannst, daß du an seinem Tisch willkommen bist. Na los, Männer, machen wir Nägel mit Köpfen! Siebzigtausend Francs! Achtzigtausend Francs! Die Nacht ist bereits zur Hälfte um, es ist höchste Zeit, zu einem Ende zu kommen.«

31

Eau de Café liest das Morgige in unsern Träumen.

Gestern abend hat sie mich zu sich ins Zimmer gerufen, wo sie mir einen Packen Briefe übergab, die Antilia an Émilien Bérard geschrieben hat, auch noch nachdem dieser sich aufgehängt hatte. Sie sagte:

»Mein Sohn, wenn ich sterbe, vergiß nicht, daß ich in meinem Kleid aus blauer Popeline unter die Erde kommen will. Es liegt unter meiner Matratze.«

Ich habe nicht den Mut aufgebracht, sie von meiner bevorstehenden Abreise zu informieren. Thimoléon und sie werden einfach weiterhin ihre Monologe aus einer anderen Epoche austauschen, und meine Abwesenheit wird ihnen nicht einmal auffallen. Sich den Kropf zu leeren ist für sie das sicherste Mittel, den Verfall hinauszuzögern. Alle Neger von Grand-Anse führen Selbstgespräche. Sie ruminieren nicht verwirklichte Träume, kauen auf einem Groll herum, dessen Ursache sie bereits vergessen haben, verwünschen das Unglück, das die Neger verfolgt, seit die Söhne Kams die Vermaledeiung auf ihr Haupt herabbeschworen haben, formulieren noch nie vernommene Sprichwörter, über die ihre Kinder nur lachen. Sie wissen, daß es für ihr Leiden kein Allheilmittel gibt. Und sie fühlen sich für immer an ihr Meer gekettet. Für meine Anteilnahme, die die Anteilnahme eines Zurückgekehrten ist auf der Suche nach einem höchst unwahrscheinlichen Gral, haben sie noch nie Verwendung gehabt. Sie sind aus demselben schwarzen Metall wie ihr Sand. Nichts kann sie aus der Bahn werfen.

Vollkommen überrascht stelle ich fest, daß Maître Salvie über einen nagelneuen Bus japanischer Provenienz verfügt, wie mir scheint, mit Kunstledersitzen und einem ultramodernen Autoradio, aus dem Calypso plärrt, der zu dieser frühen Stunde beinahe unanständig klingt. Er erzählt mir, daß ihm die Departementsvertretung sein einheimisches Sammeltaxi, den »Henker des Nordens«, mit Gold aufgewogen habe, um ihn ins Museum zu stellen.

»Ich hab meinen Namen eingraviert«, prahlt er, während er mein spärliches Gepäck im Kofferraum verstaut.

Ich steige als letzter ein. Im vorderen Teil sitzen zwei herausgeputzte, geschminkte junge Dinger, die geistesabwesend vor sich hinstarren, und ein paar Schüler, die in aller Ruhe ihre Hausaufgaben durchgehen. Auf den Bänken neben mir haben sich ein Greis in einem sehr distinguiert aussehenden grauen Complet und ein paar Gemüsehändlerinnen niedergelassen, die sich die Haare mit einem Madraskopftuch vertäut haben. Auf mein *Messieurs-dames* hin nicken sie nur mit dem Kopf und beachten mich nicht weiter. Die Rue-Devant liegt verlassen und fahl unter der elektrischen Straßenbeleuchtung. Die blau-weiß-rote Fahne am Giebel des Rathauses schaukelt träge im Wind. Ich schließe die Augen, um mich nicht von meinen Gefühlen überwältigen zu lassen, als Maître Salvie auf seinen Sitz klettert und ruft:

»Herrschaften, wir fahren, ohne anzuhalten, nach Fort-de-France! Wem das nicht paßt, der soll verflucht noch mal wieder aussteigen!«

Überall ein einziger Schrei heiligen Schreckens: »Lanmè-a ka monté anlè nou!« (Wir werden überflutet!). Die Stadt leckte an allen Ecken und Enden, denn man hatte sie leichtsinnigerweise auf Treibsand gebaut, der allmählich dem Meer abgewonnen worden war. Die Straßen waren verschwunden, wie auch die Bürgersteige und die Treppen. Armeen von Ratten paddelten seelenruhig die Rue Schoelcher entlang und fraßen unterwegs die Seiten von Hunderten von Büchern an, die durch das Aufbrechen der Büchereien plötzlich befreit worden waren. Das tragische Antlitz Lamartines forderte dreißig Zentimeter unter Wasser den

Himmel heraus. Wo die Straßen Victor-Hugo und Republique sich kreuzten, übte ein prächtiges, wahnsinnig gewordenes Weib splitternackt und sehr begehrenswert Seilhüpfen. Rhythmisch stieß sie dabei hervor: »Koké mwen, doudou, woy Annou, koké mwen!« (Mach mir's, Süßer, na komm schon, mach mir's), während sie vergeblich versuchte, die Melodie eines Karnevalsliedchens zu treffen.

»Selbst der Weltuntergang ist in diesem Land ein würdeloses Spektakel«, brüllte einer (möglicherweise der Sohn des Teufels in Person, der Häuptling von Terres-Sainvilles) genau in dem Augenblick, als die vorgelagerte Spitze des Fort Saint-Louis mit gewaltigem Getöse ins Meer stürzte. In den Häusern hörte man nur noch das Tamtam der Töpfe, die geschlagen wurden, um die seit eh und je verleugneten Götter von Guinea und den Ufern des Ganges anzurufen. Auf den im pseudomaurischen Stil gestalteten Balkonen spielten sich Damen reiferen Alters als Priesterinnen des Zusammenbruchs auf, doch trotz ihrer prächtigen, mit Stolen und kreolischem Goldschmuck herausgeputzten Roben sahen sie aus wie Schwindsüchtige auf Urlaub oder wie Ausbrecherinnen aus dem Lungensanatorium.

Hin und wieder schwankte unter dem heftigen Ansturm des Wassers das auseinanderbrechende Wrack der Stadt, die Mauern wölbten sich gewaltsam vor, bekamen tausend Risse und stürzten dann in sich zusammen, wobei gelegentlich die Leichen einer ganzen Familie zum Vorschein kamen, die freiwillig aus dem Leben geschieden war, um sich das bittere Ende zu ersparen. Auf dem weißen Grund seines toten Auges wurde der Himmel von grellbunten Blitzen durchzuckt. Die städtische Sirene stieß tragische Heuler aus, während die Hubschrauber der Gendarmerie vergeblich versuchten, auf dem Dach der Präfektur zu landen, deren griechische Tempelfassade ziemlich lächerlich wirkte.

Verlassene Kinder navigierten auf den Trümmern von Sesseln oder Anrichten; vergnügt ruderten sie mit Hilfe von Stangen auf dem Wasser herum und bespritzten sich unter fröhlichem Gekreische. So selbstverständlich, als läge es in ihrer Natur, drifteten auf den Straßen Konservenbüchsen, Coca-Cola-Dosen und Johnny-Walker-Flaschen vorbei, Fernseher mit ausgestochenem Auge, Stehlampen aus falschem Kristall, blonde Perücken, vollständige Garderoben, die noch auf den Bügeln hingen. Ein Transistorradio spuckte unermüdlich die Botschaften von Familienvätern an ihre auf dem Land verbliebene Nachkommenschaft aus, die Hilferufe alleinstehender Frauen oder die Angstschreie von Alten, die man schändlicherweise allein dem Inferno ausgeliefert hatte. Nach einem kurzen musikalischen Pausenfüller wurde die Stimme des Sprechers abrupt abgewürgt: Das Radio war unter dem Gewicht einer enormen schnauzbärtigen Kanalratte abgesoffen. Der heiseren Stimme eines linken Politikers, der seine Glaubensgenossen von der Rechten aufforderte, gemeinsam den Kräften des Bösen entgegenzutreten, blieb kaum noch Zeit, sich Gehör zu verschaffen.

Bec-en-Or onanierte am Fuß des Standbilds der Kaiserin Josephine; er hockte auf einer zur Hälfte ausgeweideten Kommode, in der man absurderweise ganze Stöße von Porzellantellern (die wahrscheinlich nie benutzt worden waren) erkennen konnte. Als der weißliche Schaum seiner Lust aus seinem Stumpen spritzte, brüllte er:

»Schweinebande, krepieren sollt ihr alle miteinander! Ihr habt es mit euern eigenen Müttern getrieben, ihr habt eure Yamswurzelfelder unter Betonlava begraben, ihr habt eure Frauen und Schwestern auf den Strich geschickt, ihr habt die Sprache geopfert, die sich eure Väter mit großer Geduld geschaffen haben, ihr habt Tag für Tag die Hosen heruntergelassen, jetzt krepiert!... Diese Stadt war eine Warze auf dem Gesicht der Erde, diese Insel ein Eitergeschwür auf dem Rücken zweier Meere: zum Teufel mit euch, verflucht! Das Inferno, das ich seit der Dreihundertjahrfeier vorausgesagt hab, ist jetzt da. Es ist da! Ah, ich kenn's zur Genüge, euer spöttisches Grinsen kleiner, beschlipster Schalterbeamter, eure Beckmesserei von Oberlehrern im Besitz von Rechen- und Konjugationstabellen, eure Laschheit von Händlern, die an nichts anderes denken, als irgendwelchen importierten Ramsch an den

Mann zu bringen, eure immer bereiten Weiber, die sich für ein Paar Pierre-Cardin-Schuhe aufs Kreuz legen lassen, euern Sadismus von Békés, die weder lesen noch schreiben können, dafür aber ganz wild auf Okkultes sind und brutal alles ausbeuten, was sich bewegt oder auch nicht bewegt. Eure erbärmlichen Reden schmieriger und geschmierter Bürgermeister und Abgeordneter, euer lächerliches Négritude-Gesabber, ich steck mir das alles sonstwohin. Krepiert endlich!«

Ein heftiger Wind hob die Dächer der ganzen Stadt und sprengte selbst hermetisch verschlossene Pforten. Fort-de-France steht jetzt jedem offen, aber Plünderer wird es keine geben. Der letzte Überlebende, Bec-en-Or, möchte kein Augenzeuge werden wie Siparis in seinem unterirdischen Gefängnis von St. Pierre nach dem Ausbruch des Mont Pelé. Grinsend betrachtet er unsere vorbeitreibenden Leichen und raucht mit ein paar kräftigen Zügen das Marihuana auf, das ihm geblieben ist. Doch spielt er nicht die Rolle des zum Tode Verurteilten vor dem Erschießungskommando. Er verzichtet darauf, sich in Positur zu werfen, was inmitten dieses Klumpens aus Wasser, Trümmern und Komödien auch höchst sinnlos gewesen wäre. Er möchte ganz einfach mit dem Strom schwimmen und genauso erbärmlich enden wie alle andern auch. »Man stirbt, wie man gelebt hat«, pflegte er zu philosophieren, »und der Neger jedenfalls wird seine Laufbahn in der Hölle beenden.«

Am nächsten Morgen (dem 18. November 1999) hatte Professor Jean-Yves Dupeux in einer Übertragung von France-Inter mit feierlichem Ernst erläutert, daß eine noch nicht geklärte Verwerfung im Atlantischen Graben, zusammen mit dem plötzlichen Abdriften des afrikanischen Kontinents nach Osten, einen Riß in der Kontinentalscholle bewirkt habe, der die Insel Martinique, den letzten Überseebesitz Frankreichs, verschlingen würde, und das in einem Zeitraum von zwei Tagen.

»Obwohl ich die französischen Behörden und auch die UNO gewarnt habe«, empörte sich Professor Dupeux, »aber außer dem CNRS und dem Tierschutzverein wollte niemand meine Voraussagen ernst nehmen. Ich hatte die sofortige Umsiedlung der 320 000 Einwohner in eine schwach bevölkerte Region in der Mitte Frankreichs vorgeschlagen, aber ich bin damit nur auf taube Ohren gestoßen. Mit dem Ergebnis, daß unsere Zivilisation sich eines weiteren kolonialen Verbrechens schuldig gemacht hat...«

Bec-en-Or versucht das ungeheure Krachen der berstenden Erde zu überbrüllen. Die Luft ist nur noch graublauer Dampf, der den Himmel, das Meer und das, was von der Erde übriggeblieben ist, verhüllt. Ein auf dem Boden Liegender schafft es noch zu schreien:

»Und dabei fehlten nur noch zwei Monate bis zum Jahr 2000, so ein Pech!«

»Der Neger jedenfalls wird seine Laufbahn in der Hölle beenden«, erwiderte Bec-en-Or, bevor er fiel.

Jemand schüttelt unsanft meinen Unterarm. Eine rauhe, gleichzeitig behaarte Hand.

»Hehe, verflucht, Sie haben aber einen guten Schlaf, mein Alter!« meint Meister Salvie zu mir, »außerdem reden Sie, wenn Sie träumen. Das hat sogar die Marktfrauen zum Lachen gebracht. Und so was passiert nicht alle Tage in diesen harten Zeiten.«

Die Missionsstation zeigt sich von einer ungewohnt heiteren Seite... Porzellanrosen prangen auf den Gemüsekörben, die pausenlos von Bussen aus allen Teilen der Insel abgeladen werden. Feilschend werden in dem Tohuwabohu Geschäfte getätigt, was mich wieder putzmunter werden läßt. Ich gehe an der Mauer des Reichenfriedhofs entlang, der einen neuen, weiß schimmernden Putz aufweist. Nachdem ich mich vergewissert habe, daß ich nicht beobachtet werde, werfe ich meine Hefte sowie die Briefe Antilias an Émilien Bérard in den Rinnstein mit seiner träge fließenden, stinkenden Brühe. Eine Hupe läßt mich zusammenschrecken und schneller auf den Boulevard La Levée zugehen. Doch dann überleg ich mir's doch wieder anders, ich mache kehrt, fische meine Unterlagen wieder heraus und stopfe die durchweichten und verdreckten Blätter in meinen Beutel.

Die Welt ist ein Ding, welches niemals feste stehet, dieser Gedanke (von Montaigne) schießt mir durch den Kopf und entlockt mir ein breites Grinsen.

La Carrière Vauclin
Martinique
(Juni 1986 – September 1989)

Kleines Lexikon kreolischer Besonderheiten

BEVÖLKERUNG: Die Spitze der Bevölkerungspyramide bilden die einheimischen Weißen, die *Blancs-Pays, Békes* oder *Grands Blancs*, die Nachfahren der im 17. Jahrhundert nach Martinique ausgewanderten französischen Siedler. Obwohl sie knapp ein Prozent der Gesamtbevölkerung ausmachen, haben sie sämtliche Spitzenpositionen in der Wirtschaft inne und besitzen ungefähr 80% der landwirtschaftlichen Nutzfläche. Um ihre Zuckerrohrplantagen betreiben zu können, importierten sie Sklaven aus Westafrika.

Aus der *Békaille* und der *Négraille* resultierte die *Mulâtraille*, die Mulatten (die Begriffe stammen von Frantz Fanon). Nach der Abschaffung der Sklaverei wurden ungefähr 42 000 indische Lohnarbeiter verpflichtet, die von den Schwarzen abschätzig als *Kulis (coulies)* bezeichnet wurden. Aus Nordafrika kamen Handel- und Gewerbetreibende *Syrer und Libanesen*. Daneben gab es die *Nèg-kongo*, ein Schimpfname für Schwarze, die ebenfalls nach der Sklaverei aus Afrika immigrierten, um auf den Zuckerrohrfeldern Martiniques zu arbeiten. Von der Urbevölkerung, den *Kariben*, zeugen nur »Gene, die bewirken, daß hin und wieder ein Kind mit stark hervortretenden Backenknochen, gewelltem Haar und schmalen Augen zur Welt kommt: ein *Karibenneger (Nègre-caráïbe)*. (Raphaël Confiant).

PIGMENTIERUNGSNUANCEN führten zu einer völlig irrsinnigen Typologie, deren Hauptvertreter Raphaël Confiant folgendermaßen beschreibt:

Le chabin, la chabine: Man glaubt, schwarze Prachtexemplare vorzufinden und stößt statt dessen auf die *Chabins* (Mischlinge von

Weißen und Schwarzen, bei denen die Charakteristika der beiden Rassen nicht wie bei Mulatten miteinander verschmelzen, sondern nebeneinander auftreten), robuste Kerle mit blauen Augen und rötlichem Kraushaar, die gerne reden und viel lachen.

Le câpre, la câpresse. Wunderbare Sanftheit einer Negerin mit einem Schuß weißem Blut, langem, gewelltem Haar und seidiger, zimtfarbener Haut, leider aber so selten, daß man sie wie ein achtes Weltwunder suchen muß.

Echappé(e-)couli(e): In früheren Zeiten war es angesagt, den sogenannten »minderwertigen« Rassen, also jenen der Neger und der indischen Kulis zu entrinnen. Wie? Indem man sich mit einer »höheren« Rasse als der eigenen zusammentat und vermischte. Die Frucht dieser Verbindung ist ein/eine der Vermaledeiung »Entronnener/Entronnene« *(echappé,e)*.

En ville: Fort-de-France, die Hauptstadt Martiniques

Doudou: Liebling, Freundin, auch Anrede in Geschäften

Da: Großmutter, Kindermädchen

Damier: Kampftanz afrikanischen Ursprungs mit festen Regeln, vergleichbar mit dem brasilianischen *capoeira*

Habitation: Plantage, auf der sich sowohl das Herrenhaus (la Grande Case) wie auch die Negerhütten (les cases à nègres) befinden

Kalenda: »unzüchtiger«, aufreizender Tanz afrikanischen Ursprungs

Koko, koukoune, auch *coco, coucoune*: Schwanz, Möse

Man: Koseform für »Madame« oder »Maman«

Major: Häuptling, Kazike, Zampano, Boss, einer, der früher ein oder mehrere Viertel beherrschte

Marraine: Patentante, wichtige Institution auf Martinique, da häufig mit der Aufzucht der Kinder betraut

Marron: entlaufener Negersklave, auch aufsässiger, herumvagabundierender Neger

Morne: Bergkegel vulkanischen Ursprungs

Miquelon: ferne Fischgründe, Anspielung auf St. Pierre-et-Miquelon, französische Besitzungen vor Kanada
Punch, ti-punch: antillanisches Nationalgetränk aus weißem oder braunem Rum und Zuckerrohrsirup, mit oder ohne Zitrone
Quimboiseur: Hexer
Savane: Wiese; *place de la savane*: der Park von Fort-de-France
Soucougnan: Sukkubus – von denen es auf Martinique nur so wimmelt
Tafia: billiger und deshalb von den ärmeren Schwarzen bevorzugter Rum
Zoreilles: Spitzname für Festlandfranzosen